中國語言文字研究輯刊

七　編

許錟輝 主編

第 **5** 冊

傳鈔古文《尚書》文字之研究（第三冊）

許舒絜 著

花木蘭文化出版社

國家圖書館出版品預行編目資料

傳鈔古文《尚書》文字之研究（第三冊）／許舒絜 著 — 初
版 — 新北市：花木蘭文化出版社，2014〔民103〕
目 6+308 面；21×29.7 公分
（中國語言文字研究輯刊　七編；第5冊）
ISBN 978-986-322-845-5（精裝）
1.尚書　2.研究考訂
802.08　　　　　　　　　　　　　　　　103013629

ISBN-978-986-322-845-5

9 789863 228455

中國語言文字研究輯刊

七 編　　第五冊　　　　　　ISBN：978-986-322-845-5

傳鈔古文《尚書》文字之研究（第三冊）

作　　　者　許舒絜
主　　　編　許錟輝
總 編 輯　杜潔祥
副總編輯　楊嘉樂
編　　　輯　許郁翎
出　　　版　花木蘭文化出版社
社　　　長　高小娟
聯絡地址　235 新北市中和區中安街七二號十三樓
　　　　　　電話：02-2923-1455／傳眞：02-2923-1452
網　　　址　http://www.huamulan.tw 信箱 hml 810518@gmail.com
印　　　刷　普羅文化出版廣告事業
初　　　版　2014 年 9 月
定　　　價　七編 19 冊（精裝）新台幣 46,000 元

傳鈔古文《尚書》文字之研究（第三冊）

許舒絜 著

目

次

三、大禹謨

大禹謨	戰國楚簡	漢石經	魏石經	敦煌本 S5745	敦煌本 S801	吐魯番本	岩崎本	神田本	九條本	島田本	內野本	上圖本（元）	觀智院	天理本	古梓堂	足利本	上圖本（影）	上圖本（八）	晁刻古文尚書	書古文訓	唐石經
皋陶矢厥謨禹成厥功											咎繇屎㦱謀禽成亓功						咎繇屎㦱謀禽成亓功	皋陶矢厥謨禹成厥功	咎繇屎𢆶蕚帝戚𢆶珍	咎繇矢厥謩禹成厥功	皋陶矢厥謨禹成厥功
帝舜申之作大禹皋陶謨益稷											帝舜申之作大禽謀咎繇謩蒋稷						帝棄申之作大禽謀序繇謀蒋稷	作大禹謨皋陶謨益稷	帝墜申出延大禽咎繇蕚蒋稷	帝舜申之延大禹咎繇謩益稷	帝舜申之作大禹皋陶謨益稷
日若稽古大禹日文命敷於四海											自乱古大禽日亥命敷亏三寨						天禽曰若乱古大禽曰处命敷亏三寨	日若智古大禹曰文命數于田海	曰墜乱古大禽曰亥命專亏三寨	曰若稽古大禹曰亥命敷于四海	日若稽古大禹日文命敷於四海

大禹謨	戰國楚簡	漢石經	魏石經	敦煌本 S5745	敦煌本 S801	吐魯番本	岩崎本	神田本	九條本	島田本	內野本	上圖本（元）	觀智院	天理本	古梓堂	足利本	上圖本（影）	上圖本（八）	晁刻古文尚書	書古文訓	唐石經
祇承于帝日后克艱厥后											祇兼亐帝日后克艱亣后						祇兼亐帝日后克艱亣后	祇兼于帝日后克艱厥后	祇承于帝日后亯囏乒后	祇承于帝日后克艱厥亯后	

364、祇

「祇」字在傳鈔古文《尚書》有下列不同字形：

（1）帝 **魏三體**

魏三體石經〈君奭〉「惟其終祇若茲」「祇」字古文作帝，源自金文作 帝 鄦侯簋 帝 召伯簋 帝 蔡侯鐘 帝 蔡侯盤 帝 中山王壺等形。

（2）祇：祇祇祇1 祇2 祇3 祇4 祇5

敦煌本 P2533 作祇1，《書古文訓》「祇」字作祇祇1，左從古文示𧘇，日古寫本則多隸古定訛似「爪」（詳見"祖"字）：內野本或作祇2，足利本、上圖本（影）、上圖本（八）或右上多一點作祇3，岩崎本或作祇祇4，《廣韻》「祇」字俗從「互」，內野本、足利本、上圖本（影）、上圖本（八）或作祇祇5，皆由漢碑「祇」字祇 史晨後碑 祇 桐柏廟碑等形所從再變，右從「氏」字隸變俗書（參見"底"字）。

（3）祇：祇1 祇祇2 祇祇祇3 祇4

《隸釋》錄漢石經〈無逸〉「治民祇懼」「祇」字作祇1，魏三體石經〈君奭〉「祇」字篆體作祇，足利本、上圖本（影）、上圖本（八）或右上多一點作祇祇2；敦煌本 P2516、P2748、S5626、P2630、S2074、岩崎本、九條本、上圖本（八）祇祇祇3，上圖本（八）或作祇4，右從「氏」之隸變俗作。

（4）祇：祇1 祇2

足利本、上圖本（影）、上圖本（八）「祇」字或下少一畫作**祇1祇2**，誤為「衹」字，漢碑「祇」字亦或誤為「祇」，如：**祇**陳球碑「孝友──穆」，《隸辨》謂「『神祇』之『祇』從『氏』，碑蓋誤」。

（5）**祇**

敦煌本 P2748〈無逸〉「治民祇懼」、九條本〈蔡仲之命〉「蔡仲克庸祇德」、〈君奭〉「惟其終祇若茲」「祇」字作**祇祇**，左偏旁「示」字多一點，與偏旁「礻」（衣）相混。

（6）**佢**

敦煌本 S799〈武成〉「敢祇承上帝」「祇」字作**佢**，偏旁「示」字更替作「人」（亻）。

【傳鈔古文《尚書》「祇」字構形異同表】

祇	戰國楚簡	石經	敦煌本	岩崎本	神田本b	九條本	島田本b	內野本	上圖（元）	觀智院b	天理本	古梓堂b	足利本	上圖本（影）	上圖本（八）	古文尚書晁刻	書古文訓	尚書篇目
祇承于帝																祇		大禹謨
祇載見瞽瞍夔夔齋慄			**祇**S801										**祇***	**祇***	**祇**		祇	大禹謨
皋陶方祇厥敘													**祇***	**祇***	**祇**		祇	益稷
祇台德先			**祇**P2533									**祗**		**祇***	**祇***		祇	禹貢
奉嗣王祇見厥祖													**祇***		**佢**		祇	伊訓
嗚呼嗣王祇厥身								**祗**					**祇**	**祇**	**佢**		祇	伊訓
社稷宗廟罔不祇肅								**佢**					**佢**	**佢**	**佢**		祇	太甲上
祇爾厥辟								**佢**					**佢**	**佢**	**佢**		祇	太甲上
疇敢不祇若王之休命			**祇**P2643 **禮**P2516					**祗**祇	**佢**				**祇***	**祇***	**祇**		祇	說命上
予小子夙夜祇懼			**衻**					**佢**							**佢**		祇	泰誓上

敢祗承上帝		俀 S799		祗			祗	祗	武成
四方之民罔不祗畏			祗	祗				祗	金縢
上帝時歆下民祗協			祗	祗				祗	微子之命
庸庸祗祗威威顯民				祗				祗	康誥
越尹人祗辟			祗	祗			祗 祇*	祗	祗	酒誥
祗保越怨不易			祗	祗			祗	祗	祗	酒誥
公功肅將祗歡		祖 P2748		祗			祗	祗	祗	洛誥
罔顧于天顯民祗		祗 P2748		祗			祗 祇* 祗	祗	多士
治民祗懼	祖 隸釋	祗 P2748		祗			祗 祇* 祗	祗	無逸
蔡仲克庸祗德		祗 S5626	祗	祗			祇* 祗	祗	蔡仲之命
惟其終祗若茲	[魏]	祗 P2748	祗	祗		祗	祇 祗	祗	君奭
我惟祗告爾命		祗 P2630 祗 S2074	祗	祗		祇*	祇* 祗	祗	多方
祗勤于德夙夜不逮			祗	祗		祇*	祇* 祗	祗	周官
罔不祗師言			祗	祗		祇*	祇 祗	祗	畢命
下民祗若			祗	祗			祇 祗	祗	冏命
以教祗德			祗	祗		祗*	祗	祗	呂刑
祗復之			祗	祗		祗*	祇* 祗	祗	費誓

365、承

「承」字在傳鈔古文《尚書》有下列不同字形：

（1）承₁承₂承₃

敦煌本 P3670、P2643、P2516「承」字或隸變作承₁，中間寫似「予」；內野本或作承₂，其上訛作兩點；岩崎本或變作承₃。

（2）〔羡 㳂〕₁〔羡 羡 羡〕₂

神田本、岩崎本、九條本、內野本、上圖本（元）、足利本、上圖本（影）、上圖本（八）「承」字多寫作〔羡 㳂〕₁形，岩崎本、上圖本（元）或少一畫作〔羡 羡 羡〕₂，乃「承」字兩側「㐄」（廾）形下移，〔羡 㳂〕₁訛似从羊从水，與「羕」字形訛混。

【傳鈔古文《尚書》「承」字構形異同表】

承	戰國楚簡	石經	敦煌本	岩崎本b	神田本b 九條本	島田本b	內野本	上圖本（元） 觀智院b	天理本 古梓堂b	足利本	上圖本（影）	上圖本（八）	古文尚書晁刻	書古文訓	尚書篇目
祗承于帝						〔承〕				〔承〕	〔承〕	〔承〕			大禹謨
時而颺之格則承之庸之						〔承〕				〔承〕	〔承〕	〔承〕			益稷
胤后承王命						〔承〕	〔承〕			〔承〕	〔承〕	〔承〕			胤征
各守爾典以承天休							〔承〕			〔承〕	〔承〕	〔承〕			湯誥
以承上下神祇							〔承〕	〔承〕		〔承〕	〔承〕	〔承〕			太甲上
肆嗣王丕承基緒							〔承〕	〔承〕		〔承〕	〔承〕	〔承〕			太甲上
今不承于古			〔承〕				〔承〕	〔承〕		〔承〕	〔承〕	〔承〕			盤庚上
罔不惟民之承			承 P3670 / 承 P2643				〔承〕	〔承〕		〔承〕	〔承〕	〔承〕			盤庚中
天子惟君萬邦百官承式			承 P2643 / 承 P2516				承	〔承〕		〔承〕		〔承〕			說命上
其永無愆惟說式克欽承			承 P2643 / 承 P2516				〔承〕	〔承〕		〔承〕	〔承〕	〔承〕			說命下
予小子其承厥志			承 S799	〔承〕b			〔承〕			〔承〕	〔承〕	〔承〕			武成
敢祗承上帝			承 S799	〔承〕b			〔承〕			〔承〕	〔承〕	〔承〕			武成

辭例	戰國楚簡	敦煌本					尚書篇目
今惟我周王丕靈承帝事		承 P2748		承	羕 羕 承		多士
丕承無疆之恤		承 P2748	羕 羕		羕 羕 羕		君奭
惟我周王靈承于旅		承 S2074	承 羕		羕 羕 羕		多方
丕承哉武王烈			羕	羕	羕 羕 羕		君牙

366、艱

「艱」字在傳鈔古文《尚書》有下列不同字形：

（1）囏：囏1囏囏2囏囏囏3囏4囏5

《書古文訓》「艱」字多作「囏」，即《說文》堇部「艱」字籀文囏，源自甲骨文作囏甲2125囏前5.40.6，金文作：囏囏毛公鼎囏不嬰簋。《書古文訓》或作隸定囏1、隸古定囏囏2形，或訛變作囏囏囏3囏4囏5形。

（2）艱：艱1艱艱2艱3艱4

《書古文訓》「艱」字或作艱1，為《說文》「艱」字篆文艱之隸古定，敦煌本P2643、內野本、觀智院本、上圖本（元）、上圖本（八）或作艱艱2，上圖本（八）或作艱3，足利本、上圖本（影）或作艱4，皆為篆文艱之隸變俗寫。

（3）難：難1難難2

日古寫本尚書，「艱」字或作「難」字（難1難難2）（各本各辭例詳見下表*處），蓋因「艱」、「難」字二字所從偏旁相同且義近通用。

【傳鈔古文《尚書》「艱」字構形異同表】

艱	戰國楚簡	石經	敦煌本	岩崎本b	神田本b	九條本	島田本b	內野本	上圖本（元）觀智院本b	天理本古梓堂本b	足利本	上圖本（影）	上圖本（八）	古文尚書晁刻	書古文訓	尚書篇目
后克艱厥后								難*			雖*	雖*	艱		囏	大禹謨
臣克艱厥臣政乃乂								艱			艱	艱"	難*		囏	大禹謨
庶艱食鮮食								艱			艱	艱	艱		囏	益稷
茲惟艱哉敷求哲人								難*			雖*	雖*	雖*		囏	伊訓

經文	隸釋	敦煌本	〔字形〕	〔字形〕	〔字形〕	〔字形〕	〔字形〕	〔字形〕	篇名
天位艱哉德惟治否德亂			〔難*〕	〔艱〕		〔難*〕	〔難〕	〔難*〕	〔囏〕	太甲下
曰非知之艱		艱 P2643 / 艱 P2516	〔難*〕	〔艱〕	〔難*〕	〔難*〕	〔難〕	〔難*〕	〔囏〕	說命中
王忱不艱		艱 P2643 / 艱 P2516	〔難*〕	〔艱*〕		〔艱〕	〔難*〕	〔難*〕	〔囏〕	說命中
有大艱于西土				〔艱〕		〔艱〕	〔艱〕	〔艱〕	〔囏〕	大誥
先知稼穡之艱難乃逸		艱 P2748		〔艱〕		〔艱〕	〔艱〕	〔艱〕	〔囏〕	無逸
厥子乃不知稼穡之艱難	艱 隸釋	艱 P2748		〔艱〕		〔艱〕	〔艱〕	〔艱〕	〔囏〕	無逸
生則逸不知稼穡之艱難		艱 P2748		〔艱〕		〔艱〕	〔艱〕	〔難*〕	〔囏〕	無逸
我受命無疆惟休亦大惟艱		艱 P2748	〔艱〕	〔難*〕		〔難*〕	〔難*〕	〔難*〕	〔囏〕	君奭
惟克果斷乃罔後艱				〔難〕	〔艱b〕	〔艱〕	〔艱〕	〔艱〕	〔囏〕	周官
圖厥政莫或不艱				〔艱〕	〔艱b〕	〔艱〕	〔艱〕	〔艱〕	〔囏〕	君陳
弘濟于艱難柔遠能邇				〔艱〕	〔艱b〕	〔艱〕	〔艱〕	〔艱〕	〔囏〕	顧命
雖收放心閑之惟艱		〔難*〕		〔艱〕		〔艱〕	〔艱〕	〔艱〕	〔囏〕	畢命
厥惟艱哉		〔艱〕		〔艱〕		〔難*〕	〔難*〕	〔艱〕	〔囏〕	君牙
思其艱以圖其易		〔艱〕		〔艱〕		〔艱〕	〔艱〕	〔艱〕	〔囏〕	君牙
扞我于艱若汝予嘉			〔難〕	〔艱〕		〔艱〕	〔艱〕	〔艱〕	〔囏〕	文侯之命
惟受責俾如流是惟艱哉			〔難*〕	〔艱〕		〔艱〕	〔艱〕	〔艱〕	〔艱〕	秦誓

大禹謨	戰國楚簡	漢石經	魏石經	敦煌本 S5745	敦煌本 S801	吐魯番本	岩崎本	神田本	九條本	島田本	內野本	上圖本（元）	觀智院	天理本	古梓堂	足利本	上圖本（影）	上圖本（八）	晁刻古文尚書	書古文訓	唐石經
臣克艱厥臣政乃乂											臣克艱厥臣政乃乂					臣克艱厥臣政乃乂	臣克艱厥臣政乃乂	臣克難服臣克政乃乂	臣戸囏乎臣政䖏乂	臣克艱厥臣政乃乂	臣克艱厥臣政乃乂
黎民敏德帝曰俞允若茲											黎民敏悳帝曰俞允若茲					黎民敏悳帝曰俞允若茲	黎民敏德帝曰俞允若茲	黎民敏悳帝曰俞允若茲	黎民敏悳帝曰俞允若茲	黎民敏悳帝曰俞允若茲	黎民敏悳帝曰俞允若茲

367、茲

「茲」字在傳鈔古文《尚書》有下列不同字形：

（1）[glyph]魏三體[glyph]魏三體 丝1

魏三體石經〈多士〉、〈君奭〉、〈立政〉「茲」字古文作[glyph]、〈大誥〉則作[glyph]，《書古文訓》多作隸定丝1形，即《說文》「丝」字[glyph]，從二幺，源自[glyph]何尊[glyph]大保簋[glyph]彔伯簋[glyph]毛公鼎[glyph]陳猷釜[glyph]曾姬無卹壺等形。「茲」、「丝」古為一字，《集韻》平聲7之韻「茲」古作「丝」。

（2）[glyph][glyph]魏三體（篆）[glyph][glyph]魏三體（隸）[glyph]1[glyph]2[glyph]3

魏三體石經〈大誥〉、〈多士〉「茲」字篆體作[glyph][glyph]魏三體（篆）、隸體各作[glyph][glyph]魏三體（隸），前者寫近玄部從二玄之「茲」字。戰國「茲」字或作[glyph]郭店.緇衣1，從艸絲省聲，岩崎本、九條本、上圖本（影）或作[glyph]1，敦煌本P3670、P2516「茲」字作[glyph]2，即《說文》玄部「茲」字篆文[glyph]之隸定，上圖本（元）或俗省變作[glyph]3。

（3）[glyph]茲

敦煌本 P2748、P3767、《書古文訓》「茲」字或作**蕬**玆，《說文》艸部「茲」字「草木多益，从艸絲省聲」，**蕬**玆與玄部从二玄訓「黑也」之「茲」字形近混同。

（4）**蔠**

〈費誓〉「徂茲淮夷徐戎並興」九條本「茲」字作**蔠**，「幺」俗混作「糸」。

（5）**竝**

〈大禹謨〉「帝曰俞允若茲」上圖本（八）「茲」字作「竝」字**竝**，爲「丝」字之寫訛。

【傳鈔古文《尚書》「茲」字構形異同表】

茲	戰國楚簡	石經	敦煌本	岩崎本b	神田本b	九條本	島田本b	內野本	上圖（元）	觀智院b	天理本	古梓堂b	足利本	上圖本（影）	上圖本（八）	古文尚書晁刻	書古文訓	尚書篇目
帝曰俞允若茲															竝		丝	大禹謨
帝念哉念茲在茲																	丝	大禹謨
續禹舊服茲率厥典								玆						玆			丝	仲虺之誥
茲朕未知獲戾于上下														玆			丝	湯誥
今王嗣有令緒尙監茲哉							玆										丝	太甲下
茲猶不常寧			玆														丝	盤庚上
予若籲懷茲新邑			玆 P3670														丝	盤庚中
用宏茲賁			玆 P2516														丝	盤庚下
王惟戒茲允茲			玆 P2516														丝	說命中
茲不忘大功		丝 魏															丝	大誥
越茲蠢殷小腆誕敢紀其敘		丝 魏															丝	大誥
祀茲酒惟天降命																	玆	酒誥

例句						唐石經	篇名
茲乃允惟王正事之臣						丝	酒誥
我亦惟茲二國命嗣若功		茲				丝	召誥
降若茲大喪	魏					丝	多士
爾厥有幹有年于茲洛	茲 P2748					丝	多士
茲四人迪哲厥或告之	慈 P3767					丝	無逸
率惟茲有陳保乂有殷	魏					丝	君奭
茲迪彝教文王蔑德	魏 茲 P2748						君奭
在亶乘茲大命	魏 茲 P2748		茲			丝	君奭
則乃宅人茲乃三宅無義民	魏		茲			丝	立政
民之治亂在茲		茲				丝	君牙
越茲麗刑并制罔差有辭		茲				丝	呂刑
徂茲淮夷徐戎並興		茲				丝	費誓

大禹謨	戰國楚簡	漢石經	魏石經	敦煌本S5745	敦煌本S801	吐魯番本	岩崎本	神田本	九條本	島田本	內野本	上圖本（元）	觀智院	天理本	古梓堂	足利本	上圖本	上圖本（影）	上圖本（八）	晁刻古文尚書	書古文訓	唐石經
嘉言罔攸伏野無遺賢										嘉言宕遄狀墊正遺叟								嘉言宕遄伏墊正遺賢	嘉言閉攸伏野無遺覩		嘉言宕罔伏墊山遺叟	嘉言罔攸伏野無遺賢

368、罔

「罔」字在傳鈔古文《尚書》有下列不同字形：

（1）⿰ 汗3.39 ⿰魏三體 室室1 宦2 宅3 庭宅4 宅5 空宅6 宅宅7 室8

《汗簡》錄《古尚書》「罔」字作：⿰汗3.39，魏三體石經〈多士〉「罔」

字古文作 <img_char> 魏三體，即《說文》「网」字「<img_char> 古文网，从冖亡聲」，「罔」爲「网」字形聲或體，「冖」爲「网」之省形。<img_char> 汗 3.39 <img_char> 魏三體从宀，偏旁宀、冖隸定往往相混。

敦煌本 S5745、S801、P3670、神田本、岩崎本、上圖本（影）、《書古文訓》「罔」字多作 <img_char>宅1，敦煌本 P2643、P3871、P3767、S799、島田本、九條本、內野本、上圖本（八）或作 <img_char>2，敦煌本 P2533 或作 <img_char>3，皆爲 <img_char> 汗 3.39 形之隸定，下从「亡」之俗書；足利本、上圖本（影）、上圖本（八）或俗作 <img_char><img_char>4 形。上圖本（八）或變作 <img_char>5 形，與「宅」字訛混；九條本、內野本、足利本、上圖本（影）、上圖本（八）或少一畫作 <img_char><img_char>6<img_char><img_char>7，與「它」字訛混；上圖本（八）或訛作 <img_char>8。

（2）<img_char>1<img_char>2

《書古文訓》「罔」字或作 <img_char>1，敦煌本 P5557 或作 <img_char>2，即《說文》「网」字古文「<img_char>」从冖亡聲之隸古定。

（3）<img_char>1<img_char>2

甲骨文「网」字作：<img_char>甲 3112 <img_char>乙 3947 反 <img_char>乙 5329 <img_char>庫 653 等形，金文多作省形：<img_char>戈网鼎 <img_char>仲网父簋，《汗簡》錄部首「网」字作：<img_char>汗 3.39，與此類同，《說文》篆文「网」字 <img_char> 則不省。敦煌本 P2748、S6259、上圖本（元）「罔」字或作 <img_char>1，敦煌本 P2516 或作 <img_char>2，皆演變自 <img_char>甲 3112 <img_char>戈网鼎形，<img_char>1 形內「乂」變作「又」，<img_char>2 形則「乂」變作「人」形。

（4）<img_char>漢石經 <img_char> 隸釋 <img_char>1<img_char>2

漢石經《尚書》「罔」字作 <img_char>，《隸釋》錄漢石經〈多士〉「罔」字作 <img_char>1，爲《說文》「网」字或體「罔」<img_char> 之隸定。觀智院本、上圖本（影）、上圖本（八）或作 <img_char>1，所从「亡」俗變似「止」形；上圖本（八）或訛作 <img_char>2。

（5）亡：<img_char>魏三體 <img_char><img_char>

魏三體石經〈呂刑〉「民之亂罔不中」「罔」字古文作 <img_char>，乃以「亡（無）」字爲「罔」，二字音義相近而通，「亡」字俗作 <img_char><img_char> 形又與「罔」字作 <img_char><img_char><img_char> 相近，日古寫本尚書「罔」字亦或作「亡（無）」字（各本各辭例詳見下表 *處）。

【傳鈔古文《尚書》「罔」字構形異同表】

傳抄古尚書文字 罔 [罔]汗3.39	戰國楚簡	石經	敦煌本	岩崎本	神田本b	九條本	島田本b	內野本	上圖（元）	觀智院b	天理本b	古梓堂b	足利本	上圖本（影）	上圖本（八）	古文尚書晁刻	書古文訓	尚書篇目
嘉言罔攸伏野無遺賢								〔古文〕					〔古文〕	〔古文〕			〔古文〕	大禹謨
罔失法度								〔古文〕					〔古文〕	〔古文〕			〔古文〕	大禹謨
罔咈百姓以從己之欲								〔古文〕					〔古文〕	〔古文〕	〔古文〕		〔古文〕	大禹謨
禹曰朕德罔克民不依			〔古文〕 S5745					〔古文〕					〔古文〕	〔古文〕	〔古文〕		〔古文〕	大禹謨
惟茲臣庶罔或干予正								〔古文〕					〔古文〕	〔古文〕	〔古文〕		〔古文〕	大禹謨
后非眾罔與守邦			〔古文〕 S801					〔古文〕						〔古文〕	〔古文〕		〔古文〕	大禹謨
帝不時敷同日奏罔功															〔古文〕		〔古文〕	益稷
傲虐是作罔晝夜頟頟													上*	上*	上*		〔古文〕	益稷
罔水行舟朋淫于家													上*	上*	上*		〔古文〕	益稷
羲和尸厥官罔聞知			〔古文〕 P2533					〔古文〕	〔古文〕				亡*	亡*	〔古文〕		〔古文〕	胤征
殲厥渠魁脅從罔治			〔古文〕 P2533 / 同 P5557					〔古文〕	〔古文〕				〔古文〕	〔古文〕	〔古文〕		〔古文〕	胤征
愛克厥威允罔功			〔古文〕 P5557					〔古文〕	〔古文〕						〔古文〕			胤征
予則孥戮汝罔有攸赦								〔古文〕	〔古文〕				〔古文〕	〔古文〕	〔古文〕		〔古文〕	湯誓
戰罔不懼于非辜								〔古文〕	〔古文〕					〔古文〕	〔古文〕		〔古文〕	仲虺之誥
社稷宗廟罔不祇肅								〔古文〕	〔古文〕				〔古文〕	〔古文〕	〔古文〕		〔古文〕	太甲上
民非后罔克胥匡以生								〔古文〕	〔古文〕				〔古文〕	〔古文〕	〔古文〕		〔古文〕	太甲中
與治同道罔不興								〔古文〕	〔古文〕				〔古文〕	〔古文〕	〔古文〕		〔古文〕	太甲下

罔不惟民之承		宧宧 P3670 P2643	宧		宧 宧		妄 宧	宧	宧	盤庚中
罔罪爾众眾爾無共怒		宧 宧 P2643 P2516	宧	宧 宧		無* 無*	宧	宧	盤庚下
罔有弗欽		宧 宧 P2643 P2516	宧	宧 宧		亡* 亡*	宧	宧	盤庚下
不言臣下罔攸稟令		言 宧 P2643 P2516	宧	宧 宧		亡* 亡*	宧	宧	說命上
自河徂亳暨厥終罔顯		宧 冈 P2643 P2516	宧	宧 宧			宧	宧	說命下
罔或無畏		罳 S799	宧b	宧			宧	宧	泰誓中
華夏蠻貊罔不率俾		宧 S799		宧			宧	宧	武成
狎侮君子罔以盡人心			冈b 宧				冈	宧	旅獒
夙夜罔或不勤不矜細行			宧b 宧				宧	宧	旅獒
體王其罔害予小子新命于三王			宧b 宧			冈	宧	宧	金縢
瘖不畏死罔弗憝		罳 漢		宧		宧 宧		宧	康誥
汝亦罔不克敬				宧		宧	冈	宧	康誥
自古王若茲監罔攸辟				宧 宧		宧		宧	梓材
篤敘乃正父罔不若予		宧 宧 P2748 S6017		宧			宧	宧	洛誥
惟時天罔念聞		宧 P2748		宧			宧 宧	宧	多士
予惟四方罔攸賓		罒 隸釋 宧 P2748		宧			宧	宧	多士
自時厥後亦罔或克壽		宧 P3767 冈 P2748		宧			宧	宧	無逸

經文								隸古定		篇名
王人罔不秉德明恤小臣屏侯甸	罔 [魏] P2748							宅	宅	君奭
罔以側言改厥度	罔 S6259 / 宅 S2074	宅 宅						宅	宅	蔡仲之命
爾罔不知洪惟天之命	宅 S2074	宅 宅						宅	宅	多方
誕作民主罔可念聽	[魏]	宅 宅						宅	宅	多方
是惟暴德罔後	[魏]	宅 巳*					士*		宅	立政
居寵思危罔不惟畏			宅 罔b				宅		宅	周官
民罔攸勸		宅	宅			圌	宅		宅	畢命
上帝監民罔有馨香		宅	宅				室		宅	呂刑
民之亂罔不中	[魏*]	宅	宅						宅	呂刑
尚猷詢茲黃髮則罔所愆	宅 P3871	宅	巳*	亡*					宅	秦誓

369、攸

「攸」字在傳鈔古文《尚書》有下列不同字形：

（1）迿汗1.9 𠧪四2.23 㝵㝵1 㝵㝵2 迿迿3 迿4 道5 迿迿6 迿7 道道迿8

《汗簡》、《古文四聲韻》錄《古尚書》「攸」字作：迿汗1.9 𠧪四2.23，源自金文「迿」字作 毛公鼎「錫汝𠧪一△」 臣辰卣 彔伯簋 呂鼎 虢弔鐘 虢弔鐘等形，卣、迿古為一字，《說文》乃部「迿」字篆文迿：「气形貌，從乃𠧪聲，讀若攸」「卣」即𠧪、 虢弔鐘形之隸定。

《書古文訓》「攸」字作㝵㝵1，為迿說文篆文迿之隸古定，或作㝵㝵2，或隸古定作迿迿3，尚書敦煌諸本、日古寫本多作迿3形；P2748、上圖本（影）或所從「卣」下少一畫作迿4；九條本或作道5；島田本、上圖本（影）或「卣」上少一畫迿迿6；上圖本（影）或「卣」內多一畫作迿7；上圖本（影）、上圖本（八）或「卣」內少一畫作道道迿8，與「道」字訛近。

（2）迿汗1.9 㝵四2.23 㝵1㝵2

《汗簡》、《古文四聲韻》錄《古尚書》「攸」字又作：迿汗1.9 㝵四2.23，與

《說文》「迺」字篆文作🔣「从乃省卤聲，籀文🔣不省。或曰🔣，往也，讀若仍。」傳抄「攸」字🔣汗1.9🔣四2.23形亦源自「迺」字🔣毛公鼎🔣臣辰卣🔣象伯簋🔣虢弔鐘等形，原🔣、🔣、🔣、卤（🔣說文篆文迺所从）形訛變作🔣，與「迺」字从「西」🔣籀文作🔣訛混，「迺」字金文作：🔣毛公鼎🔣毛公鼎🔣盂鼎🔣鬲攸比鼎，「迺」、「迺」二字金文有別。《書古文訓》「攸」字或作🔣1🔣2，爲🔣攸.汗1.9🔣攸.四2.23之隸古形，與「乃」字作「迺」🔣🔣相混同（參見"乃"）字。

（3）道：道1🔣2

〈君牙〉「率乃祖考之攸行」「攸」字足利本作道1，上圖本（影）省作🔣2，足利本旁更注「攸」字（🔣），此皆爲「攸」字訛作（1）道道道8形，進而誤作「道」字。

（4）所：🔣魏三體

魏三體石經〈無逸〉「乃非民攸訓」「非天攸若」「攸」字古篆隸皆作「所」字，孔傳云：「非所以教民非所以順天」，「攸」、「所」同義。

（5）🔣

〈洪範〉「四曰攸好德」上圖本（八）「攸」字作🔣，其左誤作「斤」。

【傳鈔古文《尚書》「攸」字構形異同表】

攸　傳抄古尚書文字　攸 道道汗1.9 卤🔣四2.23	戰國楚簡	石經	敦煌本	岩崎本b	神田本b	九條本 島田本b	內野本	上圖本（元） 觀智院b	天理本 古梓堂本b	足利本	上圖本（影）	上圖本（八）	古文尚書晁刻	書古文訓	尚書篇目
嘉言罔攸伏野無遺賢							迺			迺	迺			🔣	大禹謨
陽鳥攸居三江既入			迺				迺			迺	迺	迺		🔣	禹貢
漆沮既從灃水攸同	迺P3169		迺			迺				迺	迺	迺		🔣	禹貢
九州攸同四隩既宅	迺P4874		道			道				道	道	道		🔣	禹貢
予則孥戮汝罔有攸赦						道				迺	迺	道		道	湯誓
予攸祖之民室家相慶						道	攸			攸	攸	攸		🔣	仲虺之誥
率乃祖攸行						道	彷			迺	道	迺		🔣	太甲上

辭例		敦煌本等							出處
日無或敢伏小人之攸箴			逌	逌	逌			逌	盤庚上
先王不懷厥攸作	逌 P3670 逌 P2643	逌		逌	逌	逌	逌		逌	盤庚中
奠厥攸居乃正厥位	逌 P2643 逌 P2516	缺		逌	逌	逌	逌		逌	盤庚下
臣下罔攸稟令	逌 P2643 逌 P2516	逌		逌	逌	逌	逌		逌	說命上
無恥過作非惟厥攸居	逌 P2643 逌 P2516	逌		逌	逌				逌	說命中
匪說攸聞	逌 P2643 逌 P2516	逌		逌	逌				逌	說命下
我不知其彝倫攸敘			逌b	逌			逌		逌	洪範
四日攸好德			逌b	逌			攸		逌	洪範
茲攸俟能念予一人			逌b	逌			逌			金縢
自古王若茲監罔攸辟			逌	逌		逌			逌	梓材
厥攸灼敘	逌 P2748			逌			逌		逌	洛誥
予惟四方罔攸賓	仗隸釋 逌 P2748			逌			逌		逌	多士
乃非民攸訓	魏 逌 P3767 逌 P2748			逌			逌		逌	無逸
非天攸若	魏 逌 P3767 逌 P2748			逌			逌		逌	無逸

終以困窮懋乃攸績		**敚** S6259 **迿** S2074	迿	迿				迿	卣	蔡仲之命
文王罔攸兼于庶言庶獄庶慎		**迿** S2074 **迿** P2630	迿	迿				迿	卣	立政
欽乃攸司			迿	迿b	迿	迿	迿	卣	周官
違上所命從厥攸好				迿			迿	卣	君陳
民罔攸勸		迿		迿			迿	卣	畢命
率乃祖考之攸行		迿		迿		迿 乀	迿	迿	君牙

370、野

「野」字在傳鈔古文《尚書》有下列不同字形：

（1）埜：埜汗3.30埜四3.22埜埜埜1埜埜2埜3禁4

《汗簡》、《古文四聲韻》錄《古尚書》「野」字作：埜汗3.30埜四3.22，源自甲骨文「野」字作：埜前4.33.5埜鄴3下38.4，金文作：埜克鼎埜盦忐鼎。敦煌本 S801、P3169、P2643、內野本、足利本、上圖本（影）、上圖本（八）、《書古文訓》「野」字多作埜埜埜1；敦煌本 P2516、S799、岩崎本、九條本或作埜埜2，岩崎本或作埜3，所從偏旁土字皆作「土」；上圖本（元）或作禁4，所從「土」訛似「云」。

（2）壄：壄汗6.73壄四3.22壄1壄2

《汗簡》、《古文四聲韻》錄《古尚書》「野」字作：壄汗6.73壄四3.22，《說文》「野」字古文作壄，秦簡作壄睡虎地.6.45，漢代作壄天文雜占1.5，野、壄說文古文野乃从「予」聲，壄汗6.73壄四3.22皆誤从「矛」，《書古文訓》「野」字或作此形隸定壄1，亦「予」誤作「矛」，《書古文訓》或作壄2，其中所從當爲「予」之訛。

【傳鈔古文《尚書》「野」字構形異同表】

傳抄古尚書文字 野 埜汗3.30 壄汗6.73 埜梅四3.22	戰國楚簡	石經	敦煌本	岩崎本	神田本b	九條本	島田本b	內野本	上圖(元)	觀智院b	天理本	古梓堂b	足利本	上圖本(影)	上圖本(八)	古文尚書晁刻	書古文訓	尚書篇目
嘉言罔攸伏野無遺賢								埜					埜	埜			壄	大禹謨
君子在野小人在位			埜 S801														壄	大禹謨
蒙羽其藝大野既豬			埜					埜					埜	埜	埜		壄	禹貢
原隰厎績至于豬野			埜 P3169				埜	埜					✓	✓	✓		壄	禹貢
啟與有扈戰于甘之野作甘誓			埜 P2533				埜										埜	甘誓
遂與桀戰于鳴條之野作湯誓							埜	埜					埜	埜	埜		埜	湯誓
高宗夢得說使百工營求諸野			埜 P2643 埜 P2516	埜				埜	埜				埜	埜	埜		壄	說命上
既乃遯于荒野			埜 P2643 埜 P2516	埜				埜	埜				埜	埜			壄	說命下
與受戰于牧野作牧誓			埜 S799	埜				埜					埜	埜	埜		壄	牧誓
放牛于桃林之野			埜 S799	埜				埜						埜	埜		壄	武成

371、遺

「遺」字在傳鈔古文《尚書》有下列不同字形：

（1）遺遺

《書古文訓》「遺」字作遺遺，爲《說文》「遺」字篆文𩜁之隸古定，與𩜁秦山刻石、𩜁漢帛書.老子甲 107 同形。

（2）送1送2

上圖本（影）「遺」字或作送1，爲「遺」字篆文𩜁之隸變俗書草化字形，與漢簡送武威醫簡 60 類同，上圖本（影）又或作送2。

【傳鈔古文《尚書》「遺」字構形異同表】

遺	戰國楚簡	石經	敦煌本	岩崎本	神田本b	九條本	島田本b	內野本	上圖（元）	觀智院b	天理本	古梓堂b	足利本	上圖本（影）	上圖本（八）	古文尚書晁刻	書古文訓	尚書篇目
嘉言罔攸伏野無遺賢																	遺	大禹謨
昏棄厥遺王父母弟																	遺	牧誓
寧王遺我大寶龜																	遺	大誥
王若曰爾殷遺多士															遺		遺	多士
無遺鞠子羞群公既皆聽命															遺		遺	康王之誥
惟予小子嗣守文武成康遺緒															遺		遺	君牙

372、賢

「賢」字在傳鈔古文《尚書》有下列不同字形：

（1）臤：[魏三體]臤 臤 臤

魏三體石經〈君奭〉「時則有若巫賢」「賢」字古文作[glyph]，敦煌本 P2643、P2516、神田本、岩崎本、九條本、內野本、足利本、上圖本（影）、上圖本（八）、《書古文訓》「賢」字亦多作臤 臤 臤，《說文》「臤」字云：「古文以爲賢字」，《玉篇》「賢」字下「臤，古文」，漢〈校官碑〉、〈袁良碑〉皆「賢」字皆作「臤」。

（2）賢：賢

足利本、上圖本（影）、上圖本（八）「賢」字或俗寫省作賢。

【傳鈔古文《尚書》「野」字構形異同表】

賢	戰國楚簡	石經	敦煌本	岩崎本	神田本b	九條本	島田本b	內野本	上圖（元）	觀智院b	天理本	古梓堂b	足利本	上圖本（影）	上圖本（八）	古文尚書晁刻	書古文訓	尚書篇目
嘉言罔攸伏野無遺賢								臤									臤	大禹謨
任賢勿貳								臤						臤	臤		臤	大禹謨

不自滿假惟汝賢					臤				臤 大禹謨
侮慢自賢					臤			賢	臤 大禹謨
簡賢附勢						賢			臤 仲虺之誥
佑賢輔德			臤			賢	賢		臤 仲虺之誥
時乃日新任官惟賢材						賢			臤 咸有一德
惟其賢慮善以動		臤 P2643 臤 P2516	臤	臤		賢	賢	臤	臤 說命中
惟后非賢不乂		臤 P2643 臤 P2516	臤	臤		賢	賢	臤	臤 說命下
剖賢人之心			臤b			賢	賢	臤	臤 泰誓下
建官惟賢位事惟能				臤		賢	賢	臤	臤 武成
所寶惟賢則邇人安			臤b	臤		賢	賢		臤 旅獒
惟稽古崇德象賢				臤		賢	賢		臤 微子之命
時則有若巫賢		魏				賢			臤 君奭
推賢讓能庶官乃和						賢	賢		臤 周官
惟賢餘風未殄				臤		賢	賢		臤 畢命

大禹謨	戰國楚簡	漢石經	魏石經	敦煌本 S5745	敦煌本 S801	吐魯番本	岩崎本	神田本	九條本	島田本	內野本	上圖本（元）	觀智院	天理本	古梓堂	足利本	上圖本（影）	上圖本（八）	晁刻古文尚書	書古文訓	唐石經
萬邦咸寧稽于眾舍己從人											万邦咸寧乩亐眾舍己加入					万邦咸寧乩亐央舍己加人	万邦咸寧乩亐央舍己加入	萬邦咸寧稽于眾舍己從人	万寽咸灾乩亐嗣舍已从人	萬邦咸寧稽于眾舍己從之

373、寧

「寧」字在傳鈔古文《尚書》有下列不同字形：

（1）🔲魏三體🔲寧₁🔲寧₂🔲寧₃

魏三體石經〈君奭〉「寧」字古文作🔲，《汗簡》錄石經「寧」字作🔲汗3.44石經與此同形，其下似「衣」下半形之「🔲」乃由「皿」、「丂」合書訛變而成，「寧」字由🔲孟爵🔲寧簋變作🔲𠄣卣、🔲中山王鼎，再變作🔲魏三體🔲汗3.44石經。

敦煌本P2748、上圖本（八）「寧」字或作🔲寧₁，其下皿、丂之橫筆合書；足利本、上圖本（影）或作🔲寧₂，所從偏旁心字省寫，皿、丂之橫筆或合書；島田本、上圖本（八）或作🔲寧₃，所從「丂」只作直筆。

（2）寍：🔲寍🔲寍₁🔲寍₂🔲寍₃🔲寍₄

敦煌本P2533、P2748、神田本、岩崎本、九條本、內野本、上圖本（影）、上圖本（八）、《書古文訓》「寧」字或作🔲寍₁，《書古文訓》或偏旁「皿」字析離訛作🔲₂；岩崎本或作🔲₃，偏旁「心」字訛寫作「必」；岩崎本、上圖本（影）、上圖本（八）或偏旁「心」字省寫作🔲寍₄形，內野本〈君奭〉「我亦不敢寧于上帝命」「寧」字作🔲，當為此形之過渡。上述諸形皆為「寍」字，源自：🔲毛公鼎🔲國差𦉜🔲蔡侯鐘🔲寍壺🔲侯馬🔲石鼓文，楚簡作🔲包山72🔲九店56.13。

「寍」為「寧」字之初文，《說文》宀部「寍，安也。」段注云：「此安寧

正字，今則『寧』行而『寍』廢矣。僞古文『萬邦咸寍』音義曰：『寍，安也』《說文》安寧字如此，『寧』願詞也，語甚分明，自衛包改正文，李昉、陳鄂又改釋文，令人不可讀矣。」

（3）文：〔古文字形〕郭店緇衣37

〈君奭〉「在昔上帝割申勸寧王之德」郭店楚簡〈緇衣〉簡36.37引作「昔才上帝戠（割）紳觀文王德」「寧」字作〔古文字形〕郭店緇衣37，「寧王」作「文王」，今本〈緇衣〉引〈君奭〉云：「昔在上帝周田觀文王之德」敦煌本P2748、《書古文訓》及日古寫本皆作「寧王」，「寧」字或作「寍」，乃金文「文」字〔字形〕（師酉簋）之誤，蓋金文「文」字胸前交文錯畫之形漸訛而近於「心」字，故有誤以〔字形〕爲「寧」字（參見"文"字），郭店楚簡〈緇衣〉作「文王」而不誤。

【傳鈔古文《尚書》「寧」字構形異同表】

寧	戰國楚簡	石經	敦煌本	岩崎本	神田本b	九條本	島田本b	內野本	上圖（元）	觀智院b	天理本b	古梓堂b	足利本	上圖本（影）	上圖本（八）	古文尚書晁刻	書古文訓	尚書篇目
萬邦咸寧													寧				寍	大禹謨
寧失不經好生之德													寧	寧			寍	大禹謨
民惟邦本本固邦寧			寍 P2533		寍								寧	寍			寍	五子之歌
茲猶不常寧				寍				寍							寍		寍	盤庚上
寧執非敵				寍b									寧	寍			寍	泰誓中
家用不寧							寧b						寧	寍	寧		寍	洪範
志以道寧言以道接							寧b	寍					寧	寍	寧		寍	旅獒
朕畝天亦惟休于前寧人							寍b	寍					寧	寍			寍	大誥
爾乃尙寧幹止			寍 P2748					寍					寍	寍	寍		寍	多士
我亦不敢寧于上帝命		魏	寧 P2748					寍					寧	寍	寍		寍	君奭

我道惟寧王德延		寧 P2748 魏		宣		寧 寧 宣		宣	君奭
在昔上帝割申勸寧王之德	文 郭店.緇衣37	寧 P2748		宣		寧 寧 宣		宣	君奭
四方無虞予一人以寧			宣	宣				宣	畢命
思其艱以圖其易民乃寧			宣	宣	寧 寧 寧			宣	君牙
其寧惟永				宣	寧 寧 宣			宣	呂刑
父義和其歸視爾師寧爾邦				宣	寧 宣			宣	文侯之命
無荒寧簡恤爾都用成爾顯德	魏		宣	宣		寧	宣		文侯之命

374、眾

「眾」字在傳鈔古文《尚書》有下列不同字形：

（1）眾隸釋 眾眾1 帰2 眾眾3

「眾」字甲骨文从「日」作甲354甲2291林1.20.14，金文變作从「目」：

師旂鼎師袁簋師袁簋中山王弓鼎，「目」形又變作楚帛書丙陶彙3.537燕下都215.6中山侯鉞郭店.成之25等，《汗簡》錄《說文》「眾」字作汗3.43說文，魏三體石經古文殘碑「眾」字作與此同形，今《說文》「眾」字篆文則作。《隸釋》錄漢石經尚書「眾」字作隸釋，尚書敦煌寫本、日古寫本「眾」字多作眾眾1形，眾眾眾1即魏三體郭店.成之25之隸變，其偏旁「目」字多一畫而似「血」形，其下則為說文篆文㐱之隸變，九條本、上圖本（八）或作眾眾3，其左下多一畫寫似「夕」形，《書古文訓》「眾」字則作帰2，其下作㐱之隸古定，形似三刀。

（2）衆

內野本、足利本、上圖本（影）「眾」字或作衆，上从「目」字變作「屮」，其下原从三人之偏旁「㐱」（㐱）字則省形作「从」。

（3）众

上圖本（影）〈大禹謨〉「眾非元后何戴」文中「眾」字寫誤衆，更正於上作众，為《說文》「㐱」字篆文㐱之隸定，「㐱」為「眾」字之初文。

（4）[中]

上圖本（八）〈胤征〉文中「眾」字皆作[中]，此爲「中」字，魏三體石經〈無逸〉「中」字古文作[中]，〈呂刑〉作[中]，類同《說文》「中」字籀文[中]，此篇上圖本（八）乃借「中」字爲「眾」。

【傳鈔古文《尚書》「眾」字構形異同表】

眾	戰國楚簡	石經	敦煌本	岩崎本b	神田本b	九條本	島田本b	內野本	上圖（元）	觀智院b	天理本b	古梓堂本b	足利本	上圖本（影）	上圖本（八）	古文尚書晁刻	書古文訓	尚書篇目
稽于眾舍己從人													安	衆	眾		𠱧	大禹謨
御眾以寬			眾 S5745					衆					安	衆	眾		𠱧	大禹謨
眾非元后何戴			眾 S801					安					安	众	眾		𠱧	大禹謨
肆予以爾眾士奉辭罰罪								眾					安	衆	眾		𠱧	大禹謨
徂征告于眾			衆 P2533 / 眾 P3752					衆	衆				衆	衆	眾		𠱧	胤征
嗟予有眾聖有謨訓			眾 P2533 / 眾 P3752					衆	眾				安	衆	中		𠱧	胤征
今予以爾有眾			眾 P2533 / 眾 P5557					眾	眾				安	衆	中		𠱧	胤征
爾眾士同力王室			眾 P2533 / 眾 P3752					眾	眾				安	衆	中		𠱧	胤征
其爾眾士懋戒哉			衆 P5557					眾	衆				安	衆	中		𠱧	胤征
率籲眾慼出矢言								衆	衆				眾	影	衆		𠱧	盤庚上
恐沈于眾			眾 P2643	眾				眾	衆				衆	衆	衆		𠱧	盤庚上

								尚書篇目
則惟汝眾又自作弗靖	P3670 P2643							盤庚上
誕告用亶其有眾	P3670 P2643							盤庚中
予豈汝威用奉畜汝眾	P2643							盤庚中
綏爰有眾眾	P2643 P2516							盤庚下
念敬我眾朕不肩好貨	隸釋 P2643							盤庚下
明誓眾庶士	S799							泰誓下

375、己

「己」字在傳鈔古文《尚書》有下列不同字形：

（1）𢀜

《書古文訓》「己」字多作𢀜，為《說文》「己」字古文𢀜之隸定，源自戰國作**𢀜**陳璋鐘**𢀜**璽彙 2191 等形。

（2）巳：已

敦煌本 P3871、內野本、足利本、上圖本（影）「己」字或作**已**字，其「已」字亦作「巳」，是寫本中「己」、「已」、「巳」三字常寫混。（見下列 "巳" 己字構形異同表）

【傳鈔古文《尚書》「巳」字構形異同表】

巳	戰國楚簡	石經	敦煌本	岩崎本 b / 神田本	九條本 / 島田本 b	內野本	上圖（元）/ 觀智院 b	古梓堂 b / 天理本	足利本	上圖本（影）	上圖本（八）	古文尚書晁刻	書古文訓	尚書篇目
巳若茲監						已			已	已	已		巳	梓材

【傳鈔古文《尚書》「己」字構形異同表】

己	戰國楚簡	石經	敦煌本	岩崎本	神田本b	九條本	島田本b	內野本	上圖(元)	觀智院b	天理本	古梓堂b	足利本	上圖本(影)	上圖本(八)	古文尚書晁刻	書古文訓	尚書篇目
稽于眾舍己從人													巳					大禹謨
罔咈百姓以從己之欲													巳	巳				大禹謨
謂人莫己若者亡													巳	巳			正	仲虺之誥
百官總己以聽冢宰													巳	巳			正	伊訓
祖己曰惟先格王正厥事																	正	高宗肜日
賊虐諫輔謂己有天命																	正	泰誓中
人之有技若己有之			巳 P3871					巳					巳	巳			正	秦誓

大禹謨	戰國楚簡	漢石經	魏石經	敦煌本 S5745	敦煌本 S801	吐魯番本	岩崎本	神田本	九條本	島田本	內野本	上圖本(元)	觀智院	天理本	古梓堂	足利本	上圖本(影)	上圖本(八)	晁刻古文尚書	書古文訓	唐石經
不虐無告不廢困窮							弗虐亡告弗廢朱窮										弗虐上告弗廢困窮	弗虐上告弗廢困窮	不虐無告不廢困窮	亞虐亡告亞廢朱窮	不虐無告不廢困窮

376、廢

「廢」字在傳鈔古文《尚書》有下列不同字形：

（1）廢：廢1廢2廢3

內野本「廢」字或作廢1，岩崎本、九條本或作廢2，所從「癶」隸變且合筆變作「业」、「业」形，廢2復右下所從「殳」寫作「攵」；足利本、上圖本（影）、上圖本（八）或作廢3，其下訛作「放」（參見"發"字）。

（2）癈：癈1癈2癈3癈4

敦煌本 P2748、S6017（癈1）、P3752、P2516（癈2）、九條本（癈2）、上圖本（元）（癈2）、上圖本（影）（癈3）、上圖本（八）（癈1癈4）「廢」字或作「癈」，俗書偏旁「广」混作「疒」，此當爲「廢」之俗字，而《說文》「癈，固病也」，以此「癈疾」字假借爲「興廢」字，亦可。

【傳鈔古文《尚書》「廢」字構形異同表】

廢	戰國楚簡	石經	敦煌本	岩崎本	神田本b	九條本	島田本b	內野本	上圖（元）	觀智院b	天理本	古梓堂b	足利本	上圖本（影）	上圖本（八）	古文尚書晁刻	書古文訓	尚書篇目
不虐無告不廢困窮								廢					廢	廢	癈			大禹謨
羲和湎淫廢時亂日								癈 廢						癈				胤征
羲和廢厥職酒荒于厥邑			廢 P3752					廢 廢					廢	癈	癈			胤征
非廢厥謀弔由靈各非敢違卜			廢 P2643 廢 P2516					廢 廢					廢	癈	癈			盤庚下
乃身不廢在王命								廢					廢	癈	癈			康誥
不敢廢乃命汝往敬哉			癈 P2748 癈 S6017					廢					廢	癈	廢			洛誥
厥惟廢元命降致罰								廢					廢	癈	廢			多士

377、困

「困」字在傳鈔古文《尚書》有下列不同字形：

（1）汗3.30四4.201

《汗簡》、《古文四聲韻》錄《古尚書》「困」字作：汗3.30四4.20，即《說文》口部「困」字古文，敦煌本 P2643、內野本、《書古文訓》「困」字或作1，爲此形之隸古定，源自甲骨文从止从木省作：珠25乙6723

反等〔註217〕。

（2）朱₁朵₂米₃

敦煌本 S801、S2074、岩崎本、九條本、內野本、上圖本（八）「困」字或作朱₁，九條本或作朵₂，原上所從「止」訛作「山」。

〈太甲中〉「惟明后先王子惠困窮」足利本、上圖本（影）「困」字作米₃，為朱說文古文困之訛，原上所從「止」訛作「山」，其下偏旁「木」字訛寫作「水」形。

（3）因

〈盤庚中〉「汝不憂朕心之攸困」上圖本（影）「困」字誤作「因」因。

【傳鈔古文《尚書》「困」字構形異同表】

傳抄古尚書文字 困 朱汗3.30 米四4.20	戰國楚簡	石經	敦煌本	岩崎本	神田本b	九條本	島田本b	內野本	上圖（元）	觀智院b	天理本b	古梓堂b	足利本	上圖本（影）	上圖本（八）	古文尚書晁刻	書古文訓	尚書篇目
不虐無告不廢困窮								朱									朱	大禹謨
四海困窮天祿永終			朱 S801														朱	大禹謨
惟明后先王子惠困窮								米					米	米	果			太甲中
汝不憂朕心之攸困			朱 P2643			朵		米						因			朱	盤庚中
公功肅將祗歡公無困哉																	朱	洛誥
終以不困不惟厥終			朱 S2074			米		朵							米		朱	蔡仲之命
終以困窮懋乃攸績			米 S2074			朵		米							米		朱	蔡仲之命

〔註217〕參見李孝定，《甲骨文字集釋》，台北：中研院史語所，1991，頁2120。

唐石經	書古文訓	晁刻古文尚書	上圖本（八）	上圖本（影）	足利本	天理本	古梓堂	觀智院	上圖本（元）	內野本	島田本	九條本	神田本	岩崎本	吐魯番本	敦煌本S801	敦煌本S5745	魏石經	漢石經	戰國楚簡	大禹謨
惟帝時克　百都制德廣運	惟帝昔戶恭曰都制帝惠廣運	惟帝時克益曰都帝德廣運	惟帝出昔克恭曰都帝德廣運	惟帝嘗克恭都制德廣運						惟帝嘗克恭曰都帝惠廣運											惟帝時克益曰都帝德廣運

378、廣

「廣」字在傳鈔古文《尚書》有下列不同字形：

（1）厝

上圖本（影）「廣」字作厝，此為《說文》广部「廟」字古文麿之隸定，當為寫誤。

【傳鈔古文《尚書》「廣」字構形異同表】

廣	戰國楚簡	石經	敦煌本	岩崎本	神田本b	九條本	島田本b	內野本	上圖（元）	觀智院b	天理本	古梓堂b	足利本	上圖本（影）	上圖本（八）	古文尚書晁刻	書古文訓	尚書篇目
都帝德廣運								廣					厝					大禹謨

大禹謨	戰國楚簡	漢石經	魏石經	敦煌本 S5745	敦煌本 S801	吐魯番本	岩崎本	神田本	九條本	島田本	內野本	上圖本（元）	觀智院	天理本	古梓堂	足利本	上圖本（影）	上圖本（八）	晁刻古文尚書	書古文訓	唐石經
乃聖乃神乃武乃文											乃聖乃神乃武乃文						乃聖乃神乃武乃文	乃聖乃神乃武乃文	齒聖齒神乃禮齒武齒亥		乃聖乃神乃武乃亥
皇天眷命奄有四海爲天下君											皇天眷命奄有三象爲天下君						皇天眷命奄有三象爲天下君	皇天眷命奄有三象爲天下君	皇天眷命奄有三象爲天下問		皇天眷命奄有四海爲天下君

379、皇

「皇」字在傳鈔古文《尚書》有下列不同字形：

（1）[字形] 汗 2.16 [字形] 四 2.17 [字形] 魏三體 皇1 皇2

《汗簡》、《古文四聲韻》錄《古尚書》「皇」字作：[字形] 汗 2.16 [字形] 四 2.17，魏三體石經〈君奭〉「皇」字古文作[字形]，源自金文 [字形] 作冊大鼎 [字形] 競卣 [字形] 士父鐘 [字形] 仲師父鼎，[字形] 魏三體與 [字形] 秦公簋 [字形] 郑公華鐘 [字形] 中山王壺等同形。[字形] 汗 2.16 [字形] 四 2.17 其下所從爲《說文》「王」字古文[字形]，「王」字古作[字形] 戌甬鼎 [字形] 小臣系卣 [字形] 盂鼎 [字形] 克鼎 [字形] 趞鼎 [字形] 王子午鼎等形，《說文》「皇」字篆文[字形] 從「自」，[字形] 汗 2.16 亦從「自」。

《書古文訓》「皇」字或作皇1皇2，爲[字形] 四 2.17 [字形] 汗 2.16 之隸古定訛變，其下從[字形]說文古文王。

（2）[字形][字形]

上圖本（八）「皇」字或作[字形][字形]，與《玉篇》古文「皇」作「[字形]」類同，爲[字形] 汗 2.16 [字形] 四 2.17 之隸古定訛變，其下亦從[字形]說文古文王。

（3）凰

上圖本（八）〈益稷〉「鳳皇來儀」「皇」字作「凰」凰，《廣韻》「凰」本作「皇」，《史記・五帝本紀》「鳳皇來翔」、《漢書・昭帝紀》「鳳皇集東海」等「鳳」皆作「皇」。其後「鳳皇」受前字「鳳」類化而作「鳳凰」。

（4）兄：兄隸釋

《隸釋》錄漢石經〈無逸〉「無皇日今日耽樂」「無皇」作「毋兄」，《撰異》謂此「今文尚書作『毋兄』，古文尚書作『無皇』也」，毋、無通用，兄、皇則音近假借。

《隸釋》又錄「則皇自敬德」「皇自」作「兄日」，《撰異》云：「鄭注：『皇，暇也，言寬暇自敬』王肅本『皇』作『況』，注曰：『況滋益用敬德』王蓋據今文以改古文也。此『皇』字，鄭亦當訓暇，王亦當作『況』，訓滋益。《詩・小雅・常棣》『況也永嘆』『況』或作『兄』，『兄』是古字，『況』是今字。〈大雅〉〈桑柔〉『倉兄填兮』、〈召旻〉『職兄斯引』二毛《傳》皆云：『兄，滋也』韋昭《國語》注云：『況，益也』毋兄日者，毋益日云云」。今本作「皇」為「兄」（況）之假借字。

【傳鈔古文《尚書》「皇」字構形異同表】

皇　傳抄古尚書文字 峑汗2.16 峑四2.17	戰國楚簡	石經	敦煌本	岩崎本b	神田本b	九條本b	島田本b	內野本	上圖本（元）	觀智院b	天理本	古梓堂b	足利本	上圖本（影）	上圖本（八）	古文尚書晁刻	書古文訓	尚書篇目
皇天眷命																	皇	大禹謨
鳳皇來儀			皇 P3605 P3615												凰			益稷
皇祖有訓																	皇	五子之歌
無皇日今日耽樂 *《隸釋》無皇作毋兄*	兄 隸釋																	無逸
則皇自敬德 *《隸釋》皇自作兄日*	兄 隸釋																	無逸
時則有若伊尹格于皇天		魏																君奭

皇天用訓厥道								島		康王之誥
皇帝哀矜庶戮之不辜								島		呂刑
皇帝清問下民								島		呂刑

380、奄

「奄」字在傳鈔古文《尚書》有下列不同字形：

（1）〔圖〕汗 3.39〔圖〕四 3.29

《汗簡》、《古文四聲韻》錄《古尚書》「奄」字作：〔圖〕汗 3.39〔圖〕四 3.29，此即《說文》「弇」字古文〔圖〕，源自〔圖〕隨縣 60〔圖〕望山 2.38〔圖〕郭店.成之 16〔圖〕郭店.六德 31〔圖〕中山王鼎等形，《箋正》云：「『奄』與『弇』原異字，而『弇蓋』、『奄覆』義相通，音亦近，故僞書以『弇』、『寁』作『奄』」，此借「弇」（古文作〔圖〕）字爲「奄」。

（2）弇：〔圖〕

〈立政〉「奄甸萬姓」敦煌本 S2074、九條本、內野本、上圖本（八）、《書古文訓》「奄」字或作〔圖〕〔圖〕〔圖〕，內野本「奄」多作〔圖〕，皆借「弇」爲「奄」。

（3）〔圖〕

敦煌本 S2074、足利本、上圖本（影）「奄」字或變作〔圖〕，俗書字體形構上方「大」常加二點混作「六」。

【傳鈔古文《尚書》「奄」字構形異同表】

傳抄古尚書文字 奄 〔圖〕汗 3.39 〔圖〕四 3.29	戰國楚簡	石經	敦煌本	岩崎本b	神田本b	九條本b	島田本b	內野本	上圖（元）	觀智院b	天理本	古梓堂b	足利本	上圖本（影）	上圖本（八）	古文尚書晁刻	書古文訓	尚書篇目
奄有四海爲天下君													奄	奄			弇	大禹謨
成王東伐淮夷遂踐奄作成王政						弇												蔡仲之命
成王既踐奄將遷其君於蒲姑								弇										蔡仲之命
成王歸自奄在宗周誥庶邦作多方								弇										多方

惟五月丁亥王來自奄于至宗周		昚 S2074		夲				多方
奄甸萬姓	夲 魏 S2074		夲夲				夲 夲	立政

381、君

「君」字在傳鈔古文《尚書》有下列不同字形：

（1）屄上博 1 緇衣 6屄郭店緇衣 9屄魏三體屄汗 1.6君

戰國楚簡上博簡、郭店簡引《尚書》〈君牙〉、〈君奭〉、〈君陳〉〔註218〕「君」字皆作屄上博 1 緇衣 6屄郭店緇衣 9，魏三體石經〈君奭〉「君」字古文作，二者同形。《汗簡》錄《古尚書》「君」字作：屄汗 1.6，即《說文》古文作屄，侯馬盟書作君與此同形。屄汗 1.6屄說文古文君魏三體皆源自屄天君鼎屄召伯簋屄史頌鼎屄喬君鉦屄哀成弔鼎屄白者君盤屄邵鐘屄智君子鑑屄侯馬屄鄂君啟舟節屄璽彙 0273屄璽彙 0004，其上屄（屄汗 1.6）、屄（魏三體）當皆「尹」（屄、屄）字之變。觀智院本或寫作君2，「尹」字直筆未上貫。

（2）屄汗 1.6屄四 1.34商商 1商 2

《汗簡》、《古文四聲韻》錄《古尚書》「君」字又作：屄汗 1.6屄四 1.34，《書古文訓》「君」字或作商商 1商 2，為此形之隸古定，當亦源自屄天君鼎屄召伯簋屄侯馬屄璽彙 0273屄璽彙 0004 等形，其上形筆畫訛變割裂。

（3）屄四 1.34

《古文四聲韻》錄《古尚書》「君」字又作屄四 1.34，此當為「尹」字，「尹」、「君」音義俱近，漢安徽亳縣墓磚「君」字作「尹」〔註219〕。

〔註218〕上博〈緇衣〉簡 6、郭店〈緇衣〉簡 9 引〈君牙〉「夏暑雨，小民惟曰怨恣，冬祁寒，小民亦惟曰怨恣。」；上博〈緇衣〉簡 10、20、郭店〈緇衣〉簡 19、39 引〈君陳〉「凡人未見聖，若不克見，既見聖，亦不克由聖。」、「出入自爾師虞，庶言同則繹。」句；上博〈緇衣〉18 郭店〈緇衣〉36 引〈君奭〉「在昔上帝割申勸寧王之德，其集大命于厥躬。」

〔註219〕見《廣碑》，頁 53，轉引自：徐在國，《隸定古文疏證》，「君」字條，頁 33（合肥：安徽大學出版社，2002）。

【傳鈔古文《尚書》「君」字構形異同表】

傳抄古尚書文字 君 汗1.6 四1.34	戰國楚簡	石經	敦煌本	岩崎本b	神田本b	九條本	島田本b	內野本	上圖（元）	觀智院本b	天理本	古梓堂本b	足利本	上圖本（影）	上圖本（八）	古文尚書晁刻	書古文訓	尚書篇目
奄有四海爲天下君																	商	大禹謨
可愛非君可畏非民																	商	大禹謨
君子在野小人在位																	商	大禹謨
邦君有一于身國必亡																	商	伊訓
罔以辯言亂舊政																	商	太甲下
天子惟君萬邦百官承式			启 P2643														商	說命上
嗟我友邦冢君																	商	泰誓上
嗚呼君子所其無逸																	商	無逸
周公若曰君奭弗弔		魏															商	君奭
君奭我聞在昔成湯既受命		魏															商	君奭
君奭天壽平格保乂有殷		魏															商	君奭
君奭在昔上帝割申勸寧王之德		魏															商	君奭
凡我有官君子									君b								商	周官
君陳惟爾令德孝恭									君b								商	君陳
俾君子易辭									君b								商	秦誓

大禹謨	戰國楚簡	漢石經	魏石經	敦煌本S5745	敦煌本S801	吐魯番本	岩崎本	神田本	九條本	島田本	內野本	上圖本（元）	觀智院	天理本	古梓堂	足利本	上圖本（影）	上圖本（八）	晁刻古文尚書	書古文訓	唐石經
禹曰惠迪吉從逆凶惟影響												禹曰惠迪吉羽逆凶惟影響					禹曰惠迪吉羽逆凶惟影響	禹曰惠迪吉從逆凶惟影響	禹曰惠迪吉羽逆凶惟景寰	禹曰惠迪吉初並凶惟景寰	禹曰惠迪吉從逆凶惟景影

382、逆

「逆」字在傳鈔古文《尚書》有下列不同字形：

（1）屰汗1.11 屰汗6.82 屰四5.7 屰.四5.19 屰1 屰2

《汗簡》、《古文四聲韻》錄《古尚書》「逆」字作：屰汗1.11 屰汗6.82 屰四5.7，《古文四聲韻》又錄《古尚書》「屰」字作：屰.四5.19，與此同形，屰汗1.11形則寫訛。《說文》干部「屰」字篆文作屰，「屰」為「逆」字之初文，甲金文作：屰甲2707 屰乙8505 屰目父癸爵 屰父丁爵，屰汗1.11下《箋正》謂「夏作屰是，此誤篆。」《古文四聲韻》又錄屰四5.7義雲章屰王惟恭黃庭經形，屰汗1.11當由此再變。《書古文訓》以「屰」為「逆」字作屰1 屰2形，屰2下作屰汗6.82之古文字形。

（2）逆1 逆逆2 迖3

內野本、足利本、上圖本（影）、上圖本（八）「逆」字或作逆1，右缺一畫。內野本、上圖本（八）或作逆逆2，所從偏旁「屰」字為屰汗1.11之隸古定。敦煌本S801、岩崎本、島田本、九條本、觀智院本、上圖本（元）或作迖，為「逆」字篆文之隸變，秦簡已見筆劃拉直作迖睡虎地30.38，漢代作迖漢帛書老子甲後386 迖孫臏106 迖武威醫簡80甲 迖漢石經.僖公25，所從偏旁「屰」字隸變俗寫似「羊」字。

【傳鈔古文《尚書》「逆」字構形異同表】

傳抄古尚書文字 逆 屰汗1.11 屰汗6.82 屰四5.7 屰四5.19	戰國楚簡	石經	敦煌本	岩崎本	神田本b	九條本	島田本b	內野本	上圖(元)	觀智院b	天理本	古梓堂b	足利本	上圖本(影)	上圖本(八)	古文尚書晁刻	書古文訓	尚書篇目
惠迪吉從逆凶惟影響								逆						逆			屰	大禹謨
苗民逆命			逆 S801					逆						逆	逆		屰	大禹謨
同爲逆河入于海						逆		逆					逆	逆	逆		屰	禹貢
敢有侮聖言逆忠直													逆	逆	逆		屰	伊訓
有言逆于汝心必求諸道								逆	逆				逆	逆			屰	太甲下
龜從筮從卿士逆庶民逆吉							逆b	逆						逆	逆		屰	洪範
惟朕小子其新逆我國家禮亦宜之								逆							逆		屰	金縢
逆子釗於南門之外									逆b				逆	逆	逆		屰	顧命
爾尚敬逆天命				逆				逆					逆	逆			屰	呂刑

383、凶

「凶」字在傳鈔古文《尚書》有下列不同字形：

（1）凶₁凶₂文₃

岩崎本、島田本、九條本、上圖本（八）「凶」字或作凶₁，原交陷之形「乂」寫訛作「又」，《書古文訓》或作凶₂，其上則贅加一畫。足利本、上圖本（影）「凶」字或作文₃，交陷之形「乂」訛作「文」。

【傳鈔古文《尚書》「凶」字構形異同表】

凶	戰國楚簡	石經	敦煌本	岩崎本	神田本b	九條本	島田本b	內野本	上圖(元)	觀智院b	天理本	古梓堂b	足利本	上圖本(影)	上圖本(八)	古文尚書晁刻	書古文訓	尚書篇目
惠迪吉從逆凶惟影響																	凶	大禹謨

											凶	湯誥
罹其凶害弗忍荼毒												
凶人爲不善亦惟日不足				凶						凶		泰誓中
侵于之疆取彼凶殘								凶	凶	凶		泰誓中
作內吉作外凶				凶ab						凶		洪範
命吉凶命歷年				吉						凶		召誥

384、影

「影」字在傳鈔古文《尚書》有下列不同字形：

（1）景1

「影」字《尚書》僅此一例，《書古文訓》作景1，「景」「影」古今字，「景」爲「光影」、「陰影」之本字，高誘《淮南子》注曰：「景，古『影』字。」顏之推云：「《尚書》曰『維景響』，《周禮》云『土圭測景，景朝景夕』《孟子》曰『圖景失形』《莊子》云『罔兩問景如此』等字皆當爲光景之『景』。凡陰景者因光而生，故即爲『景』，《淮南子》呼爲『景柱』，《廣雅》云『晷柱挂景』並是也。至晉世葛洪《字苑》傍始加『彡』音于景反。而世間輒改《尚書》《周禮》《莊》《孟》從葛洪字，甚爲失矣。」

（2）㿝2景3

上圖本（八）「影」字作景3，上圖本（影）省變作㿝2。

【傳鈔古文《尚書》「影」字構形異同表】

影	戰國楚簡	石經	敦煌本	岩崎本b	神田本b	九條本	島田本b	內野本	上圖（元）	觀智院b	天理本	古梓堂b	足利本	上圖本（影）	上圖本（八）	古文尚書晁刻	書古文訓	尚書篇目
惠迪吉從逆凶惟影響														影	景		景	大禹謨

385、響

「響」字在傳鈔古文《尚書》有下列不同字形：

（1）竃

「響」字《尚書》僅此一例，《書古文訓》作竃，乃傳鈔《古尚書》「嚮」

字作🔲汗 **3.39**🔲四 **3.24** 之隸古定訛變。「響」、「嚮」相通，《尚書隸古定釋文》卷 3.2 引證《易・繫辭》「其受命也如嚮」《漢書・賈山傳》「天下嚮應」等，謂「古文尚書本作『嚮』，衛包改作『響』字」。

　　🔲當爲「享」字《古文四聲韻》錄古孝經🔲四 **3.24** 之隸古定訛變，《古尚書》「嚮」字作🔲汗 **3.39**🔲四 **3.24** 當爲🔲四 **3.24** 享.古孝經之變。「享」字又錄🔲🔲🔲🔲四 **3.24** 崔希裕纂古等形，與「響」字作🔲🔲四 **3.24** 籀韻🔲四 **3.24** 崔希裕纂古類同，🔲嚮.汗 **3.39**🔲嚮.四 **3.24**🔲🔲🔲響.四 **3.24** 等形當爲「享」字借作「嚮」、「響」。「享」字古作🔲虢弔鐘🔲虢季氏簋🔲十年陳侯午錞🔲盦章作曾侯乙鎛形，🔲🔲🔲🔲🔲享.四 **3.24**🔲🔲🔲響.四 **3.24** 其上入、宀與中間🔲、亡、文、立、心、亼等形皆🔲虢弔鐘🔲虢季氏簋🔲十年陳侯午錞上形🔲所訛變，🔲、貝、目、日、且、音等或「享」字下形🔲所變。🔲響.崔希裕纂古疑即🔲享.四 **3.24** 崔希裕纂古，亦「享」字🔲虢弔鐘形之訛，與《說文》穴部从穴音聲訓「地室」之「窨」字當爲形體訛同，但爲相異二字，「響」字又錄🔲四 **3.24** 籀韻，亦非《說文》虫部「蠭」字或體「蜜」，只是形體訛同之二字。

【傳鈔古文《尚書》「響」字構形異同表】

響	戰國楚簡	石經	敦煌本	岩崎本b	神田本b	九條本b	島田本b	內野本	上圖本（元）	觀智院b	天理本	古梓堂b	足利本	上圖本（影）	上圖本（八）	古文尚書晁刻	書古文訓	尚書篇目
百獸惠迪吉從逆凶惟影響率舞														🔲	🔲		🔲	大禹謨

大禹謨	戰國楚簡	漢石經	魏石經	敦煌本S5745	敦煌本S801	吐魯番本	岩崎本	神田本	九條本	島田本	內野本	上圖本（元）	觀智院	天理本	古梓堂	足利本	上圖本（影）	上圖本（八）	晁刻古文尚書	書古文訓	唐石經
益曰吁戒哉儆戒無虞											🔲					🔲	🔲	🔲	🔲	🔲	🔲

386、儆

（1）敬敬

「儆」字《尚書》僅此一例，內野本、《書古文訓》作敬敬，「敬」、「儆」古相通，《尚書隸古定釋文》卷 3.2 謂「朱子云『儆』古文作『敬』亦唐所改」。

【傳鈔古文《尚書》「儆」字構形異同表】

儆	戰國楚簡	石經	敦煌本	岩崎本	神田本b	九條本	島田本b	內野本	上圖（元）	觀智院b	天理本	古梓堂b	足利本	上圖本（影）	上圖本（八）	古文尚書晁刻	書古文訓	尚書篇目
儆戒無虞								敬									敬	大禹謨

387、戒

「戒」字在傳鈔古文《尚書》有下列不同字形：

（1）𢦔汗 5.68 𢦔四 4.16 𢦔六書通 271 㦱1 㦱2 㦱3 㦱4 㦱5

《汗簡》、《古文四聲韻》、《訂正六書通》錄《古尚書》「戒」字作：𢦔汗 5.68 𢦔四 4.16 𢦔六 271，與《說文》篆文作㦱類同，皆源自甲金文作㦱粹 1162㦱珠 362㦱戒鬲㦱戒弔尊㦱中山王壺。《書古文訓》「戒」字或作㦱1，為㦱說文篆文戒之隸古定，又或作㦱2㦱3㦱4㦱5 等隸古定訛變。

（2）戒戒戒戒

敦煌本 P3752、P5557、P2643、P2516、S2074、P2630、岩崎本、九條本、觀智院本、上圖本（元）「戒」字或作戒戒戒戒形，與漢代隸變俗作戒武威簡燕禮 1戒石門頌戒漢石經.詩等同形。

（3）戒

足利本「儆戒無虞」「戒」字作戒，疑與上文「儆」字相涉而从人。

【傳鈔古文《尚書》「戒」字構形異同表】

傳抄古尚書文字 戒（汗5.68 四4.16 六271）	戰國楚簡	石經	敦煌本	岩崎本	神田本b	九條本	島田本b	內野本	上圖（元）	觀智院b	天理本	古梓堂b	足利本	上圖本（影）	上圖本（八）	古文尚書晁刻	書古文訓	尚書篇目
儆戒無虞										戒								大禹謨
戒之用休董之用威																		大禹謨
述大禹之戒以作歌							戒										戔	五子之歌
先王克謹天戒			戒 P3752	戒														胤征
其爾眾♦士懋戒哉			戒 P5557	戒													姟	胤征
嗣王戒哉祗爾厥辟								戒										太甲上
王惟戒茲允茲克明乃罔不休			戒 P2643 戒 P2516		戒			戒										說命中
爾其戒哉慎厥初惟厥終			戒 S2074				戒										姦	蔡仲之命
用咸戒于王			戒 S2074 戒 P2630					戒									戔	立政
爾其戒哉									戒 b								戔	君陳
爾罔或戒不勤天齊于民			戒														姦	呂刑

唐石經	書古文訓	晁刻古文尚書	上圖本（八）	上圖本（影）	天理本	觀智院	上圖本（元）	內野本	島田本	九條本	神田本	岩崎本	吐魯番本	敦煌本 S801	敦煌本 S5745	魏石經	漢石經	戰國楚簡	大禹謨
																			罔失法度罔遊于逸罔淫于樂

388、法

「法」字在傳鈔古文《尚書》有下列不同字形：

（1）金汗 2.26　上博 1 緇衣 14　金　金 1

《汗簡》錄《古尚書》「法」字作：金汗 2.26，即《說文》廌部「灋」字古文作金，黃錫全以為此字應當釋為「乏」，「乏」從「乏」聲，乏法音近，「乏」字上筆往後傾斜，當作金或金，此形訛變从乇〔註 220〕。楚簡上博 1〈緇衣〉簡 14 引〈呂刑〉「惟作五虐之刑曰法」「法」字作上博 1 緇衣 14，與傳鈔古文錄金汗 1.8　金四 5.29 樊先生碑相類，《書古文訓》或隸定作金 金 1 形。

（2）魏石經　郭店緇衣 27　灋 灋 1

魏三體石經〈呂刑〉「法」字古文作，與《說文》廌部「灋」字篆文同，源自金文作 盂鼎　克鼎　恒簋　師袁簋　中山王壺，楚簡郭店〈緇衣〉簡 27 引〈呂刑〉「法」字作郭店緇衣 27，與郭店.老子甲 31　包山 145　包山 18 等類同，其上為「廌」之省形如郭店.成之 9。內野本、上圖本（影）、《書古文訓》「法」字或作灋 灋 1，為說文篆文灋之隸定。

（3）灋

足利本「法」字或省「去」作灋，為說文篆文灋之省「去」。

〔註 220〕說見：黃錫全，《汗簡注釋》，武漢：武漢大學出版社，1993，頁 107～108。

【傳鈔古文《尚書》「法」字構形異同表】

法 傳抄古尚書文字 念汗2.26	戰國楚簡	石經	敦煌本	岩崎本	神田本b	九條本 島田本b	內野本	上圖（元） 觀智院b 天理本 古梓堂b	足利本	上圖本（影）	上圖本（八）	古文尚書晁刻	書古文訓	尚書篇目
罔失法度										灋	灋		佺	大禹謨
以常舊服正法度				缺									佺	盤庚上
若考作室既底法厥子乃弗肯堂矧肯構													佺	大誥
無依勢作威無倚法以削								灋					佺	君陳
惟作五虐之刑曰法	上博1緇衣14 郭店緇衣27												灋	呂刑
惟察惟法	魏												灋	呂刑

389、遊

「遊」字在傳鈔古文《尚書》有下列不同字形：

（1）迻汗1.8 迻四2.23 迻魏石經 迻遊1

《汗簡》、《古文四聲韻》錄《古尚書》「遊」字作：迻汗1.8 迻四2.23，即《說文》放部「游」字古文迻，《古文四聲韻》錄《說文》作迻四2.23，迻汗1.8 迻四2.23迻說文古文游等其「子」下二畫當皆爲偏旁「辵」之「止」形所有。魏三體石經〈君奭〉、〈無逸〉「遊」字古文作■，篆隸二體皆作「游」，《說文》無「遊」字，金文 蔡侯盤 ■ 中山王鼎 ■ 鄂君啓舟節 ■ ■ 鄀平鐘等形當爲「遊」字演變之源，「游」字則當由 ■ 曾侯仲子游父鼎 ■ ■ 鄀平鐘等形演變，使用上則無別。迻汗1.8 迻四2.23迻說文古文游所從之「子」當由 ■ 鄂君啓舟節 ■魏石經等之「屮」訛變，亦與 ■ ■ 鄀平鐘所從之「孖」同形。

《書古文訓》「遊」字或作迻遊1，爲迻說文古文游之隸定，與《古文四聲韻》錄迻遊四2.23崔希裕纂古同形。

（2）迂迂

《書古文訓》「遊」字或作迂迂，與包山楚簡作[包山]277同形，《古文四聲韻》錄[四]2.23雲臺碑亦作此形。

（3）遊遊1遊遊2

敦煌本 P2748、九條本、上圖本（影）、上圖本（八）「遊」字或作遊遊1，所从之「方」形寫似「扌」形，上圖本（影）或筆畫省簡作遊遊2。

【傳鈔古文《尚書》「遊」字構形異同表】

傳抄古尚書文字 遊 迂 汗1.8 遊 四2.23	戰國楚簡	石經	敦煌本	岩崎本b	神田本b	九條本	島田本b	內野本	上圖（元）	觀智院b	天理本	古梓堂b	足利本	上圖本（影）	上圖本（八）	古文尚書晁刻	書古文訓	尚書篇目
罔遊于逸															遊		迂	大禹謨
無若丹朱傲惟慢遊是好														遊	遊		迂	益稷
黎民咸貳乃盤遊無度			遊														遊	五子之歌
恆于遊畋														遊			遊	伊訓
文王不敢盤于遊田	魏	遊 P2748												遊	遊		遊	無逸
則其無淫于觀于逸于遊于田	魏	遊 P2748												遊	遊		遊	無逸

390、逸

「逸」字在傳鈔古文《尚書》有下列不同字形：

（1）[字形]魏三體

魏三體石經〈無逸〉、〈多方〉「逸」字古文作■，多友鼎王國維曰：「《集韻》逸古作鑒膝，即此字。夊者◢之訛，力者▥之訛，王者彡之訛也。《尚書》逸泆諸字，古本多作屑〔註221〕，或作伊……此■字蓋本从水从屑，轉訛爲■，

〔註221〕《集韻》入聲 5 質韻：「屑隸作屑也」，《隸辨》屑華山亭碑下云「即屑也，《說文》本作从尸从肖，《五經文字》云經典相承作『屑』。《漢書·武帝紀》『屑然如有聞』宋祁曰『姚本云屑屑同』」是屑、屑爲一字。

猶█字之又轉訛而爲䤻也。〔註222〕」又吳承仕曰：「█从脈𢎘聲，从脈與从水同意。〈多士〉上文『大淫泆有辭』《釋文》：泆又作䀠，馬本作『屑』，此从脈猶泆之从水也；从多猶䀠屑之从𢎘也。〔註223〕」二說可從，█魏三體當从脈𢎘聲，《類篇》「逸」古作「䤻」，則爲█魏三體之隸訛。

（2）逸逸逸₁逸₂逗₃

敦煌本 P2533、P2643、P2516、P2748、日諸古寫本「逸」字多作逸逸逸逸₁形，所从偏旁「兔」字右少一畫，又「兔」之上形筆畫芳向略異；敦煌本 P3670、P3767「逸」字作逸₂形，偏旁「兔」字右下寫作二點；上圖本（八）或作逗₃形，偏旁「兔」字其中少一畫。

（3）佾：佾₁佾₂

《書古文訓》〈酒誥〉「爾乃自介用逸」「逸」字作佾₁，敦煌本 P2533、內野本、上圖本（八）亦或作「佾」，上圖本（八）亦或作佾₂形，「逸」、「佾」音同通用，〈五子之歌〉「太康尸位以逸豫滅厥德」《釋文》云：「『逸』本又作『佾』」。

（4）佾：佾晁刻古文尚書佾₁佾₂佾₃

晁刻《古文尚書》〈多士〉「有夏不適逸」「逸」字作佾，《書古文訓》除上述〈酒誥〉一例外，「逸」字皆作佾₁或（5）佾₁，《集韻》入聲 5 質韻「佾」字「古作佾」。敦煌本 P5557、S2074、P2630、九條本、上圖本（八）「逸」字亦或作佾₁；九條本或作佾₂，右上筆畫交錯寫似「父」形；上圖本（元）或作佾₃，右下「月」形訛作「日」

（5）佾₁佾₂佾₃佾₄

《書古文訓》〈酒誥〉「不惟自息乃逸」「惟逸天非虐」「逸」字作佾₁，爲「佾」字古作「佾」之訛从「彳」；九條本〈胤征天〉「吏逸德烈于猛火」「逸」字作佾₂，亦訛从「彳」，且「月」形訛作「日」；岩崎本〈盤庚上〉「予亦拙謀作乃逸」「逸」字作佾₃，其中訛多一畫。

九條本〈立政〉「乃惟庶習逸德之人」「逸」字作佾₄，爲「佾」字古作「佾」之訛，由佾₃再訛變，與九條本「修」字或作「脩」脩形混同。

〔註222〕說見：王國維，《海寧王靜安先生遺書》6，台北：臺灣商務印書館，1968，頁173，
《殘字考》，頁24～25。

〔註223〕說見：章炳麟，《新出三體石經》，頁24引。

（6）劮：**劮**隸釋

〈無逸〉「乃逸乃諺」、「則其無淫于觀于逸于遊于田」《隸釋》錄作「乃劮乃憲」、「毋劮于遊田」「逸」字作**劮**，《隸辨》云：「『逸』與『劮』古蓋通用」《集韻》入聲 5 質韻，「逸」字下云：「古作『**劮**』，通作『劮』」「逸」、「劮」二字音同通用。

（7）佾：**佾 佾**

〈多方〉「爾乃惟逸惟頗」足利本、上圖本（影）「逸」字分別作**佾**（**佾**）、**佾**（**佾**），其左均更正注為「逸」字，乃「佾」字之誤作「佾」。

【傳鈔古文《尚書》「逸」字構形異同表】

逸	戰國楚簡	石經	敦煌本	岩崎本 神田本b	九條本b 島田本b	內野本	上圖本（元）	觀智院b 天理本b 古梓堂b	足利本	上圖本（影）	上圖本（八）	古文尚書晁刻	書古文訓	尚書篇目
罔遊于逸						逸			逸	逸	逸		佾	大禹謨
太康尸位以逸豫滅厥德					逸	逸			逸	逸	逸		佾	五子之歌
天吏逸德烈于猛火			佾 P2533 佾 P5557			逸			逸	逸	逸		佾	胤征
罔有逸言			逸			逸	逸		逸	逸	逸		佾	盤庚上
予亦拙謀作乃逸			佾			逸	佾		逸	逸	逸		佾	盤庚上
其發有逸口			逸			逸	逸		佾	逸	逸		佾	盤庚上
古我先王暨乃祖乃父胥及逸勤			逸 P3670			逸	逸		逸	逸	逸		佾	盤庚上
不惟逸豫			逸 P2643 逸 P2516			逸	逸	逸	逸	逸	逸		佾	說命中
爾乃自介用逸						逸	逸		逸	逸	佾		佾	酒誥
不敢自暇自逸						逸			逸	逸	佾		佾	酒誥

經文							俗	出處
不惟自息乃逸			佾 逸		逸	逸	逸	俗	酒誥
惟逸天非虐			佾 逸		逸	逸	佾	俗	酒誥
王命作冊逸祝冊	逸 P2748		佾		逸	逸	逸	俗	洛誥
有夏不適逸	逸 P2748		逸		逸	逸	逸	佾 俗	多士
周公作無逸	逸 P2748		逸		逸	逸		俗	無逸
嗚呼君子所其無逸	逸 P2748		逸		逸	逸		俗	無逸
先知稼穡之艱難乃逸			逸		逸	逸	逸	俗	無逸
乃逸乃諺既誕	岁力 隸釋 逸 P2748		逸		逸	逸	逸	俗	無逸
則其無淫于觀于逸于遊于田	岁力 隸釋 P3767 逸 P2748 魏		逸		逸	逸	逸	俗	無逸
有夏誕厥逸不肯慼言于民	逸 S2074		逸 逸		逸	逸	逸	佾 俗	多方
逸厥逸圖厥政不蠲烝	逸 S2074 魏		逸 佾		逸	逸	偸	俗	多方
爾乃惟逸惟頗			逸 佾		佾 偸	偸偸	佾	俗	多方
乃惟庶習逸德之人	佾 S2074 佾 P2630		循佾 佾		逸	逸	佾	俗	立政
恭儉惟德無載爾僞作德心逸日休			逸 逮b		逸	逸	逸	俗	周官
惟日孜孜無敢逸豫			逸 逸b		逸	逸		俗	君陳

391、洗

「洗」字在有下列不同字形：

（1）𣲅魏三體

魏三體石經〈多士〉「誕淫厥洗」「洗」古文作𣲅，當爲从𣲖旮聲之訛變，爲「洗」之形符、聲符更替之異體。

（2）佾1偸2衔3

「洗」字在傳鈔古文《尚書》中的用字，有𣲅魏石經佾1偸2衔3等，皆「佾」

字之異體，上圖本（影）〈多士〉「誕淫厥泆」「泆」字誤作「洪」洪洪而於其旁更注。王國維云：「《尚書》逸泆諸字，古本多作屑，或作佾，〈多士〉『大淫泆有辭』《釋文》云：『泆音逸，又作佾』注同。馬本作『屑』，云『過也』。〈多方〉『大淫圖天之命屑（屑）有辭』與〈多士〉『大淫泆有辭』句例相同，是僞孔傳亦間作『屑』。又如〈盤庚〉『予亦拙謀作乃逸』，『其發有逸口』日本所存未改字《尚書》『逸』皆作『佾』。薛季宣《書古文訓》本亦然。考『屑』『佾』本一字，《說文》無『佾』字，蓋以爲『屑』之俗字，从尸从人，在古文並無區別，然則馬本作『屑』與作『佾』之本固無異〔註224〕」。

【傳鈔古文《尚書》「泆」字構形異同表】

泆	戰國楚簡	石經	敦煌本	岩崎本	神田本b	九條本	島田本b	內野本	上圖（元）	觀智院b	天理本	古梓堂b	足利本	上圖本（影）	上圖本（八）	古文尚書晁刻	書古文訓	尚書篇目
誕惟厥縱淫泆于非彝							徉	泆						泆	泆	泆	佾	酒誥
大淫泆有辭		俗 P2748						洪						泆	洪	佾	俗	多士
誕淫厥泆		魏 俗 P2748						佾						洪泆	洪泆	俗	佾	多士

392、淫

「淫」字在傳鈔古文《尚書》有下列不同字形：

（1）𡏾汗3.43　𡍩四2.26　坖1　坖2　坐3

《汗簡》、《古文四聲韻》錄《古尚書》「淫」字作：𡏾汗3.43　𡍩四2.26，《說文》「坙」字篆文作坖，「坙」、「淫」古相通，晁刻《古文尚書》「淫」字作坖1，《書古文訓》或作坖1，即坖說文篆文坙之隸定。《書古文訓》或作坖2坐3，則坖1之訛變，坖2其上偏旁爪字中筆下貫與「壬」合書，坐3之偏旁爪字其上缺一畫、右多一畫，訛似「坐」之上半。

（2）淫魏石經　淫漢石經　淫1　淫2　淫3　淫4　坙5

魏三體石經〈多士〉「淫」字古文作淫，其左爲偏旁「水」字訛變，右上

〔註224〕說見：王國維，《海寧王靜安先生遺書》6，台北：臺灣商務印書館，1968，頁173，
　　　　《殘字考》頁24～25

則爲「爪」之訛，《說文》「淫」字篆文作𡸫，漢石經尙書〈益稷〉隸變作淫。
敦煌本 P2516、S799、P3767、P2748、S2074、岩崎本、島田本、九條本、內
野本、足利本、上圖本（影）、上圖本（八）「淫」字多作滛滛₁，其右下「壬」
寫似「岳」形下半，與「垂」字或作垂垂相類，其下橫筆皆寫作「山」形。
敦煌本 P2643「淫」字或作涅₂，九條本或作涅₃，其右上皆「爪」之訛變；
岩崎本或作涅₄涅₅，其右下「壬」訛省一畫。

（3）涅隸釋

《隸釋》錄漢石經尙書〈洪範〉「無有淫朋」「淫」字作涅，偏旁「𡉚」字
訛似「亞」，與岩崎本或作（2）涅₄相類。

【傳鈔古文《尚書》「淫」字構形異同表】

淫	傳抄古尚書文字 崔汗3.43 崔四2.26	戰國楚簡	石經	敦煌本	岩崎本	神田本b 九條本	島田本b	內野本	上圖（元）	觀智院b	天理本b 古梓堂b	足利本	上圖本（影）	上圖本（八）	古文尚書晁刻	書古文訓	尚書篇目
罔淫于樂								滛				淫	淫	滛		𡉚	大禹謨
罔水行舟朋淫于家		淫漢						滛				滛	滛	滛		𡉚	益稷
羲和湎淫廢時亂日胤往征之作胤征					滛			滛				滛	滛	滛		𡉚	胤征
天道福善禍淫降災于夏								滛				滛	滛	滛		𡉚	湯誥
惟王淫戲用自絕			涅 P2643 涅 P2516	涅								滛	涅	涅		𡉚	西伯戡黎
昵比罪人淫酗肆虐				涅	涅							滛	滛	淫		𡉚	泰誓中
作奇技淫巧以悅婦人			滛 S799	涅	淫							滛	滛	涅		𡉚	泰誓下
無有淫朋		涅 隸釋			滛b							滛	滛	涅		𡉚	洪範
誕惟厥縱淫泆于非彝					涅			滛				滛	滛	涅		坐	酒誥
其惟王勿以小民淫用非彝					滛			滛				滛	滛	滛		𡉚	召誥
大淫泆有辭			滛 P2748		淫			滛				滛	滛	涅	𡉚	𡉚	多士

誕淫厥泆	淫（魏）P2748		淫		淫　淫　淫		至	多士
則其無淫于觀于逸于遊于田	淫P3767　淫P2748		淫		淫　淫　淫		至	無逸
不肯感言于民乃大淫昏	淫S2074	淫　淫	淫		淫　淫　淫		淫	多方
爰始淫爲劓刵椓黥		淫	淫		淫　淫　淫		至	呂刑

大禹謨	戰國楚簡	漢石經	魏石經	敦煌本S5745	敦煌本S801	吐魯番本	岩崎本	神田本	九條本	島田本	內野本	上圖本（元）	觀智院	天理本	古梓堂	足利本	上圖本（影）	上圖本（八）	晁刻古文尚書	書古文訓	唐石經
任賢勿貳去邪勿疑疑謀勿成											任賢勿貳去邪勿疑疑謀勿成					任賢勿貳去邪勿疑疑謀勿成	任賢勿貳去邪勿疑謀勿成	任賢勿貳去衺勿疑疑謀勿成	任賢勿貳去衺勿疑疑謀勿成	任賢勿貳去邪勿疑疑謀勿成	任賢勿貳去邪勿疑疑謀勿成

393、邪

「邪」字在傳鈔古文《尚書》有下列不同字形：

（1）衺：衺 衺1 衺2

內野本、《書古文訓》「邪」字作「衺」衺 衺1 衺2，借「衺」字爲「邪」，《書古文訓》作衺2，其偏旁「牙」字訛多一畫。《尚書隸古定釋文》卷3.2謂「衺」與「邪」同，引證《周禮・天官》「官正去其淫思與其衺之民」、「比長五家有辠奇衺則相及」注云：「衺猶惡也。」

（2）耶：耶

〈微子之命〉「除其邪虐」島田本「邪」字作耶，當是借「耶」爲「邪」，其右偏旁「阝」寫訛似「巳」。

【傳鈔古文《尚書》「邪」字構形異同表】

邪	戰國楚簡	石經	敦煌本	岩崎本b	神田本b	九條本	島田本b	內野本	上圖（元）	觀智院b	天理本b	古梓堂b	足利本	上圖本（影）	上圖本（八）	古文尚書晁刻	書古文訓	尚書篇目
去邪勿疑								褒									褒	大禹謨
除其邪虐						褒b											褒	微子之命

394、謀

「謀」字在傳鈔古文《尚書》有下列不同字形：

（1）𦖞汗4.59𦖞四2.24𢝊六書通149𢝊1𢝊𢝊2

《汗簡》、《古文四聲韻》、《訂正六書通》錄《古尚書》「謀」字作：𦖞汗4.59𦖞四2.24𢝊六書通149，偏旁言、心古相通，如《說文》「諆」字或體从心作「悖」，《集韻》「謀」或作「𢝊」。《書古文訓》「謀」字或作「𢝊1」，敦煌本 S801、P3670、P2643、P2516、S2074、P3871、岩崎本、九條本、內野本、觀智院本、上圖本（元）、足利本、上圖本（八）、《書古文訓》或筆畫略異作𢝊𢝊2，皆與傳抄《古尚書》「謀」作从心之「𢝊」字同。

（2）謀

內野本、足利本、上圖本（影）、上圖本（八）「謀」字或筆畫略異作謀。

（3）某

〈秦誓〉「惟今之謀人姑將以爲親」岩崎本「謀」字作「某」，假「某」爲「謀」字。

（4）謀

《隸釋》〈洪範〉「謀及卿士謀及庶人」「謀」字作謀，爲「謀」字之隸訛。

（5）𢝊

上圖本（元）〈盤庚上〉「予亦拙謀作乃逸」「謀」字作𢝊，其下訛从「念」，爲「𢝊」字之訛誤。

【傳鈔古文《尚書》「謀」字構形異同表】

傳抄古尚書文字 謀（愳汗4.59　愳四2.24　惎六書通149）	戰國楚簡	石經	敦煌本	岩崎本/神田本b	九條本	島田本b	內野本	上圖(元)/觀智院b	天理本/古梓堂b	足利本	上圖本(影)	上圖本(八)	古文尚書晁刻	書古文訓	尚書篇目
疑謀勿成							謀							惎	大禹謨
弗詢之謀勿庸			惎 S801				謀			謀	謀	謀		惎	大禹謨
予亦拙謀作乃逸			惎				惎	惎						惎	盤庚上
汝不謀長以思乃災			惎 P3670 / 惎 P2643	惎			惎	惎						惎	盤庚中
非廢厥謀弔由靈各非敢違卜			惎 P2643 / 惎 P2516	惎			惎	惎							盤庚下
謀及卿士	諜隸釋		惎				惎							惎	洪範
謀及庶人	諜隸釋		惎				惎							惎	洪範
勿用非謀非彝蔽時忱							惎			惎				惎	康誥
矧曰其有能稽謀自天							惎	惎		惎		惎		惎	召誥
克閱于乃邑謀介			惎 S2074				惎	惎				惎		惎	多方
茲惟后矣謀面用丕訓德			惎 S2074				惎	惎		謀		惎		惎	立政
率惟謀從容德							惎	惎				惎		惎	立政
蓄疑敗謀							惎					惎		惎	周官
爾有嘉謀嘉猷						惎	惎	惎 b				惎		惎	君陳
斯謀斯猷惟我后之德						惎	惎	惎 b				惎		惎	君陳
惟古之謀人則曰未就予忌			惎 P3871		惎		惎					惎		惎	秦誓
惟今之謀人姑將以爲親			惎 P3871		惎		惎			謀		惎		惎	秦誓

大禹謨	戰國楚簡	漢石經	魏石經	敦煌本 S745	敦煌本 S801	吐魯番本	岩崎本	神田本	九條本	島田本	內野本	上圖本（元）	觀智院	天理本	古梓堂	足利本	上圖本（影）	上圖本（八）	晁刻古文尚書	書古文訓	唐石經
百志惟熙罔違道以干百姓之譽											百志惟熙亡達道吕干百姓业譽						百志惟熙宜達道吕干百姓业譽	百志惟熙亡達道吕于百姓业譽	百志惟炭宅奠衛吕干百姓业譽	百志惟炭宅奠衛吕干百姓业譽	百志惟熙罔違道以干百姓之譽

395、道

「道」字在傳鈔古文《尚書》有下列不同字形：

（1）衢汗 1.10 衢四 3.20 衢1

《汗簡》、《古文四聲韻》錄《古尚書》「道」字作：衢汗 1.10 衢四 3.20，源自金文作 貉子卣，又增「止」變作：散盤 散盤，或增從「又」變作：曾伯簠 散盤 散盤，省作：侯馬 中山王鼎 盞壺 郭店.五行 5，或其中從「頁」作：郭店.語叢 2.38。

內野本、《書古文訓》「道」字或作衢1，為衢汗 1.10 衢四 3.20 之隸定。

（2）汗 1.10 四 3.20

《汗簡》、《古文四聲韻》錄《古尚書》「道」字又作：汗 1.10 四 3.20，從行從人，源自甲骨文作：甲 598 後 2.2.13 甲 1798，楚簡「道」字亦或作此形：郭店.老子甲 6 郭店.性自 12，《箋正》謂「人行為道也，會意」。

（3）道1道2

敦煌本 P2533、岩崎本、內野本、足利本、上圖本（影）、《書古文訓》「道」字或作道1，上圖本（八）或作筆畫稍異作道2，皆為《說文》「道」字篆文之隸定。

（4）迪：**𢖻** 魏石經

魏三體石經〈君奭〉「我道惟寧王德延」「道」字存古篆二體均作「迪」**𢖻𢔀**，「迪」、「道」二字通假。戴鈞衡《補商》云：「『我道』〈傳〉（指〈蔡傳〉）訓『在我之道』，自可通。其實『道』本作『迪』。《釋文》云『馬本作「我迪」』『迪』，語詞也」。

（5）**導**

觀智院本〈顧命〉「皇后憑玉几道揚末命」《書古文訓》「道」字作**導**，其左注寫「**道**」字，孔傳云：「大君成王言憑玉几所道稱揚終命」簡朝亮《尚書集注述疏》云：「孝經云『非先王之法言不敢道』則道者，言也。」此從口之「**導**」疑爲道說字之異體。

【傳鈔古文《尚書》「道」字構形異同表】

道 傳抄古尚書文字 **𧗟𣥂**汗1.10 **𦘔𣥂**四3.20	戰國楚簡	石經	敦煌本	岩崎本 神田本b	九條本 島田本b	內野本	上圖（元） 觀智院b	天理本 古梓堂b	足利本	上圖本（影）	上圖本（八）	古文尚書晁刻	書古文訓	尚書篇目
罔違道以干百姓之譽									道	道			衜	大禹謨
人心惟危道心惟微									道	道			衜	大禹謨
時乃天道									道	道			衜	大禹謨
九河既道雷夏既澤													道	禹貢
九江孔殷沱潛既道													衜	禹貢
沱潛既道蔡蒙旅平													衜	禹貢
今失厥道亂其紀綱			道 P2533										道	五子之歌
天道福善禍淫						道							衜	湯誥
故弗言恭默思道			道 P2643	道									衜	說命上
明王奉若天道				道									衜	說命中
道積于厥躬				道									衜	說命下

遵王之道無有作惡		衜		衜 洪範
我道惟寧王德延	悳魏			衜 君奭
論道經邦			道	周官
皇后憑玉几道揚末命			導道b	衜 顧命
道有升降		衜		衜 畢命

396、導

「導」字在傳鈔古文《尚書》有下列不同字形：

（1）尌

《書古文訓》〈禹貢〉「嶓冢導漾」「導」字作尌，為《說文》「道」字古文尌之隸定，「道」、「導」古相通，此形源於金文「道」字𧗆貉子卣，增从「又」變作：𧗆曾伯簠𧗆散盤𧗆散盤演變，又變作从「寸」。

（2）衜

《書古文訓》「導」字或作衜，衜為傳抄古文「道」字衜汗 1.10 之隸定，亦以「道」為「導」。

（3）道1道2

敦煌本 P3169、九條本「導」字皆作「道」字道1，為篆文𧗟之隸定，《書古文訓》或隸古定作道2。

【傳鈔古文《尚書》「導」字構形異同表】

導	戰國楚簡	石經	敦煌本	岩崎本b	神田本b	九條本	島田本b	內野本	上圖（元）	觀智院b	天理本	古梓堂b	足利本	上圖本（影）	上圖本（八）	古文尚書晁刻	書古文訓	尚書篇目
導菏澤被孟豬			道 P3169			道											道	禹貢
導岍及岐至于荊山						道											衜	禹貢
至于陪尾導嶓						道											衜	禹貢
導弱水至于合黎						道											道	禹貢
導黑水至于三危						道											道	禹貢

導河積石至于龍門			道			道	禹貢
嶓冢導漾			道			訡	禹貢
岷山導江東別爲沱			道			道	禹貢
導沇水東流爲濟			道			道	禹貢
導淮自桐柏			道			道	禹貢
入于河導洛自熊耳			道			道	禹貢

大禹謨	戰國楚簡	漢石經	魏石經	敦煌本 S5745	敦煌本 S801	吐魯番本	岩崎本	神田本	九條本	島田本	內野本	上圖本（元）	觀智院	天理本	古梓堂	足利本	上圖本（影）	上圖本（八）	晁刻古文尚書	書古文訓	唐石經
罔咈百姓以從己之欲											它咈百姓吕叨已出欲					它咈百姓吕叨已出欲	它咈百姓吕叨已之欲	空呸百姓吕叨已之欲	空呸百姓吕叨已出欲	罔咈百姓以從己之欲
無怠無荒四夷來王											亡怠亡荒三尼來王					亡怠亡荒三尼來王	亡怠亡荒三尼來王	亾怠亾荒三尸徠王	亾怠亾荒三尸徠王	無怠無荒四夷來王

397、荒

「荒」字在傳鈔古文《尚書》有下列不同字形：

（1）𣴢汗5.62 𣴢四2.17 㠩 㠩₁ 荒₂ 㴘₃

《汗簡》、《古文四聲韻》錄《古尚書》「荒」字作：𣴢汗5.62 𣴢四2.17，《箋正》謂「借『宍大』字作荒」金文作 宍 宍伯簋，敦煌本 P2533、P2643、P2516、S2074、岩崎本、九條本、《書古文訓》或作 㠩 㠩₁，敦煌本 P3752、P2748、

岩崎本、九條本、上圖本（元）或作冘2，《書古文訓》或隸古定作冘3，均以「冘」字爲「荒」。

（2）魏石經荒1荒2荒3薨4荁5

魏三體石經〈文侯之命〉、〈無逸〉「荒」字古文作荒。上圖本（八）或作荒1；敦煌本 S799 或作荒2，內野本、上圖本（八）或作荒2；足利本、上圖本（影）或作荒3，上圖本（八）或作薨4，所從「冘」形與「流」字右偏旁訛混，薨4 其下訛多一畫；觀智院本或作荁5，原所從偏旁「川」訛作「灬」。

【傳鈔古文《尚書》「荒」字構形異同表】

傳抄古尚書文字 荒 汗5.62 四2.17	戰國楚簡	石經	敦煌本	岩崎本 神田本b	九條本 島田本b	內野本	觀智院b 上圖（元）	天理本 古梓堂本b	足利本	上圖本（影）	上圖本（八）	古文尚書晁刻	書古文訓	尚書篇目
無怠無荒四夷來王						荒			荒	荒	荒		冘	大禹謨
惟荒度土功弼成五服										荒	荒		冘	益稷
五百里荒服			荒 P2533	冘	荒						荒		岚	禹貢
內作色荒外作禽荒			荒 P2533	冘	荒					荒	荒		冘	五子之歌
羲和廢厥職酒荒于厥邑			荒 P2533 冘 P3752	冘						荒	荒		冘	胤征
明聽朕言無荒失朕命			冘 P2643	荒									冘	盤庚中
既乃遯于荒野入宅于河			冘 P2643 冘 P2516	冘		荒	冘						冘	說命下
荒怠弗敬			荒 S799	荒									冘	泰誓下
惟荒腆于酒					荒	荒			荒	荒			冘	酒誥
不敢荒寧肆中宗之享國七十有五年		荒 魏	荒 P2748			荒					荒		冘	無逸
汝往哉無荒棄朕命			荒 S2074	冘	荒					荒	荒		冘	蔡仲之命

怠忽荒政					蕰b	荒 荒 荒	宛 周官
無荒寧簡	荒魏			忘 荒		荒 荒 蕰	宛 文侯之命

398、來

「來」字在傳鈔古文《尚書》有下列不同字形：

（1）𢓴魏石經

魏三體石經〈君奭〉「無能往來」「來」字古文作𢓴，增表義之偏旁「辵」，與《古文四聲韻》錄𢓴四 1.30 古孝經同形，源自金文作𢓴 來觶𢓴 何尊𢓴 單伯鐘𢓴交鼎𢓴散盤等形，亦與楚簡𢓴郭店.成之 36 同形，又或作從「止」𢓴郭店.語叢 1.99𢓴包山 132 反。

（2）來魏石經 来 来 来₁ 耒₂

魏三體石經〈君奭〉「來」字隸體作來，尚書敦煌諸本、岩崎本、九條本、觀智院本、足利本、上圖本（影）、上圖本（八）「來」字或作来 来 来，皆為篆文帝之隸書寫法，源自甲金文作：来甲 2123来乙 7426 反来甲 2658 来般甗来舲尊来趩鼎等形。內野本、足利本、上圖本（影）、上圖本（八）或變作耒₂，與「耒」字相混。

（3）徕

《書古文訓》「來」字多作徕，與《古文四聲韻》錄徕四 1.30 義雲章同形，與偏旁彳、辵古通，是「徕」形從彳與從辵之𢓴魏石經𢓴來觶𢓴郭店.成之 36 等形類同。

【傳鈔古文《尚書》「來」字構形異同表】

來	戰國楚簡	石經	敦煌本	岩崎本	神田本b	九條本	島田本b	內野本	上圖（元）	觀智院b	天理本	古梓堂b	足利本	上圖本（影）	上圖本（八）	古文尚書晁刻	書古文訓	尚書篇目
無怠無荒四夷來王													来	耒	来		徕	大禹謨
帝曰來禹降水儆予成允成功													耒	耒	来		徕	大禹謨
帝曰來禹汝亦昌言													来	耒	来		徕	益稷

鳳皇來儀		来 P3605 P3615						来	来				徕	益稷
西傾因桓是來浮于潛逾于沔		来 P3169	来					来	来				徕	禹貢
予恐來世以台爲口實			来					来	来	来			徕	仲虺之誥
我王來既爰宅于茲					来				来				徕	盤庚上
王曰來汝說台小子		来 P2643 来 P2516	来		来			来	来				徕	說命下
王來自商至于豐		来 S799							来	来			徕	武成
五者來備各以其敘			來		來			来	来	来				洪範
王來紹上帝				来				来	来	来			徕	召誥
伻來以圖及獻卜		来 P2748						来		来			徕	洛誥
無能往來	德来 魏	来 P2748						来	来				徕	君奭
王來自奄于至宗周		来 S2074						来	来				徕	多方
成王既伐東夷						来 b		来	来	来			徕	周官
吁來有邦有土告爾祥刑				来				来	来				徕	呂刑
日月逾邁若弗云來		来 P3871	来	来				来	来				徕	秦誓

大禹謨	戰國楚簡	漢石經	魏石經	敦煌本 S5745	敦煌本 S801	吐魯番本	岩崎本	神田本	九條本	島田本	內野本	上圖本（元）	觀智院	天理本	古梓堂	足利本	上圖本（影）	上圖本（八）	晁刻古文尚書	書古文訓	唐石經
禹曰於帝念哉德惟善政											禹曰於帝念才悳惟善政						禹曰於帝念才悳惟善政	禹曰於帝念才德惟善政	帝曰襄帝念才德惟善政	禹曰於帝念哉德惟善

399、念

「念」字在傳鈔古文《尚書》有下列不同字形：

（1）念汗 4.59 四 4.40 孝（尚）魏石經念念1忘2

《汗簡》、《古文四聲韻》錄《古尚書》「念」字作：念汗 4.59 四 4.40 古孝經亦古尚書，同形於魏三體石經〈多方〉、〈君奭〉「念」字古文作，源自段簋者汗鐘蔡侯殘鐘等形。《隸釋》錄漢石經〈盤庚下〉、尚書高昌本、敦煌本諸本、日古諸寫本「念」字均作：念念1形，《書古文訓》亦多作此形，「人」下作二短橫；《書古文訓》或作忘2形，為魏石經四 4.40之隸變。

（2）念汗 4.59忘1忘2

《汗簡》錄《古尚書》「念」字又作：念汗 4.59，《說文》篆文作，源自毛公鼎，與中山王鼎類同。《書古文訓》「念」字或隸古定作忘1，或由此又訛作忘2。

【傳鈔古文《尚書》「念」字構形異同表】

傳抄古尚書文字 念 念汗 4.59 四 4.40	戰國楚簡	石經	敦煌本	高昌本	岩崎本	神田本b	九條本	島田本b	內野本	上圖（元）	觀智院b	天理本	古梓堂b	足利本	上圖本（影）	上圖本（八）	古文尚書晁刻	書古文訓	尚書篇目
於帝念哉德惟善政				念 高昌本					念					念	念	念			大禹謨
帝念哉念茲在茲		念 S5745							✓					✓	✓	念			大禹謨

經文										篇名
各迪有功苗頑弗即工帝其念哉					念		念	念 念	忘	益稷
念哉率作興事		念 P3605. P3615			念		念 念 念	念	益稷
嗚呼嗣王祗厥身念哉					念		念 念 念	忘	伊訓
汝曷弗念我古后之聞		念 念 P3670 P2643	念		念 念		念 念 念	忘	盤庚中
欽念以忱動予一人			念		念 念		念 念 念	忘	盤庚中
念敬我眾朕不肩好貨	念 隸釋	念 P2516			念 念		念 念 念	念	盤庚下
惟斅學半念終始典于學		念 念 P2643 P2516	念		念 念		念 念 念	忘	說命下
次八日念用庶徵					念		念 念 念	忘	洪範
汝則念之			念 b		念		念 念 念	忘	洪範
王曰嗚呼封汝念哉					念		念 念 念	忘	康誥
惟時天罔念聞		念 P2748			念		念 念 念	忘	多士
不永念厥辟不寬綽厥心亂罰無罪		念 念 P3767 P2748			念		念 念 念		無逸
弗永遠念天威	🔲	念 P2748			念		念 念 念	忘	君奭
喪大否肆念我天威			念	念			念 ✓ 念	忘	君奭
惟聖罔念作狂	🔲	念 S2074	念	念			念 念 念	忘	多方
公其念哉			念	念			念 念 念	忘	畢命

400、善

「善」字在傳鈔古文《尚書》有下列不同字形：

（1）譱：譱譱1譱2

《書古文訓》「善」字皆作譱譱1譱2，足利本、上圖本（影）、岩崎本亦或作譱譱1形，為《說文》「善」字古文譱之隸古定，源自金文作譱毛公鼎譱善鼎譱

善夫克鼎 𤲬 魯左司徒元鼎等形。

（2）善：善1 善善2 善3

上圖本（八）「善」字或作善1，敦煌本 P2516、神田本、九條本、內野本或作善2，敦煌本 P2643 或作善2，觀智院本、上圖本（元）或少一畫作善3，皆爲《說文》「善」字篆文 𧁨 之隸變。

【傳鈔古文《尚書》「善」字構形異同表】

善	戰國楚簡	石經	敦煌本	岩崎本b	神田本b	九條本	島田本b	內野本	上圖（元）b	觀智院b	天理本	古梓堂b	足利本	上圖本（影）	上圖本（八）	古文尚書晁刻	書古文訓	尚書篇目
於帝念哉德惟善政														善	善		善	大禹謨
天道福善禍淫								善						善	善		善	湯誥
爾有善															善		善	湯誥
作善降之百祥															善		善	伊訓
德無常師主善爲師									善								善	咸有一德
予不掩爾善									善								善	盤庚上
惟其賢慮善以動			善 P2643 / 善 P2516	善					善								善	說命中
我聞吉人爲善惟日不足			善b												善		善	泰誓中
彰善癉惡樹之風聲			善b														善	畢命
善敹乃甲冑敿乃干							善								善		善	費誓
惟截截善諞言						善	善	善b						善	善		善	秦誓

大禹謨	戰國楚簡	漢石經	魏石經	敦煌本 S5745	敦煌本 S801	吐魯番本	岩崎本	神田本	九條本	島田本	內野本	上圖本（元）	觀智院	天理本	古梓堂	足利本	上圖本（影）	上圖本（八）	晁刻古文尚書	書古文訓	唐石經
政在養民水火金木土穀											政在養民水火金木土穀						政在養民水火金木土穀	政在養民水火念不土穀		政圣敦民水火金木土穀	政圣敦民水火金木土穀

401、養

「養」字在傳鈔古文《尚書》有下列不同字形：

（1）𦎩汗 1.14 𦎩四 3.23 敉

《汗簡》、《古文四聲韻》錄《古尚書》「養」字作：𦎩汗 1.14 𦎩四 3.23，《說文》「養」字古文作𦎩，源自甲金文作：𦎩粹 1589 ⅄父乙觶 ⅄父丁罍，《書古文訓》作敉，為此形之隸定。

（2）養1 养2 養3

內野本、足利本、上圖本（影）、上圖本（八）「養」字或作養1，為《說文》篆文養之隸定，「食」作隸古定形，上圖本（影）或省訛作养2，內野本或作養3，，其上偏旁「羊」字多中筆穿出。

（3）食

九條本〈酒誥〉「用孝養厥父母」「養」字作食，乃誤作「食」字，或為俗書有只作形構一部分者，此為只作義符者。

【傳鈔古文《尚書》「養」字構形異同表】

養	傳抄古尚書文字 𦎩汗 1.14 𦎩四 3.23	戰國楚簡	石經	敦煌本	岩崎本	神田本 b	九條本	島田本 b	內野本	上圖（元）	觀智院 b	天理本 b	古梓堂 b	足利本	上圖本（影）	上圖本（八）	古文尚書晁刻	書古文訓	尚書篇目
	政在養民								養					養	养	養		敉	大禹謨

	大禹謨	戰國楚簡	漢石經	魏石經	敦煌本S5745	敦煌本S801	吐魯番本	岩崎本	神田本	九條本	島田本	內野本	上圖本(元)	觀智院	天理本	古梓堂	足利本	上圖本(影)	上圖本(八)	晁刻古文尚書	書古文訓	唐石經
民養其勸弗救（大誥）												養						養	養	喬	敊	
用孝養厥父母（酒誥）								飬		養								養	養	養	敊	
曷以引養引恬（梓材）								養		蕶								養	養		敊	

| | | | | | | | | | | | | | | | | | | | | | | |
| | 惟修正德利用厚生 | | | | | | | | | | | 惟修正惪利用厚生 | | | | | | 惟修正德利用厚生 | 惟修正德利用厚生 | 惟脩正德秜用厝生 | 惟攸正德秜用厝生 | 惟脩正德利用厚生 |

402、利

「利」字在傳鈔古文《尚書》有下列不同字形：

（1）秜秜

《書古文訓》〈大禹謨〉「惟修正德利用厚生」、〈周官〉「居四民時地利」二處「利」字作秜，爲《說文》篆文利之隸古定，內野本〈太甲下〉「臣罔以寵利居成功」亦作此形秜。

（2）秜

《書古文訓》除上述二例外「利」字皆作秜，爲《說文》「利」字古文利之隸古定。

【傳鈔古文《尚書》「利」字構形異同表】

利	戰國楚簡	石經	敦煌本	岩崎本	神田本b	九條本	島田本b	內野本	上圖本(元)	觀智院b	天理本	古梓堂b	足利本	上圖本(影)	上圖本(八)	古文尚書晁刻	書古文訓	尚書篇目
惟修正德利用厚生																	秜	大禹謨
臣罔以寵利居成功								秜									秜	太甲下

視民利用遷									秢	盤庚中
曰公將不利於孺子									秢	金縢
居四民時地利									秢	周官
商俗靡靡利口惟賢									秢	畢命

403、厚

「厚」字在傳鈔古文《尚書》有下列不同字形：

（1）厘汗4.49厘四3.27厘四4.39厘1豪2叀3至4

《汗簡》、《古文四聲韻》錄《古尚書》「厚」字作：厘汗4.49厘四3.27厘四4.39，《說文》「厚」字古文作厘，形構云「从后土」，戰國楚簡「厚」字作𡘍望山2.2𡘍郭店.老子甲4𡘍郭店.成之5𡘍郭店.語叢1.82等形，其上从「石」，《汗簡》錄「石」字作辰汗4.52，厘說文古文厚形構當从石从土。內野本、足利本、上圖本（影）、上圖本（八）、《書古文訓》「厚」字或作厘1，為厘說文古文厚之隸定，形作从「后」从「土」；敦煌本P2533或作豪2，敦煌本S799或作叀3，叀3所从偏旁土字作「圡」，俗書「后」多固定作告；《書古文訓》或作至4，其上受俗書「后」字作告影響，訛混作「右」。

（2）屋

九條本〈五子之歌〉「鬱陶乎予心顏厚有忸怩」「厚」字作屋，其下所从「玉」為偏旁土字作「圡」之訛誤，此為厘說文古文厚之隸訛。

（3）厚

觀智院本、足利本、上圖本（影）「厚」字或「日」形上多一畫作厚。

【傳鈔古文《尚書》「厚」字構形異同表】

厚 厘汗4.49 厘四3.27/4.39	傳抄古尚書文字	戰國楚簡	石經	敦煌本	岩崎本b	神田本b	九條本	島田本b	內野本	上圖（元）b	觀智院b	天理本	古梓堂b	足利本	上圖本（影）	上圖本（八）	古文尚書晁刻	書古文訓	尚書篇目
	惟修正德利用厚生													厚	厚	厚		屋	大禹謨
	鬱陶乎予心顏厚有忸怩		豪 P2533											屋	屋			屋	五子之歌

| 功多有厚賞不迪有顯戮 | 悫 S799 | 屡 | 厔 | | | | 屋 | 泰誓下 |
| 惟民生厚因物有遷 | | | 厔 | 厚b | | 厚 厔 | 厔 | 君陳 |

大禹謨	戰國楚簡	漢石經	魏石經	敦煌本 S5745	敦煌本 S801	吐魯番本	岩崎本	神田本	九條本	島田本	內野本	上圖本（元）	觀智院	天理本	古梓堂	足利本	上圖本（影）	上圖本（八）	晁刻古文尚書	書古文訓	唐石經
惟和九功惟敘九敘惟歌											惟味九功惟序惟歌					惟味九功惟序惟歌	惟味九功惟序惟歌	九功惟序九序惟歌	惟味九珍惟敘九敘惟哥	惟和九功惟敘九敘惟哥	

「九功惟敘九敘惟歌」內野本作「九功惟序惟歌」與各本不同。

大禹謨	戰國楚簡	漢石經	魏石經	敦煌本 S5745	敦煌本 S801	吐魯番本	岩崎本	神田本	九條本	島田本	內野本	上圖本（元）	觀智院	天理本	古梓堂	足利本	上圖本（影）	上圖本（八）	晁刻古文尚書	書古文訓	唐石經
戒之用休董之用威											戒业用休董业用威					戒业用休董业用威	戒业用休董业用威	戒之用休董业用威	戒业用休董业用豐	戒业用休董业用威	

404、董

「董」字在傳鈔古文《尚書》有下列不同字形：

（1）䈽汗 3.43　䇔四 3.3　䇔配鈔本四 3.3

《汗簡》、《古文四聲韻》錄《古尚書》「董」字作：䈽汗 3.43　䇔四 3.3　䇔配鈔本四 3.3，作從竹從重省形，從竹（𥫗）當為從艹（++）之訛。

（2）董：菫

足利本、上圖本（影）、《書古文訓》「董」字或作菫，為《說文》「董」字篆文蕫之隸定，《說文》無「董」字，見於《爾雅》〈釋詁〉「董，督正也」，〈釋

草〉「薉蒲董」《釋文》云：「董或作董」，《集韻》「董」下云「通作董」，「董」、
「董」當爲一字，「重」、「童」古相通，《禮記‧檀弓》「與其鄰重汪踦往皆死焉」
注云：「『重』當爲『童』，未冠者之稱」。

（3）董：董

足利本、上圖本（影）、上圖本（八）「董」字或作董，從「重」而上少一
畫，與漢魏「董」字所從類同：董董氏洗董居延簡甲 1919B 董景北海碑陰。

【傳鈔古文《尚書》「董」字構形異同表】

董 傳抄古尚書文字 董汗3.43 董四3.3	戰國楚簡	石經	敦煌本	岩崎本	神田本b	九條本	島田本b	內野本	上圖本（元）	觀智院b	天理本	古梓堂b	足利本	上圖本（影）	上圖本（八）	古文尚書晁刻	書古文訓	尚書篇目
戒之用休董之用威								董					董	董	董		董	大禹謨
董正治官								董					董	董	董		董	周官

405、威

「威」字魏三體石經〈君奭〉三體均作「畏」，古文作畏魏三體，源自甲
金文作：畏乙669畏餘1.2畏鐵146.2畏孟鼎畏孟鼎畏毛公鼎畏毛公鼎，又作畏沇兒鐘
畏王孫鐘形。《汗簡》錄畏汗4.50云「畏亦威字見說文」，畏乃畏（畏毛公鼎）畏
（畏魏石經）之變，《說文》「畏」字古文作畏，當由畏乙江陵.秦家13.4畏郭店.五行
36畏郭店.成之5畏魏三體訛變。「畏」、「威」二字古通，如孟鼎「畏天畏」即「畏
天威」，毛公鼎「敃天疾畏」即「敃天疾威」。

「威」字在傳鈔古文《尙書》有下列不同字形：

（1）畏魏三體畏1畏2畏3畏4畏5

魏三體石經〈君奭〉「威」字三體均作「畏」，古文作畏魏三體，「畏」、「威」
二字古通，尙書敦煌本、日諸古寫本「威」字多作畏1，《書古文訓》「威」字
皆作畏1畏2畏3畏4畏5，皆爲「畏」字。畏1爲篆文畏之隸定；畏2爲畏說文
古文畏之隸古定；畏3則隸古定自畏汗4.50說文；畏4畏5爲戰國古文作畏乙江
陵.秦家13.4畏郭店.五行36畏郭店.成之5畏魏三體隸古定訛變。

（2）威：威威威

　　上圖本（影）、上圖本（八）「威」字或作威威威，其「女」上橫筆寫作二點（參見"女"字）。

　　（3）戚：戚

　　上圖本（八）〈大誥〉「予不敢閉于天降威用」「威」字作戚，爲誤寫作「戚」。

【傳鈔古文《尚書》「威」字構形異同表】

威	戰國楚簡	石經	敦煌本	岩崎本/神田本b	島田本b/九條本	內野本	上圖(元)/觀智院b/天理本/古梓堂b	足利本	上圖本(影)	上圖本(八)	古文尚書晁刻	書古文訓	尚書篇目
戒之用休董之用威						威				威		畏	大禹謨
天明畏自我民明威						畏			畏	威		畏	皋陶謨
否則威之禹曰俞哉						畏			畏	畏		畏	益稷
威侮五行怠棄三正			畏 P5543 / 畏 P2533		畏	畏			畏	畏		畏	甘誓
欽承天子威命			畏 P2533		畏					威		畏	胤征
夏王滅德作威						畏			畏	畏		畏	湯誥
予豈汝威用奉畜汝眾			畏 P2516	畏		畏		畏	畏	畏		畏	盤庚中
天曷不降威大命不摯			畏 P2643 / 畏 P2516			畏		畏	威	畏		畏	西伯戡黎
作威殺戮			畏 S799	畏b		畏			畏	畏		畏	泰誓下
嚮用五福威用六極						威				威		畏	洪範
今天動威以彰周公之德					畏b	畏			威	畏		畏	金縢
予不敢閉于天降威用										戚		畏	大誥
天降威知我國有疵民不康						畏			畏	威/畏		畏	大誥
庸庸祇祇威威顯民						畏			威	畏		畏	康誥

用燕喪威儀			𤔲					威		畏	酒誥
越友民保受王威命明德			畏					威	威	畏	召誥
將天明威致王罰	畏 P2748		畏					威	威	畏	多士
弗永遠念天威	魏		畏					威	畏	畏	君奭
有殷嗣天滅威	魏		畏					威	威	畏	君奭
亦惟純佑秉德迪知天威	魏		畏	畏			畏	畏	畏	畏	君奭
尙迪有祿後暨武王誕將天威	魏		畏	畏			畏	畏	畏	畏	君奭
喪大否肆念我天威	魏	畏 P2748	畏	畏				威	畏	畏	君奭
則惟爾多方探天之威		畏 P2630 畏 S2074	畏	畏					畏	畏	多方
無依勢作威			畏	畏					畏	畏	君陳
敬迓天威			畏	畏					威	畏	顧命
思夫人自亂于威儀			畏	畏				威	畏	畏	顧命
以敬忌天威	畏 P4509		畏	畏				威	畏	畏	顧命
虐威庶戮方告無辜于上			畏	畏				威	畏	畏	呂刑
報虐以威遏絕苗民			畏	畏						畏	呂刑
德威惟畏			畏	畏				威	威	畏	呂刑

406、畏

「畏」字在傳鈔古文《尚書》有下列不同字形：

（1）畏₁畏₂畏₃畏₄

「畏」字《書古文訓》皆作畏₁畏₂畏₃ 等形（詳見上文"威"字）；敦煌本 P3767「畏」字作畏₄，其下訛作「衣」。

【傳鈔古文《尚書》「畏」字構形異同表】

畏	戰國楚簡	石經	敦煌本	岩崎本 神田本b	九條本 島田本b	內野本	上圖（元）	觀智院b	天理本b	古梓堂b	足利本	上圖本（影）	上圖本（八）	古文尚書晁刻	書古文訓	尚書篇目
可愛非君可畏非民															豐	大禹謨
天明畏自我民明威															豐	皋陶謨
予畏上帝不敢不正															畏	湯誓
乃不畏戎毒于遠邇															豐	盤庚上
罔或無畏															畏	泰誓中
在昔殷先哲王迪畏天															豐	酒誥
惟我下民秉爲惟天明畏														書	豐	多士
克自抑畏文王卑服			裛 P3767												豐	無逸

大禹謨	戰國楚簡	漢石經	魏石經	敦煌本 S5745	敦煌本 S801	吐魯番本	岩崎本	神田本	九條本	島田本	內野本	上圖本（元）	觀智院	天理本	古梓堂	足利本	上圖本（影）	上圖本（八）	晁刻古文尚書	書古文訓	唐石經
勸之以九歌俾勿壞				勸之呂九哥俾勿壞							勸之呂九哥俾勿壞						勸之呂九哥俾勿壞	勸之呂九哥俾勿壞	勸之呂九哥昇勿敦	勸之以九哥俾勿壞	勸之以九歌俾勿壞

407、勸

「勸」字在傳鈔古文《尚書》有下列不同字形：

（1）[古文]魏石經

魏三體石經〈多方〉「勸」字古文作[古文]，與《說文》篆文[篆文]類同。

（2）[古文]郭店緇衣37

〈君奭〉「在昔上帝割申勸寧王之德」郭店〈緇衣〉引作「君奭員：『昔才（在）上帝戡（割）紳觀文王德』。」「勸」字作「觀」字 ![字形] 郭店緇衣 37，與戰國「觀」字 ![字形] 中山王壺 ![字形] 包山 230 ![字形] 包山 135 ![字形] ![字形] 郭店老乙 18 等同形，今本《禮記·緇衣》引作「君奭云：『昔在上帝周田觀文王之德。』」亦作「觀」，鄭玄注云：「古文『周田觀文王之德』為『割申勸寧王之德』，今博士讀為『厥亂勸寧王之德』，三者皆異，古文似近之。」（《禮記正義》頁 935），是古文作「割申勸」即郭店〈緇衣〉「戡（割）紳觀」，「勸」應是「觀」字形近之誤，于省吾《尚書新證》謂「周」即「害」形近之訛，亦作「割」〔註 225〕，「害」、「割」音近通假，今博士讀作「厥亂」〔註 226〕，屈萬里《尚書集釋》謂「田」為「申」之誤〔註 227〕。林素清謂「割申」讀為「厥亂」是因古文「申」「亂」形近致訛，按當是博士誤以「申」為「亂」，其總結而言，今由出土之戰國郭店〈緇衣〉知「割申觀」為正確之文本〔註 228〕。

（3）![字形]1 ![字形]2 ![字形]3 ![字形]4

內野本「勸」字或作 ![字形]1，偏旁「雚」之二口省作二點，內野本、敦煌本 S2074 或作 ![字形]2，上圖本（八）或作 ![字形]3，足利本、上圖本（影）或作 ![字形]4 皆「雚」之二口省作「一」，![字形]4 或「艹」省訛作「ㄏ」，上述皆隸變之形，與漢帛書作 ![字形] 漢帛書.老子乙前 17 下相類。

（4）![字形]

敦煌本 P3670、S2074、P2630「勸」字或作 ![字形]，偏旁「雚」之「艹」省訛作「丄」，二口省作二點。

（5）![字形]

九條本〈畢命〉「民罔攸勸」「勸」字作 ![字形]，偏旁力字訛作「欠」，而誤作「歡」字。

〔註 225〕于省吾，《尚書新證》，北京：中華書局，2005，頁 227。

〔註 226〕參見：林素清，〈利用出土戰國楚竹書資料檢討《尚書》異文及相關問題〉，《龍宇純先生七秩晉五壽慶論文集》，台北：學生書局，2000.11，頁 85。

〔註 227〕屈萬里，《尚書集釋》台北：聯經，1983，頁 208，謂「田」為「申」之誤。

〔註 228〕參見：林素清，〈利用出土戰國楚竹書資料檢討《尚書》異文及相關問題〉，《龍宇純先生七秩晉五壽慶論文集》，台北：學生書局，2000.11，頁 85。

【傳鈔古文《尚書》「勸」字構形異同表】

勸	戰國楚簡	石經	敦煌本	岩崎本	神田本b／九條本	島田本b	內野本	上圖（元）	觀智院b／天理本	古梓堂b	足利本	上圖本（影）	上圖本（八）	古文尚書晁刻	書古文訓	尚書篇目
勸之以九歌俾勿壞											勸	勸	雚			大禹謨
汝誕勸憂			勤 P3670								勸	勸	勤			盤庚中
民養其勸弗救											勸	勸	勸			大誥
在昔上帝割申勸寧王之德〔註229〕		郭店.緇衣37									勸	勸	勤			君奭
不克終日勸于帝之迪			勸 S2074			勸	勸				勸	勸	勤			多方
慎厥麗乃勸		魏	勸 S2074			✓					勸	勸	勸			多方
亦克用勸		魏				✓					✓	✓	✓			多方
爾不克勸忱我命			勸 P2630　勸 S2074			勸	勸				勸	✓	勸			多方
安勸小大庶邦											勸	勸	勸			顧命
民罔攸勸			歡				勸				勸	勸	雚			畢命

408、壞

「壞」字在傳鈔古文《尚書》有下列不同字形：

（1）斁：斁1　斁2

《書古文訓》「勸之以九歌俾勿壞」「壞」字作斁1，為《說文》「壞」字籀文斁之隸定，觀智院本〈康王之誥〉「無壞我高祖寡命」「壞」字斁2，為斁《說文》籀文壞之隸訛。

（2）壞：壞1　壞2

上圖本（八）「壞」字作壞1，足利本、上圖本（影）則作壞2，其下俗訛作「衣」形。

〔註229〕郭店〈緇衣〉引作「君奭員：『昔才（在）上帝戡（割）紳觀文王德』。」

【傳鈔古文《尚書》「壞」字構形異同表】

壞	戰國楚簡	石經	敦煌本	岩崎本	神田本b	九條本b	島田本b	內野本	上圖(元)	觀智院b	天理本	古梓堂b	足利本	上圖本(影)	上圖本(八)	古文尚書晁刻	書古文訓	尚書篇目
勸之以九歌俾勿壞													壞	褱	壞		敷	大禹謨
無壞我高祖寡命									褱b				壞	壞				康王之誥

大禹謨	戰國楚簡	漢石經	魏石經	敦煌本S5745	敦煌本S801	吐魯番本	岩崎本	神田本	九條本	島田本	內野本	上圖本(元)	觀智院	天理本	古梓堂	足利本	上圖本(影)	上圖本(八)	晁刻古文尚書	書古文訓	唐石經
帝曰俞地平天成六府三事允治				帝曰俞地平天							帝曰俞地平天成六府弍事允治					帝曰俞地平天成六府弍事允治	帝曰俞地平天成六府弍事允治	帝曰俞地平天成六府弍古文允治		帝曰俞墬平天成六府弍叓允乿	帝曰俞地平天成六府三事允治

409、地

「地」字在傳鈔古文《尚書》有下列不同字形：

（1）墬汗 6.73 墬四 4.7 墬1 墜2

《汗簡》、《古文四聲韻》錄《古尚書》「地」字作：墬汗 6.73 墬四 4.7，《說文》土部「地」字籀文作墬，源自墬侯馬墬侯馬墬侯馬墬蚉壺墬郭店.忠信 4墬璽彙 2163 等形。《書古文訓》「地」字多作墬1，即墬說文籀文地之隸古定，或作墜2，則與墬侯馬墬郭店.忠信 4 等形同，爲其隸古定，《集韻》去聲 6 至韻「地」字下「籀作墬墜」。

（2）坔：坔

上圖本（八）〈周官〉「地」字皆作**坔**，《集韻》「地」字下云「或作『坔』」，疑此爲**坔**郭店.語叢**4.22**形之隸訛，爲「地」字上下形構之異體。

（3）坔：**坔**

內野本〈金縢〉以後「地」字皆作**坔**，《集韻》「地」字下云「唐武后作『坔』」，《一切經音義》卷54「坔，古地字，則天后所制也」，「坔」乃武周所制新字，當爲「地」字異體「坔」贅加義符「山」。

（4）地：**地**

觀智院本、上圖本（元）「地」字或作**地**，偏旁土字作「圡」。

【傳鈔古文《尚書》「地」字構形異同表】

地 傳抄古尚書文字 墜 四4.7 墜 汗6.73	戰國楚簡	石經	敦煌本	岩崎本	神田本b	九條本	島田本b	內野本	上圖（元）b	觀智院b	天理本b	古梓堂本	足利本	上圖本（影）	上圖本（八）	古文尚書晁刻	書古文訓	尚書篇目
俞地平天成六府三事允治																	墜	大禹謨
用永地于新邑									坔								墜	盤庚下
若跣弗視地																	墜	說命上
惟天地萬物父母																	墜	泰誓上
用能定爾子孫于下地								坔									墜	金縢
寅亮天地								坔							坔		墜	周官
居四民時地利								坔	地b						坔		墜	周官
絕地天通								坔									墜	呂刑

410、治

「治」字在傳鈔古文《尚書》有下列不同字形：

（1）**治**魏二體

魏二體石經〈禹貢〉「壺口治梁及岐」「治」字古文作**治**，其左當从水，其右形當即「台」字，與侯馬盟書「台」字（以）作**台**侯馬**156.3 台**侯馬**1.29**類同，侯馬盟書「以」字作**以**侯馬**194.4 以**侯馬**1.65 台**侯馬**156.3**，古**以**、**台**同字。

（2）羔乚羔乚

《書古文訓》「治」字多作羔乚羔乚1 形，與《古文四聲韻》錄古孝經「治」字作：羔四4.6同形，與《汗簡》錄羔汗5.70王存乂切韻類同，所从之)、る形當為る（以）字ら侯馬1.65形之訛，《古文四聲韻》又錄羔四4.6古孝經羔四4.6義雲章，則與《汗簡》錄羔汗5.70王存乂切韻同形，其右形同於魏石經〈禹貢〉「治」字古文同所从，古る、ら同字，故羔乚羔乚.羔四4.6羔汗5.70羔四4.6羔四4.6羔汗5.70當皆从糸台聲之「紿」字，「紿」、「治」皆由「台」得聲，此借「紿」字為「治」。

（3）乱

《書古文訓》〈說命中〉「惟治亂在庶官」一例「治」字作乱2，此即同魏石經禹貢之右偏旁「台」字，蓋假「台」為「治」。

（4）始：女言漢石經

漢石經殘碑〈益稷〉「在治忽以出納五言」「治」字作「始」女言，，又〈書序‧盤庚上〉「將治亳殷」正義引東晳曰：「孔子壁中《尚書》作『將始宅殷』」是「始」、「治」相通，二字皆由「台」得聲。

（5）以：吕

《隸釋》錄漢石經尚書〈無逸〉「治民祗懼」「治」字作吕，古以字作る、ら同，吕當即「治」字所得聲之「台」字，此借「台」為「治」。

【傳鈔古文《尚書》「治」字構形異同表】

治	戰國楚簡	石經	敦煌本	岩崎本	神田本b	九條本	島田本b	內野本	上圖（元）	觀智院b	天理本	古梓堂b	足利本	上圖本（影）	上圖本（八）	古文尚書晁刻	書古文訓	尚書篇目
俞地平天成六府三事允治																	羔乚	大禹謨
期于予治刑期于無刑																	羔乚	大禹謨
帝曰俾予從欲以治																	羔乚	大禹謨
在治忽以出納五言		女言漢															羔乚	益稷
壺口治梁及岐		魏二															羔乚	禹貢

											字形	篇目
殲厥渠魁脅從罔治											亂	胤征
將治亳殷民咨胥怨作盤庚三篇											亂	盤庚上
惟治亂在庶官											乱	說命中
治民祗懼								口人 隸釋			亂	無逸
惟其終祗若茲往敬用治											亂	君奭
道洽政治澤潤生民											亂	畢命

大禹謨	戰國楚簡	漢石經	魏石經	敦煌本 S5745	敦煌本 S801	吐魯番本	岩崎本	神田本	九條本	島田本	內野本	上圖本 （元）	觀智院	天理本	古梓堂	足利本	上圖本 （影）	晁刻古文尚書	書古文訓	唐石經
萬世永賴時乃功				永賴時乃功							萬世永賴眥乃功					百世永賴眥乃功	万世永賴眥乃功	萬世永賴眥乃功	萬丗兒賴眥尃珎	萬世永賴時乃功

411、賴

「賴」字在傳鈔古文《尚書》有下列不同字形：

（1）夏上博1緇衣8

戰國楚簡上博1〈緇衣〉簡8引〈呂刑〉「一人又有慶，兆民賴之」作「一人又（有）慶，墒（萬）民訧（賴）之」「賴」字作夏上博1緇衣8，當从訧聲，疑為音近假借作「賴」，《說文》所無。

（2）購：購郭店緇衣13

楚簡郭店〈緇衣〉簡13引〈呂刑〉此文作「一人又有慶，墒（萬）民購（賴）之。」「賴」字作購郭店緇衣13，即《說文》貝部「購」字，「購，貨也，从貝萬聲」又虫部「蠆」字「从虫萬聲，讀若賴」，「購」、「賴」字二字音近可通假，劉釗謂「購从萬聲，古音『萬』在明紐元部，『賴』在來紐月部，『明』、『來』二紐古代關係極為密切，『元』、『月』二部存在嚴格的對轉關係，故『萬』可借

為『賴』〔註230〕」《說文》「賴，贏也」段注謂「《方言》云：『賴，儺也。南楚之外曰賴。賴，取也』」林文華據此言「可見楚地不用『賴』字而用『購』字。」〔註231〕「購」字或為楚地特有用字習慣〔註232〕。

【傳鈔古文《尚書》「賴」字構形異同表】

賴	戰國楚簡	石經	敦煌本	岩崎本	神田本b	九條本	島田本b	內野本	上圖(元)	觀智院b	天理本b	古梓堂b	足利本	上圖本(影)	上圖本(八)	古文尚書晁刻	書古文訓	尚書篇目
萬世永賴時乃功															頼			大禹謨
一人有慶兆民賴之	上博1緇衣8 / 郭店緇衣13														頼			呂刑

大禹謨	戰國楚簡	漢石經	魏石經	敦煌本S5745	敦煌本S801	吐魯番本	岩崎本	神田本	九條本	島田本	內野本	上圖(元)	觀智院	天理本	古梓堂	足利本	上圖本(影)	上圖本(八)	晁刻古文尚書	書古文訓	唐石經
帝曰格汝禹朕宅帝位三十有三載				妝命朕宅帝位卅有三							帝曰格汝禹般宅帝位弍十有弍載					帝曰格汝禹般宅帝位弍十有弍載	帝曰格汝禹般宅帝位弍十有弍載	帝曰格汝禽般宅帝位三十有三載	帝曰格汝禽般宅帝位三十有三載	帝曰晜女帘朕宅帝位卅又弍載	帝曰格汝禽朕宅帝位卅有三載

〔註230〕說見：劉釗，《郭店楚簡校釋》，頁56，福建：福建人民出版社，2003.12。

〔註231〕說見：林文華，〈郭店楚簡緇衣引用尚書經文考〉，《第四屆先秦學術研討會論文》。

〔註232〕參見：林素清，〈利用出土戰國楚竹書資料檢討《尚書》異文及相關問題〉，頁90～91，《龍宇純先生七秩晉五壽慶論文集》，台北：學生書局，2000.11。

耄期倦于勤汝惟不怠總朕師			惟弗怠懬朕師			耄期倦于勤女惟弗怠懬般師			耄期俸行勤汝惟弗怠懬師	耄期俸污勤汝惟弗怠懬般師	耄期倦污勤汝惟弗怠懬般師	旄明券于勤女　旄明券于勤女	耄期倦于勤汝惟不怠懬朕師

412、耄

「耄」字在傳鈔古文《尙書》有下列不同字形：

（1）䒟四4.30 薹-1

《古文四聲韻》錄《古尙書》「耄」字作：䒟四4.30，即《說文》老部「耄」篆文薹：「年九十曰薹，从老从蒿省」，《書古文訓》〈微子〉「吾家耄遜于荒」「耄」字作薹1，則从老从蒿不省之隸古定，與《集韻》去聲37号作「薹」同形。

（2）薝汗3.43薝四4.30

《汗簡》、《古文四聲韻》錄《古尙書》「耄」字作：薝汗3.43薝四4.30，《說文》「耄」字篆文薹从老从蒿省，此形从毛从蒿省，即《集韻》「薹」字下「古作薹」之「薹」字，當爲異體。

（3）䔄四4.30耄

《古文四聲韻》錄《古尙書》「耄」字又作：䔄四4.30，即《集韻》「薹」字「或作耄」之「耄」字，上圖本（八）〈呂刑〉「惟呂命王享國百年耄荒」「耄」字作耄，則从老省。

（4）旽

《書古文訓》「耄期倦于勤」「耄」字作「旽」旽，「旽」、「耄」音同假借。

（5）旄

敦煌本P2643、P2516〈微子〉「吾家耄遜于荒」，《書古文訓》〈呂刑〉「惟呂命王享國百年耄荒」「耄」字均作「旄」，《集韻》「薹」字下云「通作旄」，「旄」、「耄」古相通，如《禮記》「旄期稱道不亂」，「耄」字即作「旄」。

（6）杔1稅2

岩崎本〈微子〉「吾家耄遜于荒」「耄」字作杔1，杔1爲「旄」之訛，其左「木」形爲「方」之訛寫，〈呂刑〉「惟呂命王享國百年耄荒」「耄」字作稅2，亦爲「旄」之訛，「方」寫訛作「禾」。

【傳鈔古文《尚書》「耄」字構形異同表】

	傳抄古尚書文字 耄 𦱬汗3.43 𦱬𦱬四4.30 𦱬四4.30	戰國楚簡	石經	敦煌本	岩崎本	神田本b 九條本	島田本b	內野本	上圖（元）	觀智院b	天理本b	古梓堂b	足利本	上圖本（影）	上圖本（八）	古文尚書晁刻	書古文訓	尚書篇目
耄期倦于勤																	眊	大禹謨
吾家耄遜于荒				旄 P2643 旄 P2516	杔			旄									薹	微子
惟呂命王享國百年耄荒				稅												耄	旄	呂刑

413、期

「期」字在傳鈔古文《尚書》有下列不同字形（形構說明參看"萁"字）：

（1）𠔻汗3.35𠔻四1.19𠔻1

《汗簡》、《古文四聲韻》錄古尚書「期」字作：𠔻汗3.35𠔻四1.19，《書古文訓》「期」字或从丌作𠔻1，與此同形。

（2）期祺1祺2

內野本、上圖本（八）、《書古文訓》「期」字或作期祺1，皆从亓，「亓」爲「丌」之或體。敦煌本S5745「期于予治」「期」字作祺2，左爲「亓」之訛變。

【傳鈔古文《尚書》「期」字構形異同表】

傳抄古尚書文字 期	戰國楚簡	石經	敦煌本	岩崎本	神田本b	九條本	島田本b	內野本	上圖（元）	觀智院b	天理本	古梓堂b	足利本	上圖本（影）	上圖本（八）	古文尚書晁刻	書古文訓	尚書篇目
毫期倦于勤																	𪜇	大禹謨
期于予治			𪜇 S5745														𪜇	大禹謨
位不期驕								𪜇							𪜇		𪜇	周官
祿不期侈								𪜇							𪜇		𪜇	周官

414、倦

「倦」字在傳鈔古文《尚書》有下列不同字形：

（1）𫘤汗 6.75𫘤四 4.24

《汗簡》、《古文四聲韻》錄《古尚書》「倦」字作：𫘤汗 6.75𫘤四 4.24，此即《說文》力部「券」字篆文𫘤：「勞也，从力卷省聲，臣鉉等曰今俗作『倦』義同」，𫘤四 4.24 其下疑爲「力」字之訛。《箋正》云：「勞倦正字，上从釆，薛本同，改作『火』非，加人俗。」「絭」字戰國作𫘤望山 2.10𫘤包山 267𫘤包山 277𫘤陶彙 5.7 等形，《古文四聲韻》錄《汗簡》「倦」字作：𫘤四 4.24，其右上之形與𫘤絭.包山 277 相同，此與𫘤汗 6.75 之「火」形、𫘤說文篆文券之「釆」形，當由𫘤形所變，與「朕」字所從之𫘤朕.臣諫簋𫘤（𫘤薛侯匜）形類同，漢作𫘤孫臏 116 則其上之形未變。

（2）倦：券

《書古文訓》「倦」字作券，當爲从力之「券」字訛誤。

（3）倦：𫘤

內野本、足利本、上圖本（影）、上圖本（八）「倦」字皆作𫘤，右下作省略符號「＝」。

【傳鈔古文《尚書》「倦」字構形異同表】

傳抄古尚書文字 倦 汗6.75 四4.24	戰國楚簡	石經	敦煌本	岩崎本b	神田本b	九條本	島田本b	內野本	上圖（元）	觀智院b	天理本	古梓堂b	足利本	上圖本（影）	上圖本（八）	古文尚書晁刻	書古文訓	尚書篇目
亳期倦于勤								倦						倦	倦 倦		券	大禹謨

415、勤

「勤」字在傳鈔古文《尚書》有下列不同字形：

（1）⿰忄堇 魏石經

魏三體石經〈多士〉「其有聽念于先王勤家」「勤」字古文作 ■，從心堇聲，篆隸二體作「勤」勤堇力，其古文借「懂」為「勤」，皆由「堇」得聲，「懂」字《說文》所無，漢碑「勤」字或增從心作 慭 韓勑碑「慭——（勤）宅廟」，郭店楚簡或借「懂」字作「難」 ⿰堇 郭店.窮達2「何——（難）之有哉」，或借作「巾」 ⿰堇 郭店.窮達3「帽絰蒙——（巾）」。

（2）⿰堇 魏石經 勤1 勤2 堇力3

魏三體石經〈大誥〉「爾知寧王若勤哉」「勤」字古文作 ⿰堇，其左形與《集韻》平聲二18諄「堇」字古文 墓 類同，應是《說文》古文「堇」 ⿱艹堇 之隸變，源自金文「堇」字作：⿰堇 已鼎 ⿰堇 衛盉 ⿰堇 善夫山鼎等形。島田本、九條本、觀智院本、上圖本（元）「勤」字或作 勤1，內野本、足利本、上圖本（影）、上圖本（八）或作 勤2，上圖本（影）、上圖本（八）或多一畫作 堇力3，當皆從古文「堇」之隸變，與作 親親 相類。

（3）勤 勤1 勤2 堇刀3 勤4

尚書敦煌諸本、岩崎本、內野本、足利本、上圖本（影）「勤」字或作 勤勤1，魏三體石經隸體作 堇力 同形，為篆文勤之隸變；內野本或作 勤2，上圖本（八）或作 堇刀3，偏旁「力」字寫作「刀」形，足利本或多一畫作 勤4，上述諸形亦皆勤之隸變，漢魏碑作 堇力 郙閣頌 堇力 張遷碑 堇力 魏上尊號奏等形。

【傳鈔古文《尚書》「勤」字構形異同表】

勤	戰國楚簡	石經	敦煌本	岩崎本	神田本b	九條本	島田本b	內野本	上圖（元）	觀智院本b	天理本	古梓堂本b	足利本	上圖本（影）	上圖本（八）	古文尚書晁刻	書古文訓	尚書篇目
毫期倦于勤													勤	勤	勤			大禹謨
惟汝賢克勤于邦								勤					勤	勤				大禹謨
古我先王暨乃祖乃父胥及逸勤			勤					勤						勤	勤			盤庚上
肇基王跡王季其勤王家		勤 S799	勤										勤	勤	勤			武成
昔公勤勞王家				勤b	勤								勤	勤	勤			金縢
爾知寧王若勤哉		魏						勤					勤	勤	勤			大誥
惟曰若稽田既勤敷菑						勤		勤					勤	勤	勤			梓材
勤施于四方			勤 P2748					勤					勤	勤	勤			洛誥
其有聽念于先王勤家		魏	勤 P2748					勤					勤	勤	勤			多士
厥父母勤勞稼穡			勤 P2748					勤					勤	勤	勤			無逸
爾惟克勤乃事			勤 S2074					勤					勤	勤	勤			多方
今予小子祗勤于德								勤	勤b				勤	勤	勤			周官
業廣惟勤								勤	勤b				勤	勤	勤			周官
罔不惟德之勤				勤				勤					勤	勤	勤			呂刑

416、總

「總」字在傳鈔古文《尚書》有下列不同字形：

（1）總：總1 總2 總 3 總4 總5 總6 總7 總 總8

敦煌本 P2643「總」字或作總1，P2533 或作總2，岩崎本、九條本或作
總 總3，皆爲「總」字篆文之隸定俗訛。內野本、足利本、上圖本（影）、
上圖本（八）、《書古文訓》「總」字或作總1，其右從「怱」，爲聲符替換；足
利本、上圖本（影）或作總5，右所從「怱」訛作「忽」；上圖本（八）或作總6、

內野本或作【總】7，其右皆爲「忽」之訛。敦煌本 P3628、P2516、上圖本（元）或作【總】【總】【總】8，則爲「總」字篆文之隸變俗寫，形類【總】樊敏碑。

（2）揔：揔1【揔】2【揔】3【揔】4

《書古文訓》「惟不怠總朕師」「總」字或作【揔】1，《說文》糸部「總，聚束也」大徐謂「今俗作『揔』非是」，《尚書隸古定釋文》卷 3.3 云：「此字見於古文尚書自非俗字。」《玉篇》手部「揔，將領也，合也」，「揔」字義與「總」通，「揔」字又作「揔」，《廣韻》「揔」與「總」同，是「總」「揔」二字相通。敦煌本 S5745、內野本、足利本、上圖本（影）、上圖本（八）此處「總」字亦皆作「揔」字，然皆移「心」於下：足利本作【揔】2；敦煌本 S5745 作【揔】3，右上「匆」混作「勿」；內野本、上圖本（影）、上圖本（八）皆作【揔】4，偏旁「扌」字訛作偏旁「牛」字，其形構訛作从物从心。

【傳鈔古文《尚書》「總」字構形異同表】

總	戰國楚簡	石經	敦煌本	岩崎本b	神田本b	九條本b	島田本b	內野本	上圖本（元）	觀智院b	天理本	古梓堂b	足利本	上圖本（影）	上圖本（八）	古文尚書晁刻	書古文訓	尚書篇目
汝惟不怠總朕師			揔 S5745				惚						揔	揔	惚		揔	大禹謨
五百里甸服百里賦納總			總 P3628 總 P2533				總	總					總	總	總		總	禹貢
百官總己以聽冢宰								總					総	總	総		總	伊訓
無總于貨寶			總 P2643 總 P2516	總			總	総					揔	總	總			盤庚下
惟說命總百官			總 P2643 総 P2516	総			惚	総					總	總	総			說命中

417、種

「種」字在傳鈔古文《尚書》有下列不同字形：

（1）穜

「種」字《書古文訓》皆作䅩，左右偏旁互換，《說文》「稑，穜也」「穜，先穜而後熟也」段注云二字隸書互易，「穜」當為播種本字，戰國作䅩包山110。

【傳鈔古文《尚書》「種」字構形異同表】

種	戰國楚簡	石經	敦煌本	岩崎本	神田本b	九條本	島田本b	內野本	上圖（元）	觀智院b	天理本	古梓堂b	足利本	上圖本（影）	上圖本（八）	古文尚書晁刻	書古文訓	尚書篇目
皋陶邁種德																	䅩	大禹謨
無遺育無俾易種于茲新邑																	䅩	盤庚中
稷降播種農殖嘉穀																	䅩	呂刑

大禹謨	戰國楚簡	漢石經	魏石經	敦煌本 S5745	敦煌本 S801	吐魯番本	岩崎本	神田本	九條本	島田本	內野本	上圖本（元）	觀智院	天理本	古梓堂	足利本	上圖本（影）	上圖本（八）	晁刻古文尚書	書古文訓	唐石經
禹曰朕德罔克民不依				〔古文〕							〔古文〕						〔古文〕	〔古文〕	禹曰朕惠宅克民不依	禹曰朕德罔克已不依	禹曰朕德罔克已不依
皋陶邁種德德乃降黎民懷之				〔古文〕							〔古文〕						〔古文〕	〔古文〕	咎繇邁種惠乃降黎民懷之	咎繇邁䅩惠乃降黎民懷之	咎繇邁種德惠乃降黎民懷之

帝念哉念茲在茲釋茲在茲			帝念才念茲			帝念才念茲在茲釋茲在茲	帝人念才念茲在茲釋茲在茲	帝念戈念茲在茲釋茲在茲　帝念才念茲在茲釋茲在茲	帝念才念茲在茲釋茲在茲　帝念才念絲圣絲釋絲圣絲

418、釋

「釋」字在傳鈔古文《尚書》有下列不同字形：

（1）澤：**〔圖〕**魏石經

魏三體石經〈君奭〉「天弗（今本作“不”）庸釋于文王受命」「釋」字古文作**〔圖〕**，乃借「澤」為「釋」，其偏旁「水」字移於「睪」下，類同於傳抄古文「海」、「洛」字作：**泰**四3.13古孝經**泰**汗5.61**泰**汗5.61**㳂**四5.24以上皆古尚書，鄂君啓舟節「漢」字作**〔圖〕**鄂君啓舟節、「湘」字作**〔圖〕**鄂君啓舟節等。

（2）釋：**〔圖〕**魏石經**釋**₁**釋**₂**釋**₃

魏三體石經〈君奭〉「釋」字篆體作**〔圖〕**，乃以「釋」為「釋」，漢碑亦然：**釋**費鳳別碑**釋**張遷碑，《隸辨》謂「諸碑皆以釋為釋」。「釋」、「釋」古相通假，《說文》米部「釋」字訓「漬米也」，段注引〈大雅〉「釋之叟叟」傳曰：「釋，淅米也」謂「〈大雅〉作『釋』『釋』之通假。敦煌本S2074、九條本、內野本、上圖本（元）、上圖本（八）「釋」字或作「釋」**釋**₁；敦煌本S799、九條本、觀智院本、上圖本（八）或作**釋**₂形，所從「睪」之「罒」多一畫作「罒」；上圖本（八）或作**釋**₃，「睪」之下形訛作「夅」。

（3）醳：**醳**

《書古文訓》「釋」字皆作**醳**，漢魏碑亦以「醳」為「釋」：**醳**北海相景君碑**醳**郙閣頌，《隸釋》云：「醳與釋同」謂「釋茲在茲」古文尚書作「醳」，引證《戰國策》「王欲醳臣，則臣請歸醳」、《史記·管蔡世家》「鄭降楚楚復醳之」、〈魏世家〉「與其以秦醳衛不如以魏醳衛」等「醳」皆與「釋」同，又「醳」字〈索隱〉曰：「古釋字」，「醳」、「釋」二字通假。

（4）釋1釋2釈3

內野本「釋」字或作釋1，右上多一畫作「屮」，上圖本（八）或訛作釋2，內野本、足利本、上圖本（影）或作釈3，爲俗字。

【傳鈔古文《尚書》「釋」字構形異同表】

釋	戰國楚簡	石經	敦煌本	岩崎本神田本b	九條本島田本b	內野本	上圖（元）觀智院b天理本古梓堂b	足利本	上圖本（影）	上圖本（八）	古文尚書晁刻	書古文訓	尚書篇目
釋茲在茲						釋			釋	釋		醳	大禹謨
則釋欽厥止							釋			釋		醳	太甲上
釋箕子囚封比干墓			釋 S799			釋		釈	欨	釋		醳	武成
天不庸釋于文王受命		釋 P2748 魏				釋		釈	釈	釈		醳	君奭
開釋無辜亦克用勸			釋 S2074		釋	釋		釈	釈	釋		醳	多方
誥爾多方非天庸釋有夏			釋 S2074		釋	釋		釈	釈	釋		醳	多方
非天庸釋有殷乃惟爾辟			釋 S2074		釋	釈		釈	釈	釋		醳	多方
相揖趨出出釋冕反喪服						釋	釋b	釈	釈	釋		醳	康王之誥

419、澤

「澤」字在傳鈔古文《尚書》有下列不同字形：

（1）𤀽魏石經

魏三體石經〈多士〉「罔不配天其澤」「澤」字古文作■，《汗簡》錄「澤」字作𤀽汗5.61碧落文與此同形，其上爲皀形，其下當從「泉」與之合筆，即甲金文作：𤀽後1.9.4𤀽乙4066反𤀽訇鐘𤀽虢弔鐘𤀽師酉簋𤀽旬簋之「𤀽」字。「𤀽」、「澤」字從水、從泉於義無二，「𤀽」從皀聲、「澤」從睪聲，皀、睪同屬鐸部，二字相通假〔註233〕。

〔註233〕參見周名煇，《新定說文古籀考》卷上，頁 16～17，上海開明書店，1948；黃錫全，《汗簡注釋》，武漢：武漢大學出版社，1993，頁 391。

（2）界1界2

《書古文訓》「澤」字多作界1，或多一畫作界2，此即《說文》大部「皋」字篆文界之隸定：「大白澤也，从大从白，古文以爲澤字。」乃借「皋」爲「澤」字，源自戰國楚簡「皋」字作 界 郭店.語叢 1.87〔註234〕，「澤」字作 界 郭店.語叢 4.7、界 包山 100 之偏旁 界 形。

（3）澤1澤2沢3

岩崎本、九條本、內野本「澤」字或右上多一畫作澤1，上圖本（八）或作澤2，左下訛作「牵」形，足利本、上圖本（影）或作日文「澤」俗字沢3。

【傳鈔古文《尚書》「澤」字構形異同表】

澤	戰國楚簡	石經	敦煌本	岩崎本	神田本b	九條本	島田本b	內野本	上圖（元）	觀智院b	天理本	古梓堂b	足利本	上圖本（影）	上圖本（八）	古文尚書晁刻	書古文訓	尚書篇目
雷夏既澤灉沮會同				澤													界	禹貢
震澤底定				澤				澤						沢	沢		界	禹貢
滎波既豬導菏澤被孟豬								澤	澤					沢	沢		界	禹貢
罔不配天其澤		界魏												沢	沢	澤	界	多士
道洽政治澤潤生民				澤				澤							沢		界	畢命
殄資澤于下民								澤	澤					沢	沢	澤	界	文侯之命

〔註234〕此處借「皋」作「擇」，其辭例作：君臣、朋友，其一（擇）者也。

唐石經	書古文訓	晁刻古文尚書	上圖本（八）	上圖本（影）	足利本	古梓堂	觀智院	天理本	上圖本（元）	內野本	島田本	九條本	神田本	岩崎本	吐魯番本	敦煌本 S801	敦煌本 S5745	魏石經	漢石經	戰國楚簡	大禹謨
名言茲在茲允出茲在茲惟帝念功	名♡絲圣絲允出絲圣絲惟帝念珍	名♡絲圣絲允出絲圣絲惟帝念功	名言茲在茲允出茲在茲惟帝念功	名言茲在茲允出茲在茲惟帝念功	名言茲在茲允出茲在茲惟帝念功					名言茲在茲允出茲惟帝念功在茲						名言茲在茲允出茲在茲惟帝念功					名言茲在茲允出茲在茲惟帝念功
帝曰皐陶惟茲臣庶罔或干予正	帝曰咎繇惟絲臣庶宧或干予正	帝曰咎繇惟茲臣庶宧或干予正	帝曰咎繇惟茲臣庶宧或干予正	帝曰咎繇惟茲臣庶宧或干予正	帝曰咎繇惟茲臣庶宧或干予正					帝曰咎繇惟茲臣庶宧或干予正						帝曰咎繇惟茲臣庶宧或干予正					帝曰皐陶惟茲臣庶罔或干予正
女徃士明亐五刑以弼五敎	女徃士明亐五刑以弼五敎	汝作士明亐五刑以弼五敎	汝作士明亐五刑以弼五敎	汝作士明亐五刑以弼五敎	汝作士明亐五刑以弼五敎					汝作士明亐五刑以弼五敎						女作士明于五刑以弼五敎					汝作士明于五刑以弼五敎

420、弼

「弼」字在傳鈔古文《尚書》有下列不同字形：

（1）^淪汗4.70^拎四5.8^淪魏品式石經^{發發發}1^發2^次3

《汗簡》、《古文四聲韻》錄《古尚書》「弼」字作：^淪汗4.70^拎四5.8，魏品式三體石經〈皋陶謨〉「弼」字古文作█，即《說文》「弼」字古文^拎。尚書敦煌本、日古寫本、《書古文訓》「弼」字多作^{發發發}1，為此形之隸定；《書古文訓》或筆畫稍變作^發2，或左作古文形體作^次3。

（2）^夢汗4.70^夢5.8^夢

《汗簡》、《古文四聲韻》錄《古尚書》「弼」字又作：^夢汗4.70^夢5.8，即《說文》「弼」字另一古文^夢，《書古文訓》〈皋陶謨〉「厥德謨明弼諧」「弼」字作此形之隸定^夢。

（3）^酒汗4.70^酒四5.8^弼1^{弓酒}2

《汗簡》、《古文四聲韻》錄《古尚書》「弼」字又作：^酒汗4.70^酒四5.8，即《說文》「弼」字篆文^酒，，源自^酒毛公鼎^酒番生簋^酒隨縣13^酒隨縣32^酒包山35等形。《書古文訓》「明于五刑以弼五教」「弼」字作^弼1，即此形之隸變，岩崎本、觀智院本或隸訛作^{弓酒}2。

（4）邶

《書古文訓》〈益稷〉「弼成五服」「弼」字作邶，《說文》邑部「邶」字「故商邑，自河內朝歌以北是也」，與此「輔」義相別，《尚書隸古定釋文》卷3.8此字作邶，邶、邶當皆《說文》卪部「毗」字之誤，「毗，輔信也，從卪比聲，虞書曰『毗成五服』，《撰異》云：「『毗成五服』，蓋壁中本如是，『弼成五服』，孔安國以今文讀之者也。……《夏本紀》以訓詁字易之作『輔』」，又《經說考》謂「毗、弼古通，漢以後少用『毗』字，遂多作『弼』耳。」《玉篇》「毗」字亦云：「輔信也，今作弼」。

【傳鈔古文《尚書》「弼」字構形異同表】

傳抄古尚書文字 弼 （汗4.70 四5.8）	戰國楚簡	石經	敦煌本	岩崎本 神田本b	九條本 島田本b	內野本	上圖（元） 觀智院b	天理本 古梓堂b	足利本	上圖本（影）	上圖本（八）	古文尚書晁刻	書古文訓	尚書篇目
明于五刑以弼五教			弜 S5745			弜			弜	弼			弼	大禹謨
厥德謨明弼諧						弜			弜	弜	弼		弼	皋陶謨
其弼直						弜			弜	弜			弜	益稷
予違汝弼		魏品				弜			弜	弜	弜		弜	益稷
弼成五服						弜			弜	弜	弜		弜	益稷
爾眾士同力王室尚弼予			弼 P2533 弜 P5557	弜		弜			弜	弜	弜		弼	胤征
夢帝賚予良弼其代予言			弜 P2643 弜 P2516		弼	弜	弜						弜	說命上
爾尚弼予一人			弜								弜		弜	泰誓上
弼我丕丕基						弜			弜	弜			弜	大誥
汝受命篤弼丕視功載						弜					弜		弜	洛誥
惟天不畀允罔固亂弼我						弜					弜		弜	多士
弼予一人						弜	弜b				弜		弜	周官
弼亮四世			弜			弜					弜		弜	畢命
以旦夕承弼厥辟			弜			弜					弜		弜	冏命
永弼乃后于彝憲			弜			弜					弜		弜	冏命

大禹謨	戰國楚簡	漢石經	魏石經	敦煌本 S5745	敦煌本 S801	吐魯番本	岩崎本	神田本	九條本	島田本	內野本	上圖本（元）	觀智院	天理本	古梓堂	足利本	上圖本（影）	上圖本（八）	晁刻古文尚書	書古文訓	唐石經
期于予治刑期于無刑				祺于予治刑期于兂刑							期兂予治刑期兮兂刑						期兮予治刑期兮上刑	期于予治刑期兮兂刑	祺予兮乿剢荊兮凸剢		期于予治刑期于無刑

「期于予治」《書古文訓》作「期予于治」。

421、愆

「愆」字在傳鈔古文《尚書》有下列不同字形：

（1）譽：𧬫汗 1.12 𧬫四 2.6 ［譽］魏石經 譽 僭 僭 僭1 偀2 僭 僭3 譽 譽4 僭5

《汗簡》、《古文四聲韻》錄《古尚書》「愆」字作：𧬫汗 1.12 𧬫四 2.6，魏三體石經〈無逸〉「愆」字僅存隸體作■，此皆與《說文》「愆」字籀文𧬫同形，源自侯馬盟書作𩔖侯馬，或从心作𢠽侯馬 𩔖包山 85，偏旁言、心古相通，侯馬盟書又作𩔖侯馬。

《書古文訓》「愆」字作譽 僭 僭1 形，內野本、上圖本（八）或作僭1 為𧬫說文籀文愆之隸定，上圖本（八）或作偀2，岩崎本或口形下三畫省寫作僭 僭3。

敦煌本 P3767、P3871、S2074、岩崎本、九條本、內野本、足利本、上圖本（影）、上圖本（八）「愆」字或作譽 譽4，為𧬫說文籀文愆之隸訛，其上訛寫作从「保」，蓋由偀2 形再變。岩崎本〈說命下〉「其永無愆」「愆」字作僭5，為𧬫說文籀文愆其上訛从「品」。

（2）僭

敦煌本 S799、P2748「愆」字或作僭，為𧬫說文籀文愆之省「口」形。

（3）𧘇隸釋 愆1 愆2 作愆3

《隸釋》錄漢石經〈牧誓〉、〈無逸〉「愆」字作𧘇隸釋，敦煌本 P2643 亦

作此形，爲《說文》「愆」字篆文諐之隸寫；上圖本（元）、上圖本（影）、上圖本（八）「愆」字或作愆1，其中上「彳」只作二畫，上圖本（影）或作愆2，「彳」作二畫又訛作「工」。

敦煌本 S5745「愆」字作僁3，爲「愆」字篆文隸寫作衍隸釋形之訛變。

【傳鈔古文《尚書》「愆」字構形異同表】

愆	傳抄古尚書文字 諐汗 1.12 諐四 2.6	戰國楚簡	石經	敦煌本	岩崎本 神田本b	九條本 島田本b	內野本	上圖（元） 觀智院b	天理本 古梓堂b	足利本	上圖本（影）	上圖本（八）	古文尚書晁刻	書古文訓	尚書篇目
帝德罔愆臨下以簡				僁 S5745										諐	大禹謨
惟茲三風十愆											愆	愆		僁	伊訓
其永無愆				衍 P2643	諐			愆		愆	愆	愆		諐	說命下
不愆于六步七步乃止齊焉			衍 隸釋	僁 S799	諐		諐			諐	諐	諐		僁	牧誓
時人丕則有愆				諐 P3767			愆			愆	愆	愆		諐	無逸
厥愆曰朕之愆允若時			衍 隸釋 [illegible] 魏	諐 P3767 僁 P2748			諐				✓	僁		諐	無逸
朕之愆允若時			衍 隸釋	諐 P3767 僁 P2748			諐				✓	僁		諐	無逸
爾尚蓋前人之愆				諐 S2074		諐					愆			諐	蔡仲之命
思免厥愆					僁		諐			諐	諐	愆		諐	冏命
匡其不及繩愆糾謬					僁		諐			諐	諐	諐		諐	冏命
造天丕愆						諐	諐			諐	諐	諐		僁	文侯之命
則罔所愆				[illegible] P3871		諐	諐					諐		諐	秦誓
旅力既愆我尚有之						諐	諐					諐		諐	秦誓

大禹謨	戰國楚簡	漢石經	魏石經	敦煌本 S5745	敦煌本 S801	吐魯番本	岩崎本	神田本	九條本	島田本	內野本	上圖本（元）	觀智院	天理本	古梓堂	足利本	上圖本（影）	上圖本（八）	晁刻古文尚書	書古文訓	唐石經
民協于中時乃功懋哉				民協于中皆乃功懋才							民叶亏中皆乃功懋才					民叶亏中皆乃功懋才	民叶于中皆乃功懋哉	民叶亏中時乃功懋哉	民叶亏中皆乼珍懋才	民協于中時乃功懋哉	
皋陶曰帝德罔愆臨下以簡				咎繇曰帝德宣愆臨下吕衆							咎繇曰帝惠宣愆臨下吕東					咎繇曰帝惠宣愆臨下吕東	咎繇曰帝惠宣愆臨下吕東	皋陶曰帝德用愆臨下以簡	咎繇曰帝惠宣愆臨下吕東		

422、御公

「御」字在傳鈔古文《尚書》有下列不同字形：

（1）馭：馭

《書古文訓》除〈大禹謨〉「御公眾以寬」一例外，「御」字則皆作「馭」，內野本、足利本、上圖本（影）、上圖本（八）〈甘誓〉「御非其馬之正」，敦煌本 P3871、九條本、內野本、上圖本（八）〈秦誓〉「仡仡勇夫射御不違」「御」字亦作「馭」，《說文》「御」字古文作，源自 盂鼎 執馭觥 班簋 令鼎 馭八卣 噩侯鼎 禹鼎等，作手執鞭策馬之形。

（2）御：漢石經 御1 御2 御3 御4 御5 御6

漢石經〈洛誥〉「御」字古文作，即《說文》篆文之隸變，源自 御簋 頌鼎 虢弔鐘 攻吳王監 上博1緇衣12 郭店緇衣23 等形。《書古文訓》〈大禹謨〉「御公眾以寬」「御」字作1，下移偏旁「卩」字；敦煌本 P5543、P2533、

內野本、觀智院本、足利本、上圖本（影）、上圖本（八）或作 2，偏旁「卩」字隸訛作「阝」，所從「午」字或少直筆；島田本或省作 3；觀智院本或作 4，其中間之形寫似「缶」；神田本、岩崎本、九條本或變作 5；敦煌本 P2748 作 6，其中間之形寫似「去」。上述諸形皆篆文 之隸變，如漢魏作：漢帛書.老子甲 118 居延簡甲 712 長沙出土西漢印 漢石經.詩.松菁 魯峻碑 禮器碑陰 漢石經.詩.松菁等形。

（3）衛：魏石經

魏三體石經〈文侯之命〉「即我御事罔或耆壽」「御」字古文作 ，此形从彳，可隸定作「衛」，源自甲金文从彳作 前 2.18.6 牧師父簋，偏旁彳、辵古相通。

（4）卸：1 2

敦煌本 S799、岩崎本、九條本「御」字或作 1，此形从止，偏旁止、辵古亦相通，源自金文或从止作 御鬲，九條本或作 2，止形訛作「山」。

【傳鈔古文《尚書》「御」字構形異同表】

御	戰國楚簡	石經	敦煌本	岩崎本神田本b	九條本	島田本b	內野本	上圖（元）觀智院b	天理本古梓堂b	足利本	上圖本（影）	上圖本（八）	古文尚書晁刻	書古文訓	尚書篇目
御眾以寬										御	衛			衛	大禹謨
御非其馬之正			御 P5543 御 P2533	御			駇			馭	馭	馭		馭	甘誓
御其母以從徯于洛之汭				御			御			衛	御			馭	五子之歌
越我御事庶士			御b							御				馭	泰誓上
御事司徒司馬司空			卸 S799	卸b			御			御	御			馭	牧誓
猷大誥爾多邦越爾御事				御b			御			御		御		馭	大誥
越少正御事朝夕				卸	御					御	御	衛		馭	酒誥

惟御事厥棐有恭			御	御		御	御	御	馭	酒誥
越御事厥命			卸	御		御	御	御	馭	梓材
越自乃御事			卸	御		御	御	御	馭	召誥
越御事篤前人成烈 荅其師	馭漢 P2748	御		御		御	御	御	馭	洛誥
畢公衛侯毛公師氏 虎臣百尹御事			御	御 b		御	御	御	馭	顧命
其侍御僕從	御		御			御	御	御	馭	冏命
即我御事罔或耇壽	御魏		卸	御		御	御	御	馭	文侯之命
仡仡勇夫射御不違	又 P3871	馭	馭	御		御	御	馭	馭	秦誓

大禹謨	戰國楚簡	漢石經	魏石經	敦煌本 S5745	敦煌本 S801	吐魯番本	岩崎本	神田本	九條本	島田本	內野本	上圖本（元）	觀智院	天理本	古梓堂	足利本	上圖本（影）	上圖本（八）	晁刻古文尚書	書古文訓	唐石經
御眾以寬罰弗及嗣賞延于世				御眾吕寬罰弗及嗣賞延于世							眾吕寬罰弗及嗣賞延于世					御眾吕寬罰弗及嗣賞延于世	御眾吕寬罰弗及嗣賞延于世	御眾以寬罰弗及嗣賞延于世	御眾吕寬罰弱及享賞延于世	御眾以寬罰弗及嗣賞延于世	御眾以寬罰弗及嗣賞延于世

423、罰

「罰」字在傳鈔古文《尚書》有下列不同字形：

（1）魏石經、上博1緇衣15、郭店緇衣29、罰1、罰2、罰3、罰4

《魏三體石經》〈多士〉「罰」字古文作，源自金文作盂鼎、師旅鼎、散盤、散盤、盦壺，楚簡上博1〈緇衣〉簡15、郭店〈緇衣〉簡28.29引〈康誥〉「敬明乃罰」「罰」字作上博1緇衣15、郭店緇衣29。

敦煌本P2533、P2643、《書古文訓》「罰」字或作罰、罰1，為《說文》篆文

之隸定，《書古文訓》又或作👹**2**，偏旁刀字作篆文隸古定形；敦煌本 P3670、
P2748、P3767、S2074、神田本、岩崎本、島田本、九條本、上圖本（元）或
作👹👹**3**，偏旁刀字訛作「力」。敦煌本 S5745「罰」字作👹**4**，偏旁「网」（罒）
字訛作「日」形。

（2）👹👹

敦煌本 P5557、P2516、S2074、S799、P2748、日諸古寫本或作👹👹，所
從「寸」爲「刀」之訛，乃由👹孫子 **82** 變作👹江陵 **10** 號漢墓木牘 **2** 再訛作此形，
漢魏碑從「寸」作👹武梁祠👹唐扶頌👹張壽碑。

（3）伐

〈大禹謨〉「肆予以爾眾士奉辭罰罪」「罰」字敦煌本 S801、內野本、足利
本、上圖本（影）、上圖本（八）均作「伐」字，《正義》云：「故我以爾眾士奉
此譴責之辭，伐彼有罪之國」，阮元〈校勘記〉亦云：「『奉辭罰罪』，宋板岳本、
閩本、纂傳本同唐石經『罰』作『伐』，明監本、毛本因之古本及蔡傳並作『伐』。
案『伐』字是也。」日古寫本亦證此文當作「奉辭伐罪」，今本或假「罰」爲「伐」
字。

（4）辠

上圖本（八）〈泰誓上〉「以爾有眾士底天之罰」「罰」字作「辠」，《說文》
「罰，辠之小者」，「辠」、「罰」二字義近同。

（5）👹

上圖本（影）〈呂刑〉「其刑其罰其審克之」「罰」字作👹，爲寫誤之形，
其下形訛近「刊」，疑爲與上文「刑」字相涉而致誤。

【傳鈔古文《尚書》「罰」字構形異同表】

罰	戰國楚簡	石經	敦煌本	岩崎本	神田本b	九條本b	島田本b	內野本	上圖（元）	觀智院b	天理本	古梓堂b	足利本	上圖本（影）	上圖本（八）	古文尚書晁刻	書古文訓	尚書篇目
罰弗及嗣			👹 S5745														👹	大禹謨
奉辭罰罪			伐 S801					伐						伐	伐		👹	大禹謨

今予惟恭行天之罰		P2533	罰						罰 甘誓
奉將天罰		P2533 P5557	罰			罰	罰	罰	罰 胤征
致天之罰			罰			罰	罰	罰	罰 湯誓
予敢動用非罰世選爾勞		P3670 P2643	罰		罰	罰	罰	罰	盤庚上
惟予一人有佚罰		P3670 P2643	罰		罰	罰	罰	罰	罰 盤庚上
非汝有咎比于罰		P3670	罰		罰	罰	罰	罰	罰 盤庚中
自上其罰汝汝罔能迪		P2643 P2516	罰		罰	罰	罰	罰	罰 盤庚中
以爾有眾爰底天之罰			罰			罰	罰	皋	罰 泰誓上
奉予一人恭行天罰		S799	罰			罰	罰	罰	罰 泰誓下
惟恭行天之罰		S799b	罰			罰	罰	罰	牧誓
敬明乃罰	上博1 緇衣15 郭店 緇衣29						罰	罰	康誥
罔非有辭于罰	魏	P2748						罰	罰 多士
我乃明致天罰		P2748					罰	罰	多士
亂罰無罪	魏	P3767 P2748						罰	無逸
乃大降罰崇亂有夏		S2074	罰						多方

罔不明德愼罰	[魏] 魏		罰				罰	多方
我乃其大罰殛之		罰 S2074	罰				罰	多方
茲式有愼以列用中罰			罰				罰	立政
荊罰之屬五百		罰					罰	呂刑
其刑其罰其審克之		罰			罰 罰		罰	呂刑

424、延

「延」字在傳鈔古文《尚書》有下列不同字形：

（1）延1延2

《說文》「延」字從延厂聲，足利本、上圖本（八）「延」字或作延1延2，「㢟」寫似從「正」，延2所從偏旁彳字寫似「夂」形。

（2）延1延2

敦煌本 P2748、九條本「延」字或分作延1延2，其「㢟」形多一畫，延2或訛從「缶」形。

（3）延1延2

九條本、觀智院本「延」字或分作延1延2，其「㢟」形訛變。

【傳鈔古文《尚書》「延」字構形異同表】

延	戰國楚簡	石經	敦煌本	岩崎本b	神田本b	九條本	島田本b	內野本	上圖（元）	觀智院本b	天理本	古梓堂本b	足利本	上圖本（影）	上圖本（八）	古文尚書晁刻	書古文訓	尚書篇目
賞延于世			延 S5745												延			大禹謨
我不敢知曰不其延						延												召誥
不其延惟不敬厥德						延												召誥
我道惟寧王德延			延 P2748															君奭
延入翼室										延b			延	延				顧命
延及于平民			延															呂刑

大禹謨	戰國楚簡	漢石經	魏石經	敦煌本 S5745	敦煌本 S801	吐魯番本	岩崎本	神田本	九條本	島田本	內野本	上圖本（元）	觀智院	天理本	古梓堂	足利本	上圖本（影）	上圖本（八）	晁刻古文尚書	書古文訓	唐石經
宥過無大刑故無小				宥過正大刑故正小							宥過亡大刑故亡小						宥過上天刑故上小	宥過無大刑故無小	宥過亡大刢故亡小	宥過亡大刑故亡小	宥過無大刑
罪疑惟輕功疑惟重				皐疑惟輕功疑型重							皐疑惟輕功疑惟重						罪疑惟輕功疑惟重	罪疑惟輕功疑惟重	皐疑惟輕珍疑惟重	皐疑惟輕功疑惟重	罪疑惟輕功疑惟重
與其殺不辜寧失不經好生之德				興亓叔弗辜寍失弗經好宝之悳							興亓叙帝辜寍氏弗經好生业惠						與其殺不辜寧失不經好生之德	與其殺弗辜寍失弗經好生业惠	與亓散亞砧宝失亞經野生业惠	興亓殺弗辜寍失弗經好生业惪	與其殺不辜寧失不經好生之德

425、殺

「殺」字在傳鈔古文《尚書》有下列不同字形：

（1）殺汗 1.15 殺四 5.12 魏石經 敊1 敊2 敊3 敊4

《汗簡》、《古文四聲韻》錄《古尚書》「殺」字作：殺汗 1.15 殺四 5.12，魏三體石經〈無逸〉「殺」字古文作，〈春秋·僖公〉亦作，〈文公〉作，與《說文》殺字古文類同，、形當變自《說文》殺字古文或之右形，乃源自殺侯馬 殺侯馬 楚帛書丙 江陵 370.1 包山 134 包山 135 包山 120 郭

店.魯穆5 [字] 郭店.尊德3 等形。

《書古文訓》「殺」字或作 [字]1 [字]2 形， [字]1 為 [字] 魏石經 [字] 說文古文殺之隸古
定訛變， [字]2 島田本或作 [字]3 為 [字] 說文古文殺右 [字] 形之隸古定訛變；敦煌本 P3767
作 [字]4，則為 [字] 說文古文殺之隸訛。

（２） [字]1 [字]2 [字]3 [字]4 [字]5

《書古文訓》「殺」字多作 [字]1 [字]2 [字]3 [字]4 [字]5 等形，皆為《說文》「殺」
字古文 [字] 之隸定或隸古形，其左所從之「介」隸訛作「巾」、「帀」等形，此形
亦源於 [字] 侯馬 [字] 侯馬 [字] 江陵 370.1 [字] 包山 134 [字] 包山 120 [字] 郭店.魯穆5 等形，或謂「介」
為加注聲符。

（３） [字] 汗 3.41 [字] 四 5.12

《汗簡》、《古文四聲韻》錄《古尚書》「殺」字又作： [字] 汗 3.41 [字] 四 5.12，即
《說文》殺字古文 [字]，魏三體石經〈僖公〉「殺」字古文亦作 [字]，源自甲金文作：
[字] 甲 3610 [字] 前 5.40.5 [字] 菁 1.15 [字] 蔡大師鼎 [字] 九年衛鼎，金文用作「蔡」字，如： [字] 伯
作蔡姬尊 [字] 蔡姞簋 [字] 伯蔡父簋 [字] 蔡侯鼎 [字] 蔡子匜， [字] 說文篆文殺左所從 [字] 形即此形
之訛〔註235〕，「殺」、「蔡」二字同音通假。

（４） [字]1 [字]2

敦煌本 S799「殺」字或作 [字]1，其左上訛作「又」，上圖本（影）或作 [字]2，
其偏旁殳字所從之「又」訛似「友」，皆 [字] 說文篆文殺之隸變寫訛。

（５） [字]1 [字]2 [字][字]3 [字]4

敦煌本 P2748、P3871、P5557「殺」字作「煞」 [字]1、上圖本（八）或多
一畫作 [字]2，岩崎本、九條本或作 [字][字]3，所從「灬」寫作一畫，九條本或省
形作 [字]4。《干祿字書》謂「煞、[字]、殺，上俗、中通、下正」以「煞」為「殺」
字俗體。

〔註235〕參見《甲骨文編》，中國社會科學院考古研究所，北京：中華書局，1996，頁 134。

【傳鈔古文《尚書》「殺」字構形異同表】

尚書經文	戰國楚簡	石經	敦煌本	岩崎本b / 神田本b	九條本 / 島田本b	內野本	上圖（元）/ 觀智院b / 天理本 / 古梓堂b	足利本	上圖本（影）	上圖本（八）	古文尚書晁刻	書古文訓	尚書篇目
與其殺不辜寧失不經			〔殺〕S5745			〔殺〕		〔殺〕	殺	殺		〔敎〕	大禹謨
先時者殺無赦			〔殺〕P2533 / 〔殺〕P5557		〔敎〕			〔殺〕	殺	殺		〔敎〕	胤征
不及時者殺無赦			〔殺〕P2533 / 〔殺〕P5557		〔敎〕			〔殺〕	殺	殺		〔懲〕	胤征
作威殺戮毒痡四海			〔殺〕S799	〔敎〕								〔懲〕	泰誓下
武王勝殷殺受立武庚以箕子歸作洪範					〔敎〕b							〔懲〕	洪範
成王既黜殷命殺武庚					〔敎〕b							〔懲〕	微子之命
汝乃其速由茲義率殺									〔煞〕			〔懲〕	康誥
盡執拘以歸于周予其殺					〔敎〕				〔殺〕			〔懲〕	酒誥
惟工乃湎于酒勿庸殺之					〔敎〕				〔殺〕			〔懲〕	酒誥
弗蠲乃事時同于殺					〔敎〕				〔殺〕			〔懲〕	酒誥
予罔厲殺人						〔殺〕			〔殺〕			〔懲〕	梓材
其後王賓殺禋咸格			〔殺〕P2748					〔殺〕				〔懲〕	洛誥
今予惟不爾殺									〔殺〕			〔懲〕	多士
殺無辜		〔魏〕	〔敎〕P3767 / 〔敎〕P2748						〔殺〕			〔懲〕	無逸
殺戮無辜				〔敎〕		〔殺〕						〔懲〕	呂刑
汝則有無餘刑非殺			〔煞〕P3871		〔敎〕				〔殺〕			〔懲〕	費誓

傳抄古尚書文字「殺」：汗1.15、汗3.41、四5.12

426、辜

「辜」字在傳鈔古文《尚書》有下列不同字形：

（1）[古文字形]汗 1.11　[古文字形]四 1.26　[古文字形]魏石經　[古文字形]古1　[古文字形]古2　[古文字形]古3　[古文字形]古4　[古文字形]古5　[古文字形]古6　[古文字形]古7　[古文字形]古8

《汗簡》、《古文四聲韻》錄《古尚書》「辜」字作：[古文字形]汗 1.11　[古文字形]四 1.26，魏三體石經〈多方〉「開釋無辜亦克用勸」「辜」字古文作[古文字形]，篆隸二體皆作「辜」，《說文》「辜」字古文[古文字形]，从古文死[古文字形]，[古文字形] 盗壺與此形同。

《書古文訓》「辜」字或作[古文字形]1，為[古文字形] 說文古文辜之隸古定，或隸古作[古文字形]2　[古文字形]3　[古文字形]4　[古文字形]5 形，或隸古定訛變作[古文字形]6　[古文字形]7　[古文字形]8 等。

（2）[古文字形]汗 2.20

《汗簡》錄《古尚書》「辜」字又作：[古文字形]汗 2.20，魏三體石經〈無逸〉「罪」字古文作[古文字形]，[古文字形]汗 2.20 之右形黃錫全謂原當作[古文字形]，从石經辛〔註236〕，是此形當作夗辛，从古文夗尸从辛。

（3）辜：[古文字形]1　[古文字形]2　[古文字形]3　[古文字形]4　[古文字形]5　[古文字形]6　[古文字形]7　[古文字形]8

足利本、上圖本（影）「辜」字或作辜1，偏旁古字其上「十」作「╌」；敦煌本 P2643 或作辜2，偏旁辛字下多一畫；足利本、上圖本（影）、上圖本（八）或作辜3，偏旁辛字訛作「幸」、「幸」；上圖本（八）或訛作辜辜4；敦煌本 S2074、P3767、神田本、岩崎本、九條本、上圖本（元）或作辜辜5，偏旁辛字訛作「羊」；敦煌本 P2748 或作辜6，偏旁辛字訛作「手」；敦煌本 P2516 訛作辜7，从右从羊；上圖本（八）或作辜8，偏旁古字「口」形多一畫，與「皋」字訛近。

（4）皋：[古文字形]1　[古文字形]2　[古文字形]3　[古文字形]4

「辜」字，上圖本（八）、內野本〈多方〉「開釋無辜亦克用勸」各作皋1　皋4，岩崎本〈呂刑〉「惟府辜功報以庶尤」作皋3，上圖本（元）〈說命下〉「時予之辜」作皋2，上述各例「辜」字皆作「皋」字（字形說明參見"皋"字），或有作「皋」字之傳本，二字義近可相替，且形近易致誤。

（5）罪：[古文字形]

足利本、上圖本（影）〈說命下〉「時予之辜」、〈呂刑〉「殺戮無辜」「辜」

〔註236〕參見黃錫全，《汗簡注釋》，武漢：武漢大學出版社，1993，頁 176。

字皆作「罪」，「辜」、「罪」義近可相替，或有作「罪」字之傳本。

【傳鈔古文《尚書》「辜」字構形異同表】

傳抄古尚書文字 辜 汗1.11 汗2.20 四1.26	戰國楚簡	石經	敦煌本	岩崎本	神田本b	九條本	島田本b	內野本	上圖（元）	觀智院本b	天理本	古梓堂本b	足利本	上圖本（影）	上圖本（八）	古文尚書晃刻	書古文訓	尚書篇目
與其殺不辜寧失不經			辜 S5745											辜	辜		辜	大禹謨
戰罔不懍于非辜								辜							辜		辜	仲虺之誥
並告無辜于上下神祇																	辜	湯誥
時予之辜			辜 P2643 / 辜 P2516	辜							辜			辜	罪 辜	辜	辜	說命下
卿士師師非度凡有辜罪			辜 P2643 / 辜 P2516	辜							辜			辜	辜		辜	微子
朋家作仇脅權相滅無辜籲天			辜b														辜	泰誓中
時人斯其辜于其無好德						辜b											辜	洪範
適爾既道極厥辜														辜			辜	康誥
辜在商邑越殷國														辜			辜	酒誥
惟民自速辜							辜							辜	辜		辜	酒誥
殺無辜			辜 P3767 / 辜 P2748											辜 辜			辜	無逸
開釋無辜亦克用勸	魏 S2074		辜 S2074		辜			辜						辜	辜		辜	多方
乃惟爾自速辜			辜 S2074		辜									辜			辜	多方
殺戮無辜			辜											罪	罪		辜	呂刑

虐威庶戮方告無辜于上			辜						辜		辝	呂刑
斷制五刑以亂無辜			辜					辜	ˇ		辝	呂刑
惟府辜功報以庶尤			辜					辜			辝	呂刑

427、好

「好」字在傳鈔古文《尚書》有下列不同字形：

（1） 𩢦汗 6.81 𤔔四 3.20

《汗簡》、《古文四聲韻》錄《古尚書》「好」字作：𩢦汗 6.81 𤔔四 3.20，源自 𤯍仲卣 𤯍齊鮑氏鐘 𤯍蔡侯盤等形。

（2） 𤔔四 3.20 妞

《古文四聲韻》錄《古尚書》「好」字又作：𤔔四 3.20，《說文》「𡛺」字篆文𤔔，下引商書曰「無有作𡛺」是古文有借「𡛺」爲「好」，《書古文訓》〈洪範〉「無有作好」「好」字作妞1，與《說文》所引相合，妞1即「𡛺」字左右偏旁互換，《玉篇》作「妞」下云「亦作𡛺」。

（3） 𡥝𡥝汗 6.81 𡥝四 3.20 珢珢1珢珢2

《汗簡》、《古文四聲韻》又錄《古尚書》「好」字作：𡥝𡥝汗 6.81 𡥝四 3.20，從丑從子，與戰國郭店楚簡作𡥝郭店.語叢 1.89 𡥝郭店.語叢 2.21 同形，與日古寫本「姓」字或作「班」相類。敦煌本 S801、P2643、岩崎本、島田本、上圖本（元）、《書古文訓》「好」字多作珢珢1，內野本、觀智院本、足利本、上圖本（影）、上圖本（八）則或作珢珢2，偏旁丑字少一畫。

【傳鈔古文《尚書》「好」字構形異同表】

傳抄古尚書文字 好 𡥝珢珢汗 6.81 𡥝珢𡥝四 3.20	戰國楚簡	石經	敦煌本	岩崎本	神田本b	九條本	島田本b	內野本	上圖（元）	觀智院b	天理本	古梓堂b	足利本	上圖本（影）	上圖本（八）	古文尚書晁刻	書古文訓	尚書篇目
好生之德								珢									珢	大禹謨
惟口出好興戎			珢 S801					珢					珢	珢	珢			大禹謨
惟慢遊是好								珢					珢	珢	珢			益稷

經文										篇名
好問則裕自用則小				好		好	好	好		仲虺之誥
念敬我眾朕不肩好貨	好 P2643	好		好	好		好 好		好	盤庚下
殷罔不小大好草竊姦宄	好 P2643			好	好				好	微子
予攸好德汝則錫之福			好 b	好				好	洪範
無有作好			好 b	好				妞	洪範
無康好逸豫乃其乂民				好			好	好	康誥
違上所命從厥攸好				好	好 b		好	好	君陳
辭尚體要不惟好異		好		好			好	好	好	畢命
人之彥聖其心好之				好			好	好	秦誓

大禹謨	戰國楚簡	漢石經	魏石經	敦煌本 S5745	敦煌本 S801	吐魯番本	岩崎本	神田本	九條本	島田本	內野本	上圖本（元）	觀智院	天理本	古梓堂	足利本	上圖本（影）	上圖本（八）	晁刻古文尚書	書古文訓	唐石經
洽于民心茲用不犯于有司				洽於邑心茲用弗犯于大司							洽于民心茲用弗犯于大司						洽亐民心茲用弗犯亐而司	洽亐民心茲用弗犯亐有司	洽亐民心茲用弗犯亐有司	洽亐民心絲用弜犯亐大司	洽亐民心茲用不犯于有司
帝曰俾予從欲以治				帝曰俾予刕啟昌							帝曰俾予刕欲昌治						帝曰俾予從欲以治	帝曰俾予刕欲昌治	帝曰俾予刕欲昌治	帝曰昇予刕欲昌乿	帝曰俾予刕欲以治

四方風動惟乃之休										三方風埵惟女之休	三方風埵惟女止休	四方鳳動惟乃之休	三正風逕惟卓之休

428、動

「動」字在傳鈔古文《尚書》有下列不同字形：

（1）𨔂汗 1.8、𨔂四 3.3

《汗簡》、《古文四聲韻》錄《古尚書》「動」字作：𨔂汗 1.8、𨔂四 3.3，從辵、右形從「童」，同形於魏三體石經僖公「晉侯重耳卒」「重」字古文作𡍮，乃借「童」爲「重」，與戰國「動」字作：𨕖楚帛書甲 5.20、𨕖郭店.老子甲 23、𨕖天星觀.卜、𨕖望山同形，《說文》「動」字古文從「重」作𨕖，偏旁重、童古可互作，如「鐘」字金文從童：𨭖王孫鐘、𨭖蔡侯鐘、𨭖克鼎、𨭖兮仲鐘，亦作從重：𨭖兮仲鐘、𨭖郘公華鐘、𨭖郘君求鐘、𨭖郘鐘、𨭖益公鐘、𨭖楚公鐘，秦漢則從辵之「動」字從童、從重皆見：𨕖嶧山碑、𨕖漢帛書.老子甲 11、𨕖孫子 37、𨕖漢帛書.老子甲後 231。

（2）迬

《書古文訓》「動」字多作迬 1，爲迬說文古文動之隸定。

（3）徸：徸汗 1.9、徸四 3.3

《汗簡》、《古文四聲韻》錄《古尚書》「動」字又作：徸汗 1.9、徸四 3.3，從彳、右形從「童」，偏旁辵、彳古可相通，《說文》彳部「徸，相迹也」篆文作徸，從重，《玉篇》「徸，亦作『踵』，又古文『動』字」。

（4）埵：埵汗 1.7、埵四 3.3

《汗簡》、《古文四聲韻》錄《古尚書》「動」字又作：埵汗 1.7、埵四 3.33，乃借踵跟字爲「動」字，與毛公鼎「踵」字作𡍮毛公鼎同形，右皆從「童」，《說文》止部「踵」字從「重」篆文作踵，偏旁辵、彳、止古可相通。

（5）埵

足利本、上圖本（影）「動」字或作埵，爲傳抄《古尚書》「動」字從止從童作埵汗 1.7、埵四 3.33 之隸訛，埵之左形「山」爲「止」之訛寫。

（6）埵埵₁埵埵₂埵₃埕₄

敦煌本 P2748、P2643「動」字作「埵」埵，《書古文訓》〈盤庚上〉「而胥動以浮言」一例「動」字作埵，與《說文》止部「埵」字同。

敦煌本 S801、P3670、S2074、S799、P2516、岩崎本、九條本、內野本、足利本、上圖本（八）「動」字或作埵埵₂，上圖本（影）或作埵₃、上圖本（元）或作埕₄，皆「埵」字之訛，「止」訛作「山」。

（7）岑汗 1.7岑四 3.3

《汗簡》、《古文四聲韻》錄《古尚書》「動」字又作：岑汗 1.7岑四 3.3，《箋正》云：「薛本或作此，又作岑，形不可說」，黃錫全謂此當爲「旂」（旗）字，假爲「近」，而與下字岑近.汗 1.7互易，形與古陶岑陶附類同〔註237〕，《說文》「近」古文作岑。岑汗 1.7岑四 3.3注爲「動」字，乃「旂」之誤。

（8）勤₁勤₂

天理本「動」字或作勤₁，偏旁「重」筆畫訛變作室，「里」形直筆未上貫，天理本、觀智院本或作勤₂，「重」形中間訛變作三點。

【傳鈔古文《尚書》「動」字構形異同表】

動 傳抄尚書文字 遷汗 1.8 遷汗 1.9 埵岑汗 1.7 遷遷埵岑四 3.3	戰國楚簡	石經	敦煌本	岩崎本	神田本b	九條本	島田本b	內野本	上圖(元)	觀智院b	天理本	古梓堂b	足利本	上圖本(影)	上圖本(八)	古文尚書晁刻	書古文訓	尚書篇目
四方風動惟乃之休								埵					埵	埵		遷	遷	大禹謨
惟德動天無遠弗屆			山重 S801					埵					埵	埵	埵	遷	遷	大禹謨
惟動丕應徯志以昭受上帝								埵					埵	埵	埵	遷	遷	益稷
德二三動罔不凶								埵			勤		埵	埵		遷	遷	咸有一德
德惟一動罔不吉								埵			勤		埵	埵		遷	遷	咸有一德

〔註237〕參見黃錫全，《汗簡注釋》，武漢：武漢大學出版社，1993，頁 103。

內容	P3670 / P2643 等						唐石經	出處
而胥動以浮言	（P3670 / P2643 古文）	踵	踵	勤		踵	踵	盤庚上
予敢動用非罰世選爾勞	（P3670 / P2643 古文）	✓	✓	✓			踵	盤庚上
欽念以忱動予一人	（P3670 / P2643 古文）	踵	踵	踵			踵	盤庚中
爾謂朕曷震動	（P2643 / P2516 古文）	踵		踵			踵	盤庚下
惟其賢慮善以動	（P2643 / P2516 古文）	踵	踵	踵			踵	說命中
天休震動	（S799 古文）		踵			踵	踵	武成
今天動威			踵				踵	金縢
惟爾洪無度我不爾動	（P2748 古文）		踵			踵	踵	多士
大動以威開厥顧天	（S2074 古文）	踵	踵				踵	多方

大禹謨	戰國楚簡	漢石經	魏石經	敦煌本 S5745	敦煌本 S801	吐魯番本	岩崎本	神田本	九條本	島田本	內野本	上圖本（元）	觀智院	天理本	古梓堂	足利本	上圖本（影）	上圖本（八）	晁刻古文尚書	書古文訓	唐石經
帝曰來禹降水儆予成允成功											帝曰來僉降水儆予成允戚功	帝曰來禽降水儆予成允戚功 成功						帝曰來禹降水儆予成允成功	帝曰来禽降水儆予廠允戚功	帝曰徠佘洚水儆予成允戚巧	帝曰來禹降水儆予成允成功

惟汝賢克勤于邦克儉于家					女取克勤亏邦克儉亏家		惟汝賢克勤亏邦克儉亏家	惟汝賢克勤亏邦克儉于家	惟女取戶勤亏邕戶儉亏家	惟汝賢克勤亏邦克儉于家
不自滿假惟汝賢					帝自滿假惟女取		帝自滿假惟汝賢	不自滿假惟汝賢	弜自滿假惟女取	弜自滿假惟汝取

429、滿

（1）滿₁、滿滿₂、滿₃、滿₄

九條本「滿」字作滿₁，與[滿]漢石經.春秋成王 18 類同；敦煌本 S801 作滿₂、上圖本（八）或作滿₂，足利本、上圖本（影）、上圖本（八）或多一畫作滿₃，與[滿]居延簡甲 19[滿]鄭固碑相類，右下所從之「兩」寫似「雨」形；內野本或作滿₄，右下所從「兩」筆畫省減，與[滿]流沙簡.屯戍 5.14 同形。上述諸形皆為「滿」字篆文之隸變俗寫。

【傳鈔古文《尚書》「滿」字構形異同表】

滿	戰國楚簡	石經	敦煌本	岩崎本b	神田本b	九條本	島田本b	內野本	上圖（元）	觀智院b	天理本b	古梓堂本b	足利本	上圖本（影）	上圖本（八）	古文尚書晁刻	書古文訓	尚書篇目
不自滿假惟汝賢								滿					滿	滿	滿			大禹謨
滿招損謙受益			滿 S801					滿					滿	滿	滿			大禹謨
萬邦惟懷志自滿						滿							滿	滿	滿			仲虺之誥

唐石經	書古文訓	晁刻古文尚書	上圖本（八）	上圖本（影）	足利本	古梓堂	天理本	觀智院	上圖本（元）	內野本	島田本	九條本	神田本	岩崎本	吐魯番本	敦煌本 S801	敦煌本 S5745	魏石經	漢石經	戰國楚簡	大禹謨
汝惟不矜天下莫與汝爭能	女惟竛矜天下莫與女爭耐	女惟弜矜冘丅莫與女爭耐	女惟帝矜天下莫與女爭能	汝惟帝矜冘下莫与女爭能	汝惟帝矜冘下莫与女爭能				女惟帝矜天下莫与女爭能												汝惟不矜天下莫與汝爭能

430、矜

（1）矜矜[1] 矜矜[2]

敦煌本 P2516、S2074、岩崎本、島田本、九條本、內野本、足利本、上圖本（影）、上圖本（八）「矜」字作矜矜[1]，偏旁「今」字變作「令」；敦煌本 P2748、P2630、上圖本（八）作矜矜[2]，復「矛」訛作「予」。

【傳鈔古文《尚書》「矜」字構形異同表】

矜	戰國楚簡	石經	敦煌本	岩崎本 神田本b	島田本b 九條本	內野本	上圖本（元）	觀智院b 天理本 古梓堂b	足利本	上圖本（影）	上圖本（八）	古文尚書晁刻	書古文訓	尚書篇目
汝惟不矜天下									矜	矜	矜			大禹謨
喪厥善矜其能			矜 P2516								矜			說命中
夙夜罔或不勤不矜細行					矜b 矜				矜	矜	矜			旅獒
予惟率肆矜爾			矜 P2748						矜	矜				多士
天惟畀矜爾			矜 P2630 矜 S2074	矜					矜	矜				多方
驕淫矜侉將由惡終			矜						矜	矜				畢命

皇帝哀矜庶戮之不辜									矜			呂刑

大禹謨	戰國楚簡	漢石經	魏石經	敦煌本 S5745	敦煌本 S801	吐魯番本	岩崎本	神田本	九條本	島田本	內野本	上圖本（元）	觀智院	天理本	古梓堂	足利本	上圖本（影）	上圖本（八）	晁刻古文尚書	書古文訓	唐石經
汝惟不伐天下莫與汝爭功											汝惟帝伐尢天下莫与汝爭功					汝惟帝伐尢天下莫与汝爭功	汝惟帝伐尢天下莫与汝爭功	女惟帝伐尢天下莫与女爭功		女惟亞伐尢丅莫與女爭珎	汝惟不伐天下莫與汝爭功
予懋乃德嘉乃丕績											予懋乃喜嘉乃丕績					予懋乃德嘉乃丕績	予懋乃德嘉乃丕績	予懋乃德嘉乃丕績		予懋乃眞嘉眞丕績	予懋乃德嘉乃丕續
天之歷數在汝躬汝終陟元后											天之歷數在其躬女終陟元后					天之歷數在汝躬女終陟元后	天之歷數在女躬女終陟元后	天出曆數在汝躬汝終陟元后		尢出厤數圣女躬女升徳元后	天之歷數在汝躬汝終陟元后

人心惟危道心惟微				道心惟微心惟□		人心惟危道心惟微		人心惟危道心惟微	人心惟危道心惟微	人心惟危道心惟微	人心惟忌衛心惟敠	人心惟危道心惟微

431、微

「微」字在古本《尚書》有下列不同字形：

（1）𢼨四 1.21 𢼨徵.汗 1.14 𢼨魏三體 敠

《古文四聲韻》錄《古尚書》「微」字作：𢼨四 1.21，同形於魏三體石經〈立政〉「夷微盧烝三亳阪尹」「微」字古文作𢼨，《汗簡》錄《古尚書》「徵」字作𢼨汗 1.14，此當爲「微」（敠）字，其右下寫訛（參見"徵"字），《說文》微、敠字篆文分別作𢼨、𢼨形，《書古文訓》多作敠，即敠字篆文𢼨之隸定。

（2）𢼨汗 1.14 𢼨四 1.21

《汗簡》、《古文四聲韻》錄《古尚書》「微」字作：𢼨汗 1.14 𢼨四 1.21，此形當爲「徵」字不从口，《說文》古文「徵」字作𢼨（詳見"徵"字）。

（3）薇薇₁微₂微微₃嶶嶶₄微微₅

敦煌本 S801、S2074、P2630「微」字作薇薇₁形，P2643 作微₂，爲「微」字篆文𢼨之隸變，《古文四聲韻》錄「微」字作微四 1.21籀韻與此類同，漢代作：𢼨漢帛書老子甲 85 𢼨縱橫家書 196 微孫臏 24 𢼨漢石經.詩.式微 𢼨趙寬碑，敦煌本 S799、上圖本（八）或作微微₃，其中下之形寫似「歹」，敦煌本 P2516、島田本、上圖本（元）或作嶶嶶₄，移「山」形於上。上圖本（影）、上圖本（八）或作微微₅，其中短橫下之形寫作「口」，變自「微」字之隸變作薇₁微₂微₃嶶₄𢼨趙寬碑等形。

（4）薇₁薇₂

九條本、《書古文訓》〈立政〉「夷微盧烝三亳阪尹」「微」字各寫作薇₁薇₂，乃借「薇」爲「微」。

（5）嶶嶶

岩崎本〈牧誓〉「及庸蜀羌髳微盧彭濮人」、島田本〈洪範〉「俊民用微」「微」

字各作（圖）（圖），與「徵」字作（圖）同形，乃寫誤爲「徵」字。

【傳鈔古文《尚書》「微」字構形異同表】

傳抄古尚書文字 微 (圖) 微汗 1.14 當爲微字 (圖) 四 1.21 (圖) 微汗 1.14 當爲"徵"字 (圖) 微四 1.21 當爲"徵"字	戰國楚簡	石經	敦煌本	岩崎本	神田本 b	九條本	島田本 b	內野本	上圖（元）	觀智院 b	天理本	古梓堂 b	足利本	上圖本（影）	上圖本（八）	古文尚書晁刻	書古文訓	尚書篇目
虞舜側微堯聞之聰明															微	薇	歲	舜典
人心惟危道心惟微			薇 S801												微	微	歲	大禹謨
微子作誥父師少師			微 P2643 / 嶽 P2516	微											嶽		然	微子
微子若曰父師少師			嶽 P2516	微											✓		歲	微子
及庸蜀羌髳微盧彭濮人			微 S799	嶽													歲	牧誓
俊民用微						嶽 b								微			歲	洪範
命微子啓代殷後作微子之命						嶽 b									徵		歲	微子之命
夷微盧烝三亳阪尹			嶽 S2074 / 徵 P2630	嶽													薇	立政

大禹謨	戰國楚簡	漢石經	魏石經	敦煌本 S5745	敦煌本 S801	吐魯番本	岩崎本	神田本	九條本	島田本	內野本	上圖本（元）	觀智院	天理本	古梓堂	足利本	上圖本（影）	上圖本（八）	晁刻古文尚書	書古文訓	唐石經
惟精惟一允執厥中					惟精惟一允執厥中						惟精惟危執厥中						惟精惟一允執厥中	微惟精惟一允執厥中		惟精惟弌允執厥中	惟精惟一允執厥中

432、精

（1）精

《書古文訓》「精」字作精，偏旁「米」字上多一畫，與魏三體石經「米」字古文作「絑」之偏旁相類。

【傳鈔古文《尚書》「精」字構形異同表】

精	戰國楚簡	石經	敦煌本	岩崎本	神田本b	九條本	島田本b	內野本	上圖本（元）	觀智院b	天理本	古梓堂b	足利本	上圖本（影）	上圖本（八）	古文尚書晁刻	書古文訓	尚書篇目
惟精惟一允執厥中																	精	大禹謨

大禹謨	戰國楚簡	漢石經	魏石經	敦煌本S5745	敦煌本S801	吐魯番本	岩崎本	神田本	九條本	島田本	內野本	上圖本（元）	觀智院	天理本	古梓堂	足利本	上圖本（影）	上圖本（八）	晁刻古文尚書	書古文訓	唐石經
無稽之言勿聽弗詢之謀勿庸					無稽之言勿聽弗詢之謀勿庸						無稽之言勿聽弗詢之謀勿庸	無稽之言勿聽弗詢之謀勿庸					無稽之言勿聽弗詢之謀勿庸	無稽之言勿聽亞詢之謀勿庸	無稽之言勿聽亞詢之謀勿章	無稽之言勿聽弗詢之謀勿庸	

433、聽

「聽」字在古本《尚書》有下列不同字形：

（1）魏三體

魏三體石經〈無逸〉「此厥不聽人乃訓之」「聽」字古文作■，《汗簡》錄汗5.65義雲章，下注「聽亦作聖」，此即甲金文「聽」字作甲3536、前6.12.2、大保簋、辛巳簋、中山王鼎形，古璽「聖人」、馬王堆漢帛書老子乙「聖」字亦作此形：璽彙4511、漢帛書老子乙前4下，「聽」、「聖」古字形義同，「聽」字或

从二口作：[字形]乙3337[字形]乙3396[字形]前6.546，變作[字形]洹子孟姜壺[字形]洹子孟姜壺，「聖」字甲金文作[字形]乙6533[字形]師袁鼎，人形變作「壬」：[字形]師望鼎[字形]尹姞鼎[字形]克鼎[字形]王孫鐘[字形]曾姬無卹壺[字形]中山王壺[字形]匜伯匜。

（2）[字形]隸釋

《隸釋》錄漢石經尚書殘碑〈無逸〉「此厥不聽人乃訓之」句「聽」字作[字形]，「聽」、「聖」古皆用耶形，此假「聖」爲「聽」。

（3）[字形]1[字形]2[字形]3[字形]4

《書古文訓》〈洪範〉「四曰聽五曰思」「聽」字作[字形]1，其右下爲草書「心」形。敦煌本S2074、岩崎本、九條本「聽」字作[字形]2，耳下「壬」形省簡或變作「ㄚ」，與[字形]樊安碑「壬」省變作「土」類同，其偏旁「悳」字少一畫，如[字形]白石神君碑形。

敦煌本S801、P3670、P2748、S6017「聽」字或作[字形]3，P2516敦煌本作[字形]4，蓋先省去「壬」作「耳」旁後，「耳」混作「身」，漢碑已見變耳从身作[字形]靈臺碑形，漢代俗書常見，如「職」字作[字形]漢印徵，變作[字形]衡方碑[字形]曹全碑，「聰」字變作[字形]張遷碑。

（4）[字形]1[字形]2[字形]3

九條本、內野本、上圖本（元）、足利本、上圖本（影）、上圖本（八）「聽」字或作[字形]1[字形]2，敦煌本P3767、P2643、P3871或作[字形]2，从耳从悳，悳或少一畫，如[字形]孔宙碑[字形]三公山碑[字形]無極山碑，《隸辨》謂「省壬今俗因之」。足利本、上圖本（影）「聽」字或作[字形]3，偏旁「悳」字受草書影響而省變，形與（3）[字形]相類。

（5）[字形]1[字形]2[字形]3[字形]4[字形]5

足利本、上圖本（影）、上圖本（八）「聽」字或作[字形]1[字形]2[字形]3，偏旁「耳」字變作「敢」之左「耳」形，乃由[字形]孔宙碑[字形]無極山碑再變；足利本或變作[字形]4，與（4）[字形]3（3）[字形]相類；上圖本（影）或變作[字形]5。

【傳鈔古文《尚書》「聽」字構形異同表】

聽	戰國楚簡	石經	敦煌本	岩崎本／神田本b	九條本／島田本b	內野本	上圖(元)／觀智院b	天理本／古梓堂b	足利本	上圖本(影)	上圖本(八)	古文尚書晁刻	書古文訓	尚書篇目
無稽之言勿聽			聽 S801						聽		聽			大禹謨
濟濟有眾咸聽朕命			聽 S801								聽			大禹謨
以出納五言汝聽						聽					聽			益稷
格爾眾庶悉聽朕言					聽	聽			聽		聽			湯誓
矧予之德言足聽聞					聽	聽			聽	聽	聽			仲虺之誥
明聽予一人誥						聽			聽	聽	聽			湯誥
視遠惟明聽德惟聰						聽	聽		聽	聽	聽			太甲中
勉出乃力聽予一人之作猷			聽 P3670 聽 P2643	聽		聽	聽		聽	聽	聽			盤庚上
明聽朕言無荒失朕命			聽 P3670 聽 P2643	聽		聽	聽		聽	聽	聽			盤庚中
民有不若德不聽罪			聽 P2643 聽 P2516	聽		聽	聽		聽	聽	聽			高宗肜日
天聽自我民聽			聽 S799	聽		聽			聽	聽	聽			泰誓中
四曰聽五曰思						聽			聽	聽	聽		聽	洪範
聽曰聰思曰睿恭作肅					聽b	聽			✓	✓	✓			洪範
高乃聽用康乂民						聽				聽	聽			康誥
其爾典聽朕教爾大克羞耇惟君				聽		聽					聽			酒誥

經文		字形					字形			篇名
聽朕教汝于棐民彝		聽 P2748 聽 S6017			聽		聽	聽	聽	洛誥
其有聽念于先王勤家		聽 P2748			聽		聽	聽	聽	多士
予一人惟聽用德		聽 P2748			聽		聽	聽	聽	多士
此厥不聽人乃訓之	魏 聖 隸釋	聽 P3767 聽 P2748			聽			聽	聽	無逸
此厥不聽人乃或譸張爲幻		聽 P3767 聽 P2748			聽		聽	聽	聽	無逸
詳乃視聽		聽 S2074		聽	聽		聽	聽	聽	蔡仲之命
罔可念聽天	魏	聽 S2074		聽	聽		聽	聽	聽	多方
群公既皆聽命					聽	聽	聽	聽	聽	康王之誥
皆聽朕言			聽		聽		聽	聽	聽	呂刑
無簡不聽					聽		聽	ˇ	聽	呂刑
民之亂罔不中聽獄之兩辭			聽		聽		聽	ˇ	聽	呂刑
公曰嗟人無譁聽命					聽	聽	聽	聽	聽	費誓
公曰嗟我士聽無譁		聽 P3871		聽	聽		聽	聽	聽	秦誓

434、聖

「聖」字在傳鈔古文《尚書》有下列不同字形：

（1）聖 上博 1 緇衣 11

楚簡上博 1〈緇衣〉簡 11 引〈君陳〉句作「我既見，我弗由聖」〔註238〕

〔註238〕上博〈緇衣〉10、11 引〈君陳〉員：「未見聖，女如丌丌弗克見，我既見，我弗貴聖。」郭店〈緇衣〉引〈君陳〉員：「未見聖，如其弗克見，我既見，我弗迪聖。」緇衣19今本〈緇衣〉引〈君陳〉：「未見聖，若己弗克見，既見聖，亦不克由聖。」

「聖」字作上博 1 緇衣 11，與魏三體石經〈無逸〉「聽」字古文作同形，「聽」、「聖」古字形義同。

　　（2）上博 1 緇衣 10

　　楚簡上博 1〈緇衣〉簡 10 引〈君陳〉句作「未見聖，女丌＝弗克見」〔註 239〕「聖」字作上博 1 緇衣 10，楚簡又作郭店唐虞 27，甲金文「聽」字作甲 3536前 6.12.2大保簋，或從二口作：乙 3337乙 3396前 6.546，上博 1 緇衣 10郭店唐虞 27 當由從二口之形前 6.546 變來。

　　（3）郭店緇衣 19

　　郭店〈緇衣〉19 引〈君陳〉句〔註 240〕「聖」字作郭店緇衣 19，「壬」變作「土」移於口下，敦煌本 P3752、P3871、上圖本（八）「聖」字或作，與此相類，作左右形構。

　　（4）12

　　足利本、上圖本（影）、上圖本（八）「聖」字多作，當由滿城漢墓宮中行樂錢池陽宮行鐙等而字形省變，「壬」變作「王」、「土」，「耳」類化作「口」、二「口」俗寫省作「ヽノ」並左右對稱。

【傳鈔古文《尚書》「聖」字構形異同表】

聖	戰國楚簡	石經	敦煌本	岩崎本	神田本b	九條本	島田本b	內野本	上圖（元）	觀智院b	天理本	古梓堂b	足利本	上圖本（影）	上圖本（八）	古文尚書晁刻	書古文訓	尚書篇目
乃聖乃神乃武乃文																		大禹謨
聖有謨訓明徵定保			聖 P2533 程 P3752															胤征
聿求元聖與之戮力													坙	坙	坙			湯誥
敢有侮聖言逆忠直													坙	坙	坙			伊訓

　　晚出古文〈君陳〉云：「凡人未見聖，若不克見，既見聖，亦不克由聖。」

〔註 239〕同前注。

〔註 240〕同前注。

后從諫則聖									聖	聖			說命上
聰作謀睿作聖									聖	聖			洪範
乃祖成湯克齊聖廣淵								聖		聖			微子之命
天惟降時喪惟聖罔念作狂								聖	聖				多方
凡人未見聖若不克見								聖	聖				君陳
既見聖亦不克由聖								聖	聖				君陳
人之彥聖其心好之	艇 P3871							聖	聖				秦誓
人之彥聖而違之俾不達	艇 P3871							聖	聖	聖			秦誓

大禹謨	戰國楚簡	漢石經	魏石經	敦煌本 S5745	敦煌本 S801	吐魯番本	岩崎本	神田本	九條本	島田本	內野本	上圖本（元）	觀智院	天理本	古梓堂	足利本	上圖本（影）	上圖本（八）	晁刻古文尚書	書古文訓	唐石經
可愛非君可畏非民					可愛非君可畏非君						可愛非君可畏非民						可愛非君可畏非民	可愛非君可畏非民	可愛非君可畏非民	可愛非商可曹非民	可愛非君可畏非民

435、愛

「愛」字在傳鈔古文《尚書》有下列不同字形：

（1）[古文字形] 汗 4.59 [古文字形] 四 4.17 [古文字形] 魏三體 忎1 恣2

《汗簡》、《古文四聲韻》錄《古尚書》「愛」字作：[古文字形] 汗 4.59 [古文字形] 四 4.17 魏三體石經〈多方〉「愛」字古文作[古文字形]，源自[古文字形] 中山王壺 [古文字形] 盍壺 [古文字形] 郭店緇衣 25 [古文字形] 郭店尊德 26 [古文字形] 郭店老子甲 26 [古文字形] 郭店唐虞 6 [古文字形] 璽彙 4655，或從「既」作：[古文字形] 包山 239 [古文字形] 郭店語叢 1.92，即《說文》[古文字形] 字古文[古文字形] 所由，《汗簡》錄作[古文字形] 汗 4.59 裴光遠集綴不誤，[古文字形] 其右上當正作「旡」。《說文》心部「忎」字篆文作[古文字形]，忎訓惠也，夊部「愛」字訓行貌，為惠愛本字「忎」字之假借。《書古文訓》「愛」字多作忎1恣2形，

爲㤅字篆文㤅之隸定。

（2）愛愛愛1愛愛2愛3

敦煌本 S2074、九條本、上圖本（八）「愛」字或作愛愛愛1，爲篆文之隸變俗寫，其所从「心」字與「夊」筆畫合書訛似「必」，形同於愛張遷碑愛三公山碑。足利本、上圖本（影）、上圖本（八）或作愛愛2，上圖本（影）或作愛3，所从心、夊合筆省訛似友、友、友等形。

【傳鈔古文《尚書》「愛」字構形異同表】

愛	傳抄古尚書文字 㤅汗 4.59 㤅四 4.17	戰國楚簡	石經	敦煌本	岩崎本	神田本 b	九條本	島田本 b	內野本	上圖（元）	觀智院 b	天理本	古梓堂 b	足利本	上圖本（影）	上圖本（八）	古文尚書晁刻	書古文訓	尚書篇目
可愛非君可畏非民														愛	愛	愛		㤅	大禹謨
嗚呼威克厥愛允濟														愛	愛			㤅	胤征
愛克厥威允罔功其爾眾士懋戒哉				愛 P5557															胤征
立愛惟親立敬惟長始于家邦終于四海														愛	愛			㤅	伊訓
惟土物愛厥心臧							愛							愛	愛	愛		㤅	酒誥
故天降喪于殷罔愛于殷							愛							愛	愛			㤅	酒誥
爾乃迪屢不靜爾心未愛			㤅 魏	愛 S2074			愛								愛	愛		㤅	多方

大禹謨	戰國楚簡	漢石經	魏石經	敦煌本S5745	敦煌本S801	吐魯番本	岩崎本	神田本	九條本	島田本	內野本	上圖本（元）	觀智院	天理本	古梓堂	足利本	上圖本（影）	上圖本（八）	晁刻古文尚書	書古文訓	唐石經
眾非元后何戴后非眾罔與守邦				眾非元后何戴后非眾罔與守邦							衆非元后何戴后非眾定与守邦					安非元后何戴后非衆定与守邦	安非元后何戴后非衆定与守邦	衆非元后何戴后非衆定為守邦	屬非元后何戴后非屬定與守邦	眾非元后何戴后非眾同與守邦	

436、戴

「戴」字在傳鈔古文《尚書》有下列不同字形：

（1）戴

《書古文訓》「戴」字皆作戴，爲《說文》籀文𢨫之隸定。

（2）載

上圖本（八）〈仲虺之誥〉「民之戴商」「戴」字作「載」載，當爲寫誤。

【傳鈔古文《尚書》「戴」字構形異同表】

戴	戰國楚簡	石經	敦煌本	岩崎本	神田本b	九條本	島田本b	內野本	上圖本（元）	觀智院b	天理本	古梓堂b	足利本	上圖本（影）	上圖本（八）	古文尚書晁刻	書古文訓	尚書篇目
眾非元后何戴																	戴	大禹謨
民之戴商															載		戴	仲虺之誥

437、願

「願」字在傳鈔古文《尚書》有下列不同字形：

（1）顧

《書古文訓》「願」字作，爲《說文》頁部「顛」字篆文之隸定訛變，《玉篇》「願」與「顛」同，漢碑「願」字皆作「顛」，如楊統碑夏承碑唐公房碑史晨後碑，《隸辨》云：「諸碑有『顛』無『願』」此借「顛」爲「願」，「願」、「顛」同屬疑紐元部。

（2）₁₂

敦煌本 S801「願」字作₁，上圖本（影）、上圖本（八）作₂，皆爲《說文》頁部「顛」字篆文之隸變或俗省，如睡虎地 53.23縱橫家書 8流沙簡.簡牘 1.9武威簡.士相見 1夏承碑唐公房碑史晨後碑等，其左形皆之變。

（3）

內野本「願」字俗寫省變作，形如定縣竹簡 93，其右下「小」形省作一畫，如「就」字寫作形。

【傳鈔古文《尚書》「願」字構形異同表】

尚書篇目	書古文訓	古文尚書晁刻	上圖本（八）	上圖本（影）	足利本	古梓堂b	天理本	觀智院b	上圖（元）	內野本	島田本b	九條本	神田本b	岩崎本	敦煌本	石經	戰國楚簡	願
大禹謨															S801			敬修其可願

唐石經	書古文訓	晁刻古文尚書	上圖本（八）	上圖本（影）	足利本	古梓堂	天理本	觀智院	上圖本（元）	內野本	島田本	九條本	神田本	岩崎本	吐魯番本	敦煌本 S801	敦煌本 S5745	魏石經	漢石經	戰國楚簡	大禹謨
																					四海困窮天祿永終

438、祿

「祿」字在傳鈔古文《尚書》有下列不同字形：

（1）蔉：蔉蔉蔉蔉

《書古文訓》「祿」字多作蔉蔉蔉蔉等形，皆《說文》「麓」字古文蘽之隸定或訛變（參見"麓"字），乃假爲「麓」爲「祿」字。

（2）祿祿

內野本「祿」字或作祿祿，其左从古文「示」字隸變似「爪」形。

（3）祿₁祿祿₂祿₃

《書古文訓》「祿」字或作祿₁，爲《說文》「祿」字篆文之隸變，敦煌本P2748、九條本、上圖本（元）、上圖本（影）、上圖本（八）或隸變作祿祿₂，足利本、上圖本（八）或少一畫作祿₃。

（4）祿

內野本「祿」字或作祿，其偏旁「礻」字訛作「衤」字。

【傳鈔古文《尚書》「祿」字構形異同表】

祿	戰國楚簡	石經	敦煌本	岩崎本b	神田本b	九條本	島田本b	內野本	上圖（元）	觀智院b	天理本	古梓堂b	足利本	上圖本（影）	上圖本（八）	古文尚書晁刻	書古文訓	尚書篇目
四海困窮天祿永終			祿 S801					祿					祿	祿	祿		蔉	大禹謨
克綏先王之祿								祿	祿				祿	祿	祿		蔉	咸有一德
尚迪有祿			祿 P2748			祿		祿					祿	祿	祿		蔉	君奭
位不期驕祿不期侈								祿	祐				祿	祿	祿		祿	周官
世祿之家鮮克由禮			祿					祿					祿	祿	祿		蔉	畢命

· 764 ·

唐石經	書古文訓	晁刻古文尚書	上圖本（八）	上圖本（影）	上圖本（元）	觀智院	天理本	古梓堂	足利本	岩崎本	神田本	九條本	島田本	內野本	吐魯番本	敦煌本 S801	敦煌本 S5745	魏石經	漢石經	戰國楚簡	大禹謨
惟口出好興戎朕言不再	惟口出好興戎朕言不再	惟口出好興戎朕言不再	惟口出好興戎朕言不再	惟口出好興戎朕言不再				惟口出好興戎朕言不再						惟口出好興戎朕言不再		惟口出好興戎朕言不再					惟口出好興戎朕言不再

439、興

「興」字在傳鈔古文《尚書》有下列不同字形：

（1）興興興興

尚書敦煌諸本、岩崎本、九條本、觀智院本、上圖本（元）「興」字或作興興興興形，皆爲篆文之隸變，與漢代作興 天文雜占 2.6、興 新興辟雍鏡、興 張遷碑等類同。

（2）與與與與

足利本、上圖本（影）、上圖本（八）「興」字多寫作與與與與等形，此形與足利本、上圖本（影）「思」字或作與相混同，當是俗書省變之形，相類於與 千甓亭.建興磚形。

【傳鈔古文《尚書》「興」字構形異同表】

興	戰國楚簡	石經	敦煌本	岩崎本 神田本b	九條本 島田本b	內野本	上圖（元）	觀智院b 天理本b 古梓堂b	足利本	上圖本（影）	上圖本（八）	古文尚書晁刻	書古文訓	尚書篇目
惟口出好興戎			興 S801			興			與	與	與			大禹謨
颺言曰念哉率作興事			興 P3605 P3615						與	與	與			益稷
小民方興相爲敵讎			興 P2516	興		興			與	與	與			微子

經文	敦煌本S5745	內野本	上圖本(元)	足利本	上圖本(影)	上圖本(八)	篇
禹乃嗣興		興	興	與	與	興	洪範
興我小邦周				與	與	與	大誥
有廢有興			興b	與	興		君陳
今天降疾殆弗興弗悟			興b	與	與	與	顧命
王再拜興荅	興 P4509		興b	與	與		顧命
中夜以興		興		與	與		冏命
民興胥漸泯泯棼棼		興		與	與		呂刑
並興東郊不開作費誓		興		與	與		費誓
徂茲淮夷徐戎並興		興		與	與		費誓

大禹謨	戰國楚簡	漢石經	魏石經	敦煌本S5745	敦煌本S801	吐魯番本	岩崎本	神田本	九條本	島田本	內野本	上圖本(元)	觀智院	天理本	古梓堂	足利本	上圖本(影)	上圖本(八)	晁刻古文尚書	書古文訓	唐石經
禹曰枚卜功臣惟吉之從					禹曰枚卜功臣惟吉之從						禹曰枚卜功臣惟吉之從						禹曰枚卜功臣惟吉之從	禹曰枚卜功臣惟吉之從	禹曰枚卜功臣惟吉之從	禹曰枚卜功臣惟吉之從	禹曰枚卜功臣惟吉之從

440、枚

（1）枚

敦煌本 S801「枚」字作枚，偏旁「木」字寫訛作「扌」。

【傳鈔古文《尚書》「枚」字構形異同表】

枚	戰國楚簡	石經	敦煌本	岩崎本	神田本b	九條本	島田本b	內野本	上圖(元)	觀智院b	天理本	古梓堂b	足利本	上圖本(影)	上圖本(八)	古文尚書晁刻	書古文訓	尚書篇目
枚卜功臣惟吉之從			枚 S801															大禹謨

441、卜

（1）卜 **魏三體** ㄣ几ㄣ卜

魏三體石經〈君奭〉「若卜筮罔不是孚」「卜」字古文作█，與《說文》古文作ㄣ同形，《書古文訓》「卜」字作此古文形體ㄣ几ㄣ卜等。

【傳鈔古文《尚書》「卜」字構形異同表】

卜	戰國楚簡	石經	敦煌本	岩崎本	神田本b	九條本	島田本b	內野本	上圖(元)	觀智院b	天理本	古梓堂b	足利本	上圖本(影)	上圖本(八)	古文尚書晁刻	書古文訓	尚書篇目
枚卜功臣惟吉之從			卜 S801														ㄣ	大禹謨
卜不習吉																	几	大禹謨
卜稽曰其如台																	ㄣ	盤庚上
各非敢違卜																	ㄣ	盤庚下
天其以予乂民朕夢協朕卜																	ㄣ	泰誓中
七稽疑擇建立卜筮																	ㄣ	洪範
二公曰我其為王穆卜																	ㄣ	金縢
我有大事休朕卜并吉																	ㄣ	大誥
卜宅厥既得卜則經營																	几	召誥
使來告卜作洛誥																	几	洛誥
若卜筮罔不是孚			▨ 魏														ㄣ	君奭

大禹謨	戰國楚簡	漢石經	魏石經	敦煌本 S5745	敦煌本 S801	吐魯番本	岩崎本	神田本	九條本	島田本	內野本	上圖本（元）	觀智院	天理本	古梓堂	足利本	上圖本（影）	上圖本（八）	晁刻古文尚書	書古文訓	唐石經
帝曰禹官占惟先蔽志					帝曰令神龜先弊志						帝曰禹官占惟先敬志						帝曰禹官占惟先敬志	帝曰禹官占惟先蔽志	帝曰禹官占惟先蔽志	帝曰禹官占惟先蔽志	帝曰禹官占惟先蔽志

442、蔽

「蔽」字在傳鈔古文《尚書》有下列不同字形：

（1）〔弊〕1〔弊〕2

敦煌本 S801「惟先蔽志」「蔽」字作「弊」〔弊〕1，日古寫本〈湯誥〉「爾有善朕弗敢蔽」「蔽」字皆作「弊」，或作〔弊〕2 形，上圖本（八）〈康誥〉「蔽時忱」「蔽」字作「弊」，乃借音同之「弊」爲「蔽」，漢帛書「蔽」字或作〔帝〕老子甲後 393〔帝〕老子甲後 353，隸變作〔弊〕張遷碑〔弊〕魏元丕碑。〔弊〕2 形之偏旁「敝」由〔幣〕孫叔敖碑所从俗寫作口。

（2）〔蔽〕

上圖本（影）、上圖本（八）「蔽」字作〔蔽〕，偏旁「敝」俗寫常混作「敞」，當由〔蔽〕漢石經論語殘碑〔幣〕幣.孫叔敖碑而左下筆畫俗寫作口。

（3）〔鼓〕

《書古文訓》〈康誥〉「蔽時忱」「蔽」字作〔鼓〕，偏旁「敝」字訛誤，其「巾」形訛作「豆」。

【傳鈔古文《尚書》「蔽」字構形異同表】

戰國楚簡	石經	敦煌本	岩崎本	神田本b	九條本	島田本b	內野本	上圖（元）	觀智院b	天理本	古梓堂b	足利本	上圖本（影）	上圖本（八）	古文尚書晁刻	書古文訓	尚書篇目
蔽(S801)													敝	蔽			大禹謨　惟先蔽志
												弊	弊	弊			湯誥　爾有善朕弗敢蔽
														弊		敔	康誥　勿用非謀非彝蔽時忱

大禹謨	戰國楚簡	漢石經	魏石經	敦煌本 S5745	敦煌本 S801	吐魯番本	岩崎本	神田本	九條本	島田本	內野本	上圖本（元）	觀智院	天理本	古梓堂	足利本	上圖本（影）	上圖本（八）	晁刻古文尚書	書古文訓	唐石經
昆命于元龜朕志先定詢謀僉同					昆命亐元龜…先定詢謀僉同		昆命亐元龜蔽志先宎詞謀僉同				昆命亐元龜蔽志先定詞謀僉同			昆命亐元龜蔽志先定詢謀僉同			昆命亐尤龜蔽志先定詢謀僉同		昆命亐元龜朕忠先定詢慧僉同		昆命于元龜朕志先定詢謀僉同

443、龜

「龜」字在傳鈔古文《尚書》有下列不同字形：

（1）[龜古文隸古定形1、2、3]

《書古文訓》「龜」字或多作[龜古文形]1，為《說文》「龜」字古文[龜]之隸古定或古文形體，源自甲金文作[甲]甲948[輔仁]輔仁1[龜父丁爵]龜父丁爵，郭店楚簡作[郭店]郭店緇衣46，敦煌本S801、P5522、P2643、岩崎本、內野本、足利本、上圖本（影）、上圖本（八）多作[龜]2，島田本、九條本、內野本或多一畫作[龜]3，為[說文古文]說文古文龜之隸古定訛變。

（2）[龜、龜、龜]

769

上圖本（元）、足利本、上圖本（影）、上圖本（八）龜」字或作**龜龜龜**，為《說文》「龜」字篆文**龜**之隸變俗寫，如漢魏碑作**龜**尹宙碑**龜**桐柏廟碑等形。

（3）**龜**

足利本、上圖本（影）、上圖本（八）「龜」字或作**龜**，為篆文隸變俗寫作（2）**龜龜龜**等形之省變。

【傳鈔古文《尚書》「龜」字構形異同表】

龜	戰國楚簡	石經	敦煌本	岩崎本b	神田本b	九條本	島田本b	內野本	上圖（元）	觀智院b	天理本	古梓堂b	足利本	上圖本（影）	上圖本（八）	古文尚書晁刻	書古文訓	尚書篇目
昆命于元龜			**龜**S801					**龜**					**龜**	**龜**	**龜**		**龜**	大禹謨
鬼神其依龜筮協從								**龜**					**龜**	**龜**	**龜**		**龜**	大禹謨
大龜浮于江沱潛漢			**龜**P5522					**龜**					**龜**	**龜**	**龜**		**龜**	禹貢
格人元龜罔敢知吉			**龜**P2643 **龜**P2516	**龜**				**龜**	**龜**				**龜**	**龜**	**龜**		**龜**	西伯戡黎
龜從筮從卿士從庶民從是之謂大同								**龜**b	**龜**				**龜**	**龜**	**龜**		**龜**	洪範
今我即命于元龜								**龜**b	**龜**				**龜**	**龜**	**龜**		**龜**	金滕
寧王遺我大寶龜								**龜**					**龜**	**龜**	**龜**		**龜**	大誥

大禹謨	戰國楚簡	漢石經	魏石經	敦煌本S5745	敦煌本S801	吐魯番本	岩崎本	神田本	九條本	島田本	內野本	上圖本（元）	觀智院	天理本	古梓堂	足利本	上圖本（影）	上圖本（八）	晁刻古文尚書	書古文訓	唐石經
鬼神其依龜筮協從卜不習吉											鬼神亓依龜筮協從卜不習吉					鬼神亓依龜筮協從卜不習吉	鬼神亓依龜筮協從卜不習吉	鬼神亓依龜筮協從卜不習吉	鬼神亓衣龜筮協從卜不習吉	鬼神亓衣龜筮協從卜不習吉	鬼神其依龜筮協從卜不習吉

444、鬼

「鬼」字在傳鈔古文《尚書》有下列不同字形：

（1）禮1、鬼、鬼2

《書古文訓》「鬼」字多作禮1，左從古文示字之隸古形，爲《說文》「鬼」字古文禮之隸定，〈伊訓〉「山川鬼神亦莫不寧」「鬼」字內野本、足利本、上圖本（影）、上圖本（八）亦作古文「鬼」字鬼、鬼2形，其偏旁古文示字寫似「爪」。

（2）鬼1、鬼2

內野本、足利本、上圖本（影）、上圖本（八）、《書古文訓》「鬼」字或作鬼1，爲《說文》篆文鬼之隸定，上圖本（八）或作鬼2，所從「厶」省作一點。

（3）稶

《書古文訓》〈太甲下〉「鬼神無常享」「鬼」字作稶，與「稷」字作從鬼之形稶混同（詳本文“稷”字），當是偏旁「礻」、「亓」（示）與「禾」訛混。

【傳鈔古文《尚書》「鬼」字構形異同表】

鬼	戰國楚簡	石經	敦煌本	岩崎本	神田本b	九條本	島田本b	內野本	上圖（元）	觀智院b	天理本b	古梓堂b	足利本	上圖本（影）	上圖本（八）	古文尚書晁刻	書古文訓	尚書篇目
鬼神其依龜筮協從								鬼					鬼	鬼	鬼		鬼	大禹謨

山川鬼神亦莫不寧			䰣		䰣 䰣 䰣		䰣	伊訓
鬼神無常享			鬼 鬼		鬼 鬼		䰣	太甲下
能多材多藝能事鬼神			鬼		鬼 鬼 鬼		䰣	金縢
不能事鬼神		鬼	鬼		鬼 鬼 鬼		䰣	金縢

445、筮

「筮」字在傳鈔古文《尚書》有下列不同字形：

（1）　魏三體

魏三體石經〈君奭〉「若卜筮罔不是孚」「筮」字古文作　，即《說文》竹部　（筮）字篆文　之省二口，　从竹从　，　古文巫字，侯馬盟書「筮」字或作　，　魏三體形源於此。

（2）　魏三體

魏三體石經〈君奭〉篆隸二體作「筮」　，《集韻》「　」字下云「或作筮」，「筮」字从篆文巫字　。

（3）　筮₁　筮₂

敦煌本 P2748、島田本「筮」字作筮₁，所从「巫」字多一畫，與漢印「巫」字作　漢印徵同，敦煌本 S801 作筮₂，「艹」為偏旁「竹」字之訛，疑筮₁筮₂或為　魏三體之隸訛。

【傳鈔古文《尚書》「筮」字構形異同表】

筮	戰國楚簡	石經	敦煌本	岩崎本	神田本b	九條本	島田本b	內野本	上圖（元）	觀智院b	天理本	古梓堂b	足利本	上圖本（影）	上圖本（八）	古文尚書晁刻	書古文訓	尚書篇目
鬼神其依龜筮協從			筮 S801															大禹謨
七稽疑擇建立卜筮							筮b											洪範
若卜筮罔不是孚		魏	筮 P2748															君奭

446、習

「習」字在傳鈔古文《尚書》有下列不同字形：

（1）習習習

「習」字和闐本、日古寫本、《書古文訓》或作習習習，所从之偏旁「白」字隸變作「日」形，偏旁「羽」字作ヨヨ形，如漢碑作習婁壽碑習孔宙碑等形，寫本、《書古文訓》偏旁「白」字、偏旁「羽」字多如此作。

【傳鈔古文《尚書》「習」字構形異同表】

習	戰國楚簡	石經	敦煌本	岩崎本b	神田本b	九條本 島田本b	內野本	上圖（元） 觀智院b	天理本 古梓堂b	足利本	上圖本（影）	上圖本（八）	古文尚書晁刻	書古文訓	尚書篇目
卜不習吉												習		習	大禹謨
茲乃不義習與性成			習 和闐本							習	習	習		習	太甲上
乃卜三龜一習吉						習					習			習	金縢
乃惟庶習逸德之人						習 習					習	習			立政

大禹謨	戰國楚簡	漢石經	魏石經	敦煌本 S5745	敦煌本 S801	吐魯番本	岩崎本	神田本	九條本	島田本	內野本	上圖本（元）	觀智院	天理本	古梓堂	足利本	上圖本（影）	上圖本（八）	晁刻古文尚書	書古文訓	唐石經
禹拜稽首固辭帝曰毋惟汝諧																					

447、固

（1）志汗4.59志四4.11志

《汗簡》、《古文四聲韻》錄《古尚書》「固」字作：志汗4.59志四4.11，《箋

正》謂此「怘」字之移「古」於上,「《一切經音義》屢云『固』古文『怘』,蓋漢後字書有以爲固執、固陋字者。」《玉篇》別有「怘」字:「胡故切,護也漏也堅也常也安也」,《集韻》去聲 11 莫(暮)韻「固」字下云「古作怘」,「怘」、「固」當音近假借。黃錫全謂「古陶有陶彙 3.154、陶彙 3.194 等字,或以爲『怘』之異文(香錄 10.3),馬王堆漢墓帛書《經法》『故』作『古』,《戰國縱橫家書》『固』作『故』,《老子》甲本、乙本『固』又作『古』,是諸字音近假借」〔註241〕。《書古文訓》「固」字皆作怘。

【傳鈔古文《尚書》「固」字構形異同表】

固 古尚書文字 怘汗 4.59 怘四4.11	戰國楚簡	石經	敦煌本	岩崎本	神田本b	九條本	島田本b	內野本	上圖(元)	觀智院b	天理本	古梓堂b	足利本	上圖本(影)	上圖本(八)	古文尚書晁刻	書古文訓	尚書篇目
禹拜稽首固辭																	怘	大禹謨
民惟邦本本固邦寧																	怘	五子之歌
推亡固存邦乃其昌																	怘	仲虺之誥
惟天不畀允罔固亂弼我																	怘	多士
申畫郊圻愼固封守																	怘	畢命

448、辭

「辭」字在傳鈔古文《尚書》有下列不同字形:

(1)汗 1.12、魏三體、1、詞詞2、3

《汗簡》錄《古尚書》「辭」字作:汗 1.12,魏三體石經〈多士〉「罔非有辭于罰」「辭」字古文作,爲「司」之訛變,皆爲「詞」字,源自郭店.尊德 5、郭店.成之 23、郭店.老子甲 19、郭店.老子丙 12 等形,《說文》司部「詞」字篆文作,此移「司」於上,乃假「詞」爲「辭」字。

晁刻《古文尚書》〈多士〉「大淫泆有辭」「辭」字作1,敦煌本 P2748、

〔註241〕說見黃錫全,《汗簡注釋》,武漢:武漢大學出版社,1993,頁 275。

岩崎本、九條本、內野本、上圖本（八）、《書古文訓》「辭」字或作🔲🔲🔲₁，皆爲🔲汗 **1.12**🔲魏三體之隸定。敦煌本 S2074、P3871、岩崎本、九條本、內野本、上圖本（八）或作🔲🔲₂，《書古文訓》〈太甲上〉「惟朕以懌萬世有辭」「辭」字或🔲₂，所從「司」省作「𠃌」，上圖本（八）或「司」省形訛變作🔲₃。

（2）🔲汗 **4.49**

《汗簡》錄《古尚書》「辭」字又作：🔲汗 **4.49**，即《說文》籀文「辭」從司作🔲。

（3）🔲🔲🔲₁🔲₂

敦煌本 S801、P2748、岩崎本、九條本、內野本、觀智院本、足利本、上圖本（影）、上圖本（八）「辭」字或作🔲🔲₁、《書古文訓》〈大禹謨〉「禹拜稽首固辭」「辭」字作🔲₁，即《說文》篆文🔲之隸定。上圖本（影）或作🔲₂「口」俗省作一點。

（4）🔲₁🔲₂

上圖本（元）、足利本、上圖本（八）或作🔲₁，即《說文》辛部「辤」字籀文🔲之隸定，「辤」、「辭」皆似茲切，同音假借。內野本、足利本、上圖本（影）、上圖本（八）或作🔲₂，「辝」爲「辭」之俗字，乃由「辤」訛變而產生的俗字，「辝」、「辭」古籍混用不分 〔註242〕。

（5）🔲和闐本🔲🔲

〈大禹謨〉「奉辭罰罪」，《書古文訓》「辭」字作「享」，阮元〈校勘記〉謂「辭」古本作「嗣」爲古今字，「享」爲「嗣」之古文；〈太甲上〉「惟朕以懌萬世有辭」和闐本、足利本、上圖本（影）、上圖本（八）皆作「享」：🔲和闐本🔲，〈校勘記〉謂古本「辭」作「享」；此皆假「享」（嗣）爲「辭」。

〔註242〕說見張涌泉，《敦煌俗字研究》亂字條，頁 15，上海：上海教育出版社，1996.12。

【傳鈔古文《尚書》「辭」字構形異同表】

傳抄古尚書文字 辭 汗4.49 汗1.12	戰國楚簡	石經	敦煌本	岩崎本 神田本b	九條本 島田本b	內野本	上圖（元） 觀智院b	天理本	足利本 古梓堂b	上圖本（影）	上圖本（八）	古文尚書晁刻	書古文訓	尚書篇目
禹拜稽首固辭			詞 S801			辭					辤		詞	大禹謨
奉辭罰罪			詞 S801			詞			詞	詞	詞		辤	大禹謨
惟朕以懌萬世有辭			嗣 和闐本		嗣	嗣	嶂		嗣	嗣	嗣		司	太甲上
天棐忱辭其考我民						司			詞	辭	辭		嗣	大誥
乃不用我教辭			詞			辞			辞	辞	嶂		嗣	酒誥
惇大成裕汝永有辭			詞 P2748			嗣			辭	辭	辭		嗣	洛誥
大淫泆有辭			詞 P2748			嗣			辭	辭	句	嗣	嗣	多士
罔非有辭于罰	嗣 魏		嗣 P2748			嗣			辭	辭	司		嗣	多士
屑有辭			詞 S2074		詞	詞			辭	辭	司		嗣	多方
其爾之休終有辭於永世						嗣	詞b		詞	詞	詞		嗣	君陳
政貴有恆辭尚體要			詞			嗣			詞	詞	嗣		嗣	畢命
越茲麗刑并制罔差有辭			嗣			嗣			詞	詞	嗣		嗣	呂刑
鰥寡有辭于苗德威惟畏			嗣			嗣			詞	嗣詞	嗣		嗣	呂刑
苗民無辭于罰			嗣			嗣			辭	辞	嗣		嗣	呂刑
師聽五辭			嗣			嗣			辭	辞	嗣		嗣	呂刑
上下比罪無僭亂辭			嗣			嗣			辭	辭	嗣		嗣	呂刑
今天相民作配在下明清于單辭			嗣			嗣			辭	辭	嗣		嗣	呂刑
哲人惟刑無疆之辭屬于五極			嗣			嗣			辭	詞	嗣		嗣	呂刑
惟截截善諞言俾君子易辭			辭 P3871		嗣	嗣	嗣		詞	詞	嗣		嗣	秦誓

大禹謨	戰國楚簡	漢石經	魏石經	敦煌本 S5745	敦煌本 S801	吐魯番本	岩崎本	神田本	九條本	島田本	內野本	上圖本（元）	觀智院	天理本	古梓堂	足利本	上圖本（影）	上圖本（八）	晁刻古文尚書	書古文訓	唐石經
正月朔旦受命于神宗					正月朔旦受命于神宗						正月朔旦受命亏神宗					正月朔旦受命亏神宗	正月朔旦受舍亏神宗	正月朔旦受舍亏神宗	正月胐旦受龠亏神宗	正月朔旦受龠亏神宗	正月朔旦受命于神宗

449、旦

「旦」字在傳鈔古文《尚書》有下列不同字形：

（1）〔圖〕四 4.20

《古文四聲韻》錄《古尚書》「旦」字作：〔圖〕四 4.20，又錄〔圖〕四 4.20 裴光遠集綴，《汗簡》錄〔圖〕汗 4.59，與《說文》恒字或體从心在下〔圖〕同形，其下引《詩》曰「信誓悬悬」，《箋正》云：「乃三家詩借『悬』作『旦』，非則『旦』字，郭依毛詩作『旦』釋之。」是「悬」為「旦」之假借，〔圖〕四 4.20 則訛多一畫。

（2）〔圖〕旦

敦煌本 S801、P2748、岩崎本、九條本、上圖本（元）「旦」字作〔圖〕旦，與〔圖〕孫臏 11.3〔圖〕居延簡甲 19B〔圖〕定縣竹簡 24〔圖〕武威醫簡 29〔圖〕孫叔敖碑同形，源自〔圖〕頌鼎〔圖〕克鼎〔圖〕休盤〔圖〕包山 145〔圖〕包山 78〔圖〕璽彙 0962〔圖〕璽彙 5583 等。

（3）〔圖〕旦₁旦₂

敦煌本 P2630、足利本、上圖本（影）、上圖本（八）「旦」字作〔圖〕旦₁，偏旁日字左右側直筆與其下橫筆相接，與「且」字混同；內野本或作旦₂，「旦」字寫似「且」字，其下又加一短橫。

【傳鈔古文《尚書》「旦」字構形異同表】

旦 傳抄古尚書文字 〔四4.20〕	戰國楚簡	石經	敦煌本	岩崎本 神田本b 九條本 島田本b	內野本	上圖（元） 觀智院b 天理本 古梓堂b 足利本	上圖本（影）	上圖本（八）	古文尚書晁刻	書古文訓	尚書篇目
正月朔旦受命于神宗		旦 S801					旦	旦			大禹謨
坐以待旦					旦		旦	旦			太甲上
旦曰其作大邑			旦	旦	旦		旦	旦			召誥
予旦以多子		旦 P2748		旦	旦		旦	旦			洛誥
在今予小子旦非克有正		旦 P2748		旦			旦	旦			君奭
今在予小子旦		旦 P2748		旦	旦		旦	旦			君奭
予旦已受人之徽言		旦 P2630		旦	旦		旦	旦			立政
以旦夕承弼厥辟			旦				旦	旦			冏命

大禹謨	戰國楚簡	漢石經	魏石經	敦煌本 S5745	敦煌本 S801	吐魯番本	岩崎本	神田本	九條本	島田本	內野本	上圖本（元）	觀智院	天理本	古梓堂	足利本	上圖本（影）	上圖本（八）	晁刻古文尚書	書古文訓	唐石經
率百官若帝之初					率百官若帝之初						衛百官若帝出初					衛百官若帝出初	率百官若帝之初			衛百官若帝出初	率百官若帝之初
帝曰咨禹惟時有苗弗率					帝曰咨禹惟當有苗弗率						帝曰咨禹惟當大苗弗衛					帝曰咨禹惟當有苗弗衛	帝曰咨禹惟當有苗弗衛			帝曰資禹惟當大苗亞衛	帝曰咨禹惟時有苗弗率

汝徂征禹乃會群后誓于師				女徂征命乃岁群后誓于師				女徂征禹乃岁群后誓于師		汝徂征禹乃會羣后誓于師

450、徂

「徂」字在傳鈔古文《尚書》有下列不同字形：

（1）遀汗 1.8徲四 1.26徲六 40

《說文》辵部「退」字篆文𨑭，或體「徂」𧗆，籀文作𧗆，《汗簡》、《古文四聲韻》、《訂正六書通》錄《古尚書》「徂」字作：遀汗 1.8徲四 1.26徲六 40，《古文四聲韻》「退」字錄《汗簡》徲四 1.26 形，《汗簡》則錄徲汗 2.20 形為《古尚書》「殂」字，是遀汗 1.8徲四 1.26徲六 40 當从辵从虐，其「虍」形訛省，右所从之形皆徲四 1.26 右形虐之誤，古从且、从虐、虞、旻、偏旁可互換（參見“殂”字）。

（2）徂1但2

敦煌本 S801、P3752、日諸古寫本「徂」字多作徂1但2，為《說文》「退」字或體从彳作𧗆之隸定。

（3）退徂

《書古文訓》「徂」字或作退徂，即《說文》「退」字篆文𨑭之隸定。

（4）於

《書古文訓》〈書序・伊訓〉「伊尹作伊訓肆命徂后」「徂」字作於，此形當即𣦵說文古文殂之隸古定訛變，乃以「殂」（殀）為「徂」字（參見“殂”字），《爾雅・釋詁》云：「殂，落，死也」，「殂」、「徂」二字相通。於左从𣦵說文古文死，如《書古文訓》「辜」字或作𣨙𣨙，為𣦵說文古文辜隸古定訛變。

（5）殂

《書古文訓》〈書序・伊訓〉篇名「肆命●徂后」「徂」字作殂，是以「殂」

為「徂」字。

（6）祖

上圖本（影）〈說命下〉「自河徂亳暨厥終罔顯」「徂」字作祖，是借「祖」為「徂」字，或音同形近而寫誤，或為假借。

（7）往

足利本、上圖本（影）、上圖本（八）〈酒誥〉「封我西土棐徂邦君」「徂」字作往，此為「往」字之隸訛（參見"往"字），《說文》「退（徂），往也」，徂、往同義字。

【傳鈔古文《尚書》「徂」字構形異同表】

徂 傳抄古尚書文字 退汗1.8 退四1.26 徂六書通40	戰國楚簡	石經	敦煌本	岩崎本	神田本b	九條本	島田本b	內野本	上圖（元）	觀智院b	天理本	古梓堂b	足利本	上圖本（影）	上圖本（八）	古文尚書晁刻	書古文訓	尚書篇目
汝徂征			祖 S801											徂			退	大禹謨
胤后承王命徂征			徂 P3752											徂			退	胤征
奚獨後予攸徂之													祖	徂			退	仲虺之誥
伊尹作伊訓肆命徂后														祖			於	伊訓
肆命徂后																	姐	伊訓
王徂桐宮居憂克終允德														徂			退	太甲上
自河徂亳暨厥終罔顯			祖											祖			退	說命下
封我西土棐徂邦君													往	徂	往		退	酒誥
以哀籲天徂厥亡出執														徂			退	召誥
徂茲淮夷徐戎並興				徂									徂	徂			退	費誓

451、征

「征」字在傳鈔古文《尚書》有下列不同字形：

（1）延汗1.8 延四2.21延延1

《汗簡》、《古文四聲韻》錄《古尚書》「征」字作：延汗 1.8 愆四 2.21，與《說文》辵部「延」字篆文延同形，源自金文延鼂伯盨延申鼎，《隸續》錄石經古文作延與此同。《書古文訓》「征」字或作延延1，即篆文之隸變，漢簡作延居延簡甲 855 延居延簡甲 838 形。

（2）征

《書古文訓》「征」字或作征，與《汗簡》錄石經作延汗 1.9 同形，右下「正」形當為偏旁辵之「止」形所訛，《箋正》云：「『征』之正篆本从辵，石經《尚書》正同（按即延形），傳本誤多一橫，即成重『正』。薛本偽《尚書》『征』字亦有如此者，郭因誤認从『彳』。」其說是也。

（3）征：征征征

「征」字即《說文》辵部「延」字或體从彳作征之隸定，源自征利簋征大保簋征盂鼎征鄂侯鼎征庚兒鼎征中山王鼎征盗壺征楚帛書丙等形，敦煌本S799、P3752、P5557、P3871 及日諸古寫本「征」字多作征征征形（偏旁"正"字說明參見"正"字）。

（4）征：征

敦煌本 S799、S801「征」字或从人作「征」征，寫本「彳」或寫作「亻」與「亻」訛混或變作从「亻」。

【傳鈔古文《尚書》「征」字構形異同表】

傳抄古尚書文字 征 延汗 1.8 愆四 2.21	戰國楚簡	石經	敦煌本	岩崎本	神田本b	九條本	島田本b	內野本	上圖本（元）	觀智院b	天理本b	古梓堂本	足利本	上圖本（影）	上圖本（八）	古文尚書晁刻	書古文訓	尚書篇目
汝徂征			征 S801					征					征	征			延	大禹謨
胤后承王命徂征			征 P3752					征					征	征			征	胤征
胤往征之作胤征			征 P3752					延					征	征			征	胤征
胤往征之作胤征								征									征	胤征
湯始征之作湯征			征 P5557					征 征					征	征			延	胤征
湯始征之			征 P5557					征									延	胤征

經文								篇名
初征自葛			征		征 征		延	仲虺之誥
東征西夷怨			征 征		征		延	仲虺之誥
王朝步自周于征伐商	征 S799						延	武成
肆予東征綏厥士女	征 S799	征			征		延	武成
肆朕誕以爾東征			征b				延	大誥
四征弗庭綏厥兆民 六服群辟				征	征 征		徥	周官
甲戌我惟征徐戎	征 P3871	征		征 征			徥	費誓

452、會

「會」字在傳鈔古文《尚書》有下列不同字形:

（1）光汗 4.51、四 4.12、六 276、岑岑岑1、岸2、炭炭3、炭4、拳5

《汗簡》、《古文四聲韻》、《訂正六書通》錄《古尚書》「會」字作:光汗 4.51、四 4.12、六 276，當爲《汗簡》「會」字部首汗 4.51 形之訛，从「會」之傳抄古文皆作此形，如「澮」字:澮汗 2.26 古尚書、澮四 4.12 古尚書、「鄶」字:鄶汗 4.51 古尚書、鄶四 4.12 義雲章、「繪」字:繪四 4.12 孫彊集，甲骨文乙 2763 反 1、京津 2746、乙 422（《甲編》頁 53）等字，从止从巾，高明、何琳儀即釋此形爲「會」。又李家浩〈信楊楚簡澮字及从关之字〉（《中國語言學報》第一期，1982 年 12 月出版）指出信陽楚簡信陽 208 爲「澮」字，其右旁正與傳鈔古文《汗簡》「膾」字作汗 3.34 右下所从相合，〈蚰匕〉有「齰」字作蚰匕（《金文編》33 頁），古璽「膾臣」印「膾」作《昔者盧古印存》三集，又有「多會」或「會多」的合文作《古璽文編》404.3193、从彳从弓从會之字作《古璽文編》468.2624 等，上述諸字所从关、关旁應即古文「會」字，疑由甲骨文乙 2763 反 1、京津 2746、乙 422（《甲編》頁 53）所訛變。傳抄《古尚書》「會」字光汗 4.51、四 4.12、六 276，隸變作岸岑四 4.12 石經形，其上所从「山」爲「止」之訛，其下則「巾」之訛。又《集韻》去聲 14 泰韻「會」「古作帋岑佮」。

《書古文訓》「會」字除〈益稷〉作「佮」外餘皆作岑1，敦煌本 S801、P3615、P3169、岩崎本、九條本、內野本、足利本、上圖本（影）、上圖本（八）

亦作 1 形；S799 作 2，與 四 **4.12** 石經類同；九條本或作 3 形，岩崎本或作 4，與 四 **4.12** 崔希裕纂古類同，皆當「帋」之訛變；敦煌本 P4033、P3628 作 5，當爲 1 2 等形之再訛變。

（2）1![字形](#)2

《書古文訓》〈益稷〉「作會宗彝」「會」字作 1，即《說文》「會」字古文作 之隸定，魏三體石經文公「公孫敖會晉侯于戚」「會」字古文作 ，甲金文「會」字皆作「逾」：粹 **1037** 鄴初下 **33.8** 戌甫鼎 保卣 牆盤「――（會）受萬邦」，甲骨文亦有从彳作 合 **675**，偏旁辵、彳古相通，此與「會」字古文 同形，「逾」爲會晤、會合之本字，《說文》辵部「逾，遝也」。敦煌本 P2533〈禹貢〉「四海會同」「會」字作 2，爲「」之訛誤。

（3）

足利本、上圖本（影）「會」字或作 ，其下「日」作省略符號「=」。

【傳鈔古文《尚書》「會」字構形異同表】

傳抄古尚書文字 會 汗 4.51 四 4.12 六書通 276	戰國楚簡	石經	敦煌本	岩崎本	神田本b	九條本	島田本b	內野本	上圖（元）	觀智院b	天理本	古梓堂b	足利本	上圖本（影）	上圖本（八）	古文尚書晁刻	書古文訓	尚書篇目
禹乃會群后誓于師			S801															大禹謨
作會宗彝																		益稷
灉沮會同			P3615															禹貢
會于渭汭			P3169															禹貢
東迆北會于匯			P4033															禹貢
又東北會于汶																		禹貢
東會于泗沂東入于海																		禹貢
東會于灃																		禹貢
東北會于澗瀍			P3628															禹貢

經文										篇名
又東會于伊				炭	岅			會	會	岅	岅	禹貢
四海會同	秤 P2533			炭	岅			岅	岅	岅	岅	禹貢
大會于孟津					岅				會	岅	岅	泰誓上
群后以師畢會			岅		岅				會	岅	岅	泰誓中
會于牧野	岸 S799				岅			會	會	岅	岅	武成
王道正直會其有極					岅			會	會	會	岅	洪範
四方民大和會	會 漢				岅				會	岅	岅	康誥
文武用會紹乃辟				岅	岅			會	會	岅	岅	文侯之命

453、澮

「澮」字在傳鈔古文《尚書》有下列不同字形：

（1）𡿧汗2.26𡿧四4.12

《汗簡》、《古文四聲韻》錄《古尚書》「澮」字作：𡿧汗2.26𡿧四4.12，其上從《汗簡》部首「會」字帯汗4.51而稍變，移水旁於下，如「澤」字作𡿧（魏三體借作"釋"），「海」「洛」字作：𡿧汗5.61𡿧汗5.61𡿧四5.24以上皆古尚書，「漢」字作𡿧鄂君啓舟節、「湘」字作𡿧鄂君啓舟節等。

（2）巜

《書古文訓》「澮」字作巜，「巜」爲「澮」之異體，《說文》「巜」字「巜，水流澮，澮也」，「川」字下引「虞書曰『濬く巜距川』」。

（3）泋

內野本、上圖本（元）、足利本、上圖本（影）、上圖本（八）「澮」字均作泋，與傳抄古文泋四4.12籀韻同形，其左岅形爲「帯」之訛變，《集韻》巜字「古作沛泋，通作澮」。

【傳鈔古文《尚書》「澮」字構形異同表】

傳抄古尚書文字　澮 汗 2.26 四 4.12	戰國楚簡	石經	敦煌本	岩崎本	神田本b	九條本	島田本b	內野本	上圖（元）	觀智院b	天理本	古梓堂b	足利本	上圖本（影）	上圖本（八）	古文尚書晁刻	書古文訓	尚書篇目
濬畎澮距川								澮						澮澮澮			巜	益稷

454、誓

「誓」字在傳鈔古文《尚書》有下列不同字形：

（1）𣂏汗 1.7𣂏汗 6.76𣂏四.15 𣂏𣂏1 𣂏𣂏𣂏𣂏 𣂏𣂏2 𣂏3

《汗簡》、《古文四聲韻》錄《古尚書》「誓」字作：𣂏汗 1.7𣂏汗 6.76𣂏四 4.15，此形即洹子孟姜壺以「折」爲「誓」字之𣂏洹子孟姜壺訛變，《集韻》誓字古作「𣂏」，《匡謬正俗》引古文尚書〈湯誓〉「誓」字亦作此形，王引之《經義述聞》卷三云：「《匡謬正俗》所引〈湯誓〉古文，字當作『𣂏』，『𣂏』籀文折字，古文假借也。」

《書古文訓》「誓」字作𣂏𣂏1 𣂏𣂏𣂏𣂏 𣂏𣂏2 𣂏3 等形，𣂏𣂏1 爲𣂏汗 1.7𣂏汗 6.76𣂏四 4.15 之隸定，𣂏𣂏𣂏𣂏𣂏𣂏2 則隸訛之形，𣂏3 與𣂏洹子孟姜壺相類，即《說文》艸部「折」字籀文𣂏「斷」之隸訛。

（2）𣂏四.15

《古文四聲韻》錄《古尚書》「誓」字又作：𣂏四 4.15，此形右下當爲从「言」之訛變，源自金文𣂏散盤𣂏散盤𣂏禹攸比鼎𣂏禹比簋𣂏番生簋等形，「止」形爲「少」形之訛。

（3）𢬫

敦煌本 S801「誓」字作𢬫，偏旁「手」字位移作左右形構。

（4）𣂏1 𣂏2 𣂏𣂏3 𣂏4 𣂏𣂏5 𣂏𣂏6

敦煌本 P2533「誓」字作𣂏1，即「折」字籀文𣂏之隸定；觀智院本作𣂏2，「少」隸訛作「山」；P3871、九條本或隸訛作𣂏𣂏3；S799 作𣂏4，其下訛作「止」形，九條本或作𣂏𣂏5，其左形訛作重止或止、㐆形；P5543、內野本、上圖本（八）或作𣂏𣂏6；上述諸形皆𣂏說文籀文折之隸訛。

（5）𣂏1 𣂏2

上圖本（八）「誓」字或作**斷**₁，其右形爲重山，足利本、上圖本（影）、上圖本（八）或作**斷**₂，其右從「出」，皆爲《說文》「折」古文𣂪隸訛。

【傳鈔古文《尚書》「誓」字構形異同表】

傳抄古尚書文字　誓　鬱汗1.7　鬱汗6.76　鬱鬱四4.15	戰國楚簡	石經	敦煌本	岩崎本	神田本b	九條本	島田本b	內野本	上圖（元）	觀智院本b	天理本	古梓堂本b	足利本	上圖本（影）	上圖本（八）	古文尚書晁刻	書古文訓	尚書篇目
禹乃會群后誓于師			斷 S801														斷	大禹謨
啓與有扈戰于甘之野作甘誓			斷 P2533／斷 P5543			斳		斷					斳	断	断		斷	甘誓
予誓告汝有扈氏			斷 P2533			斳		斷					斳	断	断		斷	甘誓
遂與桀戰于鳴條之野作湯誓						斳		断					斳	断	断		斷	湯誓
朕不食言爾不從誓言						斷		断					斳	断	断		斷	湯誓
師渡孟津作泰誓三篇								断							斷		斷	泰誓上
明聽誓								断							斷		斷	泰誓上
王乃徇師而誓								断							斷		斷	泰誓中
明誓眾士			斷 S799					断							斷		斷	泰誓下
與受戰于牧野作牧誓			斷 S799					断						斷			斷	牧誓
王朝至于商郊牧野乃誓			斷 S799					断						斷			斷	牧誓
誓言嗣茲予審訓命汝							斷	斳						断			斷	顧命
並興東郊不開作費誓							斷	断						斷			斷	費誓
秦穆公伐鄭晉襄公帥師敗諸崤還歸作秦誓			斷 P3871	斷				斷						斳			斷	秦誓
予誓告汝群言之首			斷 P3871					斷									斷	秦誓

大禹謨	戰國楚簡	漢石經	魏石經	敦煌本 S5745	敦煌本 S801	吐魯番本	岩崎本	神田本	九條本	島田本	內野本	上圖本（元）	觀智院	天理本	古梓堂	足利本	上圖本（影）	上圖本（八）	晁刻古文尚書	書古文訓	唐石經
日濟濟有眾咸聽朕命					日濟濟ナ眾咸聽朕命						日濟ナ眾咸聽朕命					日濟濟有眾咸聽朕命	日濟濟有眾咸聽朕命	日濟濟有眾咸聽朕余	日濟濟ナ朔咸聽朕命	日濟濟ナ朔咸聽朕命	日濟濟有眾咸聽朕命

455、濟

「濟」字在傳鈔古文《尚書》有下列不同字形：

（1）〔圖〕汗 5.61〔圖〕四 3.12〔圖〕四 4.13〔圖〕涂1〔圖〕淦2〔圖〕淦3〔圖〕淦4

《汗簡》、《古文四聲韻》錄《古尚書》「濟」字作：〔圖〕汗 5.61〔圖〕四 3.12〔圖〕四 4.13，此與戰國古璽作〔圖〕印聲室同形，中山王壺作〔圖〕中山王壺〔圖〕印聲室（《類編》頁 476）等形，偏旁「齊」字甲金文作：〔圖〕前 2.15.3〔圖〕明 1749〔圖〕齊且辛爵〔圖〕魯司徒仲齊簠，變作〔圖〕齊陳曼簠〔圖〕十年陳侯午錞、〔圖〕大齊鎬〔圖〕包山 7〔圖〕郭店.窮達 6〔圖〕璽彙 0608〔圖〕陶彙 3.1326 等形（參見"齊"字）。

《書古文訓》「濟」字或作〔圖〕1，為傳抄《古尚書》「濟」字〔圖〕汗 5.61 等隸古定兼摹寫古文字形；敦煌本 S801、P3615、P3615、P5557、P2643、S799、《書古文訓》或作〔圖〕2，右形與〔圖〕中山王壺類同，源自偏旁「齊」字戰國作〔圖〕齊陳曼簠〔圖〕十年陳侯午錞〔圖〕大齊鎬〔圖〕包山 7 等形；P3670、S2074、岩崎本、上圖本（元）或作〔圖〕3，其右下「二」形寫作「工」，寫本中常見；《書古文訓》或作〔圖〕4，其右形與「三」字或作「叅」訛混。

（2）〔圖〕四 3.12〔圖〕四 4.13〔圖〕沛.汗 5.61〔圖〕1〔圖〕沛2

《古文四聲韻》錄《古尚書》「濟」字又作：〔圖〕四 3.12〔圖〕四 4.13，《汗簡》錄《古尚書》〔圖〕沛.汗 5.61 誤注「沛」字為「沛」之誤，與《說文》「沛」字篆文〔圖〕同形，魏三體石經僖公「取濟西田」「濟」字古文作〔圖〕，右從「宋」之訛變〔註

〔註 243〕參見：商承祚，《石刻篆文》卷 11.10，北京：中華書局，1996；黃錫全，《汗簡注

243）　，此爲「沛」字。《說文》「沛，沇也，東入于海」，晁刻《古文尙書》〈禹貢〉「浮于汶達于濟」「濟」字作▢1、《書古文訓》〈禹貢〉全篇 4 例之「濟」字皆作沛2字，《漢書》亦皆作「沛」，顏師古注：「『沛』字本濟水之字，从水宋聲，宋音姊」。

（3）　▢1▢2▢3

足利本、上圖本（影）、上圖本（八）「濟」字或省變寫作▢1▢2。神田本〈武成〉「以濟兆民無作神羞」「濟」字訛作▢3，當由▢1形再變。

【傳鈔古文《尚書》「濟」字構形異同表】

傳抄古尚書文字 濟 汗5.61 四3.12 四4.13	戰國楚簡	石經	敦煌本	岩崎本	神田本b	九條本	島田本b	內野本	上圖（元）	觀智院b	天理本b	古梓堂b	足利本	上圖本（影）	上圖本（八）	古文尚書晁刻	書古文訓	尚書篇目
濟濟有眾			濟 S801												濟		淺	大禹謨
濟河惟兗州			沛 P3615										沛	濟			沛	禹貢
浮于濟漯達于河														濟	濟		沛	禹貢
浮于汶達于濟			沛 P3615										濟	濟	濟	▢	沛	禹貢
導沇水東流爲濟							淺	渡					淺	淺	淺		沛	禹貢
嗚呼威克厥愛允濟			淺 P5557										濟	濟			淺	胤征
若乘舟汝弗濟臭厥載		淺	淺 P3670 淺 P2643	淺			淺	淺					淺	淺	濟		淺	盤庚中
若濟巨川用汝作舟楫							淺	淺					淺	淺			淺	說命上
以濟兆民無作神羞		濟 b S799	淺				淺						濟	淺	淺		淺	武成
予惟往求朕攸濟敷賁								淺					濟	濟			淺	大誥
其濟小子同未在位							淺	淺					濟	濟	淺		淺	君奭

釋》，武漢：武漢大學出版社，1993，頁 86。

| 以和兄弟康濟小民 | | | | | 𣲳 S2074 | 濟 | 濟 | | | | 濟 | 濟 | 濟 | | 濟 | 蔡仲之命 |

（以上表格延續，下接各欄書名）

大禹謨	戰國楚簡	漢石經	魏石經	敦煌本 S5745	敦煌本 S801	吐魯番本	岩崎本	神田本	九條本	島田本	內野本	上圖本（元）	觀智院	天理本	古梓堂	足利本	上圖本（影）	上圖本（八）	晁刻古文尚書	書古文訓	唐石經
蠢茲有苗昏迷不恭侮慢自賢																					

456、蠢

「蠢」字在傳鈔古文《尚書》有下列不同字形：

（1）**𢦚**魏三體 **𢦚**₁ **𢦚**₂ **𢦚**₃

魏三體石經〈大誥〉「西土人亦不靜越茲蠢」「蠢」字存隸體作 **𢦚**，即《說文》蚰部蠢字古文作 **𢦚**，下引周書曰「我有 **𢦚** 于西」段注：「大誥曰『有大艱于西土西土人亦不靜越茲 **𢦚**』爲壁中古文眞本，其辭不同蓋許檃栝其辭如此也。」是許愼所見古文尚書「蠢」字作「**𢦚**」。

《書古文訓》除「蠢茲有苗」「蠢」字作 **𢦚** 外，餘例皆作 **𢦚**₁，其下所從爲「春」字作 **𣆶** 蔡侯殘鐘 **𣆶** 包山200 形之隸定，內野本「蠢」字或作 **𢦚**₂、觀智院本、上圖本（元）、足利本、上圖本（影）、上圖本（八）或訛作 **𢦚**₃。

（2）**𢦚**汗5.68 **𢦚**四3.14 **𢦚**₁ **𢦚**₂ **𢦚**₃

《汗簡》、《古文四聲韻》錄《古尚書》「蠢」字作：**𢦚**汗5.68 **𢦚**四3.14，从戈，

《書古文訓》「蠢茲有苗」「蠢」字作戠₁，爲此形之隸定，《說文》蚰部蠢字古文从𢦏作𩁹，段注：「𢦏之言才也、始也」，从戈當爲从𢦏之誤；所从「春」字與𡳿蔡侯殘鐘𡳿魏三體文公同形。上圖本（八）〈大誥〉「嗚呼允蠢鰥寡哀哉」「蠢」字作戠₂，从戈、从春。敦煌本 S801「蠢茲有苗」「蠢」字作戠₃，當爲从戈、从春戠₂形之訛變。

【傳鈔古文《尚書》「蠢」字構形異同表】

傳抄古尚書文字 蠢 汗5.68 四3.14	戰國楚簡	石經	敦煌本	岩崎本	神田本b	九條本	島田本b	內野本	上圖（元）	觀智院b	天理本	古梓堂b	足利本	上圖本（影）	上圖本（八）	古文尚書晁刻	書古文訓	尚書篇目
蠢茲有苗			戠 S801														戠	大禹謨
西土人亦不靜越茲蠢		戠 魏						戠							戠		戠	大誥
今蠢今翼日								蠢									戠	大誥
嗚呼允蠢鰥寡哀哉								蠢							戠		戠	大誥

457、昏（昬）

《說文》日部「昏」字：「从日氐省，氐者下也，一曰民聲。」段注云：「从氐省爲會意，絕非从民聲爲形聲也。蓋隸書淆亂，乃有从民作『昬』者，俗皆遵用」「昏」字古从「氐」形，甲骨文作：舌粹715舌佚292舌粹717，楚簡作：舌郭店.唐虞22舌郭店.老乙9舌郭店.老甲30，秦作舌雲夢.日乙156，訛變作从「民」，漢代皆隸變俗寫作从「民」，如昬漢帛書老子甲41昬春秋事語95昬武威醫簡64，秦漢以後「昏」、「昬」爲一字。

孔氏傳《古文尚書》〈盤庚上〉「不昏作勞不服田畝」一例作「昬」，孔傳：「昬，強」，《正義》謂鄭玄云：「昬，讀爲暋，勉也。」《釋文》云：「昬，馬同。本或作『暋』，音敏。《爾雅》『昬』、『暋』皆訓強，故兩存。」敦煌本 S11399、岩崎本、上圖本（元）作「昬」，《書古文訓》作旦，與《汗簡》《古尚書》「昏」字錄作旦汗3.34同形。

「昏」字在傳鈔古文《尚書》有下列不同字形：

（1）旦汗3.34旦₁旦₂

　　《汗簡》錄《古尚書》「昏」字作：⊙汗 **3.34**，《箋正》謂「＝」古文下，
日下爲「昏」，此「俗別造會意字」，《集韻》昏古作旦，黃錫全以爲此當是「旦」
字，「以旦爲昏，猶如典籍以亂爲治、以故爲今、以曩爲曏等，乃反訓字〔註244〕」
可爲參考。

　　《書古文訓》「昏」（昬）字皆作旦，島田本、內野本、上圖本（八）亦或
作此形。上圖本（八）〈牧誓〉「昬棄厥肆祀弗荅」「昏」（昬）字作旦，當爲「旦」
之誤，與「旦」字寫似「且」字作且相混同。

　　（2）昏昬

　　敦煌本 P5557、S2074、內野本、足利本、上圖本（影）、上圖本「昏」字
或多一點作昏昬。

　　（3）昬昬

　　敦煌本 P2533、S11399、S799、岩崎本、九條本、上圖本（元）、足利本、
上圖本（影）、上圖本（八）「昏」字或作「昬」，或多一點作昬昬。

【傳鈔古文《尚書》「昏（昬）」字構形異同表】

昏（昬） ⊙汗 3.34	傳抄古尚書文字	戰國楚簡	石經	敦煌本	岩崎本	神田本b	九條本	島田本b	內野本	上圖（元）	觀智院b	天理本	古梓堂b	足利本	上圖本（影）	上圖本（八）	古文尚書晁刻	書古文訓	尚書篇目
昏迷不恭侮慢自賢																昬		旦	大禹謨
下民昏墊								昏						昏	昏	昬		旦	益稷
昏迷于天象				昬 P2533 昏 P5557				昏						昏	昬	昏		旦	胤征
有夏昏德民墜塗炭								昬	昬					昏	昬	昬		旦	仲虺之誥
覆昏暴															昏	昏		旦	仲虺之誥
不昬作勞不服田畝				昬 S11399	昬			昬	昬						昬	昬		旦	盤庚上

〔註244〕說見：黃錫全，《汗簡注釋》，武漢：武漢大學出版社，1993，頁 246。

昏棄厥肆祀弗荅		感[圖] S799	旦		[圖] 昏 旦	旦	牧誓
昏棄厥遺王父母弟		昬[圖]b S799	旦		[圖] 旦	旦	牧誓
乂用昏不明		黑b	旦		[圖] 昏 昏	旦	洪範
乃大淫昏		昏[圖] S2074	昬 昏		昬 昬 昏	旦	多方
無敢昏逾			昏 昏		昏	旦	顧命

458、侮

「侮」字在傳鈔古文《尚書》有下列不同字形：

（1）[圖]汗 3.41 [圖]四 3.10 侮

《汗簡》、《古文四聲韻》錄《古尚書》「侮」字作：[圖]汗 3.41 [圖]四 3.10，即《說文》「侮」字古文从母作[圖]，源自：[圖]粹 1318 [圖]中山王鼎等形。《書古文訓》多作此形之隸定侮。

（2）[圖]六 187 侮隸釋侮1侮2海3

《古文四聲韻》錄《古尚書》「侮」字作：[圖]六 187，即《說文》篆文[圖]，《隸釋》錄漢石經〈盤庚上〉「侮」字作侮，內野本、上圖本（八）或作侮1、《書古文訓》或作侮2，內野本或作作海3，皆[圖]說文篆文侮之隸變，偏旁「每」字从「母」，侮隸釋侮1海3變作从「毋」，與侮唐扶頌同。

【傳鈔古文《尚書》「侮」字構形異同表】

傳抄古尚書文字 侮 [圖]汗 3.41 [圖]四 3.10 [圖]六 187	戰國楚簡	石經	敦煌本	岩崎本	神田本b	九條本 島田本b	內野本	上圖（元）	觀智院b	天理本	古梓堂b	足利本	上圖本（影）	上圖本（八）	古文尚書晁刻	書古文訓	尚書篇目
昏迷不恭侮慢自賢						侮							侮		侮	大禹謨
威侮五行															侮	甘誓
取亂侮亡															侮	仲虺之誥
敢有侮聖言逆忠直															侮	伊訓

	侮 隸釋 女毋翕侮成人	P3670、P2643 女亡老侮成人	女亡老侮成人		女亡老侮成人	女亡侮老成人		汝亡老侮老成人	汝無侮老老成人	女亡老侮成人		侮	出處
汝無侮老成人	侮 隸釋 女毋翕侮成人	P3670、P2643 女亡老侮成人	女亡老侮成人		女亡老侮成人	女亡侮老成人		汝亡老侮老成人	汝無侮老老成人	女亡老侮成人		侮	盤庚上
有備無患無啓寵納侮												侮	說命中
罔懲其侮												侮	泰誓上
今商王受狎侮五常												侮	泰誓下
德盛不狎侮						侮						侮	旅獒
不敢侮鰥寡												侮	康誥
凡民惟曰不享惟事其爽侮						侮						侮	洛誥
否則侮厥父母	侮 隸釋					侮						侮	無逸
能保惠于庶民不敢侮鰥寡						侮						侮	無逸

459、慢

「慢」字在傳鈔古文《尚書》有下列不同字形：

（1）慢₁慢₂

上圖本（影）「慢」字或筆畫稍異作慢₁，上圖本（八）或作慢₂，其右下「又」變作「万」，慧琳《一切經音義》卷三「傲慢」條下云：「曼字从又，俗从万，訛也」。「曼」字古與「萬」同音，《左傳‧桓公五年》「曼伯為右拒」《釋文》：「曼，音萬」錢大昕《十駕齋養新錄》卷二「曼」條云：「古有重脣而無輕脣，故曼、萬同音。今吳中方音千萬之萬如曼，此古音也」可見俗書改「曼」字又旁為「万」（俗以「万」為「萬」之俗字）具有表音作用〔註245〕。漢碑「曼」字作寫孔龗碑，从「又」變从「寸」，「蔓」字作蔓校官碑，《隸辨》云：「碑復變『寸』從『方』。《楚辭‧九歌》『石磊磊兮葛蔓蔓』洪興祖補注『蔓俗作蔓』」，慢慢₂之偏旁「曼」由从「又」變作「寸」再變作「方」，皆是形近相混，變作「万」，一則由於形近，一則具有表音作用內野本或作慢慢₃，偏旁「心」字寫與「十」訛混。

〔註245〕參見張涌泉，《漢語俗字研究》，湖南：岳麓出版社，1995，頁51。

（2）嫚1 嫚 嫚2

敦煌本 S801〈大禹謨〉「侮慢自賢」「慢」字作嫚2、《書古文訓》此句及〈益稷〉「惟慢遊是好」「慢」字作嫚1，上圖本（元）〈咸有一德〉「慢神虐民」「慢」字作嫚2，皆假「嫚」爲「慢」字，《說文》女部「嫚，侮易也，从女曼聲」《漢書·高帝紀》「陛下嫚而侮人」顏師古注云：「嫚，易也，讀與慢同。」嫚 嫚2 其右下「又」形變作「万」、「刀」形，乃从「曼」之俗字。

【傳鈔古文《尚書》「慢」字構形異同表】

慢	戰國楚簡	石經	敦煌本	岩崎本b	神田本b	九條本b	島田本b	內野本	上圖（元）	觀智院b	天理本	古梓堂b	足利本	上圖本（影）	上圖本（八）	古文尚書晁刻	書古文訓	尚書篇目
侮慢自賢			嫚 S801					揚						慢			嫚	大禹謨
惟慢遊是好								愓									嫚	益稷
慢神虐民								慢	嫚						慢			咸有一德

大禹謨	戰國楚簡	漢石經	魏石經	敦煌本 S5745	敦煌本 S801	吐魯番本	岩崎本	神田本	九條本	島田本	內野本	上圖本（元）	觀智院	天理本	古梓堂	足利本	上圖本（影）	上圖本（八）	晁刻古文尚書	書古文訓	唐石經
反道敗德君子在野小人在位					反道敗惪君子在埜小人在位						反道敗惪君子在野小人在位						反道敗德君子在野小人在位	反道敗德君子在野小人在位	反道敗德君子在野小人在位	反衛敗惪商學圣墅小人圣位	反道敗德君子在野小人在位

460、敗

「敗」字在傳鈔古文《尚書》有下列不同字形：

（1）敗 汗1.14 敗

　　《汗簡》錄《古尚書》「敗」字作：[古文]汗1.14，源自[古文]五年師旋簋[古文]南疆鉦，或作[古文]鄂君啓舟節[古文]郭店緇衣22形，《說文》「敗」字籀文作[古文]，《書古文訓》或作此形之隸定敗。

　　（2）退退

　　《書古文訓》「敗」字多作退退，〈微子〉「我興受其敗」《說文》辵部「退」字下引作「周書曰『我興受其退』」，「退，敗也，从辵貝聲」，段注云：「『退』與『敗』音義同」，此「退」為「敗」形符更替之異體字。

　　（3）敗

　　敦煌本P2643「敗」字作敗，偏旁「貝」字寫與「身」相混。

【傳鈔古文《尚書》「敗」字構形異同表】

傳抄古尚書文字 敗　[古文]汗1.14	戰國楚簡	石經	敦煌本	岩崎本	神田本b	九條本	島田本b	內野本	上圖（元）	觀智院b	天理本	古梓堂b	足利本	上圖本（影）	上圖本（八）	古文尚書晁刻	書古文訓	尚書篇目
反道敗德																	敗	大禹謨
夏師敗績																	退	湯誓
欲敗度縱敗禮																	敗	太甲中
乃敗禍姦宄																	退	盤庚上
用亂敗厥德于下			敗 P2643														退	微子
我興受其敗			敗 P2643														退	微子
戕敗人宥王啓監																	退	梓材
蓄疑敗謀																	退	周官
狃于姦宄敗常亂俗																	退	君陳
秦穆公伐鄭晉襄公帥師敗諸崤還歸作秦誓																	退	秦誓

大禹謨	戰國楚簡	漢石經	魏石經	敦煌本 S5745	敦煌本 S801	吐魯番本	岩崎本	神田本	九條本	島田本	內野本	上圖本（元）	觀智院	天理本	古梓堂	足利本	上圖本（影）	上圖本（八）	晁刻古文尚書	書古文訓	唐石經
民棄不保天降之咎					民弃弗保天降之咎						民弃弗保天降业咎							民弃弗保呪天降业咎	民弃弗保呪天降业咎	民弃亞呆呪冬业咎	

461、保

「保」字在傳鈔古文《尚書》有下列不同字形：

（1）𠊵汗 3.41 𠊵寶.四 3.21 𠊵寶.魏三體

《汗簡》錄《古尚書》「保」字作𠊵汗 3.41，《古文四聲韻》錄此形𠊵寶.四 3.21為「寶」字，《汗簡》則錄石經「寶」字作𠊵寶.汗 3.41，《隸續》錄石經「寶」字古文作𠊵，魏三體石經〈大誥〉「寧王遺我大寶龜」、〈呂刑〉「獄貨非寶」「寶」字古文作𠊵，源自𠊵叔卣 𠊵毛弔盤 𠊵齊侯敦 𠊵綸鎛 𠊵夆弔匜 𠊵作冊大鼎 𠊵齊侯敦等形，其右上从「玉」，从「保」得聲，爲「寶」字之形聲異體，金文中「永寶用」亦作「永儥用」或「永保用」，「保」、「寶」二字音同假借。《說文》「保」字古文作𠊵，𠊵、𠊵中山王鼎爲「俘」字假借爲「保」，甲骨文「俘」字从彳作𠊵甲 2049 𠊵菁 6.1。

（2）朵朵朵朵1朵朵2

《書古文訓》「保」字作朵朵朵朵1朵朵2，《說文》「保，从人从朵省，朵古文㮡」，當由𠊵中山王鼎、𠊵形省作，爲𠊵說文古文保之省形。

（3）𠊵魏三體.無逸.君奭 𠊵魏三體.君奭

魏三體石經〈無逸〉、〈君奭〉「保」字古文作𠊵，〈君奭〉「保奭其汝克敬」「保」字古文則少一畫作𠊵，源自甲金文作：𠊵甲 936 𠊵甲 3510 𠊵拾 9.5 𠊵大保簋 𠊵保卣𠊵格伯簋 𠊵司寇良父簋 𠊵陳侯因資錞等形。

【傳鈔古文《尚書》「保」字構形異同表】

傳抄古尚書文字 保 汗3.41 書四3.21	戰國楚簡	石經	敦煌本	岩崎本	神田本b	九條本	島田本b	內野本	上圖(元)	觀智院b	天理本	古梓堂本b	足利本	上圖本(影)	上圖本(八)	古文尚書晁刻	書古文訓	尚書篇目
民棄不保天降之咎																	栗	大禹謨
聖有謨訓明徵定保																	栗	胤征
永保天命																	栗	仲虺之誥
既往背師保之訓																	栗	太甲中
昔先正保衡作我先王																	栗	說命下
西旅獻獒太保作旅獒																	栗	旅獒
猶胥訓告胥保惠胥教誨		(魏石經)															栗	無逸
召公爲保周公爲師																	栗	君奭
在太甲時則有若保衡		(魏石經)															栗	君奭
率惟茲有陳保乂有殷		(魏石經)															栗	君奭
天壽平格保乂有殷																	栗	君奭
保乂其汝克敬		(魏石經)															栗	君奭
昔周公師保萬民																	栗	君陳
乃同召太保奭芮伯肜伯																	栗	顧命
朕言用敬保元子釗																	栗	顧命
保乂王家																	栗	康王之誥
以成周之衆命畢公保釐東郊																	栗	畢命
以保我子孫黎民																	栗	秦誓

462、咎

「咎」字在傳鈔古文《尚書》有下列不同字形：

（1）咎 咎₁咎₂斜₃

「咎」字敦煌本 S801、P3670、P2516、岩崎本、島田本、九條本、上圖本（元）或右上「人」形省作一畫作：咎 咎₁，上圖本（元）或變作咎₂，岩崎本或作左右形構斜₃形。

【傳鈔古文《尚書》「咎」字構形異同表】

咎	戰國楚簡	石經	敦煌本	岩崎本	神田本b	九條本	島田本b	內野本	上圖（元）	觀智院b	天理本	古梓堂b	足利本	上圖本（影）	上圖本（八）	古文尚書晁刻	書古文訓	尚書篇目
民棄不保天降之咎			咎 S801					咎						咎	咎		咎	大禹謨
非予有咎遲任有言			咎 P2643	斜														盤庚上
非汝有咎比于罰			咎 P3670	咎				咎										盤庚中
惟說不言有厥咎			咎 P2643 咎 P2516	咎														說命中
殷始咎周			咎 P2643 咎 P2516	咎												咎		西伯戡黎
汝雖錫之福其作汝用咎							咎b											洪範
昔君文武丕平富不務咎									咎						延			康王之誥
上帝不蠲降咎于苗				咎											斜			呂刑

大禹謨	戰國楚簡	漢石經	魏石經	敦煌本S5745	敦煌本S801	吐魯番本	岩崎本	神田本	九條本	島田本	內野本	上圖本(元)	觀智院	天理本	古梓堂	足利本	上圖本(影)	上圖本(八)	晁刻古文尚書	書古文訓	唐石經
肆予以爾眾士奉辭罰罪爾尚一乃心力				肆予吕尒莽士奉詞伐辠尒尚一乃心力				緣予吕尒眾士奉詞伐辠尒尚一乃心力			緣予吕尒眾士奉詞伐辠尒尚一乃心力					緣予吕尒典士奉詞伐辠尒尚一乃心力	緣予吕尒眾士奉詞伐辠尒尚一乃心力	緣予吕尒眾士奉尋罰辜尒尚一乃心力	緣予吕尒眾士奉尋伐辜尒尚一乃心力	肆予吕尒眾士奉尋罰辜尒尚一鹵心力	肆予以爾澣士奉辭伐罪爾尚一哉心力

463、爾

「爾」字在傳鈔古文《尚書》有下列不同字形：

（1）**𠒆**魏三體**个**上博1緇衣20**个**郭店緇衣39**尒个**1**尒尒**2**尒**3

魏三體石經〈多士〉「爾」字古文作**𠒆**，上博1〈緇衣〉簡20、郭店〈緇衣〉簡39引〈君陳〉「出入自爾師虞」〔註246〕「爾」字亦作**个**上博1緇衣20**个**郭店緇衣39。《說文》八部「尒」字「詞之必然也」，㸚部「爾」字「麗爾猶靡麗也」從尒聲，「尒」、「爾」相通，又「爾」字與「汝」雙聲，通假爲爾汝字，段注謂「又凡訓如此訓此者，皆當作『尒』乃皆用『爾』，『爾』行而『尒』廢矣」，《玉篇》云「尒」亦作「爾」。

《書古文訓》「爾」字作**尒**1，尚書敦煌諸本、日古寫本亦多作「尒」**尒尒**，或寫作**尒尒尒尒**2等形。敦煌本P2533、799「爾」字或訛多一點寫作**尒**3。

（2）**爾**1**爾爾**2**尒**3**爾**4

〔註246〕上博〈緇衣〉20引「〈君陳〉員：『出內自尒師雩，庶言同。』」
郭店〈緇衣〉39引「〈君陳〉員：『出內自尒師于，庶言同。』」
今本〈緇衣〉引〈君陳〉云：「出入自爾師虞，庶言同。」
今本尚書〈君陳〉云：「出入自爾師虞，庶言同則繹。」

內野本「爾」字或作[爾]1，觀智院本、上圖本（八）或省變作[爾][爾]2，源自[爾]牆盤[爾]洹子孟姜壺等形，[爾]1與「肅」字俗作「肅」之下形類同，「米」當為省略符號；觀智院本或作[爾]3，為篆文[爾]之隸定，與[爾]癲鐘[爾]晉公䣫同形，敦煌本 S799、P2630 或變作[爾]4。

（3）[女]女1[汝]汝2

〈費誓〉「祗復之我商賚爾乃越逐」「爾」字九條本、內野本、上圖本（八）、《書古文訓》作[女]1，足利本、上圖本（影）作[汝]2，爾、汝（女）二字相通。

【傳鈔古文《尚書》「爾」字構形異同表】

爾	戰國楚簡	石經	敦煌本	岩崎本	神田本b	九條本	島田本b	內野本	上圖（元）	觀智院b	天理本b	古梓堂b	足利本	上圖本（影）	上圖本（八）	古文尚書晁刻	書古文訓	尚書篇目
肆予以爾眾士			尒 S801					爾					尒	尒	尒		尒	大禹謨
爾尚一乃心力			尒 S801					爾					爾	爾	尒		尒	大禹謨
今予以爾有眾奉將天罰			尒 P2533 / 尒 P5557					爾					尒	尒	爾		尒	胤征
格爾眾庶悉聽朕言								尒 / 爾					尒	尒	尒		尒	湯誓
今爾有眾								爻	✓				尔	尒	✓		✓	湯誓
爾萬方有眾明聽予一人誥								爾					尒	尒	尒		尒	湯誥
俾輔于爾後嗣制官刑								爾					尒	尒	爾		尒	伊訓
嗣王戒哉祗爾厥辟								爾	爻				尒	尒	尒		尒	太甲上
予敢動用非罰世選爾勞			尒 P3670 / 尒 P2643	尔				余	尔						尔		尒	盤庚上
爾惟自鞠自苦			尒 P3670 / 尒 P2643	尔				余	大				尒	尒	尒		尒	盤庚中

歷告爾百姓于朕志		亦 P2643 尒 P2516	尒		爾	亦		亦	尒	尒		尒	盤庚下
爾惟訓于朕志若作酒醴		尒 P2643 尒 P2516	尒		爾	爾		尒	尒	尒		尒	說命下
指乃功不無戮于爾邦		P2643 P2516 缺	缺		尒	缺		尒	尒	缺		尒	西伯戡黎
今爾無指告予顛隮若之何其		尒 P2643 尒 P2516	尒		爾			尒	尒	尒		尒	微子
爾其孜孜奉予一人		尒 S799	尒		爾					尒		尒	泰誓下
惟爾有神尚克相予		爾 S799	尒		爾							尒	武成
猷大誥爾多邦			尒		尒			尒	尒	爾		尒	大誥
爾惟踐修厥猷			尒		尒			尒	尒	爾		尒	微子之命
爾有厥罪小					尒			尒	尒	爾		尒	康誥
小子惟一妹土嗣爾股肱純				尒	爾			尒	尒	爾		尒	酒誥
爾乃自介用逸					爾				尒				酒誥
乃命爾先祖成湯革夏		尒 P2748			尒			尒	尒	爾		尒	多士
予惟時其遷居西爾		尒 魏	尒 P2748		尒			尒	尒	尒		尒	多士
小子胡惟爾率德改行		爾 S5626 尒 S2074			尒			尒	尒	尒		尒	蔡仲之命
猷告爾四國多方		尒 S2074	尒		尒			尒	尒	爾		尒	多方
惟爾殷侯尹民		尒 S2074	尒		尒					尒		尒	多方
開厥顧天惟爾多方		爾 魏	尒		尒			尒	尒	爾		尒	多方
爾惟和哉爾室不睦		爾 P2630 尒 S2074	尒		尒			尒	尒	尒		尒	多方

經文	P2630							出處
爾惟和哉爾邑克明	爾	尒	介	尒	尒	尒		尒	多方
天惟畀矜爾		尒	介	尒	介	爾		尒	多方
爾不克勸忱我命		尒	介	尒	尒	尒		尒	多方
惟有司之牧夫其克詰爾戎兵	爾	尒	尒	尒	尒	尒		尒	立政
式敬爾由獄	尒	尒	尒	尒	尒	尒		尒	立政
其爾典常作之師		尒	爾b	尒	尒	尒		尒	周官
君陳惟爾令德孝恭		尒	爾b	尒	尒	尒		尒	君陳
爾其戒哉		尒		尒	尒	爾		尒	君陳
出入自爾師虞庶言同則繹〔註247〕		尒	爾b	尒	尒	尒		尒	君陳
尚胥暨顧綏爾先公之臣		尒	爾b	尒	尒	尒		尒	康王之誥
服于先王雖爾身在外		尒	爾b	尒	尒	尒		尒	康王之誥
今命爾予翼作股肱心膂	尒	尒		尒	尒	尒		尒	君牙
非爾惟作天牧今爾何監	尒	尒		尒	尒	尒		尒	呂刑
寶爾乃越逐	女	女		汝	汝	女		女	費誓

大禹謨	戰國楚簡	漢石經	魏石經	敦煌本 S5745	敦煌本 S801	吐魯番本	岩崎本	神田本	九條本	島田本	內野本	上圖本（元）	觀智院	天理本	古梓堂	足利本	上圖本（影）	上圖本（八）	晁刻古文尚書	書古文訓	唐石經
其克有勳三旬苗民逆命					开克ナ勛三旬苗民逆命						亓克ナ勛三旬苗民逆命						开克有勛三旬苗民逆命 开克有勛三旬留邑逆命	亓克有勛三旬苗民逆命	开克ナ勛弍旬甾民屰命	亓亯ナ勛弍旬甾民屰命

〔註247〕同前注。

464、贊

「贊」字在傳鈔古文《尚書》有下列不同字形：

（1）贊贊₁贊₂贊₃

內野本、足利本、上圖本（影）、《書古文訓》「贊」字或作贊贊₁，爲《說文》篆文贊之隸變，如漢代作贊縱橫家書 208贊孫臏 26贊鼎 漢印徵贊張壽殘碑等形，《五經文字》云：「『贊』，經典相承隸省」。《書古文訓》又作贊₂，其上隸變作从二「旡」；天理本、上圖本（影）、上圖本（八）或作贊₃，其上變作从二「天」。

（2）替

足利本、上圖本（影）、上圖本（八）「贊」字或作替，乃（1）贊₁形偏旁「貝」字訛作「日」，與「替」字作替楊震碑相混同。

【傳鈔古文《尚書》「贊」字構形異同表】

贊	戰國楚簡	石經	敦煌本	岩崎本b	神田本b	九條本	島田本b	內野本	上圖（元）	觀智院b	天理本b	古梓堂b	足利本	上圖本（影）	上圖本（八）	古文尚書晁刻	書古文訓	尚書篇目
益贊于禹			贊 S801					贊						替	替	贊	贊	大禹謨
予未有知思日贊贊襄哉								替						贊	贊	贊	贊	皋陶謨
伊陟贊于巫咸作咸乂四篇													贊	贊	贊	替	贊	咸有一德

太戊贊于伊陟作伊陟原命						贊		贊		替		贊	咸有一德

大禹謨	戰國楚簡	漢石經	魏石經	敦煌本 S5745	敦煌本 S801	吐魯番本	岩崎本	神田本	九條本	島田本	內野本	上圖本（元）	觀智院	天理本	古梓堂	足利本	上圖本（影）	上圖本（八）	晁刻古文尚書	書古文訓	唐石經
滿招損謙受益時乃天道					滿招損嗛受益旹乃天道						滿招損謙受益旹乃天道					滿招損謙受益旹乃	滿招損謙受益旹乃天道	滿招損謙受益旹乃天道	滿招損嗛受恭肯卓兊衢	滿招損謙受益時乃天道	滿招損謙受益時乃天道
帝初于歷山往于田					帝初耕于歷山往于田						帝初耕于歷山往于田					帝初耕于歷山往于田	帝初耕于歷山往于田	帝初耕于歷山往于田	帝初耕于歷山往于田	帝初于歷山逞于畎	帝初于歷山往于田

　　帝初于歷山敦煌 S801、內野本、足利本、上圖本（影）、上圖本（八）多「耕」字作：「帝初耕于歷山」。

465、損

　　「損」字在傳鈔古文《尚書》有下列不同字形：

（1）損損損

　　敦煌本 S801、內野本、上圖本（八）、《書古文訓》「損」字作**損損損**，其右上「口」形隸變作「ㄙ」，如內野本「勛」字作**勛**，漢碑作**損**華山廟碑**損**漢石經.易.損。

【傳鈔古文《尚書》「損」字構形異同表】

損	戰國楚簡	石經	敦煌本	岩崎本	神田本b	九條本	島田本b	內野本	上圖（元）	觀智院b	天理本	古梓堂b	足利本	上圖本（影）	上圖本（八）	古文尚書晁刻	書古文訓	尚書篇目
滿招損謙受益			損 S801				損								損		損	大禹謨

466、謙

「謙」字在傳鈔古文《尚書》有下列不同字形：

（1）嗛汗1.6 嗛四2.27 嗛1 嗛2

《汗簡》、《古文四聲韻》錄《古尚書》「謙」字作：嗛汗1.6 嗛四2.27，《說文》口部「嗛」字訓口有所銜也，《說文》言部「謙，敬也」，徐鍇曰：「謙猶嗛也，或從口。」《箋正》謂嗛汗1.6非「謙」字「而李陽冰書〈謙卦〉，其中『謙』字有書『嗛』者，疑漢魏《易經・謙卦》或有借『嗛』之本。《前漢・藝文志》『易之嗛嗛』，〈尹翁歸傳〉『溫良嗛退』皆借作『謙』。」馬王堆漢墓帛書又作「嗛」、「溓」如：〈易之義〉「〈嗛〉者，德之柄也。」、「〈嗛〉奠（尊）而光」、「〈嗛〉以制禮也」〈繫辭上〉「溓（謙）也者，致共（恭）以存亓位者也」。「嗛」、「溓」皆爲「謙」之假借。

《書古文訓》「謙」字作嗛1，敦煌本S801字作嗛2，其下變作「灬」，如嗛漢印徵 嗛嘉祥畫像石題記等形。

（2）譏

上圖本（八）「謙」字作譏，此形其下由變作「灬」形訛作「从」，「謙」字隸變作譏禮器碑側。

【傳鈔古文《尚書》「謙」字構形異同表】

謙	傳抄古尚書文字 嗛汗1.6 嗛四2.27	戰國楚簡	石經	敦煌本	岩崎本	神田本b	九條本	島田本b	內野本	上圖（元）	觀智院b	天理本	古梓堂b	足利本	上圖本（影）	上圖本（八）	古文尚書晁刻	書古文訓	尚書篇目
	滿招損謙受益			嗛 S801												譏		嗛	大禹謨

467、田

「田」字在傳鈔古文《尚書》有下列不同字形：

（1）畋

《書古文訓》「田」字多作「畋」，《釋文》：「田本或作畋」，「畋」、「田」音同通假。《說文》攴部「畋，平田也，从攴田（按田亦聲），周書曰『畋尒田』。」

（2）佃

敦煌本 S2074〈多方〉「畋爾田」作「畋尒佃」，「田」字作「佃」佃，假「佃」為「田」。

【傳鈔古文《尚書》「田」字構形異同表】

田	戰國楚簡	石經	敦煌本	岩崎本b	神田本b	九條本 島田本b	內野本	上圖 觀智院b（元）	天理本b	古梓堂b	足利本	上圖本（影）	上圖本（八）	古文尚書晁刻	書古文訓	尚書篇目
帝初于歷山往于田															畋	大禹謨
文王不敢盤于遊田															畋	無逸
則其無淫于觀于逸于遊于田		⊕魏													畋	無逸
畋爾田			佃 S2074													多方

大禹謨	戰國楚簡	漢石經	魏石經	敦煌本 S5745	敦煌本 S801	吐魯番本	岩崎	神田本	九條本	島田本	內野本	上圖本（元）	觀智院	天理本	古梓堂	足利本	上圖本（影）	上圖本（八）	晁刻古文尚書	書古文訓	唐石經
曰號泣于旻天于父母負罪引慝					曰號泣于旻天于父母員皋慝慝						曰號泣于旻天于父母負皋引慝						曰號泣于旻天于父母負皋引慝	曰号泣于旻天于父母負皋引慝	曰號泣于旻天于父母負皋引慝	曰號泣于旻天于父母負罪引慝	曰號泣于旻天于父母負罪引慝

468、號

「號」字在傳鈔古文《尚書》有下列不同字形：

（1）𡥉𡥉1号2

敦煌本 S801「號」字作𡥉1、上圖本（八）或作𡥉1、足利本作号2，皆從隸變之偏旁「虎」字（參見“虎”字）。

（2）号

岩崎本、內野本、上圖本（八）「號」字作「号」，《說文》「号，痛聲也」、「號，呼也」，段注云：「号，嗁也，凡嗁號字古作『号』，口部曰『嗁，号也』（按段注本改“號”爲“号”），今字則『號』行而『号』廢矣。」「号」爲痛聲嗁号（號）字，「號」則爲嘑（呼）號字，二字音近通假。

【傳鈔古文《尚書》「號」字構形異同表】

號	戰國楚簡	石經	敦煌本	岩崎本b	神田本b	九條本	島田本b	內野本	上圖（元）	觀智院b	天理本	古梓堂b	足利本	上圖本（影）	上圖本（八）	古文尚書晁刻	書古文訓	尚書篇目
日號泣于旻天于父母			𡥉 S801					號					号		号		號	大禹謨
發號施令罔有不臧			号					号					號		𡥉			冏命

469、旻

「旻」字在傳鈔古文《尚書》有下列不同字形：

（1）䫽

「旻」，《說文》云：「秋天也，從日文聲。虞書曰『仁閔覆下則稱旻天。』」，《書古文訓》「旻」字作䫽，與「聞」字作䎹——《說文》古文聞䎹（𦖫）之或體——相訛混，當爲「頵」字之誤，張壽碑「旻天」「旻」字作䫽張壽碑，《集韻》平聲 17 眞韻「旻」字「或作『閔』，通作『頵』」，「頵」、「旻」音近通假，「頵」即《說文》頁部「頵」字，訓繫頭殟也，《玉篇》云：「《莊子》云問焉則䫽然，䫽，不曉也，亦作惛」，《說文》段注謂「與心部『惛』音義略同」。

【傳鈔古文《尚書》「旻」字構形異同表】

旻	戰國楚簡	石經	敦煌本	岩崎本	神田本b	九條本	島田本b	內野本	上圖（元）	觀智院b	天理本	古梓堂b	足利本	上圖本（影）	上圖本（八）	古文尚書晁刻	書古文訓	尚書篇目
日號泣于旻天于父母																	顊	大禹謨

470、負

（1）負1复2

足利本、上圖本（影）「負」字作負1，上圖本（八）作复2，爲秦漢隸變俗寫作負睡虎地24.34負老子甲126負漢石經.易.解負張遷碑形之訛變。

【傳鈔古文《尚書》「負」字構形異同表】

負	戰國楚簡	石經	敦煌本	岩崎本	神田本b	九條本	島田本b	內野本	上圖（元）	觀智院b	天理本	古梓堂b	足利本	上圖本（影）	上圖本（八）	古文尚書晁刻	書古文訓	尚書篇目
負罪引慝													負	負	复			大禹謨

471、引

「引」字在傳鈔古文《尚書》有下列不同字形：

（1）𢎑 漢石經

漢石經「引」字作𢎑，與引睡虎地28.8弓孫子188等同形，源自甲金文作：弓鐵159.1弓前5.15.2弓乙8809弓引尊弓毛公旅鼎弓守簋弓師袁鼎等形。

（2）弘弘

敦煌本 S801、《書古文訓》「引」字作弘弘，《說文》「引」開弓也，《玉篇》「弘」挽弓也，《廣韻》上聲16軫韻「弘」同「引」，「弘」、爲「引」之隸書俗寫，如弓乀陳球碑乆西晉三國志寫本等，變自上列諸形，弘、引當爲一字。

（3）方l

上圖本（影）「引」字作方l，其左「方」形爲「弓」之訛誤。

【傳鈔古文《尚書》「引」字構形異同表】

引	戰國楚簡	石經	敦煌本	岩崎本	神田本b	九條本	島田本b	內野本	上圖（元）	觀智院b	天理本	古梓堂b	足利本	上圖本（影）	上圖本（八）	古文尚書晁刻	書古文訓	尚書篇目
負罪引慝			𢎘 S801											引				大禹謨
瘝厥君時乃引惡惟朕憝		漢															弘	康誥
曷以引養引恬					引												弘	梓材
殷乃引考王伻殷乃承敘			引 P2748														弘	洛誥
我聞曰上帝引逸			引 P2748														弘	多士

472、慝

「慝」字《說文》未見，見於《爾雅·釋訓》「諕諕謣謣，崇讒慝也」注：「樂禍助虐，增讒惡也」，《玉篇》「慝，他得切，惡也」。

「慝」字在傳鈔古文《尚書》有下列不同字形：

（1）慝1慝2

敦煌本 S801「慝」字作慝1，所從「匸」形俗寫變作厂，觀智院本則多一畫作慝2。

（2）忒1忒2

《書古文訓》〈畢命〉「旌別淑慝表厥宅里」「慝」字作「忒」忒1，《說文》心部「忒，更也，從心弋聲」他得切，與「慝」字音同假借，日古寫本則作忒2，偏旁「弋」字訛多一畫作「戈」。

【傳鈔古文《尚書》「慝」字構形異同表】

慝	戰國楚簡	石經	敦煌本	岩崎本	神田本b	九條本	島田本b	內野本	上圖（元）	觀智院b	天理本	古梓堂b	足利本	上圖本（影）	上圖本（八）	古文尚書晁刻	書古文訓	尚書篇目
負罪引慝			慝 S801					慝					慝	慝	慝			大禹謨
詰姦慝刑暴亂							慝	慝b					慝	慝	慝			周官

| 旌別淑慝表厥宅里 | | | 戒 | 戒 | | | 戒 | 戒 | 戒 | | 戒 | 畢命 |

473、忒

「忒」字在傳鈔古文《尚書》有下列不同字形：

（1）戒

島田本「忒」字作戒，偏旁「弋」字俗訛多一畫作「戈」。

【傳鈔古文《尚書》「忒」字構形異同表】

忒	戰國楚簡	石經	敦煌本	岩崎本	神田本b	九條本	島田本b	內野本	上圖（元）	觀智院b	天理本	古梓堂b	足利本	上圖本（影）	上圖本（八）	古文尚書晁刻	書古文訓	尚書篇目
人用側頗僻民用僭忒							戒b							習	譽			洪範
凡七卜五占用二衍忒立時人作卜筮							戒b											洪範

大禹謨	戰國楚簡	漢石經	魏石經	敦煌本S5745	敦煌本S801	吐魯番本	岩崎本	神田本	九條本	島田本	內野本	上圖本（元）	觀智院	天理本	古梓堂	足利本	上圖本（影）	上圖本（八）	晁刻古文尚書	書古文訓	唐石經
祗載見瞽瞍夔夔齋慄				祗載見瞽瞍夔夔齋慄							祗載見瞽瞍藥夔齋慄					祗載見瞽瞍夔齋慄	祗載見瞽瞍夔夔齋慄	祗載見瞽瞍藥夔齋慄	祗觀見瞽瞍夔夔齋慄	祗載見瞽瞍夔夔齋慄	

474、瞍

「瞽亦允若至誠感神」內野本、上圖本（影）、上圖本（八）「瞽」下多「瞍」字。「瞍」字在傳鈔古文《尚書》有下列不同字形：

（1）睃

《書古文訓》「瞍」字作睃，爲《說文》篆文睃之隸古定。

（2）瞍₁叟瞍₂

內野本、足利本、上圖本（影）、上圖本（八）「瞍」字作瞍₁叟瞍₂，偏

旁「目」字與「耳」訛混，寫本中常見；上圖本（影）、上圖本（八）或作睰睰₂，右上隸訛似「曲」形。

【傳鈔古文《尚書》「瞍」字構形異同表】

瞍	戰國楚簡	石經	敦煌本	岩崎本	神田本b	九條本	島田本b	內野本	上圖本（元）	觀智院b	天理本	古梓堂b	足利本	上圖本（影）	上圖本（八）	古文尚書晁刻	書古文訓	尚書篇目
袛載見瞽瞍								瞍						睰	睰		睃	大禹謨
瞽亦允若至誠感神 *內野本.上圖本（影）. 上圖本（八）多「瞍」字								睰						睰	睰			大禹謨

475、齋

「齋」字在傳鈔古文《尚書》有下列不同字形：

（1）坙坙

敦煌本 S801、《書古文訓》「齋」字作坙坙，即傳抄之《古尚書》「齊」字坙汗**6.73**坙四**1.27**之隸古定（詳見 “齊” 字）。「齋」字本作「齊」，偏旁「示」字為後加之義符，《廣韻》「齋」經典通用「齊」，《隸辨》謂諸碑「齋」字惟華山亭碑、復民租碑作「齋」，「他皆通用『齊』」。

【傳鈔古文《尚書》「齋」字構形異同表】

齋	戰國楚簡	石經	敦煌本	岩崎本	神田本b	九條本	島田本b	內野本	上圖本（元）	觀智院b	天理本	古梓堂b	足利本	上圖本（影）	上圖本（八）	古文尚書晁刻	書古文訓	尚書篇目
夔夔齋慄			坙 S801														坙	大禹謨

大禹謨	戰國楚簡	漢石經	魏石經	敦煌本 S5745	敦煌本 S801	吐魯番本	岩崎本	神田本	九條本	島田本	內野本	上圖本 （元）	觀智院	天理本	古梓堂	足利本	上圖本 （影）	上圖本 （八）	晁刻古文尚書	書古文訓	唐石經
瞽亦允若至誠感神矧茲有苗				瞽亦允若至誠感神矧茲有苗							瞽瞍亦允若至誠感神矧茲广苗						瞽瞍亦允若至誠感神矧茲有苗	瞽瞍亦允若至誠感神矧茲有苗	瞽亦允若至誠感神矧茲广苗		瞽亦允若至誠感神矧茲有苗

「瞽亦允若至誠感神」內野本、上圖本（影）、上圖本（八）「瞽」下多「瞍」字，作：「瞽瞍亦允若」。

476、誠

「誠」字在傳鈔古文《尚書》有下列不同字形：

（1）誠

「誠」字上圖本（八）皆寫作誠，誤作「誠」字。

【傳鈔古文《尚書》「誠」字構形異同表】

誠	戰國楚簡	石經	敦煌本	岩崎本b	神田本b	九條本	島田本b	內野本	上圖本 （元）	觀智院b	天理本	古梓堂b	足利本	上圖本 （影）	上圖本 （八）	古文尚書晁刻	書古文訓	尚書篇目
瞽亦允若至誠感神															誠			大禹謨
其丕能誠于小民今休							誠								誠			召誥

477、矧

「矧」字在傳鈔古文《尚書》有下列不同字形：

（1）㣊 魏三體弞

魏三體石經〈君奭〉「矧」字三體均作「弞」，古文作㣊形，即《說文》矢部「弞」字，从矢引省聲，《書古文訓》或作此形之隸定：弞。

（2）￼1￼2

《集韻》上聲 16 軫韻「弞」或體作「矤」，《說文》「弞」從矢引省聲，此形不省。敦煌本 P2748「矤」字作￼1，所從爲偏旁「引」字之隸變￼陳球碑形；上圖本（八）作￼2，￼1￼2 形所從「引」之偏旁「弓」訛作「方」，與上圖本（影）「引」字作￼同形。

（3）￼￼效

《集韻》上聲 16 軫韻「弞」或體又作「效」，敦煌本 S801、P2643、P2748、日諸古寫本、《書古文訓》「矤」字或作￼￼效。

（4）￼

上圖本（影）〈大誥〉「矤肯構」「矤」字作￼，從二「矢」，乃「矤」字或作「效」，其偏旁「攵」字與右「矢」形相涉而誤作。

【傳鈔古文《尚書》「矤」字構形異同表】

矤	戰國楚簡	石經	敦煌本	岩崎本b神田本b	九條本島田本b	內野本	上圖（元）觀智院b	天理本古梓堂b	足利本	上圖本（影）	上圖本（八）	古文尚書晃刻	書古文訓	尚書篇目
至誠感神矤茲有苗			￼S801										弞	大禹謨
矤予之德言足聽聞				￼									效	仲虺之誥
矤曰其克從先王之烈			￼	￼	￼								效	盤庚上
矤予制乃短長之命			￼P2643	￼	￼	￼							效	盤庚上
矤肯構				￼						￼			弞	大誥
矤今天降戾于周邦				￼b	￼								弞	大誥
刑茲無赦不率大戛矤惟外庶子訓人				￼					￼	￼	￼		弞	康誥
矤曰其敢崇飲				￼	￼								弞	酒誥
侯甸男衞矤太史友內史友				￼					￼	￼			弞	酒誥
矤曰其有聽念于先王勤家			￼P2748	￼						￼			弞	多士

矧咸奔走	[魏 P2748] 効	効			攽①	君奭
矧曰其有能格	[魏 P2748] 効	効 効		効	妖	君奭

大禹謨	戰國楚簡	漢石經	魏石經	敦煌本 S5745	敦煌本 S801	吐魯番本	岩崎本	神田本	九條本	島田本	内野本	上圖本（元）	觀智院	天理本	古梓堂	足利本	上圖本（影）	上圖本（八）	晁刻古文尚書	書古文訓	唐石經
禹拜昌言曰俞班師振旅					俞拜昌言曰俞班師振旅	班師振旅					俞拜昌言曰俞班師振旅					俞拜昌言曰俞班師振旅	禹拜昌言曰俞班師振旅	禹拜昌言曰俞班師振旅	俞拜昌曰俞敐師振旅	禹拜昌言曰俞班師振旅	

478、振

「振」字在傳鈔古文《尚書》有下列不同字形：

（1）振

「振」字敦煌本 S801、吐魯番本均作[振]形，與漢碑作[振]衡方碑同形，為隸書俗寫之形。

【傳鈔古文《尚書》「振」字構形異同表】

振	戰國楚簡	石經	敦煌本吐魯番本	岩崎本神田本b	九條本島田本b	内野本	上圖本（元）觀智院b	天理本古梓堂b	足利本	上圖本（影）	上圖本（八）	古文尚書晁刻	書古文訓	尚書篇目
班師振旅			振 S801 振 吐魯番本			振			振	振	振			大禹謨

479、旅

「旅」字在傳鈔古文《尚書》有下列不同字形：

（1）〔魏三體〕炗茯₁衣₂衣₃

魏三體石經〈文侯之命〉「旅」字古文作〔圖〕，《汗簡》錄《古尚書》「魯」字作〔圖〕魯.汗4.48注云「魯.見石經說文亦作旅」，《說文》「旅」字古文作茯，《隸續》錄石經「旅」字古文作〔圖〕，其上形乃由「放」訛變，「旅」字金文從「放」古作：〔圖〕且辛爵〔圖〕作父戊簋〔圖〕白甗〔圖〕易鼎〔圖〕作旅鼎，「放」右上變作「止」形：〔圖〕犀伯鼎〔圖〕鬲攸比鼎〔圖〕虢弔鐘〔圖〕伯正父匜，「放」再訛作「止」形：〔圖〕薛子仲安匜〔圖〕公子土斧壺，茯說文古文旅當源於此，其下「从」又訛作「衣」之下半，《書古文訓》「旅」字作炗茯₁，爲〔圖〕薛子仲安形之隸古定。內野本、足利本、上圖本（影）、上圖本（八）或作衣₂，爲茯說文古文旅之隸古定，上圖本（影）、上圖本（八）或作衣₃，「止」少一畫訛作「上」。

（2）袋袋袋₁崇袋₂袋₃袋₄

敦煌本S2074、P3871、吐魯番本、島田本、內野本、足利本、上圖本（影）、上圖本（八）「旅」字或作袋₁，爲（1）衣₂形之訛變，「止」訛作「山」；敦煌本P3169、P3628、岩崎本、九條本或作崇袋₂，其下「衣」之下半多一畫；敦煌本S799、S2074或作袋₃，訛變作从山从衣；上圖本（八）或作袋₄，訛與「袁」字混近。

（3）蒅

九條本「旅」字或作蒅，从⁺⁺从衣，亦（1）衣₂形之訛變。

（4）蒶₁弤₂

足利本、上圖本（影）「旅」字或作蒶₁，右下訛作从「衣」；上圖本（八）或作弤₂，左「方」形訛作「弓」。

【傳鈔古文《尚書》「旅」字構形異同表】

旅	戰國楚簡	石經	敦煌本	岩崎本	神田本b	九條本b	島田本b	內野本	上圖（元）	觀智院b	天理本	古梓堂b	足利本	上圖本（影）	上圖本（八）	古文尚書晁刻	書古文訓	尚書篇目
班師振旅			旅 S801 袋 吐魯番本					旅						蒶	弤		炗	大禹謨

・815・

經文										書古文訓	篇目
蔡蒙旅平和夷底績	P3169										禹貢
荊岐既旅終南惇物											禹貢
九山刊旅	P3628										禹貢
御事司徒司馬司空亞旅師氏千夫長百夫長	S799										牧誓
受率其旅若林	S799										武成
西旅獻獒太保作旅獒											旅獒
西旅獻獒太保作旅獒											旅獒
西旅底貢厥獒太保乃作旅獒											旅獒
巢伯來朝芮伯作旅巢命											旅獒
周公既得命禾旅天子之命作嘉禾											微子之命
越曰我有師師司徒司馬司空尹旅											梓材
旅王若公誥告庶殷											召誥
不克靈承于旅	S2074										多方
惟我周王靈承于旅	S2074										多方
司徒司馬司空亞旅	魏 / S2074 / P2630										立政
番番良士旅力既愆	P3871										秦誓

大禹謨	戰國楚簡	漢石經	魏石經	敦煌本 S5745	敦煌本 S801	吐魯番本	岩崎本	神田本	九條本	島田本	內野本	上圖本（元）	觀智院	天理本	古梓堂	足利本	上圖本（影）	上圖本（八）	晁刻古文尚書	書古文訓	唐石經
帝乃誕敷文德				帝乃誕敷文德	帝乃誕敷文德						帝乃誕敷文德						帝乃誕敷文德	帝乃誕敷文德	帝乃誕敷文德	帝乃誕敷文德	帝乃誕敷文德

480、誕

「誕」字在傳鈔古文《尚書》有下列不同字形：

（1）魏三體　誕1　誕2　誕3　誕4　誕5

魏三體石經〈多士〉「誕」字古文作，《說文》篆文作。九條本、觀智院本作誕1，敦煌本 P2643 作誕1，吐魯番本作誕2，其偏旁延字之「正」形訛多一畫，P3670、P2748、九條本、神田本作誕3，S799 作誕4，上圖本（元）少一畫作誕5，皆由隸變作誕孔霤碑形之訛變（參見"延"字）。

（2）哑1哑2

《書古文訓》「誕」字皆作哑1，敦煌本 P2748〈無逸〉「乃逸乃諺既誕」「誕」字亦作「哑」字而多一畫作哑2，《說文》口部「哑，語哑嘆也，从口延聲」與「誕」字音義近同，假「哑」為「誕」字。

（3）延

《隸釋》錄漢石經尚書殘碑〈無逸〉「乃逸乃諺既誕」「誕」字作「延」，此借「延」為「誕」字。

（4）永

《隸釋》錄漢石經尚書殘碑〈盤庚中〉「汝誕勸憂」「誕」字作「永」，《撰異》云：「按『誕』从『延』聲，『延』『永』雙聲，皆訓長也。」乃以音義近同之「永」字為「誕」。

（5）誕

上圖本（影）、上圖本（八）「誕」字作誕，其偏旁「延」字訛作「廷」。

【傳鈔古文《尚書》「誕」字構形異同表】

誕	戰國楚簡	石經	敦煌本	吐魯番本	岩崎本	神田本b	九條本	島田本b	內野本	上圖本（元）	觀智院b	天理本	古梓堂b	足利本	上圖本（影）	上圖本（八）	古文尚書晁刻	書古文訓	尚書篇目
帝乃誕敷文德				誕 吐魯番本						誕								哑	大禹謨
王歸自克夏至于亳誕告萬方																		哑	湯誥
乃話民之弗率誕告用亶其有眾			誕 P3670							誕								哑	盤庚中

汝誕勸憂	永 隸釋	諏 P3670 誕 P2643			誔					呧	盤庚中
誕以爾眾士殄殲乃讐		誔 S799	誔 b							呧	泰誓下
誕膺天命										呧	武成
越茲蠢殷小腆誕敢紀其敘										呧	大誥
惟大艱人誕鄰胥伐于厥室						誕				呧	大誥
皇天眷佑誕受厥命						誕				呧	微子之命
誕受厥命越厥邦厥民										呧	康誥
誕惟厥縱淫泆于非彝				誔						呧	酒誥
誕惟民怨庶群自酒腥聞在上				誕						呧	酒誥
誕保文武受民		誕 P2748								呧	洛誥
惟周公誕保文武受命		誕 P2748								呧	洛誥
在今後嗣王誕罔顯于天	魏	誕 P2748								呧	多士
誕淫厥泆	魏	誕 P2748								呧	多士
乃逸乃諺既誕	延 隸釋	呧 P2748								呧	無逸
誕將天威		誕 P2748	誕				誕			呧	君奭
有夏誕厥逸		誕 S2074	誕				誕			呧	多方
誕作民主罔可念聽天			誔							呧	多方
惟周文武誕受羑若克恤西土					誕 b					呧	康王之誥

大禹謨	戰國楚簡	漢石經	魏石經	敦煌本 S5745	敦煌本 S801	吐魯番本	岩崎本	神田本	九條本	島田本	內野本	上圖本（元）	觀智院	天理本	古梓堂	足利本	上圖本（影）	上圖本（八）	晁刻古文尚書	書古文訓	唐石經
舞干羽于兩階七旬有苗格				翟于兩陛		羽于兩陛七旬有苗					舞干羽于兩階七旬有苗格					舞干羽于兩階七旬有苗格	舞干羽于兩階七旬有苗格	舞干羽于兩階七旬有苗格	翟于羽亐兩階七旬ナ苗哉	翟于羽亐兩階七旬ナ苗哉	舞干羽于兩階七旬有苗格

481、兩

「兩」字在古本《尚書》有下列不同字形：

（1）[古文]魏三體[古文]1[古文]2[古文]3

魏三體石經〈呂刑〉「其刑上備有并兩刑」「兩」字古文作[古文]，篆隸二體作[古文][古文]，《汗簡》錄石經作[古文]兩.汗 3.40，《箋正》云：「石經尚書有『并兩刑』古文如此。按『兩』係三兩本文，經典通作銖兩字。」「兩」字金文作[古文]宅簋[古文]盉[古文]駒尊[古文]守簋[古文]大簋[古文]函皇父盤，又作其上加一飾筆：[古文]九年衛鼎[古文]函皇父鼎[古文]洹子孟姜壺，「兩」、「兩」古為一字，借作銖兩字。

《書古文訓》「兩」字或作[古文]，為《說文》「兩」字篆文[古文]之隸古形，或隸變作[古文]2[古文]3。並

（2）兩1兩2兩3

《書古文訓》「兩」字或作兩1，岩崎本、上圖本（元）或作兩2 為《說文》篆文兩之隸變俗寫，如漢代作：[古文]武威簡.泰射[古文]武威醫簡.86甲[古文]西狹頌等形，內野本、足利本、上圖本（影）、上圖本（八）或隸省作兩3。

【傳鈔古文《尚書》「兩」字構形異同表】

兩	戰國楚簡	石經	敦煌本	岩崎本 神田本b	九條本 島田本b	內野本	上圖（元） 觀智院b	天理本 古梓堂b	足利本	上圖本（影）	上圖本（八）	古文尚書晁刻	書古文訓	尚書篇目
舞干羽于兩階					兩				兩	兩		𠕋	大禹謨
武王戎車三百兩			兩		兩			兩	兩		兩	牧誓
四人綦弁執戈上刃夾兩階戺					兩	兩			兩	兩	顧命
兩造具備師聽五辭			兩		兩			兩	兩	兩	兩	呂刑
其刑上備有并兩刑	兩 魏		兩		兩			兩	兩	兩	兩	呂刑

四、皋陶謨

皋陶謨	戰國楚簡	漢石經	魏石經	敦煌本			岩崎本	神田本	九條本	島田本	內野本	上圖本（元）	觀智院	天理本	古梓堂	足利本	上圖本（影）	上圖本（八）	晁刻古文尚書	書古文訓	唐石經
曰若稽古皋陶曰允迪厥德謨明弼諧											曰若乱古咎繇曰允迪亓悳諫謨明弼諧					曰若乱古咎繇曰允迪亓悳謨明敀諧	曰若智古皋陶曰允迪厥悳謨明弼諧	曰若乱古咎繇曰允迪亓直謨明敀諧	曰嵜乱古咎繇曰允迪厈悳暮明弼諧		

482、謨

「謨」字在傳鈔古文《尚書》有下列不同字形：

（1）汗1.6 四1.25 暮 暮 暮

《汗簡》、《古文四聲韻》錄《古尚書》「謨」字作：汗1.6 四1.25，《說文》言部「謨」字下引「虞書曰『咎繇謨』」，古文謨从口作，與此同形，段注謂「此蓋壁中尚書古文如此作也。上文言咎繇謨者，孔安國以隸寫之作『謨』也」，偏旁「言」「口」古相通，如「詠」或从口作「咏」。敦煌本 P2533、九條本、內野本、足利本「謨」字或作暮暮，《書古文訓》〈伊訓〉〈君牙〉二例亦作暮，與傳鈔著錄《古尚書》「謨」字同形。

（2）暮 暮 暮

敦煌本 P3752、內野本、《書古文訓》「謨」字或作暮暮暮，移偏旁「言」字於下，為上下形構，與漢碑或作暮楊統碑同形。

（3）暮 暮

足利本〈胤征〉「聖有謨訓」、上圖本（影）〈伊訓〉「聖謨洋洋」「謨」字分

作〔圖〕〔圖〕，其下「日」當爲「口」之誤，當爲〔圖〕說文古文謨暮之寫誤。

（4）〔圖〕

上圖本（影）〈胤征〉「聖有謨訓」「謨」字作〔圖〕，下形作省略符號「＝」，疑爲〔圖〕說文古文謨暮之省寫。

（5）〔圖〕

內野本、足利本、上圖本（影）「皋陶矢厥謨禹成厥功」「謨」字作〔圖〕，《說文》「謨，謀議也」，「謀」「謨」音義皆近同，爲聲符更替之異體。〈皋陶謨〉「謨明弼諧」內野本作「謀謨」，猶見「謀」字改作「謨」之跡。

【傳鈔古文《尚書》「謨」字構形異同表】

尚書篇目	書古文訓	古文尚書晁刻	上圖本（八）	上圖本（影）	上圖本（元）	觀智院本	天理本	古梓堂本 b	足利本	島田本 b / 九條本	神田本 b	岩崎本 b	内野本	敦煌本	石經	戰國楚簡	傳抄古尚書文字 謨 〔圖〕 汗1.6 〔圖〕 四1.25
大禹謨	〔圖〕		謨	謀	謀												皋陶矢厥謨禹成厥功
大禹謨			謨	謨	謨								〔圖〕				作大禹皋陶謨益稷 *日寫本作"大禹謨"
大禹謨	〔圖〕		謨	謨	謨								〔圖〕				作大禹皋陶謨益稷
皋陶謨	〔圖〕	謨	謨	謨	謨								謀謨				謨明弼諧 *内野本作"謀謨"
胤征	〔圖〕	謨	〔圖〕	〔圖〕	〔圖〕					〔圖〕			〔圖〕	〔圖〕 P2533 〔圖〕 P3752			聖有謨訓
伊訓	謨	謨	〔圖〕	〔圖〕	〔圖〕								〔圖〕				聖謨洋洋
君牙	謨	謨	謨	〔圖〕	〔圖〕								〔圖〕	〔圖〕			嗚呼丕顯哉文王謨

皐陶謨	戰國楚簡	漢石經	魏石經	敦煌本			岩崎本	神田本	九條本	島田本	內野本	上圖本（元）	觀智院	天理本	古梓堂	足利本	上圖本（影）	上圖本（八）	晁刻古文尚書	書古文訓	唐石經
禹曰俞如何皐陶曰都慎厥身修											衛曰俞如何答䚄曰都督亓身修	禽曰俞如何答䚄曰都督亓身修				禽曰俞知何答䚄曰都督亓身修		禹曰俞如何皐陶曰都慎厥身修	帝曰俞如何答䚄曰都慎亓身攸	帝曰俞如何皐陶曰都慎厥身修	禹曰俞如何皐陶曰都慎厥身修
思永惇敘九族庶明勵翼											思永惇敘九炭庶明勵翊	思永惇叙九炭庶明勵翊				思永惇叙九炭庶明勵翊		思永惇叙九炭庶明勵翊	思永惇敘九炭庶明勵翊	息兒惇敘九炭歷明勵翊	思永惇敘九族庶明勵翼

483、翼

「翼」字，《尚書》四用於輔翼義，如「庶明勵翼」、「汝翼」、「予翼」等；一用於「延入翼室」，孫氏《注疏》云：「翼者，詩箋云：『在旁曰翼』……翼室者，左路寢也。」《吳氏尚書故》云：「翼室，倚廬也」六言「翼日」，蓋衛包改「翊」（翌）為「翼」。

「翼」字在傳鈔古文《尚書》有下列不同字形體：

（1）[篆]汗4.58 [篆]翊四5.27 [篆]翌1 [篆]翊2 [篆]翊3

《汗簡》錄《古尚書》「翼」字作：[篆]汗4.58，《古文四聲韻》則錄此形為「翊」字：[篆]翊.四5.27，甲骨文「翊」字作[圖]京津4605[圖]京津4969，《說文》羽部「翊」字篆文[篆]，與職切，此移偏旁「立」字於下作「翌」，[圖]西晉曹翌墓鉛地券與此同，日部「昱」字[篆]，明日也，《甲骨文編》從日從羽，亦為古翌字：[圖]甲465[圖]乙

108　盂鼎二　乩卣三　宰寸角　作冊●　卣，飛部「翼」字篆文從羽作「翼」，與職切，「翊」、「翼」同音假借。

　　敦煌本 S799、日古寫本、《書古文訓》「翼」字多作翌₁，《書古文訓》「翼日」「翼」字皆作翌₁，《書古文訓》「翼」字作輔翼義者作翊₂，〈君牙〉「今命爾予翼作股肱心膂」「翼」字內野本作翊₂，岩崎本作翊₃，偏旁「羽」字省變。

（2）戠

　　內野本、足利本、上圖本（影）、上圖本（八）「翼」字或作戠，從羽從戈，寫本「弋」字常誤多一畫作「戈」，此疑為從「弋」之誤，「弋」與職切，戠從羽弋聲，「狱」、「翊」聲符更替。

【傳鈔古文《尚書》「翼」字構形異同表】

翼　傳抄古尚書文字　汗4.58　翊四5.27	戰國楚簡	石經	敦煌本	岩崎本b	神田本b	九條本	島田本b	內野本	上圖（元）	觀智院b	天理本b	古梓堂b	足利本	上圖本（影）	上圖本（八）	古文尚書晁刻	書古文訓	尚書篇目
庶明勵翼								戠					戠	戠			翊	皋陶謨
予欲左右有民汝翼															戠		翊	益稷
越翼日癸巳			翌 S799	翌b				翌					翌	翌	翌		翌	武成
王翼日乃瘳武王既喪				翌b									翌		翌		翌	金縢
今蠢今翼日								翌					翌	翌	翌		翌	大誥
民獻有十夫予翼															翌		翊	大誥
若翼日乙卯							翌						翌	翌	翌		翌	召誥
越翼日戊午							翌						翌	翌	翌		翌	召誥
越翼日乙丑王崩								翌	翌								翌	顧命
延入翼室								翌	翌						翌		翌	顧命
今命爾予翼作股肱心膂				翊				翊									翊	君牙

唐石經	邇可遠在茲禹拜昌言曰俞	皋陶曰都在知人在安民	禹曰吁咸若時惟帝其難之
晁刻古文尚書			
書古文訓			
上圖本（八）			
上圖本（影）			
足利本			
古梓堂			
觀智院			
天理本			
上圖本（元）			
內野本			
島田本			
九條本			
神田本			
岩崎本			
敦煌本			
魏石經			
漢石經			
戰國楚簡			
皋陶謨	邇可遠在茲禹拜昌言曰俞	皋陶曰都在知人在安民	禹曰吁咸若時惟帝其難之

知人則哲能官人安民則惠									知人則哲能官人安民則惠	知人則詰能官人安民則惠	知人則詰能官之安民則惠	知人則詰能官人安民則惠			知人則詰耐官人安民則惠	
黎民懷之能哲而惠									黎民懷之能哲而惠	黎民懷之能詰而惠	黎民懷之能詰而惠	黎民懷之能詰而惠			黎民襄山耐嘉而惠	
何憂乎驩兜何遷乎有苗									何憂乎驩兜何遷乎有苗	何憂乎鵰哭何遷乎有苗	何憂乎鵰哭何遷乎有苗	何憂乎驩兜何遷乎有苗			何憂乎驩鵰哭何遷乎有苗	

484、憂

「憂」字在傳鈔古文《尚書》有下列不同字形：

（1）憂1憂憂2憂3

岩崎本、上圖本（八）「憂」字或作憂，為篆文之隸變俗寫，其所從「心」與「夂」筆畫合書訛似「必」，形同於漢碑作憂史晨碑憂武榮碑，與「愛」字或作愛相類。足利本、上圖本（影）、上圖本（八）或作憂憂2憂3，「心」、「夂」合筆省訛似戈、友、友等形，如憂衡方碑，與「愛」字或作愛愛愛相類。

（2）㝌

足利本〈太甲上〉「王徂桐宮居憂克終允德」「憂」字作㝌，與「夏」字俗寫作㝌同形，為俗字草化省形而混同。

【傳鈔古文《尚書》「憂」字構形異同表】

憂	戰國楚簡	石經	敦煌本	岩崎本 神田本b	九條本 島田本b	內野本	上圖 (元)觀智院b	天理本 古梓堂b	足利本	上圖本(影)	上圖本(八)	古文尚書晁刻	書古文訓	尚書篇目
何憂乎驩兜										憂	憂			皋陶謨
王徂桐宮居憂克終允德										憂	憂			太甲上
汝誕勸憂今其有今罔後汝何生在上										憂				盤庚中
王宅憂亮陰三祀既免喪										憂	憂			說命上
心之憂危			憂							憂	憂			君牙
我心之憂										憂				秦誓

485、乎

「乎」字在傳鈔古文《尚書》有下列不同字形：

（1）𠂢乎

內野本、足利本、上圖本（影）「乎」字或作𠂢乎，爲《說文》篆文乎之
隸古定，漢代作：乎縱橫家書 25 乎漢石經.易.文言 乎孔宙碑等形。

（2）虖虖₁虖₂虖₃

敦煌本 P2533、《書古文訓》「乎」字作虖虖₁，《集韻》「虖」古乎字，漢
碑「乎」字亦作「虖」：虖校官碑「放△（乎）岐周」，《隸辨》云：「《漢書》凡『乎』
皆作『虖』」。

九條本〈五子之歌〉「鬱陶乎予心」「乎」字作虖₂，爲「虖」字隸變俗寫，
其上「雨」形爲「虍」之訛變（參見"虎"字）。九條本「乎」字或作虖₃，爲
「虖」字之訛變，其下偏旁「乎」字變作「予」。

【傳鈔古文《尚書》「乎」字構形異同表】

乎	戰國楚簡	石經	敦煌本	岩崎本	神田本b	九條本	島田本b	內野本	上圖（元）	觀智院b	天理本	古梓堂b	足利本	上圖本（影）	上圖本（八）	古文尚書晁刻	書古文訓	尚書篇目
何憂乎驩兜																	虖	皋陶謨
懍乎若朽索之馭六馬			夢 P2533			夢	夸										虖 虖	五子之歌
鬱陶乎予心						孛	夸								号 号		虖	五子之歌

486、遷

「遷」字在傳鈔古文《尚書》有下列不同字形：

（1）[字形]汗 4.49[字形]四 2.4[字形][字形]1[字形][字形][字形]2[字形][字形][字形]3[字形][字形]4[字形][字形]5[字形][字形]6[字形][字形]7

《汗簡》、《古文四聲韻》錄《古尚書》「遷」字作：[字形]汗 4.49[字形]四 2.4，《漢書·律曆志》「周[字形]其樂師」顏師古謂「[字形]」古「遷」字，《說文》舁部[字形]字[字形]或體[字形]从厂，源於[字形][字形]侯馬[字形]郭店·窮達 5[字形]雲夢·秦律 154 等形。

內野本、足利本、上圖本（八）、《書古文訓》「遷」字或作[字形][字形]1，爲[字形]說文舁字或體之隸定；《書古文訓》或隸古定訛變作[字形][字形][字形]2、[字形][字形][字形]3，上圖本（八）或作[字形]3，3 形所从「囟」字訛作「白」形；內野本、足利本、上圖本（影）、上圖本（八）或作[字形][字形]4，其上形隸訛作「興」；足利本、上圖本（影）或作[字形][字形]5，其上形隸訛作「與」；敦煌本 P2643、九條本或作[字形][字形]6，其「厂」形與[字形]華山廟碑偏旁「[字形]」字隸變形同；P3670、P2643、P2516、P2748、S2074、岩崎本、島田本、九條本、內野本、觀智院本、上圖本（元）或作[字形][字形]7，所从「厂」字隸變上多一點，與上形合書訛似「令」。上述諸形皆以「[字形]」爲「遷」字，「[字形]」「遷」古今字。

（2）[字形]汗 5.64[字形]四 2.4[字形]1

《汗簡》、《古文四聲韻》錄《古尚書》「遷」字又作：[字形]汗 5.64[字形]四 2.4，此即《說文》辵部「遷」字古文[字形]从手西，其右从古文西字，左爲[字形]洹子孟姜壺[字形]說文籀文折所从之左形。《箋正》云：「僞古文《書》出自齊梁，則在陳惟玉前已

有用『屮』作『手』者」。

　　《書古文訓》〈書序‧胤征〉「自契至于成湯八遷」「遷」字作𧗸1，即傳鈔《古尚書》「遷」字𥎌汗5.64、𧗸四2.4之隸古定訛變，𧗸1、𥎌汗5.64左下「巾」為原作「屮」之訛。

　　（3）遷1遷2遷遷3

　　敦煌本 P2748「遷」字或作遷1，其下二點為「卩」之俗省；足利本、上圖本（影）、上圖本（八）或作遷2，所從「廾」字訛變，與其下「卩」之省訛為二點合書似「多」形；P2748、觀智院本、上圖本（元）、足利本或省訛作遷遷3。上述諸形皆《說文》辵部「遷」字篆文𨖷之俗訛字。

　　（4）迁

　　足利本〈書序‧咸有一德〉「仲丁遷于囂作仲丁」「遷」字作迁，从辵千聲，為聲符替換。

【傳鈔古文《尚書》「遷」字構形異同表】

傳抄古尚書文字 遷 𧗸汗4.49 𥎌汗5.64 𧗸四2.4	戰國楚簡	石經	敦煌本	岩崎本b	神田本b	九條本 島田本b	內野本	上圖本(元) 觀智院b	天理本b	古梓堂b	足利本	上圖本(影)	上圖本(八)	古文尚書晁刻	書古文訓	尚書篇目
何遷乎有苗							遷				遷	遷	遷		遷	皋陶謨
懋遷有無化居							遷				遷	遷	遷		遷	益稷
自契至于成湯八遷						遷	遷				遷	遷	遷		𧗸	胤征
湯既勝夏欲遷其社不可作夏社疑至臣扈							遷	遷			遷	遷	遷		遷	湯誓
仲丁遷于囂作仲丁							遷	遷			迁		遷		遷	咸有一德
盤庚五遷							遷	遷			遷		遷		遷	盤庚上
視民利用遷			遷 P3670 遷 P2643				遷	遷				遷	遷		遷	盤庚中

盤庚既遷奠厥攸居		P2643 / P2516	遷	遷 遷		遷	遷	盤庚下
成周既成遷殷頑民		P2748		遷		遷 遷 遷	遷 遷	多士
予惟時其遷居西爾		P2748		遷		遷 遷	遷	多士
爾小子乃興從爾遷		P2748		遷		遷 遷	遷	多士
將遷其君於蒲姑		S2074	遷	遷 遷		遷 遷 遷	遷	蔡仲之命
惟民生厚因物有遷				遷 遷b		遷 遷 遷	遷	君陳
愍殷頑民遷于洛邑		遷		遷		遷 遷 遷	遷	畢命

皋陶謨	戰國楚簡	漢石經	魏石經	敦煌本		岩崎本	神田本	九條本	島田本	內野本	上圖本（元）	觀智院	天理本	古梓堂	足利本	上圖本（影）	上圖本（八）	晁刻古文尚書	書古文訓	唐石經
何畏乎巧言令色孔壬										何畏乎巧言令色孔仕					何畏乎巧言令色孔壬	何畏乎巧言令色孔仕	何畏乎巧言令色孔壬	何畏乎巧言令色孔壬	何畏虖巧言令色孔壬	何畏乎巧言令色孔壬

487、孔

「孔」字在傳鈔古文《尚書》有下列不同字形：

（1）孔

《書古文訓》「孔」字多作孔，為《說文》篆文孔之隸變俗寫，如孔定縣竹簡 孔漢石經.詩.泮水 孔衡立碑形，源自 孔鼎 史孔盉 虢季子白盤 沈兒鐘 邾大宰簠 陳章壺等。

（2）孔

《書古文訓》「孔」字或作孔，《古文四聲韻》錄籀韻作孔四 **3.3**，《集韻》「孔」字古作「孔」，此亦篆文孔之隸變俗寫，《隸辨》孔衡立碑下云：「張壽

碑『有孔甫之風』孔亦作孔」。「孔」字隸變俗寫作「孔」與「引」字隸變俗寫作「弘」右旁相類。

【傳鈔古文《尚書》「孔」字構形異同表】

孔	戰國楚簡	石經	敦煌本	岩崎本	神田本b	九條本	島田本b	內野本	上圖（元）	觀智院b	天理本	古梓堂b	足利本	上圖本（影）	上圖本（八）	古文尚書晁刻	書古文訓	尚書篇目
何畏乎巧言令色孔壬																	孔	皋陶謨
九江孔殷沱潛既道																	孔	禹貢
六府孔修庶土交正																	孔	禹貢
嘉言孔彰惟上帝不常																	孔	伊訓

488、壬

「壬」字在傳鈔古文《尚書》有下列不同字形：

（1）任

「壬」字內野本、足利本、上圖本（影）皆作任，《爾雅·釋詁》：「任、壬，佞也。」任、壬音義近同通用。

【傳鈔古文《尚書》「壬」字構形異同表】

壬	戰國楚簡	石經	敦煌本	岩崎本	神田本b	九條本	島田本b	內野本	上圖（元）	觀智院b	天理本	古梓堂b	足利本	上圖本（影）	上圖本（八）	古文尚書晁刻	書古文訓	尚書篇目
何畏乎巧言令色孔壬								任					任	任				皋陶謨

唐石經	書古文訓	晁刻古文尚書	上圖本（八）	上圖本（影）	足利本	古梓堂	天理本	觀智院	上圖本（元）	內野本	島田本	九條本	神田本	岩崎本			敦煌本	魏石經	漢石經	戰國楚簡	皋陶謨
皋陶曰都亦行有九德	咎繇曰都亦行亣九惪	咎繇曰都亦行有九德	皋陶曰都亦行有九德	咎繇曰都亦行亣九德	咎繇曰都亦行亣九德					咎繇曰都亦行亣九惪											皋陶曰都亦行有九德
亦言其人有德乃言曰載采采	亦中亓人大惪迺中曰歡采采	亦言其人有德乃言曰載采采	亦言其人有德乃言曰載采采	亦言亓人有德乃言曰載采采	亦言亓人有德乃言曰載采采					亦言亓人大惪迺言曰載采采											亦言其人有德乃言曰載采采
禹曰何皋陶曰寬而栗柔而立	命曰何咎繇曰寬而稟柔而立	禹曰何皋陶曰寬而栗柔而立	禹曰何咎繇曰寬而栗柔而立	禹曰何皋陶曰寬而栗柔而立	命曰何咎繇曰寬而栗柔而立					命曰何咎繇曰寬而栗柔而立							寬而栗柔而立				禹曰何皋陶曰寬而栗柔而立
愿而龔亂而敬擾而忍	原而龔亂而敬擾而忍	愿而恭亂而敬擾而毅	愿而恭亂而敬擾而毅	愿而恭亂而敬擾而毅	愿而恭亂而敬擾而毅					愿而恭亂而敬擾而毅											愿而恭亂而敬擾而毅

489、愿

「愿」字在傳鈔古文《尚書》有下列不同字形：

（1）魏品式原1

「愿」字，魏品式三體石經〈皋陶謨〉古文作。《書古文訓》作原1，假「原」為「愿」字，如「鄉愿」《論語》作「鄉原」。

【傳鈔古文《尚書》「愿」字構形異同表】

愿	戰國楚簡	石經	敦煌本	岩崎本	神田本b	九條本島田本b	內野本	上圖（元）觀智院b	天理本古梓堂b	足利本	上圖本（影）	上圖本（八）	古文尚書晁刻	書古文訓	尚書篇目
愿而恭亂而敬		魏品												原	皋陶謨

490、亂

「亂」字在傳鈔古文《尚書》有下列不同字形：

（1）汗1.13四4.21魏石經13456789

《汗簡》、《古文四聲韻》錄《古尚書》「亂」字作：汗1.13四4.21，魏三體石經〈無逸〉、〈呂刑〉「亂」字古文作，與《說文》𤔔字古文同形，此當為「𤔔」字古文。「𤔔」字西周金文作毛公鼎，戰國楚文字作楚帛書乙九店56.28包山192郭店唐虞28郭店成之32，皆與此形類同，《說文》卷4下受部「𤔔」字訓治也，讀與「亂」同，段注云：「此與乙部『亂』字音義皆同。」

敦煌本 P3169、P2533、P2643、《書古文訓》「亂」字或作1，為汗1.13四4.21魏石經形之隸變，其下所從「十」乃「又」之訛變。岩崎本、九條本、上圖本（八）或隸變作2；敦煌本 P5557 或作3，S799 或作4，其中間之形訛變作，4 形原左右之「幺」訛變作「糸」；觀智院本或作5，其上「爫」變作「宀」與中間訛變作合書作「言」形，與「率」字「率」字俗書中間變作「言」作，再左右「幺」變作兩點作相訛混（參見"率"字）。敦煌本 P4509、S2074、P2516、內野本、觀智院本、上圖本（元）、足利本、上圖本（八）或隸變作6；P3767 或作7，其中間之形訛變作；足利本、上圖本（影）或省變作8；上圖本（影）或變作從言作9，與5 相類，且與「率」字變作相混。

（2）🖼汗 1.13🖼四 4.21🖼

《汗簡》、《古文四聲韻》錄《古尚書》「亂」字又作：🖼汗 1.13🖼四 4.21，《說文》「𤔔」字篆文作🖼，古文則訛作🖼，源自🖼番生簋🖼召伯簋，楚簡省作🖼郭店老子甲 26。《書古文訓》「亂」字多作🖼1，爲篆文🖼之隸定。

（3）🖼汗 1.15🖼四 4.21

《汗簡》、《古文四聲韻》錄《古尚書》「亂」字又作：🖼汗 1.15🖼四 4.21，🖼汗 1.15 形脫漏一畫，《說文》攴部「𢿢，煩也，从攴从𤔔，𤔔亦聲」《集韻》謂「𢿢，通作亂」，此與「亂」字同音假借。

（4）🖼隸釋🖼🖼

《隸釋》錄漢石經〈無逸〉、〈立政〉「亂」字作🖼，爲篆文之隸變，其中所从「又」變作「廾」，義類相同，敦煌本 P2630、上圖本（元）亦作🖼🖼。

（5）🖼🖼

敦煌本 P2748、S6259、內野本、觀智院本、足利本、上圖本（影）、上圖本（八）「亂」字或作🖼🖼，《干祿字書》：「乱亂，上俗下正」，張涌泉謂『亂』字作『乱』，可能是比照『辭』字俗作『辞』（『辞』當由『辝』訛變而來，『辝』『辭』古籍混用不分）而產生的俗字〔註 248〕。

（6）治：🖼

上圖本（元）〈微子〉「殷其弗或亂正四方」字作🖼，《說文》、《爾雅》「亂」均訓治也，孔傳釋云：「言殷其不有治正四方之事將必亡」，蔡傳亦釋此句「亂」字爲「治」，上圖本（元）「亂」字寫作「治」字正相合。

（7）率：🖼

內野本、足利本、上圖本（影）、上圖本（八）「亂」字或作🖼，乃訛誤爲「率」字，乃由🖼汗 1.13🖼四 4.21🖼魏石經🖼說文古文🖼隸古定訛變作（1）🖼6 形，其上「爪」又變作「宀」而訛誤作🖼，與「率」字同形。

（8）乳：🖼

內野本〈伊訓〉「時謂亂風」「亂」字作🖼，左旁注「乱」（🖼），此形當源自「亂」字秦簡俗寫省變作🖼雲夢.爲吏 27，漢帛書再省「冂」變作🖼漢帛書

〔註 248〕說見張涌泉，《敦煌俗字研究》亂字條，頁 15，上海：上海教育出版社，1996.12。

老子甲 **126** ⟨glyph⟩ 孫子 **186**，而與「乳」字形同。

【傳鈔古文《尚書》「亂」字構形異同表】

傳抄古尚書文字 亂 ⟨汗1.13⟩ ⟨汗1.15⟩ ⟨四4.21⟩	戰國楚簡	石經	敦煌本	岩崎本b 神田本b	九條本 島田本b	內野本	上圖(元) 觀智院b 天理本 古梓堂b	足利本	上圖本(影)	上圖本(八)	古文尚書晁刻	書古文訓	尚書篇目
愿而恭亂而敬						乱				乩		𤔔	皋陶謨
入于渭亂于河			率 P3169		率	率		率	率	率		𤔔	禹貢
今失厥道亂其紀綱			率 P2533		率	率		率	率	率		𤔔	五子之歌
羲和湎淫廢時亂日胤往征之作胤征			率 P2533		率	率		率	率	率		𤔔	胤征
沈亂于酒畔官離次			率 P2533 率 P5557		率	乱		乱	乩	乩		𤔔	胤征
非台小子敢行稱亂					率	率		率	率	率		率	湯誓
兼弱攻昧取亂侮亡					率	率		率	率	率		𤔔	仲虺之誥
時謂亂風						乳		乱	乱	乱		𤔔	伊訓
德惟治否德亂						率	乱	率	率	率		𤔔	太甲下
與亂同事罔不亡						率	乱	乱	乱	乱		𤔔	太甲下
君罔以辯言亂舊政						乱		乱	乱	乱		𤔔	太甲下
茲予有亂政同位			率 P2643 率 P2516	率		率	率	乱	乱	率		𤔔	盤庚中
殷其弗或亂正四方			率 P2643 率 P2516	率		率	治	乱	乱	率		𤔔	微子

用亂敗厥德于下		P2643 P2516								微子
離心離德		S799								泰誓中
以遏亂略		S799								武成
天惟與我民彝大泯亂										康誥
我民用大亂喪德亦罔非酒惟行										酒誥
惟天不畀允罔固亂弼我		P2748								多士
無若殷王受之迷亂	魏	P3767 P2748								無逸
乃變亂先王之正刑	亂隸釋 魏	P3767 P2748								無逸
不永念厥辟不寬綽厥心亂罰無罪	魏	P3767 P2748								無逸
為惡不同同歸于亂		S2074								蔡仲之命
率自中無作聰明亂舊章		S6259 S2074								蔡仲之命
謀面用丕訓德 *隸釋作:亂謀面	亂隸釋									立政
丕乃俾亂相我受民和我庶獄庶慎		亂 P2630								立政
詰姦慝刑暴亂										周官
無以利口亂厥官										周官
其能而亂四方		P4509								顧命
民之亂罔不中聽獄之兩辭	魏									呂刑

491、擾

「擾」字在傳鈔古文《尚書》中有下列不同字形：

（1）擾1憂擾2

上圖本（八）「擾」字或作擾1，敦煌本 P5557、足利本、上圖本（影）、上圖本（八）或作擾擾2，皆从偏旁「憂」字之隸變俗寫（參見 "憂" 字）。

（2）榎榎

敦煌本 P2533、觀智院本「擾」字各作榎榎，偏旁「扌」字俗訛作「木」。

【傳鈔古文《尚書》「擾」字構形異同表】

擾	戰國楚簡	石經	敦煌本	岩崎本	神田本b	九條本	島田本b	內野本	上圖本（元）	觀智院本b	天理本b	古梓堂本b	足利本	上圖本（影）	上圖本（八）	古文尚書晁刻	書古文訓	尚書篇目
擾而毅														擾	擾	擾		皋陶謨
俶擾天紀遐棄厥司			榎 P2533 擾 P5557															胤征
敷五典擾兆民									榎b				擾	擾	擾			周官

492、毅

「毅」字在傳鈔古文《尚書》有下列不同字形：

（1）忍汗 4.59 忍四 4.9 忍六 249 忍忍1忍2

《汗簡》、《古文四聲韻》、《訂正六書通》錄《古尚書》「毅」字作：忍汗 4.59 忍四 4.9 忍六 249，此爲《說文》心部「忍」字，「讀若額」，古陶作忍陶彙 3.1010 忍陶彙 3.1015 忍陶彙 3.1016 等形。《箋正》云：「額毅同音，僞本因以『忍』爲『毅』。古文假借同聲，或有所本。」「毅」、「忍」古音同屬疑鈕物部，此乃借「忍」爲「毅」字。

敦煌本 S799、《書古文訓》「毅」字作忍忍1，岩崎本作忍2，偏旁「刀」字寫誤爲「力」，皆假「忍」爲「毅」。

（2）毅1毅2

內野本、上圖本（八）「毅」字作毅1，偏旁「豙」字省寫右下二畫，足利本、上圖本（影）作毅2，偏旁「豙」字省誤近而與「豸」訛混。

（3）忍

《書古文訓》「毅」字或作忍，爲「忍」字之誤。

【傳鈔古文《尚書》「毅」字構形異同表】

毅 傳抄古尚書文字 汗4.59 四4.9 六249	戰國楚簡	石經	敦煌本	岩崎本	神田本b	九條本	島田本b	內野本	上圖（元）	觀智院b	天理本	古梓堂b	足利本	上圖本（影）	上圖本（八）	古文尚書晁刻	書古文訓	尚書篇目
擾而毅								毅						毅	毅 毅		忍	皋陶謨
爾眾公士其尚迪果毅		忍 S799	忍														忍	泰誓下

皋陶謨	戰國楚簡	漢石經	魏石經	敦煌本		岩崎本	神田本	九條本	島田本	內野本	上圖本（元）	觀智院	天理本	古梓堂	足利本	上圖本（影）	上圖本（八）	晁刻古文尚書	書古文訓	唐石經
直而溫簡而廉剛而塞										直而溫簡而廉剛而塞					直而溫簡而廉剛而塞	直而溫簡而廉剛而塞	直而溫簡而廉剛而塞	直而溫柬而廉但而塞	直而溫簡而廉剛而塞

493、廉

「廉」字在傳鈔古文《尚書》有下列不同字形：

（1）槏汗 3.30 槏四 2.27

《汗簡》、《古文四聲韻》錄《古尚書》「廉」字作：槏汗 3.30 槏四 2.27，從木從廉，《集韻》平聲 24 鹽韻「廉」字古作「槏」，槏汗 3.30 槏四 2.27 當爲「槏」字或體，與「禾廉」字或體作「禾兼」相類（見《集韻》鹽韻）。「槏」、「廉」皆從「兼」聲，此假「槏」爲「廉」字。

（2）𥜽汗 3.37

《汗簡》錄《古尚書》「廉」字又作：𥜽汗 3.37，馬王堆漢墓帛書〈老子〉乙本「廉」字作「兼」，皆假「兼」爲「廉」字。

（3）廉

《書古文訓》「廉」字作**廉**，與漢碑**廉**袁良碑同形，《集韻》平聲四 24 鹽韻「廉」字古作「**廉**」，所从偏旁「兼」字从又持二禾，此形變作从二「秉」（參見"兼"字），爲聲符繁化。

（4）廉1廉2

上圖本（八）「廉」字作**廉**1，所从「兼」字其下俗寫四筆筆畫變化，變作「从」，與「兼」字作**兼**、「謙」字作**謙**相類；內野本作**廉**2，與**廉**武威簡.有司**廉**曹全碑等同形，下形由「从」再變作「灬」（參見"兼"字）。

【傳鈔古文《尚書》「廉」字構形異同表】

傳抄古尚書文字 廉 汗3.30 廉.汗3.37 廉四2.27	戰國楚簡	石經	敦煌本	岩崎本	神田本b	九條本 島田本b	內野本	上圖（元）	觀智院b	天理本	古梓堂b	足利本	上圖本（影）	上圖本（八）	古文尚書晁刻	書古文訓	尚書篇目
簡而廉							廉							廉		廉	皋陶謨

皋陶謨	戰國楚簡	漢石經	魏石經	敦煌本			岩崎本	神田本	九條本	島田本	內野本	上圖本（元）	觀智院	天理本	古梓堂	足利本	上圖本（影）	上圖本（八）	晁刻古文尚書	書古文訓	唐石經
彊而義彰厥有常吉哉												彊而誼彰本有常憲吉才				彊而誼彰厥有常憲吉才	彊而義彰厥有常吉哉	彊而義彰厥有常憲吉才	塞彊而訟彰厥有常憲吉才		

494、彊

「彊而義」，《後漢書·楊震傳》注引作「強而誼」，孔傳釋云：「無所屈撓動必合義」。

「彊」字在傳鈔古文《尚書》有下列不同字形：

（1）勥

《書古文訓》「彊」字多作**勥**，爲《說文》力部**勥**字古文**勥**从彊之隸定，訓迫也，巨良切，爲強迫、強力之本字，戰國作**勥**郭店五行 **41勥**郭店五行 **41勥璽彙 0525** 等形，古璽**勥璽彙 2204** 吳振武疑即「**勥**」字。《說文》弓部「彊」字，訓弓有力也，巨良切，與「**勥**」字同音通假。

（2）**疆**

足利本、上圖本（影）「彊而義彰」「彊」字作**疆**，乃「疆」字借爲「**勥**」字，《說文》田部「畺，界也。疆，畺或从彊土」，巨良切。

（3）**勮**

《書古文訓》「彊而義彰」「彊」字作**勮**，爲**勥**說文古文**勥**之隸訛，其下偏旁「力」字上增厂作「历」，爲形符繁化。

（4）**彊**

島田本、上圖本（八）「彊」字作**彊**，爲「彊」字之誤，偏旁「弓」字寫訛作「方」。

【傳鈔古文《尚書》「彊」字構形異同表】

彊	戰國楚簡	石經	敦煌本	岩崎本	神田本b	九條本	島田本b	內野本	上圖（元）b	觀智院b	天理本	古梓堂b	足利本	上圖本（影）	上圖本（八）	古文尚書晁刻	書古文訓	尚書篇目
彊而義													疆	疆			勮	皋陶謨
三日柔克平康正直彊弗友剛克															彊		勥	洪範
身其康彊					彊b												勥	洪範

495、義

「義」字在傳鈔古文《尚書》有下列不同字形：

（1）誼：**誼 誼 誼 誼1 誼 誼2 誼3 誼4 誼5 誼6 誼 誼7 誼8 誼9 誼10**

敦煌本尚書諸本、和闐本、日諸古寫本、《書古文訓》「義」字多作「誼」。「誼」爲合宜、仁義之本字，《說文》「誼」字訓人所宜也，「義」字訓己之威儀也，段注云：「《周禮·肆師》注：『故書儀爲義』鄭司農云：『義讀爲儀。古者書儀但爲義，今時所謂義爲誼』按此則『誼』『義』古今字，周時作『誼』，漢

時作『義』，皆今之仁義字也。其威儀字則周時作『義』，漢時作『儀』。」

敦煌本尙書諸本、和闐本「義」字作誼誼1，島田本、內野本、上圖本（元）、足利本、上圖本（影）、上圖本（八）或作誼1，《書古文訓》或作誼1誼誼2誼3誼4誼5等形，「宜」所从之「宀」或作「冖」，誼誼2爲篆文誼之隸定，誼3誼4誼5 从「宜」字之隸古定訛變，誼5 則「宀」訛作「ノ丶」形。足利本、上圖本（八）或作誼6，所从「宜」字之下「且」形訛作「旦」；九條本、觀智院本、上圖本（八）或作誼誼7，右下訛作「且」字之隸變俗寫（參見"旦"字）；岩崎本或多一畫作誼8誼9誼10等形。

（2）義：羕

足利本、上圖本（影）「義」字或作羕，疑爲俗寫省變之形，如上圖本（八）「儀」字或作儀，羕形从「羊」省作「屮」、「我」省作「戈」當變自作義璽彙2838羕包山249羕漢帛書老子甲後300羕武威簡屯戌18.4等形，已見「羊」省一畫又與「戈」之橫筆合書，羕形又省。

（3）訓：譽

《書古文訓》〈畢命〉「惟德惟義時乃大訓」「義」字作譽，魏三體石經〈無逸〉「訓」字古文作譽，與此同形。此處當因與下文「時乃大訓」相涉而誤作。

（4）義：敥

足利本、上圖本（影）〈文侯之命〉「父義和其歸視爾師寧爾邦」「義」字作敥，誤爲「義」字，「義」字隸變、隸書作義漢帛書老子甲後189義禮器碑，或由此與「義」字相混。

【傳鈔古文《尚書》「義」字構形異同表】

義	戰國楚簡	石經	敦煌本	岩崎本	神田本b	九條本	島田本b	內野本	上圖（元）	觀智院b	天理本b	古梓堂b	足利本	上圖本（影）	上圖本（八）	古文尚書晁刻	書古文訓	尚書篇目
彊而義								誼					誼	誼			誼	皋陶謨
以義制事								誼					誼	誼	誼		義	仲虺之誥
茲乃不義習與性成			誼和闐本					誼					羕	叐	義		誼	太甲上

惟天監下民典厥義		諠 P2643 諠 P2516		誼	誼	羡	誼	詉	高宗肜日
同力度德同德度義			諠	誼			誼	詉	泰誓上
惇信明義崇德報功		誼 S799		誽		羡	誼	詉	武成
無偏無陂遵王之義			諠ь	誼		羡	誼	誼	洪範
義爾邦君越爾多士				誼		誼	誼	誼	大誥
罰蔽殷彝用其義刑義殺				誼		誼	誼	詉	康誥
己汝乃其速由茲義率殺						羡	羡	詉	康誥
其在祖甲不義		誼 P2748		誼		羡	羡 誼	誼	無逸
乃惟以爾多方之義民		誼 S2074	誼	誼		羡	羡 誼	誼	多方
則乃宅人茲乃三宅無義民		誼 S2074 誼 P2630	誼	誼		誼	誼 誼	誼	立政
不敢替厥義德		誼 P2630	誼	誼		誼	誼 誼	誼	立政
王義嗣德荅拜			誼	誼ь		羡	羡 誼	誼	康王之誥
怙侈滅義			誼	誼		羡	羡	誼	畢命
惟德惟義時乃大訓			誼	誼		羡	羡	誉	畢命
罔不寇賊鴟義			誼			羡	羡 誼	詉	呂刑
父義和丕顯文武克愼明德				誼 誼		誼	誼 誼	詉	文侯之命
父義和汝克紹乃顯祖				誼 誼		羡	羡 誼	詉	文侯之命
父義和其歸				誼 誼		義	羡 誼	詉	文侯之命

496、宜

「宜」字在傳鈔古文《尚書》有下列不同字形：

（1）圀魏石經宲冝冝1冝2

魏三體石經〈君奭〉「宜」字古文作圀，較《說文》古文冈多一畫，源自戰國冈宜陽右倉簠冈盦壺形。

《書古文訓》「宜」字作宲冝冝1，為冈說文古文宜之隸古定訛變；敦煌本P2748作冝2，與漢代隸變俗作宜冝漢帛書老子甲後345宜漢帛書老子甲後184亘永初鐘亘長富貴鏡同形。

（2）冝宲

內野本「宜」字或作冝宲，為冈說文古文宜之隸古定，其下訛變作「互」。

（3）宣

上圖本（八）「宜」字或作宣，宀下多一短橫，與「宣」字寫混。

【傳鈔古文《尚書》「宜」字構形異同表】

宜	戰國楚簡	石經	敦煌本	岩崎本	神田本b	九條本	島田本b	內野本	上圖（元）	觀智院b	天理本	古梓堂b	足利本	上圖本（影）	上圖本（八）	古文尚書晁刻	書古文訓	尚書篇目
類于上帝宜于冢土								冝									宲	泰誓上
惟朕小子其新逆我國家禮亦宜之			冝					宲						冝	冝	宣	冝	金縢
有若散宜生有若泰顛		圀魏	冝P2748					冝						冝	冝	宣	冝	君奭

497、彰

「彰」字在傳鈔古文《尚書》有下列不同字形：

（1）彰：彰彰1章彡2章彡3彰3彩4

敦煌本P2643、上圖本（元）、足利本、上圖本（影）「彰」字或作彰彰1，岩崎本、九條本、上圖本（八）或作章彡2章彡3，其偏旁「章」字直筆上貫，與漢碑隸書作章彡孔宙碑章彡戚伯著碑同形，彰1章彡3之偏旁「彡」第三筆作、形，上圖本（影）「彰」字或作彰3，偏旁「彡」訛變與「久」相混；上圖本（八）或訛變作彩4。

（2）章：章1章2

《書古文訓》作「章」章1，〈畢命〉「彰善癉惡」「彰」字岩崎本作章2，

其下「章」直筆上貫，「章」爲「彰」之本字，訓明、著之義（參見"章"字）。

【傳鈔古文《尚書》「彰」字構形異同表】

彰	戰國楚簡	石經	敦煌本	岩崎本b	九條本/神田本b	島田本b	內野本	上圖（元）	觀智院b	天理本b	古梓堂本b	足利本	上圖本（影）	上圖本（八）	古文尚書晁刻	書古文訓	尚書篇目
彊而義彰厥有常吉哉												彰	彰	彰			皋陶謨
以五采彰施于五色												彰	彰	彰			益稷
彰信兆民乃葛伯仇餉				彰								彰	彰				仲虺之誥
以彰厥罪												彰	彰				湯誥
嘉言孔彰惟上帝不常												彰	彰				伊訓
用德彰厥善邦之臧			章 P2643	彰			彰					彰	彰	彰	彰		盤庚上
穢德彰聞				彰								彰	彰				泰誓中
厥類惟彰				彰								彰					泰誓下
以彰周公之德						彰						彰					金縢
彰善癉惡												章	彰			章	畢命

498、常

「常」字在傳鈔古文《尚書》有下列不同字形：

（1）〔古文〕魏三體

魏三體石經〈立政〉「乃克立茲常事司牧人」、「其惟克用常人」「常」字古文作〔古文〕，源自〔古文〕陶彙3.428〔古文〕陶彙3.425〔古文〕包山203等形。

（2）憲：〔古文〕汗4.59〔古文〕四2.15〔古文〕六127〔古文〕憲1〔古文〕2

《汗簡》、《古文四聲韻》錄《古尚書》「常」字作：〔古文〕汗4.59〔古文〕四2.15〔古文〕六127，《說文》「常」字或體从衣作〔古文〕，楚簡作〔古文〕包山224，《箋正》謂〔古文〕汗4.59「下體與『心』篆相似，俗因傳會爲此。《集韻》乃以爲五常本字，《玉篇》『憲』古常字，據此書加耳。」

內野本、足利本、上圖本（影）、《書古文訓》「常」字或作憲憲1，爲傳抄《古尙書》「常」字之隸定；《書古文訓》或作此形隸古定崇2。

（3）掌：掌掌

敦煌本 S2074、P2630〈立政〉「百司太史尹伯庶常吉士」、上圖本（影）〈立政〉「乃克立茲常事」「常」字作「掌」掌掌，乃假「掌」爲「常」字。

【傳鈔古文《尚書》「常」字構形異同表】

常　傳抄古尚書文字　汗4.59　四2.15　六127	戰國楚簡	石經	敦煌本	岩崎本	神田本b	九條本	島田本b	內野本	上圖（元）b	觀智院b	天理本	古梓堂b	足利本	上圖本（影）	上圖本（八）	古文尚書晁刻	書古文訓	尚書篇目
彊而義彰厥有常吉哉								憲						憲	憲		崇	皋陶謨
臣人克有常憲																	憲	胤征
嘉言孔彰惟上帝不常																	憲	伊訓
民罔常懷懷于有仁																	憲	太甲下
常厥德保厥位																	憲	咸有一德
茲猶不常寧																	憲	盤庚上
今商王受狎侮五常																	憲	泰誓下
率由典常																	憲	微子之命
惟命不于常																	憲	康誥
民心無常惟惠之懷																	憲	蔡仲之命
王左右常伯常任準人綴衣虎賁																	憲	立政
百司太史尹伯庶常吉士			掌 S2074 掌 P2630														憲	立政

	戰國楚簡	石經	敦煌本	岩崎本b	神田本	九條本	島田本b	內野本	上圖（元）	觀智院b	天理本	古梓堂b	足利本	上圖本（影）	上圖本（八）	古文尚書晁刻	書古文訓	尚書篇目
乃克立茲常事司牧人		魏													裳		鬯	立政
其惟克用常人		魏															鬯	立政
其爾典常作之師																	鬯	周官
茲率厥常																	鬯	君陳
敗常亂俗三細不宥																	鬯	君陳
厥有成績紀于太常																	鬯	君牙
群后之逮在下明明棐常																	鬯	呂刑
牿之傷汝則有常刑																	鬯	費誓

499、裳

「裳」字在傳鈔古文《尚書》有下列不同字形：

（1）常

《書古文訓》〈說命中〉「惟衣裳在笥」「裳」字作常（〈顧命〉三例皆作「裳」），《說文》「常」字或體从衣作裳，「常」、「裳」二字乃形符更替。

【傳鈔古文《尚書》「裳」字構形異同表】

裳	戰國楚簡	石經	敦煌本	岩崎本b	神田本	九條本	島田本b	內野本	上圖（元）	觀智院b	天理本	古梓堂b	足利本	上圖本（影）	上圖本（八）	古文尚書晁刻	書古文訓	尚書篇目
惟衣裳在笥																	常	說命中

唐石經	書古文訓	晁刻古文尚書	上圖本（八）	上圖本（影）	足利本	古梓堂	天理本	觀智院	上圖本（元）	內野本	島田本	九條本	神田本	岩崎本		敦煌本	魏石經	漢石經	戰國楚簡	皋陶謨
日宣三德夙夜浚明有家	日宣弍惪凤夜浚明ナ家		日宣三德凤夜浚明有家	日宣三德凤夜浚明有家	日宣弐德凤夜浚明有家				日宣弍惪凤夜浚明ナ家								(魏石經)			日宣三德夙夜浚明有家

500、宣

（1）宣　宣₁　宣₂

上圖本（影）、上圖本（八）「宣」字或作宣宣₁，其日形直筆拉長與其下橫筆結合，寫似「且」形，與「且」或寫作且相類。上圖本（影）或作宣₂，偏旁「亘」字俗訛作「且」，與「宜」字混同。

【傳鈔古文《尚書》「宣」字構形異同表】

宣	戰國楚簡	石經	敦煌本	岩崎本	神田本b	九條本	島田本b	內野本	上圖本（元）	觀智院b	天理本	古梓堂b	足利本	上圖本（影）	上圖本（八）	古文尚書晁刻	書古文訓	尚書篇目
日宣三德夙夜浚明有家																		皋陶謨
予欲宣力四方汝爲														宣	宣			益稷
昔君文王武王宣重光														宣				顧命

501、浚

「浚」字在傳鈔古文《尚書》有下列不同字形：

（1）浚₁　浚₂

足利本、上圖本（影）「浚」字各作浚₁浚₂，爲篆文㣻之隸變俗寫，如漢代作：浚武威醫簡80乙浚西狹頌。

（2）浚

《書古文訓》「浚」字作浚，爲篆文㽞之隸變俗寫作浚西狹頌訛變。

【傳鈔古文《尚書》「浚」字構形異同表】

浚	戰國楚簡	石經	敦煌本	岩崎本	神田本b	九條本b	島田本b	內野本	上圖（元）	觀智院b	天理本	古梓堂b	足利本	上圖本（影）	上圖本（八）	古文尚書晁刻	書古文訓	尚書篇目
日宣三德夙夜浚明有家														浚	浚		浚	皋陶謨

502、家

「家」字在傳鈔古文《尚書》有下列不同字形在：

（1）宨宋魏三體宋魏三體.篆宨魏品式.篆冢冢冢冡冢冢冢冢冢1
冢冢冢2

魏三體石經〈多士〉〈文侯之命〉「家」字古文各作宨宋，〈多士〉、品式石經〈皋陶謨〉篆體各作宨宨石經，皆从宀从豕，古文宨宋魏三體與宨令鼎宨寡子卣宨䚅簋宨命瓜君壺宨中山王鼎等同形。《書古文訓》「家」字或从宀，隸古定訛變作冢冢冢冡冢冢冢冢冢1；或从宀，隸古定訛變作冢冢冢2等形。

（2）冢

上圖本（八）「家」字或作冢，偏旁「宀」訛作「穴」。

【傳鈔古文《尚書》「家」字構形異同表】

家	戰國楚簡	石經	敦煌本	岩崎本	神田本b	九條本b	島田本b	內野本	上圖（元）	觀智院b	天理本	古梓堂b	足利本	上圖本（影）	上圖本（八）	古文尚書晁刻	書古文訓	尚書篇目
克儉于家																		大禹謨
日宣三德夙夜浚明有家		宨魏品															冢	皋陶謨
罔水行舟朋淫于家																	冢	益稷
始于家邦終于四海																	冢	伊訓
永建乃家																	冡	盤庚中

亂越我家												家	盤庚下
吾家耄遜于荒												家	微子
朋家作仇												家	泰誓中
牝雞之晨惟家之索												家	牧誓
汝弗能使有好于而家												家	洪範
弗弔天降割于我家不少												家	大誥
作賓于王家												家	微子之命
不能厥家人												家	康誥
永不忘在王家												家	酒誥
封以厥庶民暨厥臣達大家												家	梓材
若作室家												家	梓材
其有聽念于先王勤家	家魏											家	多士
惟爾王家我適	家魏											家	多士
遏佚前人光在家不知												家	君奭
格于上帝巫咸乂王家												家	君奭
其惟吉士用勸相我國家												家	立政
無或私家于獄之兩辭										家		家	呂刑
侵戎我國家純	家魏									家		家	文侯之命

唐石經	書古文訓	晁刻古文尚書	上圖本（八）	上圖本（影）	足利本	古梓堂	天理本	觀智院	上圖本（元）	內野本	島田本	九條本	神田本	岩崎本			敦煌本	魏石經	漢石經	戰國楚簡	皋陶謨
日嚴祇敬六德亮采有邦	日嚴祇敬六悳亮采ナ邦	日嚴祇敬六悳亮采有邦	日嚴祇敬六悳亮采有邦	日嚴祇敬六悳亮采有邦	日嚴祇敬六悳亮采有邦					日嚴祇敬六悳亮采ナ邦											日嚴祇敬六德亮采有邦

503、嚴

「嚴」字在傳鈔古文《尚書》有下列不同字形：

（1）嚴汗1.10嚴四2.28嚴

《汗簡》、《古文四聲韻》錄《古尚書》「嚴」字作：嚴汗1.10嚴四2.28，《說文》吅部「嚴」字古文嚴，源自金文嚴 井人編鐘嚴 戰狄鐘嚴 楚王酓章戈嚴 中山王壺嚴 多友鼎等形。《書古文訓》「嚴」字或作嚴，為嚴汗1.10嚴四2.28形之隸古定。

（2）嚴

《書古文訓》「嚴」字或作嚴，从《說文》古文「敢」字嚴之隸古定訛變，源自嚴 虢弔鐘嚴 秦公簋嚴 番生簋等形。

（3）嚴隸釋嚴1嚴2嚴3嚴4嚴嚴5

《隸釋》錄漢石經〈無逸〉「如嚴恭寅畏」「嚴」字作嚴1，與嚴西狹頌同形，敦煌本P2748作嚴1，形如嚴孔龢碑，嚴隸釋嚴1皆「嚴」字隸書字形，嚴隸釋之口形隸定作「厶」。內野本或作嚴2，內野本、上圖本（八）或作嚴3，口形變作「人」，足利本、上圖本（影）、上圖本（八）或作嚴4，口形再省變為丶丿。足利本、上圖本（影）或作「嚴」字作嚴嚴5，其上偏旁「吅」字變作「屮」、「山」，蓋由嚴4再訛變。

【傳鈔古文《尚書》「嚴」字構形異同表】

傳抄古尚書文字 嚴 嚴汗1.10 嚴四2.28	戰國楚簡	石經	敦煌本	岩崎本 神田本b 九條本 島田本b	內野本	上圖(元) 觀智院b 天理本 古梓堂本	足利本	上圖本(影)	上圖本(八)	古文尚書晁刻	書古文訓	尚書篇目
日嚴祇敬六德亮采有邦								嚴	嚴			皋陶謨
嚴恭寅畏	嚴 隸釋	嚴 P2748		嚴(九條本)		嚴		嚴	嚴		嚴	無逸
克即俊嚴惟丕式			嚴(敦煌本)	嚴(島田本b)		嚴		嚴	嚴		嚴	立政
具嚴天威					嚴(內野本)	嚴		嚴	嚴		嚴	呂刑

皋陶謨	戰國楚簡	漢石經	魏石經	敦煌本		岩崎本	神田本	九條本	島田本	內野本	上圖(元)	觀智院	天理本	古梓堂	足利本	上圖本(影)	上圖本(八)	晁刻古文尚書	書古文訓	唐石經
翕受敷施九德咸事俊乂在官										翕受敷倉九惠咸事畯乂在官	翕受敷倉九德咸事畯乂在官					翕受敷施九德咸事畯乂在官	翕受敷施九德咸事畯乂在官	翕受敷施九德咸事俊乂圣官	翕受敷施九惠咸事畯乂圣官	翕受敷施九德咸事俊乂在官

504、翕

「翕」字在傳鈔古文《尚書》有下列不同字形：

（1）翕

上圖本（影）「」字作翕，乃訛變與「禹」字作禹同形。

【傳鈔古文《尚書》「翕」字構形異同表】

翕	戰國楚簡	石經	敦煌本	岩崎本	神田本b	九條本	島田本b	內野本	上圖(元)	觀智院b	天理本	古梓堂b	足利本	上圖本(影)	上圖本(八)	古文尚書晁刻	書古文訓	尚書篇目
翕受敷施九德咸事														翕				皋陶謨

505、施

「施」字在傳鈔古文《尚書》有下列不同字形：

（1）𦧳柂.汗4.48 𠁥𠁥1 𠁥2 𠁥𠁥3

《汗簡》錄《古尚書》「柂」字作：𦧳柂.汗4.48，《箋正》謂此形「釋『柂』寫誤，形蓋取『施』右半，變訛不體」，「施」从「也」聲，金文「它」、「也」同形，作：𧖅子仲匜 𧖅沈子它簋 𧖅師𤔲方彝 𧖅取它人鼎 𧖅句它盤 𧖅齊侯盤 𧖅夆弔匜 𧖅伯康簋 𧖅甫人匜 𧖅弔男父匜，𦧳柂.汗4.48 當即其訛變之形，《集韻》「柂」字古作𠁥，皆假「也」為「施」。馬王堆漢墓帛書老子乙前「施」字作𠁥老子乙前141上，則从攴省。

《書古文訓》「施」字則皆作𠁥𠁥1，岩崎本作𠁥2，內野本、足利本、上圖本（影）或作𠁥𠁥3，皆𦧳柂.汗4.48形之隸變，假「也」為「施」。

（2）施1 施2 施3

上圖本（八）「施」字或作施1，所从「㫃」筆畫稍異；內野本、上圖本（元）或作施2，所从「也」訛作「巴」；足利本、上圖本（影）或作施3，右形訛作「色」。

【傳鈔古文《尚書》「施」字構形異同表】

施	傳抄古尚書文字 𦧳柂.汗4.48 當為"施"字	戰國楚簡	石經	敦煌本	岩崎本	神田本b	九條本	島田本b	內野本	上圖（元）	觀智院b	天理本	古梓堂b	足利本	上圖本（影）	上圖本（八）	古文尚書晁刻	書古文訓	尚書篇目
翕受敷施									𠁥					𠁥	𠁥			𠁥	皋陶謨
施于五色作服汝明									施						施			𠁥	益稷
方施象刑惟明									施					施	施			𠁥	益稷

						盤庚上
施實德于民			施	施	施 施	仓
勤施于四方			施		施 施	仓
迪惟前人光施于我沖子	魏		施		施 施	仓
惟孝友于兄弟克施有政			施 施		施 施	仓
發號施令罔有不臧		仓 施		施		仓

（第二欄依序為：洛誥、君奭、君陳、冏命）

皋陶謨	戰國楚簡	漢石經	魏石經	敦煌本			岩崎本	神田本	九條本	島田本	內野本	上圖本（元）	觀智院	天理本	古梓堂	足利本	上圖本（影）	上圖本（八）	晁刻古文尚書	書古文訓	唐石經
百僚師師百工惟時撫于五辰			于五辰								百僚師師百工惟當行于五辰					百僚師師百工惟當撫于五辰	百僚師師百工惟時撫于五辰	百僚師師百工惟時撫于五辰	百僚師師百工惟皆效于五瓜	百僚師師百工惟時撫于五辰

506、撫

「撫」字在傳鈔古文《尚書》有下列不同字形：

（1）𢾖汗1.14 㦛四3.10 𢼄魏品式 攺攺₁ 阤₂ 攺₃

《汗簡》、《古文四聲韻》錄古尚書「撫」字作：𢾖汗1.14 㦛四3.10，魏品式三體石經〈皋陶謨〉「撫於五辰」「撫」字古文作𢼄，與𢾖汗1.14同形，《說文》攴部「攺」字「撫也，从攴亡聲，讀與『撫』同」，「攺」「撫」二字同，無、亡古本相通，从攴、从手義類同，㦛四3.10左形當爲「亡」之訛。內野本、上圖本（八）、《書古文訓》「撫」字多作攺攺₁，內野本或偏旁「亡」字寫似「己」作阤₂，敦煌本S799或作攺₃，其左亦「亡」之俗訛。上述諸形皆以「攺」字爲「撫」。（參見"拊"字）

（2）抚：抚

上圖本（影）「撫」字或作抚，右从《說文》「無」之奇字「无」，寫訛似

「旡」，聲符以奇字更替。

（3）訍

《書古文訓》〈皋陶謨〉「撫於五辰」「撫」字作訍，當是「攺」字之訛，其偏旁「亡」字作亡形訛誤爲「言」，相類於內野本、足利本、上圖本（影）「舞」字作翌，乃翌說文古文舞隸變俗作翌形之訛。

（4）敀攺

足利本、上圖本（影）〈太甲上〉「用集大命撫綏萬方」「撫」字作敀攺，爲「攺」字所从「亡」作亡形變似「正」，而與「政」字混近。

（5）汥：汥

岩崎本〈泰誓下〉「撫我則后虐我則讎」「撫」字作「汥」字汥，當爲「攺」字之訛。

【傳鈔古文《尚書》「撫」字構形異同表】

撫	傳抄古尚書文字 攺汗 1.14 攺四 3.10	戰國楚簡	石經	敦煌本	岩崎本	神田本b	九條本	島田本b	內野本	上圖（元）	觀智院b	天理本	古梓堂b	足利本	上圖本（影）	上圖本（八）	古文尚書晁刻	書古文訓	尚書篇目
撫于五辰			[glyph] 魏品												抚			訍	皋陶謨
用集大命撫綏萬方									攺	攺				敀	攺			攺	太甲上
撫我則后虐我則讎				攺 S799	汥													攺	泰誓下
以撫方夏									攺							攺		攺	武成
撫民以寬									攺									攺	微子之命
我其可不大監撫于時															抚			攺	酒誥
厥攸灼敘弗其絕厥若彝及撫事如予																攺		攺	洛誥
惟周王撫萬邦巡侯甸									攺							攺		攺	周官

507、僚

「僚」字在傳鈔古文《尚書》有下列不同字形：

（1）僚：僚僬1僋2僋3

內野本、上圖本（影）、上圖本（八）「僚」字或作僚僬1，與僚冀州從事郭君碑類同，其偏旁「寮」字上少二畫。漢魏碑「寮」、「寮」、「僚」通用，如寮劉寬碑「公卿百△（僚）」，寮祝睦後碑「△（僚）屬」《隸釋》謂「以寮爲寮」，寮魏元丕碑「群△（僚）」《隸辨》謂「亦以寮爲寮」，《玉篇》「寮」與「僚」同，《詩‧大雅》「及爾同寮」《釋文》云：「寮字又作僚」，〈皋陶謨〉「百僚師師」、《禮記‧曲禮》「僚友稱其孝也」《釋文》云：「僚本又作寮」。九條本或作僋2，其中「日」形多一畫變作「目」，與僋曹全碑寮魯峻碑遼楊君石門頌偏旁「寮」字類同；岩崎本或省變作僋3，與遒史晨碑「遼遠」偏旁「寮」字同形。

（2）寮：寮

《書古文訓》〈說命上〉「惟暨乃僚罔不同心」、〈多方〉「尙爾事有服在大僚」、〈冏命〉「愼簡乃僚」三處「僚」字作寮，假「寮」爲「僚」。

【傳鈔古文《尚書》「僚」字構形異同表】

僚	戰國楚簡	石經	敦煌本	岩崎本b	神田本b	九條本	島田本b	內野本	上圖（元）	觀智院b	天理本	古梓堂b	足利本	上圖本（影）	上圖本（八）	古文尚書晁刻	書古文訓	尚書篇目
百僚師師																		皋陶謨
惟暨乃僚罔不同心			僚 P2643	僋													寮	說命上
伻嚮即有僚明作有功			僋 P2748					僋							僋			洛誥
有服在百僚								僋							僋			多士
尙爾事有服在大僚						僋		僋						僚	僚		寮	多方
愼簡乃僚								僚							僋		寮	冏命

皋陶謨	戰國楚簡	漢石經	魏石經		敦煌本		岩崎本	神田本	九條本	島田本	內野本	上圖本（元）	觀智院	天理本	古梓堂	足利本	上圖本（影）	上圖本（八）	晁刻古文尚書	書古文訓	唐石經
庶績其凝無教逸欲有邦		庶績其凝無教逸欲有邦									庶績亓三發逸欲有邦					庶績其凝無教逸欲有邦	庶績其凝無教逸欲有邦	庶績其凝無教佾欲有邦	庶績亓冰無教佾欲大喦		

508、凝

「凝」字在傳鈔古文《尚書》有下列不同字形：

（1）冰

「凝」字《書古文訓》作冰，此作「凝」之正篆「冰」字，《說文》仌部「冰」字，訓水堅也，魚陵切，其下「凝」字云：「俗『冰』从疑」。

【傳鈔古文《尚書》「凝」字構形異同表】

凝	戰國楚簡	石經	敦煌本	岩崎本	神田本b	九條本	島田本b	內野本	上圖（元）	觀智院b	天理本	古梓堂b	足利本	上圖本（影）	上圖本（八）	古文尚書晁刻	書古文訓	尚書篇目
庶績其凝																	冰	皋陶謨

皋陶謨	戰國楚簡	漢石經	魏石經	敦煌本		岩崎本	神田本	九條本	島田本	內野本	上圖本（元）	觀智院	天理本	古梓堂	足利本	上圖本（影）	上圖本（八）	晁刻古文尚書	書古文訓	唐石經

兢兢業業一日二日萬幾					兢々業々弌日弍日万幾		兢々業々一日二日萬幾	兢々業々一日二日萬幾	兢兢㸤㸤弌日弍日万幾

509、兢

「兢」字在傳鈔古文《尚書》有下列不同字形：

（1）兢汗 4.46 兢四 2.28 兢

《汗簡》、《古文四聲韻》錄《古尚書》、《說文》「兢」字作：兢汗 4.46 兢四 2.28，即《說文》兄部「兢」字兢，源自兢禹比盨。《書古文訓》「兢」字作兢，為此形之隸古定。

【傳鈔古文《尚書》「兢」字構形異同表】

兢 傳抄古尚書文字 兢汗 4.46 兢四 2.28	戰國楚簡	石經	敦煌本	岩崎本	神田本 b	九條本	島田本 b	內野本	上圖（元）	觀智院 b	天理本	古梓堂 b	足利本	上圖本（影）	上圖本（八）	古文尚書晁刻	書古文訓	尚書篇目
兢兢業業																	兢	皋陶謨

510、業

「業」字在傳鈔古文《尚書》有下列不同字形：

（1）業汗 4.55 書經業四 5.29 㸤

《汗簡》、《古文四聲韻》錄《古尚書》「業」字作：業汗 4.55 書經業四 5.29，源於業昶伯業鼎及業秦公簋業九年衛鼎業癲鐘等偏旁「業」，《說文》「業」字大徐本古文作業，小徐本作業，《書古文訓》「兢兢業業」「業」字作㸤，為小徐本業形之隸古定訛變，《箋正》云：「蓋偽本所見《說文》原如小徐，郭氏所見則如大徐。此形注《尚書》實參當時《說文》也。薛本亦有作『㯂』者，郭未及采。」

（2）㯂

《書古文訓》〈盤庚上〉「紹復先王之大業」、〈周官〉「功崇惟志業廣惟勤」「業」字作𣂇，《說文》未見，疑爲「業」字或體，《說文》「業，大版也」，𣂇當爲「業」增義符之或體。

（3）業：業1業業2

岩崎本「業」字作業1，內野本、上圖本（元）、足利本、上圖本（影）、上圖本（八）作業業2，與業張納功德敘碑類同，爲「業」字篆文之隸變俗書，其上變作三筆、┴┴、或與「艹」相混，漢碑「業」字又作業唐扶頌碑業郙閣頌碑業婁壽碑等形。

【傳鈔古文《尚書》「業」字構形異同表】

業	傳抄古尚書文字 𣂇汗4.55書經𣂇四5.29	戰國楚簡	石經	敦煌本	岩崎本	神田本b	九條本b 島田本b	內野本	上圖（元）b 觀智院本b	天理本b 古梓堂本b	足利本	上圖本（影）	上圖本（八）	古文尚書晁刻	書古文訓	尚書篇目
兢兢業業								業				業			𡠱	皋陶謨
紹復先王之大業				業				業	業			業	業		𣂇	盤庚上
功崇惟志業廣惟勤								業	業				業	業	𣂇	周官

511、幾

「幾」字在傳鈔古文《尚書》有下列不同字形：

（1）幾1幾2幾3幾4

內野本、上圖本（八）「幾」字作幾1，爲「幾」字之隸變俗寫，與戰國作幾郭店.老甲25幾雲夢.答問134、漢代作幾居延簡.甲173幾定縣竹簡33幾孔彪碑類同。敦煌本P3605.3615作幾2、觀智院本作幾3，其「戈」形少一畫，與幾高彪碑類同，幾3之左下人形訛寫似「力」；上圖本（八）或作幾4，偏旁「丝」字訛寫似从四人形㐅㐅。

（2）𢆷1𢆷2𢆸3

足利本、上圖本（影）、上圖本（八）、《書古文訓》「幾」字或作𢆷1，《書古文訓》或多一畫作𢆷2，或其下形隸古定訛作𢆸3，《集韻》平聲8微韻「幾」古作「𢆷」，此形下从人，爲「幾」字省「戈」之形。鳳翔秦公大墓出土之石磬

銘文「蟣」字作幾，許師學仁謂其所从「幾」字或涉上半二「糸」形連筆於下半「人」形〔註 249〕，其說是也，「㡬」應即是此字所从「幾」之隸古定。「幾」字古从「戍」作幾 㳅伯簋 幾 幾父壺 幾 幾父壺，黃錫全謂「㡬」形爲「幾」字省戈，如「伐」字作 前 7.15.4 林 2.25.6，亦有省戈作 續 3.11.3 粹 249 形〔註 250〕。

（3） 1 2 3

足利本「幾」字或作 1、上圖本（影）或作 2，其上所从「𢆶」寫作省略符號「==」，上圖本（八）或作 3，亦作省略符號並省變。

【傳鈔古文《尚書》「幾」字構形異同表】

幾	戰國楚簡	石經	敦煌本	岩崎本	神田本b	九條本	島田本b	內野本	上圖（元）	觀智院b	天理本	古梓堂b	足利本	上圖本（影）	上圖本（八）	古文尚書晁刻	書古文訓	尚書篇目
一日二日萬幾								幾							幾		幾	皐陶謨
禹曰安汝止惟幾惟康								幾						幾	幾		幾	益稷
敕天之命惟時惟幾			幾 P3605 P3615					幾					幾	幾	幾		幾	益稷
疾大漸惟幾病日臻									幾b				幾	幾	幾		幾	顧命
爾無以釗冒貢于非幾								幾	幾b					幾	幾		幾	顧命

〔註 249〕說見：許師學仁，《古文四聲韻古文研究古文合證篇》，台北：文史哲出版社，1999，頁 24。

〔註 250〕說見：黃錫全，《汗簡注釋》「幾」字條，頁 173（武漢：武漢大學出版社，1993）。

皋陶謨	戰國楚簡	漢石經	魏石經	敦煌本		岩崎本	神田本	九條本	島田本	內野本	上圖本（元）	觀智院	天理本	古梓堂	足利本	上圖本（影）	上圖本（八）	晁刻古文尚書	書古文訓	唐石經
無曠庶官天工人其代之										亡曠庶官天工人尒代业					亡曠庶官尒工人其代业	亡曠庶官尢工人其代之	無曠庶官天工人其代之	亡曠歷官兵彡人尒代业		

512、曠

「曠」字在傳鈔古文《尚書》有下列不同字形：

（1）曠

內野本、足利本、上圖本（影）「曠」字作**曠**，偏旁「日」之右直筆拉長，寫似少一畫之「耳」字。

【傳鈔古文《尚書》「曠」字構形異同表】

曠	戰國楚簡	石經	敦煌本	岩崎本	神田本b	九條本	島田本b	內野本	上圖本（元）	觀智院	天理本b	古梓堂b	足利本	上圖本（影）	上圖本（八）	古文尚書晁刻	書古文訓	尚書篇目
無曠庶官天工人其代之								曠						曠	曠			皋陶謨

唐石經	書古文訓	晁刻古文尚書	上圖本（八）	上圖本（影）	足利本	古梓堂	天理本	觀智院	上圖本（元）	內野本	島田本	九條本	神田本	岩崎本		敦煌本	魏石經	漢石經	戰國楚簡	皋陶謨
天叙有典勑我五典五惇哉	夭敘ナ箕勑斌𠄡箕𠄡惇才	夭敘ナ箕㪦戕𠄡箕𠄡惇才	天叙有典勑我五典五惇才	天叙有典勑我五典五惇哉	天叙有典勑我五典五惇哉					天叔ナ典勑我𠄡典𠄡惇才						𠄡典义𥁞				天敘有典勑我五典五惇哉

513、勑

「勑」字在傳鈔古文《尚書》有下列不同字形：

（1）敕

內野本、《書古文訓》「勑」字或作敕，《說文》攴部「敕」字：「誡也，臿
地曰敕。从攴束聲」《撰異》謂「《五經文字》曰：『敕，古勑字，今相承作勑』，
《廣韻》24 職曰：『敕，今相承用勑』，『勑』本音賚。」「勑」、「敕」古相通，
如《易‧噬嗑》「先王以明罰勑法」，《漢書‧敘傳》顏師古注引「勑」作「敕」。

（2）勑：**勑**₁**勑**₂**勑勑**₃

敦煌本 P3605、P2748、上圖本（八）「勑」字或作**勑**₁，上圖本（八）偏
旁「力」字或寫似「刀」作**勑**₂，足利本、上圖本（影）、上圖本（八）或作**勑勑**₃，
偏旁「來」字與「耒」相混同。

（3）**勑勑**

足利本、上圖本（影）「勑我五典五惇哉」「勑」字作**勑勑**，疑爲「敕」
字之或體，偏旁「攴」「力」義類可通。

【傳鈔古文《尚書》「勅」字構形異同表】

勅	戰國楚簡	石經	敦煌本	岩崎本	神田本b	九條本	島田本b	內野本	上圖本（元）	觀智院b	天理本	古梓堂本	足利本	上圖本（影）	上圖本（八）	古文尚書晁刻	書古文訓	尚書篇目
勅我五典五惇哉													〔勅〕	〔勅〕	〔勅〕	敕		皋陶謨
勅天之命惟時惟幾			〔勅〕P3605										〔勅〕	〔勅〕	〔勅〕	敕		益稷
時乃大明服惟民其勅懋和														〔勅〕	〔勅〕	敕		康誥
勅殷命終于帝			〔勅〕P2748									敕	〔勅〕	〔勅〕	〔勅〕	敕		多士
有命曰割殷告勅于帝			〔勅〕P2748										〔勅〕	〔勅〕	〔勅〕	敕		多士

皋陶謨	戰國楚簡	漢石經	魏石經	敦煌本			岩崎本	神田本	九條本	島田本	內野本	上圖本（元）	觀智院	天理本	古梓堂	足利本	上圖本（影）	上圖本（八）	晁刻古文尚書	書古文訓	唐石經
天秩有禮自我五禮有庸哉			〔魏石經〕								〔內野本〕					〔足利本〕	〔影〕	〔八〕	〔晁刻〕	〔書古文訓〕	〔唐石經〕

「五禮有庸哉」內野本、足利本、上圖本（影）、上圖本（八）作「五禮五庸哉」與魏品式三體石經同。

皋陶謨	戰國楚簡	漢石經	魏石經	敦煌本			岩崎本	神田本	九條本	島田本	內野本	上圖本（元）	觀智院	天理本	古梓堂	足利本	上圖本（影）	上圖本（八）	晁刻古文尚書	書古文訓	唐石經
同寅協恭和衷哉											同寅叶恭味衷才						同寅叶恭和衷才	同寅伽恭和衷哉	同寅叶襲味衷才	同寅協恭和衷哉	同寅協恭和衷哉
天命有德五服五章哉											天命大惠五服五彰才						光余有化玉服五彰才	天余有德五服五章哉	奀命大惠五邧五彰才	天命有德五服五章哉	天命有德五服五章哉
天討有罪五刑五用哉政事懋哉懋哉											天討大辠五刑天用才政事懋才						天討有辠五刑五用戈政事懋才	天討有罪五刑五用哉政事懋哉	奀討大辠五刉五用才政事懋才懋才	天討有罪五刑五用哉政事懋哉懋哉	天討有罪五刑五用哉政事懋哉懋哉
天聰明自我民聰明											天聰明自我民聰明						亮聰明自我区聰明	天聰明自我民聰明	奀聰明自我民聰明	天聰明自我民聰明	天聰明自我民聰明

天明畏自我民明威	天明畏自我民明威	天明畏自我民明威	天明畏自我民明威	天明畏自戕民明畏	天明畏自戕民明畏
達于上下敬哉有土	達于上下敬哉有土	達于上下敬哉有土	達于上下敬哉有土	達于上下敬哉有土	達于上下敬哉有土
皋陶曰朕言惠可厎行	皋陶曰朕言惠可厎行	咎繇曰朕言惠可厎行	皋陶曰朕言惠可厎行	咎繇曰朕言惠可厎行	咎繇曰朕言惠可厎行
禹曰俞乃言厎可績	禹曰俞乃言厎可績	禹曰俞乃言厎可績	禹曰俞乃言厎可績	禹曰俞乃言厎可績	禹曰俞乃言厎可績
皋陶曰予未有知思曰贊贊襄哉	咎繇曰予未有知思曰贊贊襄哉	皋陶曰予未有知思曰贊贊襄哉	咎繇曰予未有知思曰贊贊襄哉	皋陶曰予未有知思曰贊贊襄哉	咎繇曰予未有知思曰贊贊襄哉

五、益稷

益稷	戰國楚簡	漢石經	魏石經	敦煌本 P3605・P3165		岩崎本	神田本	九條本	島田本	內野本	上圖本（元）	觀智院	天理本	古梓堂	足利本	上圖本（影）	上圖本（八）	晁刻古文尚書	書古文訓	唐石經
帝曰來禹汝亦昌言	帝曰來禹汝亦昌言									帝日來俞女亦昌言						帝曰来俞汝亦昌言	帝曰来禹汝亦昌言	帝曰徠俞女亦昌言		帝曰來禹汝亦昌言
禹拜曰都帝予何言予思日孜孜	禹拜曰都帝予何言予思日孜孜									俞拜曰都帝予何言予恩日孜孜						俞拜曰都帝予何言予奧日孜	禹拜曰都帝予何言予思日孜	禹拜曰都帝予何言予思日孜孜		禹拜曰都帝予何言予思日孜孜

514、孜

「予思日孜孜」，《史記·夏本紀》作「予思日孳孳」，孫星衍《注疏》云：「『孜孜』，古文。『孳孳』，今文。」《說文》攴部「孜」字：「汲汲也，从攴子聲。周書日『孜孜無怠』」是壁中尚書作「孜」也。段注云：「〈大誓〉篇文，見《詩·文王》正義引，又見《史記·周本紀》字作『孳孳』。……許作『孜』，《史記》作『孳』，蓋亦古文今文之異也」。

「孜」字在傳鈔古文《尚書》有下列不同字形：

（1）孳：孳

《書古文訓》「予思日孜孜」「孜」字作孳，《說文》攴部「孜」字訓汲汲也，子部「孳」字訓汲汲生也，皆子之切，二字音義俱同，義符更替。《漢書·蕭何傳》「尚復孳孳得民和」顏師古注曰：「孳與孜同」，《禮記·表記》「俛焉日

有孳孳」，「孜」亦作「孳」。

（2）孳

《書古文訓》〈泰誓下〉「爾其孜孜奉予一人恭行天罰」、〈君陳〉「惟日孜孜無敢逸豫」「孜」字作**孳**，**孳**爲「孳」字異體，偏旁「茲」字古多作「**丝**」（參見"茲"字）。

（3）收

上圖本（影）「予思日孜孜」「孜」字作**收**，乃寫訛似「收」字。

【傳鈔古文《尚書》「孜」字構形異同表】

孜	戰國楚簡	石經	敦煌本	岩崎本b	神田本b	九條本	島田本b	內野本	上圖（元）	觀智院b	天理本	古梓堂b	足利本	上圖本（影）	上圖本（八）	古文尚書晁刻	書古文訓	尚書篇目
予思日孜孜														收			孳	益稷
爾其孜孜																	孳	泰誓下
惟日孜孜無敢逸豫																	孳	君陳

益稷	戰國楚簡	漢石經	魏石經	敦煌本P3605·P3165			岩崎本	神田本	九條本	島田本	內野本	上圖本（元）	觀智院	天理本	古梓堂	足利本	上圖本（影）	上圖本（八）	晁刻古文尚書	書古文訓	唐石經
皋陶曰吁如何禹曰洪水滔天											咎繇曰吁如何禹曰洪水滔天					皋陶曰吁如禹曰洪水滔天	咎繇日吁如何禽曰洪水滔天	咎繇曰吁如何禽曰滎滔天	皋陶曰吁如何禹曰洪水滔天	咎繇曰号如何命曰㴃水滔天	皋陶曰吁如何禹曰共水滔天

浩浩懷山襄陵下民昏墊							浩浩懷山襄陵下民昏墊		浩浩懷山襄陵下民昏墊	浩浩懷山襄陵下民昏墊	瀳瀳襄山襄陵下民旦墊	浩浩襄山襄陵下民昏墊
予乘四載隨山刊木暨益奏庶鮮食							予乘三載隨山栞木暨益奏庶鮮食		予乘三載隨山栞木暨益奏庶鮮食	予乘四載隨山刊木暨益奏庶鮮食	予乘三載隨山栞木暨益奏庶鮮食	予乘四載隨山刊木暨益奏庶鮮食

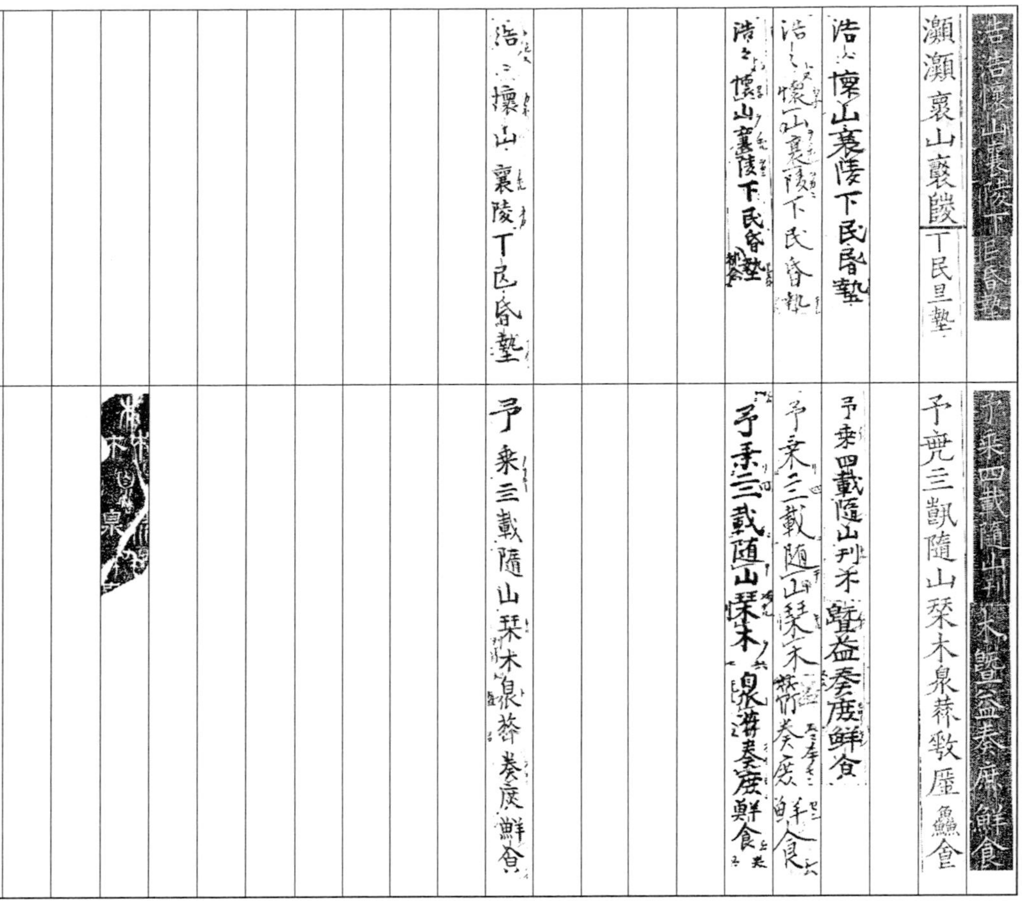

515、乘

「乘」字在傳鈔古文《尚書》有下列不同字形：

（1） 汗 6.76 四 2.28 六 136 魏石經 � 兊1 尭2 兊3

《汗簡》、《古文四聲韻》、《訂正六書通》錄《古尚書》「乘」字作： 汗 6.76 四 2.28 六 136，魏三體石經〈君奭〉「乘」字古文作 ，與《說文》桀部「乘」字古文作 類同，所从夂、屮形訛誤，源自甲金文作： 粹 1109 虢季子白盤 公貿鼎 匽公匜，訛省變作 公乘壺，再變作 鄂君啟車節 魏石經 說文古文乘等形，乃正面人形（大）割裂，與「木」合書訛省，變作「几」形。

《書古文訓》「乘」字或作 兊 兊1 尭2 兊3 等形，爲傳抄古文 汗 6.76 四 2.28 六 136 說文古文乘之隸古定。

（2） 魏三體．隸 桀1 乘乗乘乗2 乘乗3 乗4

《書古文訓》「乘」字或作 桀1，爲《說文》桀部「乘」字篆文 之隸定，魏三體石經〈君奭〉「乘」字隸體作 ，尚書敦煌諸本、日諸古寫本多作 乘乗乘乗2 形，爲篆文 之隸寫，如漢碑作 乘 魯峻碑 乗 孫根碑 乗 繁陽令楊君

碑等形。九條本、上圖本（影）或變作 $\cdots$ 3，岩崎本或省訛作 $\cdots$ 4。

（3） $\cdots$

上圖本（元）〈西伯戡黎〉「周人乘黎」「乘」字作 $\cdots$ ，訛與「垂」字作 $\cdots$ 相混同。

【傳鈔古文《尚書》「乘」字構形異同表】

傳抄古尚書文字 乘 汗6.76 四2.28 六136	戰國楚簡	石經	敦煌本	岩崎本	神田本b 九條本	島田本b	內野本	上圖（元）	觀智院b 天理本 古梓堂b	足利本	上圖本（影）	上圖本（八）	古文尚書晁刻	書古文訓	尚書篇目
予乘四載隨山刊木							乘			乘	乘	乘	兓		益稷
若乘舟汝弗濟臭厥載			乘 P3670 乘 P2643	乘			乘	乘		乘	乘	乘	兓		盤庚中
周人乘黎			乘 P2643 乘 P2516	乘			乘	乘		乘	乘	乘	兓		西伯戡黎
在亶乘茲大命		魏	乘 P2748				乘	乘		乘	乘	乘	兓		君奭
囚蔡叔于郭鄰以車七乘			乘 P2748 乘 S5626				乘	乘		乘	乘	乘	兓		蔡仲之命
入應門右皆布乘黃朱							乘	乘		乘	乘	乘	兓		康王之誥

516、隨

「隨」字在傳鈔古文《尚書》有下列不同字形：

（1） $\text{隨}_1 \text{隨}_2 \text{隨}_3$

敦煌本 P3615、足利本、上圖本（影）、上圖本（八）「隨」字或作 $\text{隨}_1 \text{隨}_2$，與漢碑隸書俗作 隨 陳球後碑 隨 嚴訢碑同形，其右上「左」形省作「ナ」。敦煌本 P3615 或作 隨_3，其右下「月」形俗訛作「目」。

【傳鈔古文《尚書》「隨」字構形異同表】

隨	戰國楚簡	石經	敦煌本	岩崎本	神田本b	九條本	島田本b	內野本	上圖本（元）	觀智院b	天理本	古梓堂b	足利本	上圖本（影）	上圖本（八）	古文尚書晁刻	書古文訓	尚書篇目
予乘四載隨山刊木														隨	隨			益稷
隨山濬川任土作貢			隨 P3615											隨	隨			禹貢
禹敷土隨山刊木			隨 P3615											隨	隨	隨		禹貢

517、刊

「刊」字在傳鈔古文《尚書》有下列不同字形：

（1）桼

《書古文訓》「予乘四載隨山刊木」「刊」字作桼，《說文》木部「栞」字作（此為古文）訓槎識也，引「夏書曰隨山桼木（按〈禹貢〉也），讀若刊。篆文从开」，桼、刊二字同音假借。段注云：「刀部曰『刊，剟也』『剟，刊也』。刊者除去之意，與槎識不同。蓋壁中古文作『桼』，今文尚書作『栞』，則未知何時改為『刊』也，據《正義》已作『刊』則非衛包所改。」「刊」為「栞」（桼）之假借字。

（2）栞栞栞栞1栞2栞3

《書古文訓》〈禹貢〉二例「刊」字作栞栞1，敦煌本P3615、內野本「刊」字或各作栞栞1，《說文》木部「栞」字篆文从开作，段注云：「李斯輩作『栞』，《史》《漢》所引〈禹貢〉作『栞』，故知今文尚書作『栞』也。」敦煌本P3628作栞2，足利本、上圖本（影）「予乘四載隨山刊木」「刊」字作栞3，為「栞」字之訛誤，偏旁「开」訛作「珏」。

【傳鈔古文《尚書》「刊」字構形異同表】

刊	戰國楚簡	石經	敦煌本	岩崎本	神田本b	九條本	島田本b	內野本	上圖本（元）	觀智院b	天理本	古梓堂b	足利本	上圖本（影）	上圖本（八）	古文尚書晁刻	書古文訓	尚書篇目
予乘四載隨山刊木								栞					栞	栞			栞	益稷

| 禹敷土隨山刊木 | | 棐 P3615 | | | | | | | | | | 棐 | 禹貢 |
| 四隩既宅九山刊旅 | | 棐 P3628 | 棐 | | | | | | | | | 棐 | 禹貢 |

518、鮮

「鮮」字在傳鈔古文《尚書》有下列不同字形：

（1）鱻汗5.63 鱻四2.4 鱻四3.17 魚

《汗簡》、《古文四聲韻》錄《古尚書》「鮮」字作：鱻汗5.63 鱻四2.4 鱻四3.17，金文作魚公貿鼎。《說文》魚部鱻字「鱻，新魚精也，从三魚不變魚」爲「新鮮」本字，《箋正》云：「《說文》『少數』字作『尠』，『新味』字作『鱻』，『魚名』字作『鮮』，經典例借『鮮』作『尠』『鱻』，偽本轉借『鱻』作『鮮』。《尚書》『鮮』字訓『少』亦訓『斯』，正應作『尠』。」《書古文訓》「鮮」字皆作魚。

（2）鮮鮮1 鮮2 鮮3 鮮鮮4

內野本、上圖本（八）「鮮」字或作鮮鮮1；上圖本（八）或作鮮2，偏旁魚字下作「火」形，爲鮮字篆文之隸變，如鮮五十二病方236 鮮漢印徵形；足利本、上圖本（影）、上圖本（八）或作鮮3，偏旁魚字下變作「大」形；足利本、上圖本（影）或省作鮮鮮4。

（3）于隸釋

《隸釋》錄漢石經〈無逸〉「惠鮮鰥寡」作「惠于鰥寡」，《考證》云：「《漢書‧景十三王傳》曰『惠于鰥寡』〈谷永傳〉引經曰『懷保小民，惠于鰥寡』《後漢書‧明帝紀》中元二年詔引『惠于鰥寡』，皆不作『惠鮮』。」此處「鮮」字訓斯也、此也。

【傳鈔古文《尚書》「鮮」字構形異同表】

鮮 鱻汗5.63 鱻四2.4 鱻四3.17	戰國楚簡	石經	敦煌本	岩崎本	神田本b	九條本	島田本b	內野本	上圖（元）b	觀智院b	天理本b	古梓堂b	足利本	上圖本（影）	上圖本（八）	古文尚書晁刻	書古文訓	尚書篇目
暨益奏庶鮮食								鮮					鮮	鮮	鮮		魚	益稷
保后胥慼鮮以不浮于天時													鮮	鮮	鮮		魚	盤庚中

惠鮮鰥寡	于 隸釋			鮮		鮮	鮮	鮮			鱻	無逸
嗚呼休茲知恤鮮哉				鱻	鮮		鮮	鮮	鮮		鱻	立政
世祿之家鮮克由禮				鮮		鮮		鮮	鮮	鮮	鱻	畢命

益稷	戰國楚簡	漢石經	魏石經	敦煌本 P3605 P3165		岩崎本	神田本	九條本	島田本	內野本	上圖本（元）	觀智院	天理本	古梓堂	足利本	上圖本（影）	上圖本（八）	晁刻古文尚書	書古文訓	唐石經
予決九川距四海															予決九川距三畟	予沢九川距三畟	予沢九川距三畟	予波九川距三畟	予決九川距四海

519、決

「決」字在傳鈔古文《尚書》有下列不同字形：

（1）決1 沢2

內野本、足利本「決」字作決1，上圖本（影）、上圖本（八）作沢2，與日文「澤」字作「沢」訛混，決1沢2 偏旁「氵」字皆省訛作「冫」。

【傳鈔古文《尚書》「決」字構形異同表】

決	戰國楚簡	石經	敦煌本	岩崎本 神田本b	九條本 島田本b	內野本	上圖（元） 觀智院b	古梓堂b 天理本	足利本	上圖本（影）	上圖本（八）	古文尚書晁刻	書古文訓	尚書篇目
予決九川距四海						決			決	沢	沢			益稷

520、距

「距」字在傳鈔古文《尚書》有下列不同字形：

（1）距：距1 距2

上圖本（影）、上圖本（八）「距」字各作距1距2，偏旁「足」筆畫簡省。

（2）距：岠 岠

《書古文訓》〈益稷〉「濬畎澮距川」「距」字作岠，敦煌本 P2533〈禹貢〉、

〈五子之歌〉「距」字亦作「距」距，《撰異》謂「距」原作「歫」，衛包改作「距」。偏旁「足」、「止」古相通，《說文》「跟」字或體從止作「止艮」，古璽「踦」字作踦璽彙 1684，楚簡「跪」字作跪包山 263，又揚雄〈羽獵賦〉「騰空虛距連卷」顏師古曰：「距即歫字」。

（3）岠：岠

九條本「距」字作岠，為「距」字之俗訛，偏旁「止」訛作「山」，偏旁「巨」則多一畫俗訛與「臣」相近，形同「巨」字作巨漢印徵巨晉辟雍碑。

【傳鈔古文《尚書》「距」字構形異同表】

距	戰國楚簡	石經	敦煌本	岩崎本 b	神田本 b	九條本	島田本 b	內野本	上圖（元）	觀智院 b	天理本 b	古梓堂 b	足利本	上圖本（影）	上圖本（八）	古文尚書晁刻	書古文訓	尚書篇目
予決九川距四海															距			益稷
濬畎澮距川																	岠	益稷
祇台德先不距朕行			距 P2533			岠												禹貢
距于河厥弟五人			距 P2533			岠								距				五子之歌

益稷	戰國楚簡	漢石經	魏石經	敦煌本 P3605・P3165			岩崎本	神田本	九條本	島田本	內野本	上圖本（元）	觀智院	天理本	古梓堂	足利本	上圖本（影）	上圖本（八）	晁刻古文尚書	書古文訓	唐石經
濬畎澮距川暨稷播奏											濬畎澮距川暨稷播奏					濬畎澮距川暨稷播奏	濬畎澮距川暨稷播奏	濬畎澮距川暨稷播奏	濬畎澮岠川暨稷播奏	睿く巜岠川泉稷囷敦一	濬畎澮距川暨稷播奏

521、畎

「濬畎澮距川」，《說文》川部「川」字下引虞書曰：「濬く巜澮距川」，谷

部「睿」字引作「睿畎澮距川」。段注云：「前（川部引）爲古文尚書，此爲今文也，以『濬く』皆倉頡古文知之」。

「畎」字在傳鈔古文《尚書》有下列不同字形：

（1）畎：

〈禹貢〉「岱畎絲枲鈆松怪石」敦煌本 P3615「畎」字作，偏旁犬字俗寫與「友」相混。《說文》「く」字篆文，从田犬聲。

（2）く：

《書古文訓》「濬畎澮距川」「畎」字作，爲《說文》く部之隸定，其古文从田从川作，篆文从田犬聲。

（3）甽：

《書古文訓》〈禹貢〉、〈梓材〉「畎」字作，爲《說文》く字古文作之隸古定，「甽」「畎」爲聲符更替。

【傳鈔古文《尚書》「畎」字構形異同表】

畎	戰國楚簡	石經	敦煌本	岩崎本	神田本b	九條本	島田本b	內野本	上圖（元）	觀智院b	天理本b	古梓堂b	足利本	上圖本（影）	上圖本（八）	古文尚書晁刻	書古文訓	尚書篇目
濬畎澮距川																	く	益稷
岱畎絲枲鈆松怪石			 P3615															禹貢
爲厥疆畎																		梓材

唐石經	書古文訓	晁刻古文尚書	上圖本(八)	上圖本(影)	足利本	古梓堂	天理本	觀智院	上圖本(元)	内野本	島田本	九條本	神田本	岩崎本		敦煌本P3605·P3165	魏石經	漢石經	戰國楚簡	益稷
庶艱食鮮食懋遷有無化居	歷囏佥鮲佥粖饔广亡傀屄		庶艱食鮮食懋遷有無化居	庶艱食鮮食懋遷有無化居	庶艱食鮮食懋遷有上化居				庶艱食鮮食懋遷ナ亡化屄	庶艱食鮮食懋遷有無化居						庶艱食鮮食懋遷				庶艱食鮮食樅遷有無化居

漢石經「懋遷有無化居」「化」字作「貨」 。

522、化

「鮮食懋遷有無化居」，《史記》作「食少，調有餘補不足，徙居」《撰異》云：「『調有餘補不足』，謂『懋遷有無』也。《漢書·食貨志》說禹曰：『粖遷有無，萬國作乂』師古曰：『粖與茂同。』」《注疏》云：「《漢書·敘傳》作『茂』。懋、茂、粖，俱『貿』假音字。」

「化」字在傳鈔古文《尚書》有下列不同字形：

（1）貨：漢石經

漢石經「懋遷有無化居」「化」字作「貨」，《日知錄》卷二云：「化者，貨也。」自注云：「古『化』『貨』二字多通用，《史記·仲尼弟子傳》：『與時轉貨貲』《索隱》曰：『《家語》貨作化』。」《注疏》云：「『化』即古『貨』字，古布（按如齊刀銘文）以『化』為『貨』。漢石經則以後起之「貨」字為「化」。

（2）傀

《書古文訓》「化」字皆作傀，《說文》鬼部「傀，鬼變也，从鬼化聲」，「化」、「傀」同音假借。

【傳鈔古文《尚書》「化」字構形異同表】

尚書篇目	書古文訓	古文尚書晁刻	上圖本（八）	上圖本（影）	上圖本（元）	觀智院本b	天理本b	古梓堂b	足利本b	內野本	島田本b	九條本	神田本b	岩崎本	敦煌本	石經	戰國楚簡	化
益稷	愧															漢（印）		鮮食懇遷有無化居
泰誓中	愧																	臣下化之
大誥	愧																	肆予大化誘我友邦君
周官	愧																	貳公弘化寅亮天地
君陳	愧																	弗化于汝訓辟以止辟乃辟
畢命	愧																	式化厥訓
畢命	愧																	斁化奢麗萬世同流

唐石經	書古文訓	晁刻古文尚書	上圖本（八）	上圖本（影）	上圖本（元）	觀智院	天理本	古梓堂	足利本	上圖本（影）	內野本	島田本	九條本	神田本	岩崎本		敦煌本 P3605·P3165	魏石經	漢石經	戰國楚簡	益稷
烝民乃粒萬邦作乂	烝民乃粒萬邦作乂	烝民乃粒万邦作乂	烝民乃粒萬邦作乂	烝民乃粒万邦作乂					烝民乃粒万邦作乂		烝民乃粒万邦作乂										烝民乃粒萬邦作乂

523、粒

「粒」字在傳鈔古文《尚書》有下列不同字形：

（1）[圖]汗 2.26 [圖]四 5.22 [圖]六 382 餗

《汗簡》、《古文四聲韻》、《訂正六書通》錄《古尚書》「粒」字作：[圖]汗 2.26 [圖]四 5.22 [圖]六 382，《說文》「粒」字古文作餗，偏旁「米」、「食」可通，如《說文》「饎」字或從米作「糦」，「餈」字或作「粢」，馬王堆漢墓帛書〈老子〉甲、乙「餘」字或作「粜」：[圖]老子甲 135 [圖]老子乙 237 下。《書古文訓》「粒」字作餗，

為「粒」字古文[glyph]之隸定。

【傳鈔古文《尚書》「粒」字構形異同表】

傳抄古尚書文字 粒 汗2.26 四5.22 六382	戰國楚簡	石經	敦煌本	岩崎本	神田本b	九條本	島田本b	內野本	上圖（元）	觀智院b	天理本	古梓堂b	足利本	上圖本（影）	上圖本（八）	古文尚書晁刻	書古文訓	尚書篇目
烝民乃粒萬邦作乂																	竷	益稷

益稷	戰國楚簡	漢石經	魏石經	敦煌本 P3605·P3165			岩崎本	神田本	九條本	島田本	內野本	上圖本（元）	觀智院	天理本	古梓堂	足利本	上圖本（影）	上圖本（八）	晁刻古文尚書	書古文訓	唐石經
皋陶曰俞師汝昌言禹曰都帝慎乃在位			[glyph]（師女）								咎繇曰俞師女昌言禹曰都帝畜乃在位	咎繇曰俞師汝昌言禹曰都帝畜乃在位				咎繇曰俞師汝昌言都帝畜乃在位	皋陶曰俞師汝昌言禹曰都帝慎乃在位		咎繇曰俞帝女昌言中帝曰㡭帝畜曷圣位	皋陶曰俞師汝昌言禹曰都帝慎乃在位
帝曰俞禹曰安汝止惟幾惟康											帝曰俞禹曰安汝止惟幾惟康	帝曰俞禹曰安汝止惟幾惟康				帝曰俞禹曰安汝止惟幾惟康	帝曰俞禹曰安汝止惟幾惟康		帝曰俞禹曰安汝止惟樂惟康	帝曰俞禹曰安汝止惟幾惟康

524、康

「康」字在傳鈔古文《尚書》有下列不同字形：

（1）𥡆上博1緇衣15𥡆郭店緇衣28𡱁漢石經康1康2康康3康4康康5

上博〈緇衣〉簡15、郭店〈緇衣〉簡28引〈康誥〉「敬明乃罰」「康」字作𥡆上博1緇衣15𥡆郭店緇衣28，《說文》禾部「穅」字或省作𥡆，源自𥡆陳曼𥡆令瓜君壺𥡆郭店成之36𥡆璽彙2509，漢石經〈益稷〉隸變𡱁。

《書古文訓》「康」字多作康1，為𥡆說文穅或體之隸定，〈蔡仲之命〉「以和兄弟康濟小民」則隸訛作康2。敦煌本P2643、S2074、內野本、足利本、上圖本（八）「康」字或作康康3，其下形寫似「水」；九條本或變作康4；足利本、上圖本（影）或作康康5，其下形訛作「小」。

（2）庚1庚2

岩崎本、上圖本（元）、上圖本（八）「康」字或作庚1庚2，乃寫誤作「庚」。

【傳鈔古文《尚書》「康」字構形異同表】

康	戰國楚簡	石經	敦煌本	岩崎本	神田本b	九條本b	島田本b	內野本	上圖（元）	觀智院b	天理本b	古梓堂b	足利本	上圖本（影）	上圖本（八）	古文尚書晁刻	書古文訓	尚書篇目
安汝止惟幾惟康													康		𥡆		康	益稷
庶事康哉		𡱁漢	康P3605												康		康	益稷
太康尸位以逸豫滅厥德															康			五子之歌
惟仲康肇位															康		康	胤征
無傲從康			庚												庚		康	盤庚上
承汝俾汝惟喜康共										庚			康	康			康	盤庚中
以康兆民			康P2643 康P2516														康	說命上
不有康食不虞天性			康P2643														康	西伯戡黎

經文											書古文訓	篇名
身其康彊									康		康	洪範
弗造哲迪民康									康		康	大誥
用康保民弘于天若德裕									康		康	康誥
我惟無斁其康事公勿替刑								康	康		康	洛誥
非我一人奉德不康寧								康	康		康	多士
以和兄弟康濟小民	康 S2074										康	蔡仲之命
非我有周秉德不康寧	康 S2074		康				康		康		康	多方
成王將崩命召公畢公率諸侯相康王作顧命									康		康	顧命
康王既尸天子遂誥諸侯作康王之誥											康	康王之誥
嗣守文武成康遺緒	庚	康						康	康		康	君牙
柔遠能邇惠康小民			康						康		康	文侯之命

益稷	戰國楚簡	漢石經	魏石經	敦煌本 P3605·P3165			岩崎本	神田本	九條本	島田本	內野本	上圖本（元）	觀智院	天理本	古梓堂	足利本	上圖本（影）	上圖本（八）	晁刻古文尚書	書古文訓	唐石經
其弼直惟動丕應徯志以昭受上帝											亓弼直惟運丕應徯志呂昭受上帝						亓弼直惟運丕應徯志呂昭受上帝	其弼直惟運丕應徯志呂以昭受上帝	其弼直惟運丕應徯志呂昭受上帝	亓弼㬎惟運丕應徯志呂昭𢘔上帝	其弼直惟動丕應徯志以昭受上帝

525、應

「應」字在傳鈔古文《尚書》有下列不同字形：

（1）応

足利本、上圖本（影）「應」字或作応，从广从心，爲「應」字省形。

【傳鈔古文《尚書》「應」字構形異同表】

應	戰國楚簡	石經	敦煌本	岩崎本	神田本b	九條本	島田本b	內野本	上圖（元）	觀智院b	天理本	古梓堂b	足利本	上圖本（影）	上圖本（八）	古文尚書晁刻	書古文訓	尚書篇目
其弼直惟動丕應																		益稷
誰敢不讓敢不敬應																		益稷
王出在應門之內													应	応				康王之誥
入應門左													応					康王之誥

526、徯

「徯」字在傳鈔古文《尚書》有下列不同字形：

（1）徯徯1徯2𢓈徯3後4

足利本、上圖本（影）「徯」字或作徯徯1，或省作徯2，偏旁「彳」字皆作「彳」形。上圖本（八）或作𢓈徯3，或省作後4，偏旁「奚」訛寫與「爰」字混同。

（2）徯1徯2

內野本「徯」字或作徯1、九條本或省作徯2，偏旁「彳」訛變作「亻」。

（3）待

上圖本（八）〈五子之歌〉「徯于洛之汭」「徯」字作待，《爾雅·釋詁》：「徯，待也」，以同義字「待」替換。

【傳鈔古文《尚書》「徯」字構形異同表】

徯	戰國楚簡	石經	敦煌本	岩崎本	神田本b	九條本	島田本b	內野本	上圖（元）	觀智院b	天理本	古梓堂b	足利本	上圖本（影）	上圖本（八）	古文尚書晁刻	書古文訓	尚書篇目
徯志以昭受上帝													徯	徯	徯			益稷
徯于洛之汭							徯	徯					徯	徯	待			五子之歌
日徯予后后來其蘇													徯	徯	後			仲虺之誥
乃日徯我后															後			太甲中

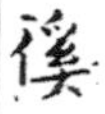

唐石經	書古文訓	晁刻古文尚書	上圖本（八）	上圖本（影）	古梓堂	足利本	天理本	觀智院	上圖本（元）	內野本	島田本	九條本	神田本	岩崎本		敦煌本 P3605・P3165	魏石經	漢石經	戰國楚簡	益稷
天其申命用休帝曰吁臣哉鄰哉 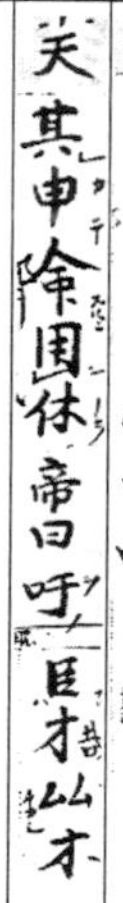 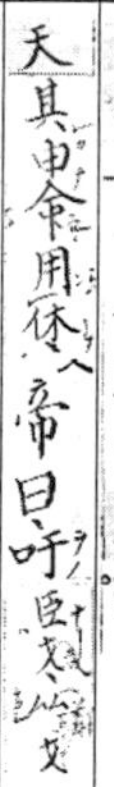 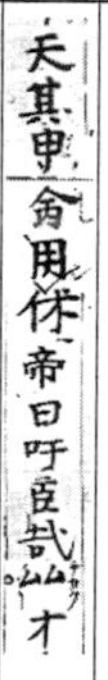  	��其亓申命用休帝曰吁臣才𠓥才		天其申命用休帝曰吁臣哉𠓥才	天其申命用休帝曰吁臣𠓥才		天其申除用休帝曰吁且才𠓥才				天亓申命用誄帝曰吁臣才𠓥才										天其申命用休帝曰吁臣哉鄰哉

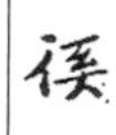

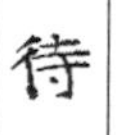

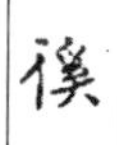

鄰哉臣哉禹曰俞帝曰臣作朕股肱耳目

帝曰臣作

臣才俞曰俞帝曰臣作朕股肱耳目

臣才俞曰俞帝曰臣作朕股肱耳目

隣臣才俞曰俞帝曰臣作朕股肱耳目

以臣戈俞曰俞帝曰臣係般股肱耳目

臣才俞曰俞帝曰臣作般股肱耳目

厶才臣才俞曰俞帝曰臣作朕股肱耳目

鄰哉臣哉禹曰俞帝曰臣作朕股肱耳目

527、臣

「臣」字在傳鈔古文《尚書》有下列不同字形：

（1）𠄞魏石經 臣臣臣

魏三體石經〈君奭〉、〈立政〉「臣」字古文作 𠄞，源自甲金文 臣鐵 1.1 臣乙 524 臣臣爵 臣卿簋 臣孟鼎。敦煌本 P2748、P3871、觀智院本、上圖本（八）、《書古文訓》「臣」字或隸古定作 臣臣臣。

（2）臣漢石經

漢石經〈益稷〉「鄰哉臣哉」「臣」字作 臣，直筆貫穿，與 臣佣友鐘 臣盉壺同形，當源自 臣甲 2851 臣粹 125 臣臣辰父癸鼎 臣臣辰盉 臣小臣鼎形。

【傳鈔古文《尚書》「臣」字構形異同表】

臣	戰國楚簡	石經	敦煌本	岩崎本 b	神田本 b	九條本	島田本 b	內野本	上圖 （元）	觀智院 b	天理本	古梓堂 b	足利本	上圖本 （影）	上圖本 （八）	古文尚書晁刻	書古文訓	尚書篇目
鄰哉臣哉		臣 漢																益稷
王言惟作命不言臣下罔攸稟令															臣			說命上
茲乃允惟王正事之臣																	臣	酒誥
拜手稽首曰予小臣																	臣	召誥
比事臣我宗多遜			臣 P2748															多士

在太戊時則有若伊陟臣扈	魏									君奭
小臣屛侯甸	魏	臣P2748								君奭
百司庶府大都小伯藝人表臣	魏									立政
畢公衛侯毛公師氏虎臣百尹御事						臣b				顧命
一二臣衞敢執壤奠						臣b				康王之誥
如有一介臣	臣P3871									秦誓

528、鄰

張政烺謂中山王鼎其上所从。。即古「鄰」字〔註251〕，何琳儀以爲象兩城比鄰之形，傳抄古文汗 6.82四 1.31六書通形即。。之訛變。戰國「鄰」字多加注文聲作中山王鼎郭店.性自 18郭店.老子甲 9郭店.窮達 12。

「鄰」字在傳鈔古文《尚書》有下列不同字形：

（1）汗 6.82四 1.31六 60

《汗簡》、《古文四聲韻》、《訂正六書通》錄《古尚書》「鄰」字作：汗 6.82四 1.31六，隸定作「厸」，漢孫根碑「至於東。。大虐哉仁」班固〈幽通賦〉「東厸虐而殲仁」、《漢書·敘傳》「亦厸德而助信」，注云：「厸，古鄰字」，《玉篇》、《集韻》亦見「厸」古鄰字。

敦煌本 S2074、島田本、九條本、內野本、足利本、上圖本（影）、上圖本（八）「鄰」字或作 ，《書古文訓》作 ，皆爲。。之隸變。

（2）1、2

內野本、上圖本（影）「鄰」字或作1，左形訛作「山」，足利本〈益稷〉「欽四鄰庶頑讒說」「鄰」字作，訛作二山，皆爲「厸」之訛誤。

〔註251〕說見《古文字研究》1，北京：中華書局，頁 231。

【傳鈔古文《尚書》「鄰」字構形異同表】

鄰　傳抄古尚書文字 〔汗6.82〕〔四1.31〕〔六60〕	戰國楚簡	石經	敦煌本	岩崎本	神田本b	九條本	島田本b	內野本	上圖（元）	觀智院b	天理本	古梓堂b	足利本	上圖本（影）	上圖本（八）	古文尚書晁刻	書古文訓	尚書篇目
帝曰吁臣哉鄰哉								◇					◇	◇	◇		◇	益稷
鄰哉臣哉															◇		◇	益稷
欽四鄰庶頑讒說								◇					◇	◇			◇	益稷
並其有邦厥鄰								◇					◇	◇	◇		◇	太甲中
惟大艱人誕鄰胥								◇b	◇								◇	大誥
囚蔡叔于郭鄰以車七乘								◇							◇		◇	蔡仲之命
睦乃四鄰以蕃王室			◇ S2074					◇	◇				◇	◇	◇		◇	蔡仲之命

529、肱

「肱」字在傳鈔古文《尚書》有下列不同字形：

（1）〔肱〕漢石經　肱1 肱2 厷3

漢石經〈益稷〉「元首明哉股肱良哉」「肱」字作〔肱〕，《說文》又部「厷」字或體從肉作「肱」〔肱〕，漢碑隸變作 肱 張遷碑。上圖本（影）「肱」字或作 肱1 肱2，為「肱」字之訛變，肱2 右形誤作從「去」。九條本或作 厷，右形訛變與「左」字混同。

（2）厷

《書古文訓》「肱」字皆作 厷，為《說文》又部「厷」字篆文 〔厷〕之隸定。

【傳鈔古文《尚書》「肱」字構形異同表】

肱	戰國楚簡	石經	敦煌本	岩崎本	神田本b	九條本	島田本b	內野本	上圖（元）	觀智院b	天理本	古梓堂b	足利本	上圖本（影）	上圖本（八）	古文尚書晁刻	書古文訓	尚書篇目
帝曰臣作朕股肱耳目															肱		厷	益稷

經文	漢石經	敦煌本			厷（唐石經）	出處
股肱喜哉元首起哉				肱	厷	益稷
元首明哉股肱良哉	肱（漢）				厷	益稷
股肱惰哉萬事墮哉					厷	益稷
股肱惟人良臣惟聖		肱 P2643			厷	說命下
小子惟一妹土嗣爾股肱純			肱		厷	酒誥
今命爾予翼作股肱心膂					厷	君牙

益稷	戰國楚簡	漢石經	魏石經	敦煌本 P3605・P3165		岩崎本	神田本	九條本	島田本	內野本	上圖本（元）	觀智院	天理本	古梓堂	足利本	上圖本（影）	上圖本（八）	晁刻古文尚書	書古文訓	唐石經
予欲左右有民汝翼予欲宣力四方汝為		（漢石經殘字）								予欲左右ナ民女翼予欲宣力三方汝為					予欲左右有民汝翼予欲宣力三方汝為	予欲左右有民汝翼予欲宣力三方汝為	予欲左右有民女翼予欲宣力四方女為	予欲左右ナ民女翼予欲宣力三匹女為	予欲左右ナ民女翼予欲宣力三匹女為子	予欲左右有民女翼予欲宣力四方汝為

530、左

「左」字在傳鈔古文《尚書》有下列不同字形：

（1）左左₁左₂

敦煌本 P2516、岩崎本、九條本、觀智院本、上圖本（八）「左」字或作左左₁，偏旁「工」字之上短橫與直筆合書，上圖本（元）或變作左₂。

（2）左左

足利本、上圖本（影）、上圖本（八）「左」字或作左左，偏旁「工」字訛寫似「七」形。

【傳鈔古文《尚書》「左」字構形異同表】

左	戰國楚簡	石經	敦煌本	岩崎本	神田本 b	九條本 / 島田本 b	內野本	上圖（元）	觀智院 b	天理本	古梓堂本 b	足利本	上圖本（影）	上圖本（八）	古文尚書晁刻	書古文訓	尚書篇目
予欲左右有民汝翼													左	左			益稷
今予惟恭行天之罰左不攻于左			左 P5543	左									左	左			甘誓
惟尹躬克左右厥辟宅師												右	左	左	左		太甲上
王置諸其左右			左 P2643 / 左 P2516									右	左	左			說命上
召公爲保周公爲師相成王爲左右													左	左	從		君奭
王左右常伯常任準人綴衣虎賁													左	左	右		立政
先輅在左塾之前次輅在左塾之前								右 b					左	左			顧命
四夷左衽罔不咸賴			左										左	左	左		畢命
克左右亂四方			左										左	左			君牙
實賴左右前後有位之士			左										左	左			冏命

益稷	戰國楚簡	漢石經	魏石經	敦煌本 P3605·P3165	岩崎本	神田本	九條本	島田本	內野本	上圖本（元）	觀智院	天理本	古梓堂本	足利本	上圖本（影）	上圖本（八）	晁刻古文尚書	書古文訓	唐石經
予欲觀古人之象日月星辰山龍									予欲觀古人出寫日月星辰山龍	予欲觀古人出寫日月星辰山龍					予欲觀古人之象日月星辰山龍	予欲觀古人出寫日月星辰山龍	予欲觀古人之象日月星辰山龍	予欲觀古人之象日月星辰山龍	欲觀古人之象日月星辰山龍

531、蟲

（1）🔲魏品式🔲1

魏品式三體石經〈皋陶謨〉（今本〈益稷〉）「華蟲作會」「蟲」字古文作🔲，與楚簡作🔲郭店老子甲 21🔲包山 191 同形，「虫」字戰國作🔲魚鼎七🔲璽彙 0729🔲璽彙 1099 等。上圖本（八）「蟲」作🔲1，其下二虫作重文符號「＝＝」。

【傳鈔古文《尚書》「蟲」字構形異同表】

蟲	戰國楚簡	石經	敦煌本	岩崎本b	神田本b	九條本	島田本b	內野本	上圖（元）	觀智院b	天理本	古梓堂b	足利本	上圖本（影）	上圖本（八）	古文尚書晁刻	書古文訓	尚書篇目
華蟲作會		🔲魏品													🔲			益稷

532、彝

「彝」字在傳鈔古文《尚書》有下列不同字形：

（1）🔲魏石經

魏三體石經〈君奭〉「彝」字古文作🔲，與《說文》古文作🔲同形，源自甲金文作🔲前 5.1.3《甲編》：「象兩手捧雞之形，非從絲」🔲小夫作父丁卣🔲辨簋🔲仲追父簋🔲仲簋🔲史頌簋🔲史頌鼎🔲芮伯壺等形，🔲魏石經🔲說文古文彝則變自🔲秦公簋形。

（2）🔲1🔲2🔲🔲3

尚書敦煌寫本「黻」字多作 1 形，說文篆文黻所从「糸」此形省變作「幺」；敦煌本 P2748 或作 2，偏旁「黹」字訛混為「木」。內野本、足利本、上圖本（影）、上圖本（八）多作 3 形，「糸」訛變作「分」。

（3）

上圖本（八）「黻」字或作 ，所从「糸」訛變作「分」，並與「米」形位置互易，偏旁「黹」字變作「寸」，俗書常見，如「棄」字上圖本（八）或作古文「弃」，又變作 「廾」混作「寸」。

【傳鈔古文《尚書》「黻」字構形異同表】

黻	戰國楚簡	石經	敦煌本	岩崎本b	神田本b	九條本b	島田本b	內野本	上圖（元）	觀智院b	天理本b	古梓堂b	足利本	上圖本（影）	上圖本（八）	古文尚書晁刻	書古文訓	尚書篇目
宗黻藻火粉米黼黻絺繡								黻					黻	黻	尋		黻	益稷
凡我造邦無從匪黻無即慆淫								黻					黻	黻	黻		黻	湯誥
我不知其黻倫攸敘			黻					黻					黻	黻	黻		黻	洪範
罰蔽殷黻用其義刑義殺								黻					黻	黻	黻		黻	康誥
無黻酒越庶國飲							黻	黻					黻	黻	黻		黻	酒誥
聽祖考之黻訓越小大德								黻							黻			酒誥
誕惟厥縱淫泆于非黻								黻							黻			酒誥
其惟王勿以小民淫用非黻								黻					黻	黻	黻		黻	召誥
厥攸灼敘弗其絕厥若黻及撫事如予			黻 P2748					黻					黻	黻	黻		黻	洛誥
聽朕教汝于棐民黻			黻 P2748 黻 S6017					黻					黻	黻	黻		黻	洛誥
茲迪黻教文王蔑德降于國人	魏		黻 P2748					黻					黻	黻	黻		黻	君奭
率乃祖文王之黻訓			黻 S5626 黻 S2074				黻	黻					黻	黻	黻		黻	蔡仲之命

嗚呼欽哉永弼乃后于彝憲				彝		彝	彝	彝	彝	冏命
率乂于民棐彝典獄非訖于威		彝		彝		彝	彝	彝	彝	呂刑

533、藻

「藻」字在傳鈔古文《尚書》有下列不同字形：

（1）璪：璪

《書古文訓》「藻」字作「璪」，《說文》玉部「璪，玉飾如水藻之文，從玉桑聲。虞書曰『璪火黺米』」此假「璪」爲「藻」字，段注云：「按虞書『璪』字衣之文也，當從『衣』而從『玉』者，假借也。衣文玉文皆如水藻，聲義皆同，故相假借。」「璪」爲「藻」之假借字

（2）藻：藻

足利本、上圖本（影）、上圖本（八）「藻」字作藻，其「品」形下二口共筆，寫本常見，如「品」字作品、「臨」字作臨。

【傳鈔古文《尚書》「藻」字構形異同表】

藻	戰國楚簡	石經	敦煌本	岩崎本b	神田本b	九條本	島田本b	內野本	上圖（元）	觀智院b	天理本	古梓堂b	足利本	上圖本（影）	上圖本（八）	古文尚書晁刻	書古文訓	尚書篇目
宗彝藻火粉米黼黻絺繡													藻	藻	藻		璪	益稷

534、粉

「粉」字在傳鈔古文《尚書》有下列不同字形：

（1）黺汗 3.41 黺四 3.15 黺

「粉」字《汗簡》、《古文四聲韻》錄《古尚書》作：黺汗 3.41 黺四 3.15，《書古文訓》作黺，爲此形之隸定，《說文》黹部「黺，衮衣山龍華蟲黺畫粉也，從黹從粉省，衛宏說。」玉部「璪」字下引虞書曰「璪火黺米」亦作「黺」，是壁中古文本作「黺」。

【傳鈔古文《尚書》「粉」字構形異同表】

粉	傳抄古尚書文字 粉 汗3.41 四3.15	戰國楚簡	石經	敦煌本	岩崎本	神田本b	九條本b	島田本b	內野本	上圖（元）	觀智院b	天理本	古梓堂b	足利本	上圖本（影）	上圖本（八）	古文尚書晁刻	書古文訓	尚書篇目
	宗彝藻火粉米黼黻絺繡																	粉	益稷

535、米

「米」字在傳鈔古文《尚書》有下列不同字形：

（1）魏品式

魏品式三體石經〈皋陶謨〉（今本〈益稷〉）「藻火粉米」「米」字古文作，此形从糸从米，《說文》糸部「絑，繡文如聚細米也」段注云：「米、絑疊韻……壁中古文本『黺絑』，黹部云『黺，畫粉也』，此云『絑，繡文如聚細米也』皆古文尚書說也」。

（2）汗3.41四3.12

《汗簡》、《古文四聲韻》錄《古尚書》「米」字作：汗3.41四3.12，汗3.41注云「米亦作絑」。《韻會》8齊韻「絑」字謂《說文》「絑」或作「黺米」，並引《書·益稷》「藻火黺黺米」，今本《說文》脫此，且黹部無「黺米」字，《釋文》「粉米」下云：「《說文》作『黺絑』。徐本作『絑』，音米」，王筠云：「『徐本作絑』者，謂徐鉉《說文》有『絑』無『黺米』也」，蓋許慎所見古文尚書當有作「黺黺米」、「黺絑」者，黺米、絑爲義符更替。《書古文訓》「米」字亦作黺米。

【傳鈔古文《尚書》「米」字構形異同表】

米	傳抄古尚書文字 米 汗3.41 四3.12	戰國楚簡	石經	敦煌本	岩崎本	神田本b	九條本b	島田本b	內野本	上圖（元）	觀智院b	天理本	古梓堂b	足利本	上圖本（影）	上圖本（八）	古文尚書晁刻	書古文訓	尚書篇目
	藻火粉米黼黻絺繡	魏品																黺米	益稷

536、黼

「黼」字在傳鈔古文《尚書》有下列不同字形：

（1）隸釋漢石經1234

《隸釋》錄漢石經〈顧命〉「黼扆」作「黼衣」，「黼」字作黼，《隸辨》錄漢石經尚書殘字作黼漢石經，《書古文訓》或作黼1，皆隸變之形，其偏旁「黹」字下形訛似「爾」；內野本、足利本、上圖本（八）或作黼黼2，與黼漢石經字同形，偏旁「黹」字訛寫似上++下「爾」，其「业」形訛似「++」，與「業」字寫作業業、隸變作業張納功德敘碑相類。觀智院本、上圖本（影）或省作黼黼黼3；觀智院本或省訛作黼4。

（2）黼1黼2黼黼黼3

上圖本（八）「黼」字或作黼1，觀智院本或作黼2，偏旁「黹」字訛寫與「蕭」字相混，其偏旁「肅」字其下中省略作「米」形，如繡字作繡劉寬碑；足利本、上圖本（影）、上圖本（八）或作黼黼黼3，偏旁「黹」字下形訛與「隶」相混，亦偏旁「肅」字之訛變（參見"肅"字）。

【傳鈔古文《尚書》「黼」字構形異同表】

黼	戰國楚簡	石經	敦煌本	岩崎本 b	神田本 b	九條本 b	島田本 b	內野本	上圖（元）	觀智院 b	天理本 b	古梓堂 b	足利本	上圖本（影）	上圖本（八）	古文尚書晁刻	書古文訓	尚書篇目
宗彝藻火粉米黼黻絺繡								黼					黼	黼	黼	黼	黼	益稷
狄設黼扆綴衣牖間南嚮		黼隸釋					黼b	黼	黼b				黼	黼	黼			顧命
敷重篾席黼純華玉仍几								黼	黼b				黼	黼	黼			顧命
王麻冕黼裳由賓階隮								黼	黼b				黼	黼	黼			顧命

537、黻

「黻」字在傳鈔古文《尚書》有下列不同字形：

（1）黻魏品式黻1黻2黻黻3

「黻」字魏品式三體石經〈皋陶謨〉古文作黻，《書古文訓》作黻1，為此形之隸變，日古寫本偏旁「黹」字多訛寫似上++下爾或隶等形（參見"黼"字），偏旁「犮」字則訛作友（黻2上圖本（影））、或多一畫作犮形（黻3內野本黻3上圖本（八））。

【傳鈔古文《尚書》「黼」字構形異同表】

黼	戰國楚簡	石經	敦煌本	岩崎本	神田本b	九條本	島田本b	內野本	上圖（元）	觀智院b	天理本	古梓堂b	足利本	上圖本（影）	上圖本（八）	古文尚書晁刻	書古文訓	尚書篇目
宗彝藻火粉米黼黻絺繡		魏品							黻			黻黻黻				黻	益稷

538、絺

「絺」字在傳鈔古文《尚書》有下列不同字形：

（1）絺絺1絺2

「絺」字敦煌本 P3615、P5522 作絺，岩崎本作絺，右上作「又」；形，九條本作絺，其右上與絲婁壽碑相類，而多一畫。

【傳鈔古文《尚書》「絺」字構形異同表】

絺	戰國楚簡	石經	敦煌本	岩崎本	神田本b	九條本	島田本b	內野本	上圖（元）	觀智院b	天理本	古梓堂b	足利本	上圖本（影）	上圖本（八）	古文尚書晁刻	書古文訓	尚書篇目
宗彝藻火粉米黼黻絺繡		魏品																益稷
厥賦中上厥貢鹽絺			絺P3615	絺														禹貢
厥貢漆枲絺紵厥篚纖纊			絺P5522絺P3169			絺												禹貢

539、繡

「繡」字在傳鈔古文《尚書》有下列不同字形：

（1）繡1繡2繡繡3

「繡」字內野本作繡1，右下省略作「米」形，與繡劉寬碑同形；上圖本（八）作繡2，與繡校官碑相類而中少一畫；足利本、上圖本（影）作繡繡3，偏旁肅字省訛與「隶」相混。

【傳鈔古文《尚書》「繡」字構形異同表】

繡	戰國楚簡	石經	敦煌本	岩崎本	神田本b	九條本	島田本b	內野本	上圖本（元）	觀智院b	天理本	古梓堂b	足利本	上圖本（影）	上圖本（八）	古文尚書晁刻	書古文訓	尚書篇目
宗彝藻火粉米黼黻絺繡									繡					綨	綵	繡			益稷

540、肅

「肅」字在傳鈔古文《尚書》中有下列不同字形：

（1）肅肅肅₁肅₂肅₃

《說文》「肅」字从聿在片上，片，古淵字。《書古文訓》「肅」字或作肅肅肅₁，爲古文作肅之隸定，又隸訛作肅₂肅₃形。金文「肅」字作𦎫 王孫鐘 𣂦 王孫遺者鐘 𣂧 无專，楚簡作𣂦 包山174形，李天虹謂《說文》古文肅所从「當是片字之訛〔註252〕」。

（2）肅肅₁肅₂肅₃

內野本、上圖本（八）「肅」字或作肅肅₁，上圖本（元）或作肅₂，形如肅孔龗碑肅史晨奏銘肅張納功德敘，爲《說文》篆文肅之省變，《干祿字書》謂「肅，俗肅字」；上圖本（影）或變作肅₃。

（3）肅₁肅₂

足利本、上圖本（影）、上圖本（八）「肅」字或省變作肅肅₁，上圖本（影）或作肅₂，省訛與「隶」字相混。

【傳鈔古文《尚書》「肅」字構形異同表】

肅	戰國楚簡	石經	敦煌本	岩崎本	神田本b	九條本	島田本b	內野本	上圖本（元）	觀智院b	天理本	古梓堂b	足利本	上圖本（影）	上圖本（八）	古文尚書晁刻	書古文訓	尚書篇目
罔不祗肅天監厥德								肅	肅				隶	隶	肅		肅	太甲上
肅將天威大勳未集			肅										隶	隶			肅	泰誓上

〔註252〕說見李天虹，《說文古文校補疏證》，頁27，吉林大學碩士論文，1990。

聽曰聰思曰睿恭作肅			肅	肅			肅			肅	洪範
日肅時雨若曰乂時暘若			肅	肅			肅肅			肅	洪範
肅恭神人予嘉乃德			肅	肅			肅肅			肅	微子之命
公功肅將祇歡	肅 P2748			肅			肅肅	肅		肅肅	洛誥
成王既伐東夷肅慎來賀				肅	肅		肅肅	肅		肅	周官
王俾榮伯作賄肅慎之命				肅	肅		肅肅	肅		肅	周官

益稷	戰國楚簡	漢石經	魏石經	敦煌本 P3605·P3165			岩崎本	神田本	九條本	島田本	內野本	上圖本（元）	觀智院	天理本	古梓堂	足利本	上圖本（影）	上圖本（八）	晁刻古文尚書	書古文訓	唐石經
以五采彰施于五色作服汝明											以五采彰施亏五色作服汝明					以五采彰施亏五色作服汝明	目五采章施亏玉色作服汝明	以五采童施亏五色作服女明	目圣采彰倉亏亥色延舡女朙	目圣采彰倉亏亥色延舡女朙	以五采彰施于五色作服汝明
予欲聞六律五聲八音			予欲聞六律五聲八音								予欲書六律五聲八音					予敬書六律五聲八音	予欲書六律五聲八音	予欲聞六律五聲八音	予欲聲六律五聲八音	予欲聲六律五聲八音	予欲聞六律五聲八音
在治忽以出納五言汝聽			在治忽以出納五言汝聽 （曶以）								在治智昌出納平言女聽					在治智昌出納五言汝聽	在治忽昌出納五言女聽	在治忽昌出納五言女聽	圣乿智昌出內圣屮女聽	圣乿智昌出內圣屮女聽	在治忽以出納五言汝聽

541、忽

「在治忽」，《史記》作「來始滑」，《漢書・律曆志》引作「七始詠」，《漢唐山夫人房中歌》引作「七始華」，漢石經殘碑作「七始滑」，《隋書・律曆志》引作「七始訓」，《史記・夏本紀・索隱》引作「采政忽」，鄭玄所注古文本作「在治曶」。

「忽」字在傳鈔古文《尚書》有下列不同字形：

（1）魏品式（隸）、1曶2

魏品式三體石經〈益稷〉「在治忽」「忽」字存隸體作，為《說文》曰部「曶」字篆文之隸變，源自克鐘形。《說文》「曶，出气詞也」，與心部「忽，忘也」音同義異，二字古相通假，如《漢書・揚雄傳》「於時人皆曶之」假「曶」為忽忘字，〈古今人表〉「仲忽」作「中曶」，段注云：「今則『忽』行而『曶』廢矣」。

「在治忽」「忽」字內野本亦作1，《書古文訓》周官〉「怠忽荒政」「忽」字作曶2，為說文篆文曶之隸古定。「曶」為「忽」之假借字。

（2）忽

《說文》「曶」字籀文作，則源自曶尊史曶爵師害簋等形。「在治忽」「忽」字《書古文訓》作忽2，為金文曶尊史曶爵等形之隸定。

（3）漢石經

漢石經「在治忽」作「七始滑」，「忽」字作，假「滑」為「忽」。

【傳鈔古文《尚書》「忽」字構形異同表】

忽	戰國楚簡	石經	敦煌本	岩崎本	神田本b	九條本 島田本b	內野本	上圖（元）	觀智院b	天理本	古梓堂b	足利本	上圖本（影）	上圖本（八）	古文尚書晁刻	書古文訓	尚書篇目
在治忽以出納五言		漢 魏品														忽	益稷
怠忽荒政																曶	周官

益稷	戰國楚簡	漢石經	魏石經	敦煌本 P3605・P3165			岩崎本	神田本	九條本	島田本	內野本	上圖本（元）	觀智院	天理本	古梓堂	足利本	上圖本（影）	上圖本（八）	晁刻古文尚書	書古文訓	唐石經
予違汝弼汝無面從退有後言											予妻女微女亡面加退ナ後言						予真女徼汝亡面加退ナ後言	予違女敬女上面徙追有後言		予真女敬女亡面刃逡ナ逡リ	予違汝弼汝無面從退有後言

542、面

「面」字在傳鈔古文《尚書》有下列不同字形：

（1）面隸釋

《隸釋》錄漢石經〈立政〉「謀面用丕訓德」「面」字作面，《隸辨》錄漢石經尚書殘字作面漢石經，爲《說文》篆文图之隸變隸書寫法，如图漢帛書老子乙前 **31** 上面武威簡 **9**面武威簡有司 **7** 等形。

（2）而

內野本、上圖本（八）「面」字或作而，與图朱爵玄武鏡同形，由隸書作面東海廟碑面曹全碑等形而省作。

【傳鈔古文《尚書》「面」字構形異同表】

面	戰國楚簡	石經	敦煌本	岩崎本	神田本b	九條本	島田本b	內野本	上圖本（元）	觀智院b	天理本	古梓堂b	足利本	上圖本（影）	上圖本（八）	古文尚書晁刻	書古文訓	尚書篇目
汝無面從退有後言								而										益稷
爲壇於南方北面								而										金縢
面稽天若今時既墜厥命								而								面		召誥
謀面用丕訓德	面隸釋							而								面		立政

不學牆面之事惟煩					面			面		周官
在東房大輅在賓階面綴輅在阼階面					面			面		顧命

543、退

「退」字在傳鈔古文《尚書》有下列不同字形：

（1）退汗 1.8 退四 4.17 復退1 退2 退3 退4

《汗簡》、《古文四聲韻》錄《古尚書》「退」字作：退汗 1.8 退四 4.17，《說文》彳部「復」字古文从辵作「退」退，源自 退行氣玉銘 退楚帛書乙 8.6 退郭店魯穆 2 退郭店語叢 2.4 退郭店老子乙 11 退 中山王壺 退 中山王兆域圖（按「囗」形為無義之增繁）等形。

內野本「退」字作退1，為古文退字退之隸書寫法，如退校官碑，或多一畫作退2，部件「日」、「白」常混作；《書古文訓》作退3，「夊」形隸訛作「夕」。足利本作退4，「夊」形隸訛作「从」，當由「退」字隸變俗作退張遷碑退鄭固碑等形訛變。

（2）追

上圖本（八）「汝無面從退有後言」「退」字作追，乃形近而誤作「追」。

【傳鈔古文《尚書》「退」字構形異同表】

傳抄古尚書文字 退 退汗 1.8 退四 4.17	戰國楚簡	石經	敦煌本	岩崎本	神田本b	九條本	島田本b	內野本	上圖（元）	觀智院b	天理本	古梓堂b	足利本	上圖本（影）	上圖本（八）	古文尚書晁刻	書古文訓	尚書篇目
汝無面從退有後言								退					追	退	追		退	益稷
公予小子其退即辟于周	退 P2748							退							退		退	洛誥

544、後

「後」字在傳鈔古文《尚書》有下列不同字形：

（1）後汗 1.8 後四 3.27 後四 4.38 後魏石經後

《汗簡》、《古文四聲韻》、《訂正六書通》錄《古尚書》「後」字作：後汗 1.8 後四 3.27 後四 4.38，後四 4.38 則右上少一畫，魏三體石經〈君奭〉、〈多方〉「後」字古文作後，皆與《說文》古文作後同形，源自 後 ● 鼎 後 幺沈兒鐘 後 杕氏壺 後曾

姬無卹壺後包山 4後郭店.語叢 1.7後包山 2，「彳」「辵」義通，爲形符替換。《書古文訓》「後」字多作迻，爲此形之隸定。

（2）後後1後後2後3後後4

內野本、上圖本（八）「後」字或作後後1，「夂」形少一畫，如後魏孔羨碑後衡立碑形，敦煌本 P2643、上圖本（影）或作後後2，偏旁「夋」筆畫省簡；上圖本（八）或作後3，偏旁「彳」字變作「氵」。敦煌本 P2748、上圖本（八）或作後後4，偏旁「彳」字訛寫與「氵」混同。寫本偏旁「彳」多寫作「彳」，變作「氵」，再變作「氵」。

（3）後後後

上圖本（元）、上圖本（八）「後」字或作後後後，與「傒」字或作傒傒相混同，偏旁「夋」、「奚」訛寫皆與「爰」字混同。

（4）后

足利本、上圖本（影）「後」字或作后，借同音之「后」爲「後」字。

（5）迻

《書古文訓》「汝無面從退有後言」「後」字作迻，《說文》辵部「迻」字「遷徙也」弋支切，與「後」字音義皆異，此當爲「後」字古文後隸定作迻之訛，偏旁「夋」形訛作「多」，誤作「迻」。

【傳鈔古文《尚書》「後」字構形異同表】

後	傳抄古尚書文字 後汗 1.8 後四 4.38 後四 3.27	戰國楚簡	石經	敦煌本	岩崎本 神田本b	九條本 島田本b	內野本	上圖（元） 觀智院b	天理本 古梓堂b	足利本	上圖本（影）	上圖本（八）	古文尚書晁刻	書古文訓	尚書篇目
汝無面從退有後言										後	後			迻	益稷
奚獨後予						後								迻	仲虺之誥
俾輔于爾後嗣制官刑										后	后	後		迻	伊訓
其後嗣王罔克有終								後		后	后	後		迻	太甲上
旁求俊彥啓迪後人										后	后	後		迻	太甲上

經文	敦煌本					唐石經	篇
自今至于後日				後	後	後	盤庚上
汝誕勸憂今其有今罔後汝何生在上				後	後	後	盤庚中
非先王不相我後人	後 P2643 / 後 P2516				後	後	西伯戡黎
予有後				后	後	後	大誥
在今後嗣王酗身						後	酒誥
越厥後王後民						後	召誥
命公後四方迪亂未定于宗禮				后	后	後	洛誥
王入太室祼王命周公後		後		后	後	後	洛誥
在今後嗣王誕罔顯于天	魏					後	多士
時惟天命無違朕不敢有後	後 P2748				後	後	多士
自時厥後立王生則逸				后	后	後	無逸
惟人在我後嗣子孫	魏				后	後	君奭
告君乃猷裕我不以後人迷	後 P2748			后	后 後	後	君奭
克勤無怠以垂憲乃後		後		后	后	後	蔡仲之命
有邦間之乃惟爾商後王	魏				後	後	多方

益稷	戰國楚簡	漢石經	魏石經	敦煌本 P3605·P3165		岩崎本	神田本	九條本	島田本	內野本	上圖本(元)	觀智院	天理本	古梓堂	足利本	上圖本(影)	上圖本(八)	晁刻古文尚書	書古文訓	唐石經
欽四鄰庶頑讒說										欽四鄰庶頑讒說					欽三鄰庶頑讒說	欽四鄰庶頑讒說	欽四鄰庶頑讒說	欽三從厲頑讒說	欽三從厲頑讒說

若不在時侯以明之撻以記之								若帝在旹侯呂明业撻呂記之		若帝在旹侯呂明业撻呂記之	若帝在旹侯呂明业撻呂記之	兼弱圣昧厌呂明业撻呂記业	若不在旹侯以明之撻以記之

545、侯

「侯」字在傳鈔古文《尚書》有下列不同字形：

（1）**[古文字形]** 魏石經 **厌** 四2.25 **厌**1 **庆**2

魏三體石經〈君奭〉、〈文侯之命〉「侯」字古文作 **[字形]**，《古文四聲韻》錄《古尚書》「侯」字作：**厌** 四2.25，《汗簡》錄石經「侯」字作 **厌** 汗2.27，與《說文》古文作 **厌** 同形，源自 **[字形]** 甲183 **[字形]** 乙892 **[字形]** 瓿文 **[字形]** 作且乙簋 **厌** 盂鼎 **[字形]** 鄂侯簋 **[字形]** 曾侯乙鐘，金文或作 **[字形]** 曾侯乙鐘 **[字形]** 曾侯乙鐘 **厌** 薛侯壺等形。《書古文訓》作 **厌** 說文古文侯之隸古定：**厌**1，或从广作 **庆**2。

（2）**[字形]** 魏石經（隸）**[字形]** 漢石經 **庆**1

魏三體石經〈文侯之命〉「侯」字隸體作 **[字形]**，漢石經〈康誥〉殘字作 **[字形]**，為《說文》篆文 **厌** 之隸古定，上圖本（八）或作此形 **庆**1。

（3）**侯侯**1 **侯侯侯**2 **[字形]**3 **侯侯**4 **侯侯**5 **侯**6

上圖本（影）、上圖本（八）「侯」字或作 **侯侯**1，敦煌各本、岩崎本、九條本或作 **侯侯侯**2，皆為《說文》篆文 **厌** 之隸變而作从「亻」，形近 **侯** 華山廟碑；島田本或作 **[字形]**3，其下變作「又」形；內野本、足利本、上圖本（影）、上圖本（八）或作 **侯侯**4 **侯侯**5 **侯**6，其右形之「矢」字析離，上半與其上形合書，訛變作「亡」，而下變作天、大、又等形。

【傳鈔古文《尚書》「侯」字構形異同表】

傳抄古尚書文字 侯 [庚] 四2.25	戰國楚簡	石經	敦煌本	岩崎本 神田本b	九條本	島田本b	內野本	觀智院b 上圖(元)	天理本	古梓堂b	足利本	上圖本(影)	上圖本(八)	古文尚書晁刻	書古文訓	尚書篇目
侯以明之											侯	侯			庚	益稷
五百里侯服						侯	侯				侯	侯	侯		庚	禹貢
四海胤侯命掌六師			侯 P2533 侯 P3752			侯	侯				侯				庚	胤征
湯征諸侯葛伯不祀湯始征之作湯征			侯 P5557			侯									庚	胤征
見厥祖侯甸群后咸在											侯		侯		庚	伊訓
邦甸侯衛駿奔走執豆籩		侯	侯 S799								侯		侯		庚	武成
殷邦諸侯班宗彝作分器						侯b	侯				侯		侯		庚	洪範
侯甸男邦采衛百工播民和		侯 漢											侯		庚	康誥
越在外服侯甸男衛邦伯						侯	侯						侯		庚	酒誥
命庶殷侯甸男邦伯						侯							侯		庚	召誥
王人罔不秉德明恤小臣屏侯甸		侯 魏	侯 P2748				侯						侯		庚	君奭
蔡仲踐諸侯位作蔡仲之命			侯 P2748				侯						侯		庚	蔡仲之命
肆予命爾侯于東土			侯 S2074			侯	侯						侯		庚	蔡仲之命
惟爾殷侯尹民			侯 S2074			侯							侯		庚	多方

546、撻

「撻」字在傳鈔古文《尚書》有下列不同字形:

(1) 達虔

《書古文訓》「撻」字作達虔,為《說文》「撻」字古文作[虔]之隸定,下引周書曰:「虔以記之」段注云:「周當作虔。此皋陶謨壁中古文作[虔]」。

（2）撻1撻2撻3

敦煌本 P2516「撻」字作撻1，偏旁「扌」字寫似「才」；上圖本（影）、上圖本（八）或作撻2，所從「幸」少一畫訛作「幸」；足利本或訛作撻3，所從「辶」寫作「辵」。

【傳鈔古文《尚書》「撻」字構形異同表】

撻	戰國楚簡	石經	敦煌本	岩崎本	神田本b	九條本	島田本b	內野本	上圖（元）	觀智院b	天理本	古梓堂b	足利本	上圖本（影）	上圖本（八）	古文尚書晁刻	書古文訓	尚書篇目
撻以記之							撻						撻	撻	撻		遠	益稷
其心愧恥若撻于市			撻 P2643 撻 P2516										撻				廬	說命下

547、記

「記」字在傳鈔古文《尚書》有下列不同字形：

（1）記

「記」字足利本、上圖本（影）、上圖本（八）作記，偏旁己字寫與「巳」相混（參見"己"字）。

【傳鈔古文《尚書》「記」字構形異同表】

記	戰國楚簡	石經	敦煌本	岩崎本	神田本b	九條本	島田本b	內野本	上圖（元）	觀智院b	天理本	古梓堂b	足利本	上圖本（影）	上圖本（八）	古文尚書晁刻	書古文訓	尚書篇目
撻以記之													記	記	記			益稷

唐石經	書古文訓	晁刻古文尚書	上圖本（八）	上圖本（影）	上圖本（元）	觀智院	天理本	古梓堂	足利本		內野本	島田本	九條本	神田本	岩崎本		敦煌本 P3605・P3165	魏石經	漢石經	戰國楚簡	益稷
書用識哉欲並生哉工以納言	書用識才欲立生才工吕内言	書用識才欲並生才工吕内言	昏用識才欲並生才工吕内言	書用識才欲並生才工吕納言	書用識才欲並生才工吕納言				書用識才欲並生才工吕納言		書用識才欲並生才工吕納言										書用識哉欲並生哉工以納言

548、書

「書」字在傳鈔古文《尚書》有下列不同字形：

（1）昏

足利本、上圖本（影）、上圖本（八）「書」字或作昏，為俗字，其形構與「盡」字敦煌寫本作「尽」〔註253〕相類，昏當為唐代俗字。

（2）言

上圖本（影）〈金縢〉「啓籥見書」「書」字作言，當為（1）昏之寫誤。

【傳鈔古文《尚書》「書」字構形異同表】

書	戰國楚簡	石經	敦煌本	岩崎本	神田本b	九條本	島田本b	內野本	上圖（元）	觀智院b	天理本b	古梓堂	足利本	上圖本（影）	上圖本（八）	古文尚書晁刻	書古文訓	尚書篇目
書用識哉															昏			益稷

〔註253〕宋孫奕《履齋示兒編》卷九《文說》：「初，誠齋先生楊公考校湖南漕試，同僚有取《易》義為魁，先生見卷子上書『盡』字作『尽』，必欲擯斥。」錢大昕《十駕齋養新錄》據此謂「尽」為宋時俗字。參見張涌泉，《漢語俗字研究》，湖南：岳麓出版社，1995，頁76。據敦煌寫本伯3093《佛說觀彌勒菩薩上生兜率天經講經文》「萬種端嚴繞化出，十方世界尽傾搖」可知在宋以前，唐代敦煌寫本，已見「尽」應用。

伊尹作書							昏	昏			太甲上
奉嗣王歸于亳作書								昏			太甲中
王庸作書以誥							昏	昏			說命上
啓籥見書							昏	言			金縢
以啓金縢之書							昏	昏			金縢
周公乃朝用書							昏	昏			召誥

549、識

「識」字在傳鈔古文《尚書》有下列不同字形：

（1）戠

《書古文訓》「識」字多作戠，移偏旁「言」字於下，與「織」字作戠類同，《集韻》「識」古作戠，此形所從「音」不省，當源於璽彙0338、雲夢秦律84等形。

（2）戠1戠2

「識」字《書古文訓》〈益稷〉「書用識哉」作戠1，岩崎本〈武成〉「識其政事作武成」作戠2，與《古文四聲韻》錄作戠四5.26雜古文、《集韻》「識」古作戠同形，此形聲符「音戈」省「日」。

（3）戠戠

「識」字上圖本（八）皆作戠戠，敦煌本S799、內野本〈武成〉「識其政事作武成」亦作此形，源自格伯簋、燕王職戈、包山49等。

（4）識

敦煌本P2748「識」字作識，所從「音」之下日形多一畫作「目」。

【傳鈔古文《尚書》「識」字構形異同表】

識	戰國楚簡	石經	敦煌本	岩崎本b	神田本b	九條本b	島田本b	內野本	上圖（元）	觀智院b	天理本	古梓堂b	足利本	上圖本（影）	上圖本（八）	古文尚書晁刻	書古文訓	尚書篇目
書用識哉																	戠	益稷

識其政事作武成	戠 S799	戠	戠			戠	戠	武成
汝其敬識百辟享	識 P2748					戠	戠	洛誥
亦識其有不享						戠	戠	洛誥

550、並

「並」字在傳鈔古文《尚書》有下列不同字形：

（1）竝竝

「並」字內野本、足利本、上圖本（影）、上圖本（八）、《書古文訓》或作竝竝，為《說文》並字篆文𝕴之隸古定。

【傳鈔古文《尚書》「並」字構形異同表】

並	戰國楚簡	石經	敦煌本	岩崎本b	神田本b	九條本b	島田本b	內野本	上圖本（元）	觀智院b	天理本b	古梓堂b	足利本	上圖本（影）	上圖本（八）	古文尚書晁刻	書古文訓	尚書篇目
書用識哉欲並生哉																	竝	益稷
並告無辜于上下神祇																	竝	湯誥
並其有邦厥鄰							竝						竝	竝	竝		竝	太甲中

益稷	戰國楚簡	漢石經	魏石經	敦煌本 P3605、 P3165			岩崎本	神田本	九條本	島田本	內野本	上圖本（元）	觀智院	天理本	古梓堂	足利本	上圖本（影）	上圖本（八）	晁刻古文尚書	書古文訓	唐石經
時而颺之格則承之庸之											昔而颺之格則羕坐庸坐					𣁏而颺之椅則羕坐庸坐	昔而颺之格則羕坐庸之	昔而颺之格則羕坐庸坐		昔而颺坐格則承坐庸坐	時而颺之格則承之庸之

551、颺

「颺」字在傳鈔古文《尚書》有下列不同字形：

（1）颺1颺2

上圖本（八）「颺」字或作颺1，左從《說文》古文風尺、《玉篇》卷 20「凨」古文風；或從偏旁「風」字之省變作颺2（參見"風"字）。

（2）颺

足利本「颺」字或作颺，偏旁「昜」字與「易」訛混。

【傳鈔古文《尚書》「颺」字構形異同表】

颺	戰國楚簡	石經	敦煌本	岩崎本	神田本b	九條本	島田本b	內野本	上圖（元）b	觀智院b	天理本	古梓堂b	足利本	上圖本（影）	上圖本（八）	古文尚書晁刻	書古文訓	尚書篇目
時而颺之格則承之庸之													颺		颺			益稷
颺言日念哉率作興事															颺			益稷

552、則

「則」字在傳鈔古文《尚書》有下列不同字形：

（1）則魏三體

魏三體石經〈無逸〉、〈君奭〉「則」字古文作則魏三體，《說文》籀文作則，金文「則」字多作「𠟹」：則何尊 則格伯簋 則召伯簋 則兮甲盤 則鄂君啓舟節 則 中山王壺 則 中山王壺，省變作 則曾侯乙鐘 則曾侯乙鐘 則楚帛書乙 則郭店語叢 1.34 則老子丙 6 等形，則魏三體即源自此，其左形爲「鼎」之省變，右形爲「刀」。

（2）則汗 2.21則

《汗簡》錄《古尚書》「則」字作則汗 2.21，《說文》籀文作則，源自則何尊則格伯簋則召伯簋則兮甲盤等形，岩崎本或作則，爲此形之隸定。

（3）則汗 2.21則

《汗簡》錄《古尚書》又作則汗 2.21，《說文》「則」字古文作則，源自則段簋，本從二鼎，則汗 2.21則說文古文則變作從二貝，《書古文訓》「則」皆作此形之隸定則。

【傳鈔古文《尚書》「則」字構形異同表】

傳抄古尚書文字 則 汗2.21 / 汗2.21	戰國楚簡	石經	敦煌本	岩崎本	神田本b	九條本	島田本b	內野本	上圖本（元）	觀智院b	天理本b	古梓堂b	足利本b	上圖本（影）	上圖本（八）	古文尚書晁刻	書古文訓	尚書篇目
知人則哲能官人安民則惠																	劓	皋陶謨
時而颺之格則承之庸之																	劓	益稷
咸則三壤成賦中邦錫土姓																	劓	禹貢
禮煩則亂事神則難			劓														劓	說命中
一夫不獲則曰時予之辜			鼎														劓	說命下
撫我則后虐我則讎																	劓	泰誓下
鯀則殛死禹乃嗣興																	劓	洪範
則禋于文王武王惠篤敘																	劓	洛誥
有夏不適逸則惟帝降格																則	劓	多士
則知小人之依相小人																	劓	無逸
否則厥口詛祝 *魏石經作否則用厥口詛祝	魏																劓	無逸
時則有若伊尹格于皇天	魏																劓	君奭

益稷	戰國楚簡	漢石經	魏石經	敦煌本 P3605·P3165		岩崎本	神田本	九條本	島田本	內野本	上圖本（元）	觀智院	天理本	古梓堂	足利本	上圖本（影）	上圖本（八）	晁刻古文尚書	書古文訓	唐石經
否則威之禹曰俞哉		俞 表								否則畏之禹曰俞才						否則畏之禹曰俞犠	否則畏之禹曰俞才		否則威之禹曰俞才	不則畏之禹曰俞才

553、隅

「隅」字在傳鈔古文《尚書》有下列不同字形：

（1）嵎：嵎嵎

內野本、《書古文訓》「至于海隅蒼生」「隅」字作嵎嵎，「隅」、「嵎」皆從「禺」得聲，《尚書隸古定釋文》卷 3.7 云：「《魯語》注『芒氏之君也守封隅之山者也』註封山隅山在今吳郡永安縣。《說文》山部嵎字下注云：『封嵎之山在吳楚之間，汪芒之國，從山禺聲』則二字古通用也。」偏旁「阜」「山」義類可通，二字義符更替。

（2）堣：堣

《書古文訓》〈君奭〉「丕冒海隅出日」「隅」字作堣，「堣」與「嵎」通（參見 "嵎" 字），偏旁「土」「山」義類可通，又「隅」、「嵎」通用，是「隅」、「堣」亦相通，皆從「禺」得聲，二字亦義符更替。

【傳鈔古文《尚書》「隅」字構形異同表】

隅	戰國楚簡	石經	敦煌本	岩崎本	神田本b	九條本	島田本b	內野本	上圖（元）	觀智院b	天理本	古梓堂b	足利本	上圖本（影）	上圖本（八）	古文尚書晁刻	書古文訓	尚書篇目
至于海隅蒼生								嵎									嵎	益稷
丕冒海隅出日																	堣	君奭

554、蒼

「蒼」字在傳鈔古文《尚書》有下列不同字形：

（1）蒼魏品式卷一莶2

魏品式三體石經〈皋陶謨〉（今本〈益稷〉）「蒼」字古文作，其下形從《說文》「倉」字奇字，上從「屮」，偏旁「艸」、「屮」相通。

《書古文訓》「蒼」字作1，為魏品式之隸古定，內野本、上圖本（八）作2，其下多一畫訛作「正」。

（2）鎣：

足利本、上圖本（影）「蒼」字作，乃魏品式（1）1之訛誤，其下筆畫增加訛寫從「金」，而誤作「鎣」字。

【傳鈔古文《尚書》「蒼」字構形異同表】

蒼	戰國楚簡	石經	敦煌本	岩崎本b	神田本b	九條本b	島田本b	內野本	上圖（元）b	觀智院b	天理本	古梓堂b	足利本	上圖本（影）	上圖本（八）	古文尚書晁刻	書古文訓	尚書篇目
至于海隅蒼生		魏品																益稷

555、獻

「獻」字在傳鈔古文《尚書》有下列不同字形：

（1）獻1234

敦煌本P2516、內野本、足利本、上圖本（影）、上圖本（八）「獻」字或作獻1，從「虍」之隸變俗寫；岩崎本、九條本、上圖本（元）或作2，偏旁「鬳」字省變與「庸」字相混，與滿城漢墓銅瓿銘同形。敦煌本P2748或作34，偏旁「犬」字右下多一畫，2則「犬」與「攴」相混同，如張公神碑李翊碑等形之偏旁「犬」變作「攴」、「友」，《隸辨》云：「諸碑從犬之字或變從友」。

（2）

足利本、上圖本（影）、上圖本（八）「獻」字或作，偏旁「鬳」字省變作「南」，乃由漢簡俗作武威簡.有司8武威簡.有司52流沙簡.屯戍18.4等形而變。

【傳鈔古文《尚書》「獻」字構形異同表】

獻	戰國楚簡	石經	敦煌本	岩崎本b／神田本b	九條本／島田本b	內野本	上圖（元）／觀智院b	天理本／古梓堂b	足利本	上圖本（影）	上圖本（八）	古文尚書晁刻	書古文訓	尚書篇目
自靖人自獻于先王			獻 P2643 ／ 獻 P2516		獻	獻	獻		獻	獻			獻	微子
畢獻方物				獻b	獻					獻	獻			旅獒
民獻有十夫予翼					獻				獻	獻	獻			大誥
予惟曰汝劼毖殷獻臣				獻					獻	獻	献			酒誥
越獻臣百宗工矧惟爾事				獻	獻				獻	獻	献			酒誥
伻來以圖及獻卜	蔵 P2748										獻			洛誥
孺子來相宅其大惇典殷獻民	獻 P2748				獻				献	献	献			洛誥

益稷	戰國楚簡	漢石經	魏石經	敦煌本 P3605・P3165		岩崎本	神田本	九條本	島田本	內野本	上圖本（元）	觀智院	天理本	古梓堂	足利本	上圖本（影）	上圖本（八）	晁刻古文尚書	書古文訓	唐石經
萬邦黎獻共惟帝臣										万邦黎獻共惟帝臣						万邦黎獻共惟帝臣	萬邦黎獻共惟帝臣		万吕黎獻共惟帝臣	萬邦黎獻共惟帝臣
惟帝時舉敷納以言										惟帝昔然敷内以言						惟帝昔舉敷納以言	惟帝昔舉敷內吕言		惟帝昔舉敷內吕	惟帝時舉敷納以言

| 明庶以功車服以庸 | | | | | | | | 明試曰 �珍車服呂庸 | | | 明試呂玏車服以庸 | 明試以玏車服以庸 | 明試呂玏車服呂庸 | 明歷呂玲車舣呂喜 | 明庶以功車服以庸 |
| 誰敢不讓敢不敬應 | | | | | | | | 誰敢帝讓敢帝敬應 | | | 誰敢 帝讓敢帝敬應 | 誰敢帝讓敢帝敬應 | 誰敢帝讓敢帝敬應 | 誰敢亞攘敢亞敬應 | 誰敢不讓敢不敬應 |

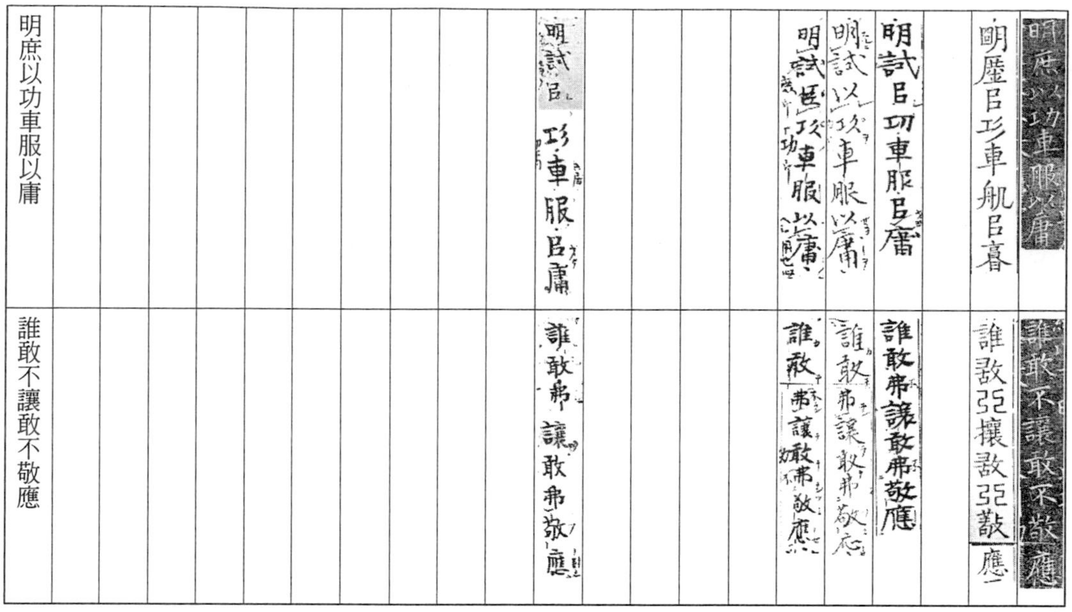

556、敢

「敢」字在傳鈔古文《尚書》有下列不同字形：

（1）魏石經敢1敢2

魏三體石經〈無逸〉、〈多方〉「敢」字古文作，《說文》古文作，金文作：沈子它簋 令簋 召卣 農卣 彔伯簋 頌鼎 井侯簋 毛公鼎 齊陳曼匜，戰國从「又」變作从「攴」：盗壺 陶彙 8.1351 郭店.六德 17 包山 15。

《書古文訓》「敢」字或作敢1，爲說文古文敢之隸定，或作敢2，左形从篆文之左隸定，（魏石經）、（說文古文敢）、（說文篆文敢）皆（召卣）、（農卣）、（彔伯簋）等形之變。

（2）敢

《書古文訓》「敢」字或作敢，爲《說文》籀文之隸定，源自井侯簋 孟鼎 諫簋 大簋 毛公鼎 中山王壺，「又」變作「攴」：盗壺，俱从「甘」、以「甘」爲聲，籀文所从「月」爲「甘」之訛。

（3）敢敢

敦煌本 P2643「敢」字作敢敢，爲《說文》篆文之隸定，源自沈子它簋 令簋 召卣 農卣 彔伯簋 頌鼎 兮甲盤 侯馬等形。

（4）敢敢1敢2

尚書敦煌諸本（P26435 之外）、日古寫本「敢」字多作敢敢1，乃由說

文古文敢訛變，其左下「古」形與「子」字古文 🅰 魏三體古文 🅱 甲 680 🅲 令簋相混，隸古定訛作「子」。上圖本（影）或作敎₂，乃敎₁形再變，左形與「豸」混同。

（5）敎

九條本〈多方〉「今我曷敢多誥」「敢」字作敎，乃（4）敎形之寫誤作「敎」字。

【傳鈔古文《尚書》「敢」字構形異同表】

敢	戰國楚簡	石經	敦煌本	岩崎本b	神田本b 九條本	島田本b	內野本	上圖（元）	觀智院b 天理本	古梓堂b	足利本	上圖本（影）	上圖本（八）	古文尚書晁刻	書古文訓	尚書篇目
誰敢不讓															敔	益稷
非台小子敢行稱亂					敎		敎				敓	敓	敓		敔	湯誓
將天命明威不敢赦							敎				敓	敓	敓		敔	湯誥
儆于有位曰敢有恆舞于宮							敎				敓	敓	敎		敔	伊訓
曰無或敢伏小人之攸箴				敓			敎	敎				敎			敔	盤庚上
予敢動用非罰世選爾勞	敎 P3670 敔 P2643		✓				✓	✓							敔	盤庚上
敢恭生生鞠人謀人之保居	敔 P2643 敎 P2516		敎				敎	敎							散	盤庚下
敢對揚天子之休命	敔 P2643 敎 P2516		敎				敎	敎				敎			敔	說命下
敢行暴虐			敎				敎								敔	泰誓上
敢祗承上帝	敎 S799						敎								敔	武成
迪知上帝命越天棐忱爾時罔敢易法					敎b		敎								敔	大誥
不敢侮鰥寡							敎					敎			敔	康誥
不敢自暇自逸					敓	敓					敓	敓			敔	酒誥

經文	敦煌本／魏石經				出處
錫周公曰拜手稽首 *多敢字.作「敢拜手稽首」		敦	敦 敦 敦		召誥
王不敢後用顧畏於民碞		致 敦	敦 敦 敦	敢	召誥
我不敢知曰有夏服天命		致 敦	敦 敦 敦	敢	召誥
亦敢殄戮用乂民若有功		致 敦	敦 敦 敦	敢	召誥
不敢廢乃命汝往敬哉	敦 S6017	敦	敦	敢	洛誥
我其敢求位惟帝不畀		敦	敦	敢	多士
其惟不言言乃雍不敢荒寧	敦 P2748	敦	敦	敢	無逸
用咸和萬民文王不敢盤于遊田	敦 P3767／敦 P2748	敦	敦	敢	無逸
厥愆曰朕之愆允若時不啻不敢含怒	魏／敦 P3767	敦	敦	敢	無逸
我有周既受我不敢知曰	魏	敦	敦	敢	君奭
今我曷敢多誥	魏／敦 S2074	敦 敦	敦	敢	多方

益稷	戰國楚簡	漢石經	魏石經	敦煌本 P3605·P3165			岩崎本	神田本	九條本	島田本	內野本	上圖本(元)	觀智院	天理本	古梓堂	足利本	上圖本(影)	上圖本(八)	晁刻古文尚書	書古文訓	唐石經
帝不時敷同日奏罔功											帝弗啻敷同日奏罔功					帝弗啻敷同日奏罔功	帝弗啻敷同日奏罔功	帝弗啻敷同日奏罔功	帝亞啻專同日奏罔功		帝不時敷同日奏罔功
無若丹朱傲惟慢遊是好											亡若丹朱傲惟慢遊是好					亡若丹朱傲惟慢遊是好	亡若丹朱傲惟慢遊是好	亡若丹朱傲惟慢遊是好	亡若丹絑傲惟嫚迀是好		無若丹朱傲惟慢遊是好

557、是

「是」字在傳鈔古文《尚書》有下列不同字形：

（1）是是₁是是₂皂₃

《書古文訓》「是」字作是是₁，為篆文之隸定；上圖本（八）或作是是₂形如是景北海碑是曹全碑，皂₃則筆畫草化。

（2）屮之

〈蔡仲之命〉「皇天無親惟德是輔」「是」字敦煌本 S2074、九條本、內野本、上圖本（八）皆作屮之，「是」「之」二字相通。

【傳鈔古文《尚書》「是」字構形異同表】

是	戰國楚簡	石經	敦煌本	岩崎本b	神田本b九條本	島田本b	內野本	上圖（元）	觀智院b天理本	古梓堂b	足利本	上圖本（影）	上圖本（八）	古文尚書晁刻	書古文訓	尚書篇目
惟慢遊是好													是		是	益稷
傲虐是作罔晝夜頟頟													是		是	益稷
桑土既蠶是降丘宅土厥土黑墳															是	禹貢
是崇是長是信是使															是	牧誓
曰皇極之敷言是彝是訓															是	洪範
若爾三王是有丕子之責于天															是	金縢
汝乃是不蘉乃時惟不永哉													皂		是	洛誥
故一人有事于四方若卜筮罔不是孚													是		是	君奭
皇天無親惟德是輔			之 S2074	之屮									屮		是	蔡仲之命

益稷	戰國楚簡	漢石經	魏石經	敦煌本 P3605、P3165		岩崎本	神田本	九條本	島田本	內野本	上圖本（元）	觀智院	天理本	古梓堂	足利本	上圖本（影）	上圖本（八）	晁刻古文尚書	書古文訓	唐石經
傲虐是作罔晝夜頟頟		（鄂）								暴虐是作罔晝夜頟頟					暴虐是作上晝夜頟頟	暴虐是作罔晝夜頟頟	暴虐是作上晝夜頟頟	暴歔是廷宅晝夾頟頟	傲虐是作罔晝夜頟頟

558、晝

「晝」字在傳鈔古文《尚書》有下列不同字形：

（1）昼

「晝」字足利本、上圖本（影）、上圖本（八）作昼，為俗字，形構相類於「盡」字敦煌寫本作「尽」、「書」字作昼，當亦為唐代俗字。

【傳鈔古文《尚書》「晝」字構形異同表】

晝	戰國楚簡	石經	敦煌本	岩崎本	神田本 b	九條本	島田本 b	內野本	上圖（元）	觀智院 b	天理本	古梓堂 b	足利本	上圖本（影）	上圖本（八）	古文尚書晁刻	書古文訓	尚書篇目
傲虐是作罔晝夜頟頟													昼	昼	昼			益稷

559、頟

「頟」字在傳鈔古文《尚書》有下列不同字形：

（1）頟：顝汗 4.47 顝四 5.19

《汗簡》、《古文四聲韻》錄《古尚書》「頟」字作：顝汗 4.47 顝四 5.19，《說文》頁部「頟，顙也，从頁各聲」。

（2）額：額

上圖本（影）「頟」字作「額」額，「額」即「頟」字，乃聲符繁化。

（3）鄂：漢石經

漢石經〈益稷〉「罔水行舟」之上殘字，是「頟頟」作「鄂鄂」《潛夫論·

斷訟篇》：「晝夜鄂鄂，慢遊是好」，王先謙《參正》云：「『罔晝夜頟頟』古文也，今文作『鄂鄂』」又云：「頟即額字，額鄂雙聲通用。《釋名・釋形體》：『額，鄂也。有垠，鄂也。故幽州人謂之鄂。』《漢書・霍光傳》『群臣皆驚鄂失色』顏注：『凡言鄂者，皆謂阻礙不依順也』……晝作夜息，人道之常，今不分晝夜無有休息，天時人事皆阻礙不順，故曰鄂鄂也」。「頟」字作「鄂」，音近假借。

【傳鈔古文《尚書》「頟」字構形異同表】

頟	傳抄古尚書文字 汗 4.47 四 5.19	戰國楚簡	石經	敦煌本	岩崎本b	神田本b	九條本b	島田本b	內野本	上圖（元）	觀智院b	天理本	古梓堂b	足利本	上圖本（影）	上圖本（八）	古文尚書晁刻	書古文訓	尚書篇目
傲虐是作罔晝夜頟頟		漢							頟					頟	頟	頟		頟	益稷

益稷	戰國楚簡	漢石經	魏石經	敦煌本 P3605・ P3165			岩崎本	神田本	九條本	島田本	內野本	上圖本（元）	觀智院	天理本	古梓堂	足利本	上圖本（影）	上圖本（八）	晁刻古文尚書	書古文訓	唐石經
罔水行舟朋淫于家用殄厥世											朋淫于家用殄厥世					上水行舟朋淫于家用殄厥世	上水行舟朋淫于家用殄其也	上水行舟朋淫于家用殄其也	罔水行舟朋淫亏家用殄厥世	宅水行舟朋淫亏家用殄厥世	罔水行舟朋淫于家用殄厥世

漢石經〈益稷〉「罔水行舟」殘石作「罔水舟行」，「行舟」文序相倒。

560、舟

「舟」字在傳鈔古文《尚書》有下列不同字形：

（1）月漢石經

漢石經「舟」字形作月，為篆文之隸變，如月縱橫家書 169 月孫臏 112 月周憬功勳銘等形。

【傳鈔古文《尚書》「舟」字構形異同表】

舟	戰國楚簡	石經	敦煌本	岩崎本	神田本b	九條本	島田本b	內野本	上圖（元）	觀智院b	天理本	古梓堂b	足利本	上圖本（影）	上圖本（八）	古文尚書晁刻	書古文訓	尚書篇目
罔水行舟		漢																益稷

561、朋

「朋」字在傳鈔古文《尚書》有下列不同字形：

（1）風：漢石經

漢石經「朋淫于家」作「風淫于家」，「朋」字作，「朋」、「風」同音通假，《後漢書·安成靖王傳》安帝詔曰：「風淫于家」，《覈詁》謂「朋，古鳳字，卜辭風並作鳳，故朋、風可通。」

（2）刕隸釋

《隸釋》錄漢石經〈洪範〉「無有淫朋」「朋」字作刕，此形當爲「朋」字翍形之隸訛，如校官碑「朋」字作，刕隸釋爲此形之訛變。《說文》鳥部「鳳」字古文象形作翍，「以爲朋黨字」。

（3）堋

《書古文訓》「朋」字皆作堋，爲「朋」之假借字。《說文》土部「堋，喪葬下土也，从土朋聲……虞書曰『堋淫于家』亦如是。」《撰異》謂「引虞書者，壁中文。安國以今文讀之，乃易堋爲朋也。古書假借，借堋爲朋」。

【傳鈔古文《尚書》「朋」字構形異同表】

朋	戰國楚簡	石經	敦煌本	岩崎本	神田本b	九條本	島田本b	內野本	上圖（元）	觀智院b	天理本	古梓堂b	足利本	上圖本（影）	上圖本（八）	古文尚書晁刻	書古文訓	尚書篇目
朋淫于家		漢															堋	益稷
朋家作仇脅權相滅																	堋	泰誓中
無有淫朋		刕隸釋															堋	洪範
乃汝其悉自教工孺子其朋																	堋	洛誥

唐石經	書古文訓	晁刻古文尚書	上圖本（八）	上圖本（影）	足利本	古梓堂	天理本	觀智院	上圖本（元）	內野本	島田本	九條本	神田本	岩崎本		敦煌本 P3605·P3165	魏石經	漢石經	戰國楚簡	益稷
予創若時娶于塗山辛壬癸甲	予創恭肯聚亏金山辛壬癸甲	予創若時娶于金山辛壬癸甲	予創若昔聚亏滄山辛壬癸甲	予創若昔娶亏滄山辛壬癸甲						予創若昔娶亏塗山辛壬癸甲										予創若時娶于塗山辛壬癸甲

562、創

「創」字在傳鈔古文《尚書》有下列不同字形：

（1）劊

「創」字《書古文訓》作劊，《集韻》「創」古作劊，當源於 ⟨⟩ 陶彙 3.867 ⟨⟩ 陶彙 3.866，偏旁「倉」字與魏石經「蒼」字古文作 ⟨⟩ 魏品式（ 蒼 書古文訓）同形，「創」作「劊」乃聲符作「蒼」，為聲符繁化。

【傳鈔古文《尚書》「創」字構形異同表】

創	戰國楚簡	石經	敦煌本	岩崎本	神田本b	九條本	島田本b	內野本	上圖（元）	觀智院b	天理本	古梓堂b	足利本	上圖本（影）	上圖本（八）	古文尚書晁刻	書古文訓	尚書篇目
予創若時																	劊	益稷

563、塗

「塗山」，《說文》屾部「峚」字引「〈虞書〉曰『予娶峚山』」，乃壁中古文作「峚山」，《史記》作「塗山」，《大戴禮·帝繫篇》「禹娶於塗山氏」亦然，皆據今文。

「塗」字在傳鈔古文《尚書》有下列不同字形：

（1）峚：峚峚.汗 4.51 峚 峚 塗四 1.26 峚

　　《汗簡》、《古文四聲韻》錄《古尚書》「塗」字作：𡼏汗 **4.51** 𡼏 𡼏 塗四 **1.26**，此形爲《說文》屾部「𡼏」字，「會稽山也，一曰九江當𡼏也，民以辛壬癸甲之日嫁娶。从屾余聲。虞書曰『予娶𡼏山』」段注云：「𡼏塗古今字，故今《左傳》作『塗』」。《書古文訓》〈益稷〉「娶于塗山」「塗」字作𡼏，與《說文》相合。

（2）塗塗

　　岩崎本、島田本、上圖本（八）「塗山」、「塗泥」「塗」字或作塗，敦煌本P3469「塗泥」字作塗，偏旁土字作「𡈽」，與塗史晨後碑類同。

（3）徒

　　《書古文訓》「塗泥」「塗」字皆作徒，乃假「徒」字爲「塗」。

（4）厰

　　《書古文訓》〈梓材〉「惟其塗墍茨」、「惟其塗丹臒」「塗」字皆作厰，相合於《說文》丹部「臒」字下引「〈周書〉曰『惟其厰丹臒』」段注云：「孔穎達《正義》本作『斁』，衛包改作『塗』，俗字也。」俞樾《平議》謂此壁中古文假「厰」爲「度」，「按《漢書・張衡傳》『惟盤逸之無斁』注曰：『斁，古度字』，是『斁』與『度』通。……孔安國因漢時『斁』、『度』通用，故以『斁』易之耳。《爾雅・釋詁》曰：『度，謀也』言既勤垣墉則惟謀墍茨之事、既勤樸斲則惟謀丹臒之事」。「厰」爲「斁」、「度」之假借。

（5）斁

　　九條本〈梓材〉「惟其塗墍茨」、「惟其塗丹臒」「塗」字皆作「斁」斁，與孔穎達《正義》相合，「塗」爲「斁」之假借。

【傳鈔古文《尚書》「塗」字構形異同表】

塗 傳抄古尚書文字 𡼏汗 4.51 𡼏 余 塗四 1.26	戰國楚簡	石經	敦煌本	岩崎本	神田本b	九條本b	島田本b	內野本	上圖（元）	觀智院b	天理本b	古梓堂b	足利本	上圖本（影）	上圖本（八）	古文尚書晁刻	書古文訓	尚書篇目
娶于塗山辛壬癸甲															塗		𡼏	益稷
厥木惟喬厥上惟塗泥			塗 P3469	塗											塗		徒	禹貢
厥土惟塗泥			塗	塗											塗		徒	禹貢

有夏昏德民墜塗炭			塗				塗	𡍩	仲虺之誥
惟其塗墍茨			斁					斁	梓材
惟其塗丹雘			斁					斁	梓材

564、癸

「癸」字在傳鈔古文《尚書》有下列不同字形：

（1）𡰥

《書古文訓》「癸」字皆作𡰥，即《說文》篆文𡰥字形，源自𡰥鐵 112.3 𡰥存 2742（《甲骨文編》頁 555）𡰥父癸鼎 𡰥向作父癸簋 𡰥父癸簋 𡰥仲辛父簋 𡰥此簋 𡰥格伯簋 𡰥郜公鼎 𡰥侯馬 𡰥陳侯因𦱖錞 𡰥包山 23 𡰥璽彙 1533 等。

（2）癸：𡰥1 𡰥2

足利本、上圖本（影）、上圖本（八）「癸」字或作𡰥1 𡰥2，爲《說文》籀文𡰥之俗書，其左上訛似「夂」形，右上則少一畫，秦「癸」字作𡰥秦陶 1220 𡰥雲夢日甲 82 反。

【傳鈔古文《尚書》「癸」字構形異同表】

癸	戰國楚簡	石經	敦煌本	岩崎本	神田本b	九條本	島田本b	內野本	上圖（元）	觀智院b	天理本	古梓堂b	足利本	上圖本（影）	上圖本（八）	古文尚書晁刻	書古文訓	尚書篇目
予創若時娶于塗山辛壬癸甲														癸	癸		𡰥	益稷
越翼日癸巳																	𡰥	武成
越七日癸酉													癸	癸	癸		𡰥	顧命

565、甲

「甲」字在傳鈔古文《尚書》有下列不同字形：

（1）𠇚汗 6.79 𠇚四 5.20 𠇚1 𠇚 𠇚2 𠇚3

《汗簡》、《古文四聲韻》錄《古尚書》「甲」字作：𠇚汗 6.79 𠇚四 5.20，《說文》古文作𠇚，《書古文訓》「甲」字或作此古文字形𠇚1，或隸古定作𠇚 𠇚 𠇚2 𠇚3。

（2）🔲**魏石經**

魏三體石經〈無逸〉「及祖甲及我周文王」、〈君奭〉「在太甲時則有若保衡」「甲」字古文作🔲，甲金文初形作十甲 176.1 十且甲卣，🔲演變自田甲 632 田甲盉田甲鼎田多戈方鼎田兮甲盤田弭弔簋形，楚簡作田隨縣 130 田包山 143 田包山 90 等形。

（3）🔲

內野本「甲」字或作🔲，下加一短橫。

【傳鈔古文《尚書》「甲」字構形異同表】

甲 傳抄古尚書文字 🔲汗6.79 🔲四5.20	戰國楚簡	石經	敦煌本	岩崎本	神田本b	九條本	島田本b	內野本	上圖（元）	觀智院b	天理本	古梓堂b	足利本	上圖本（影）	上圖本（八）	古文尚書晁刻	書古文訓	尚書篇目
予創若時娶于塗山辛壬癸甲																	令	益稷
太甲元年伊尹作伊訓肆命徂后								甲									令	伊訓
太甲既立不明																	令	太甲上
河亶甲居相作河亶甲																	令令	咸有一德
越七日甲子																	令	召誥
及祖甲及我周文王	🔲魏																令	無逸
在太甲時則有若保衡	🔲魏																令	君奭
甲戌我惟築無敢不供																	令	費誓

唐石經	書古文訓	晁刻古文尚書	上圖本（八）	上圖本（影）	足利本	古梓堂	天理本	觀智院	上圖本（元）	內野本	島田本	九條本	神田本	岩崎本			敦煌本 P3605・P3165	魏石經	漢石經	戰國楚簡	益稷
啓呱呱而泣予弗子	启呱呱而泣予亞子		启呱而泣予弗子	啟呱之而泣予弗子					呂呱呱而泣予弗子												啓呱呱而泣予弗子

566、呱

「呱」字在傳鈔古文《尙書》有下列不同字形：

（1）呱：

上圖本（影）「呱」或作呱，右形訛作「孤」，「孤」所从「瓜」字寫與「爪」字混同，漢魏碑、寫本偏旁「瓜」字多如此作，如呱李翊夫人碑孤校官碑。

【傳鈔古文《尚書》「呱」字構形異同表】

呱	戰國楚簡	石經	敦煌本	岩崎本	神田本b	九條本	島田本b	內野本	上圖（元）	觀智院b	天理本	古梓堂b	足利本	上圖本（影）	上圖本（八）	古文尚書晁刻	書古文訓	尚書篇目
啓呱呱而泣予弗子									呱						呱	呱	呱		益稷

567、狐

（1）狐狐（字形說明參見“呱”字）

【傳鈔古文《尚書》「狐」字構形異同表】

狐	戰國楚簡	石經	敦煌本	岩崎本	神田本b	九條本	島田本b	內野本	上圖（元）	觀智院b	天理本	古梓堂b	足利本	上圖本（影）	上圖本（八）	古文尚書晁刻	書古文訓	尚書篇目
厥貢璆鐵銀鏤砮磬熊羆狐狸織皮			狐 P3169	狐										狐	狐			禹貢

益稷	戰國楚簡	漢石經	魏石經	敦煌本 P3605・P3165			岩崎本	神田本	九條本	島田本	內野本	上圖本（元）	觀智院	天理本	古梓堂	足利本	上圖本（影）	上圖本（八）	晁刻古文尚書	書古文訓	唐石經
惟荒度土功弼成五服											惟荒度土珍發戚五服					雅荒庅土攺發戚五服	惟荒庅土珍發戚五服	惟荒庅圡珍發戚五服	惟荒庅土珍邶戚又服	惟荒庅土玓邶戚又服	惟荒度土功弼成五服
至于五千州十有二師外薄四海咸建五長											至亏五千州十有二師外薄三海咸建又長					至亏五千州十有二師外薄三海咸建又長	至亏五千州十有二師外薄三海咸建又長	至亏五千州十有二師外薄四海咸建五長	皇亏五千州十有二師外薄三兼咸建又長		至于五千州十有二師外薄四海咸建五長

568、薄

「薄」字在傳鈔古文《尚書》有下列不同字形：

（1）薄₁ 薄₂

九條本、內野本、足利本、上圖本（八）「薄」字或作薄₁，篆文作[篆]，此形所從「甫」下變作「田」且其上少一點，如漢代俗作[薄]漢帛書老子乙前161上[薄]孫臏167[薄]西陲簡57.14形。上圖本（影）或作薄₂，所從「尃」訛作「專」。

【傳鈔古文《尚書》「薄」字構形異同表】

薄	戰國楚簡	石經	敦煌本	岩崎本	神田本b	九條本	島田本b	內野本	上圖（元）	觀智院b	天理本	古梓堂b	足利本	上圖本（影）	上圖本（八）	古文尚書晁刻	書古文訓	尚書篇目
外薄四海咸建五長														薄	薄			益稷
薄違農父若保宏父			薄	薄										薄	薄	薄		酒誥

569、建

「建」字在傳鈔古文《尚書》有下列不同字形：

（1）建建

內野本、足利本、上圖本（影）、上圖本（八）「建」字或作建建，偏旁「聿」字下多一飾點。

（2）建建

敦煌本 P2643、P2516、P2748、岩崎本、觀智院本、上圖本（元）「建」字或作建建，如漢魏碑作建白石神君碑建韓勑碑陰建曹全碑建史晨碑等，偏旁「廴」字作「辶」，此二偏旁常互作不別。

（3）建

內野本〈仲虺之誥〉「王懋昭大德建中于民」「建」字作建，其左旁更注作「建」：建建，為寫誤字。

【傳鈔古文《尚書》「建」字構形異同表】

建	戰國楚簡	石經	敦煌本	岩崎本	神田本b	九條本	島田本b	內野本	上圖（元）	觀智院b	天理本	古梓堂b	足利本	上圖本（影）	上圖本（八）	古文尚書晁刻	書古文訓	尚書篇目
外薄四海咸建五長														建				益稷
王懋昭大德建中于民								建						建	建			仲虺之誥
永建乃家			建 P2516	建					建					建	建			盤庚中
無戲怠懋建大命			建 P2516	建					建									盤庚下

明王奉若天道建邦設都	達 達 P2643 P2516			達	建	建		說命中
亦惟天丕建保乂有殷	達 P2748		建		建	違 建		多士
付畀四方乃命建侯樹屏			建 達b		建	建		康王之誥
建無窮之基			達		建	建		畢命

570、長

「長」字在傳鈔古文《尚書》有下列不同字形：

（1）夫汗4.52尚書並說文夫四2.14夫1夫2

《汗簡》、《古文四聲韻》錄《古尚書》「長」字作：夫汗4.52尚書並說文夫四2.14，與《說文》古文一作夫同形，省變自夫長子鼎夫中山王兆域圖夫璽彙0798夫璽彙0740等形。

《書古文訓》「長」字或作夫1，爲夫汗4.52尚書並說文夫四2.14形之隸古定，或其下形「人」隸古定作「几」$\text{夫}$$\text{夫}$2。

（2）夫1夫2$\text{夫}$$\text{夫}3\text{夫}4\text{夫}5\text{夫}$$\text{夫}6\text{夫}7\text{夫}$8

《說文》「長」字古文另作夫，源自夫叵長鼎夫長日戊鼎夫長湯匜夫臣諫簋夫楚帛書丙1.1夫璽彙0022夫信陽2.109夫郭店.老子甲8等形。《書古文訓》「長」字或作夫1，爲夫說文古文長之隸古定；或作夫2，其下「人」形隸古定變作「刀」形；敦煌本P3670、P2516、九條本、岩崎本或變作$\text{夫}$$\text{夫}$3，下形「人」形隸古定變作「八」；上圖本（元）或訛作夫4。內野本、足利本、上圖本（影）、上圖本（八）或作$\text{夫}$$\text{夫}$5，其上形變作「正」；敦煌本S2074、神田本、內野本、上圖本（元）、內野本、足利本、上圖本（影）或作$\text{夫}$$\text{夫}$6，下形變作「八」；岩崎本或變作$\text{夫}$7；敦煌本P2643或變作$\text{夫}$8，其下形多一畫變作「大」；上述諸形，皆爲$\text{夫}$說文古文長之隸古定訛變。

【傳鈔古文《尚書》「長」字構形異同表】

傳抄古尚書文字 長 汗4.52尚書.說文 四2.14	戰國楚簡	石經	敦煌本	岩崎本 神田本b	九條本 島田本b	內野本	上圖 上圖（元） 觀智院b	天理本 古梓堂b	足利本	上圖本（影）	上圖本（八）	古文尚書晁刻	書古文訓	尚書篇目
外薄四海咸建五長						㐱			㐱	㐱		兂	益稷
立愛惟親立敬惟長						兵			兵	兵	㐱	夫	伊訓
萬夫之長可以觀政						兵			兵	兵		㝵	咸有一德
矧予制乃短長之命			兵 P2643	兵		兵	兵					兂	盤庚上
汝不謀長以思乃災			兵 P3670 兵 P2643	兵		兵						兂	盤庚中
邦伯師長百執事之人			兵 P2643 兵 P2516	兵		㐱						兂	盤庚下
樹后王君公承以大夫師長			兵 P2643 兵 P2516	兵			㝵					兂	說命中
咈其耇長舊有位人			兵 P2643 兵 P2516	兵		兵						兂	微子
師氏千夫長百夫長						兵					㐱	兂	牧誓
奔走事厥考厥長					民	兵						兂	酒誥
以敬事上帝立民長伯			兵 S2074		兵	㐱					㐱	兂	立政
式敬爾由獄以長我王國					兵	㐱						兂	立政

益稷	戰國楚簡	漢石經	魏石經	敦煌本 P3605·P3165			岩崎本	神田本	九條本	島田本	內野本	上圖本（元）	觀智院	天理本	古梓堂	足利本	上圖本（影）	上圖本（八）	晁刻古文尚書	書古文訓	唐石經
各迪有功苗頑弗即工帝其念哉											各迪ナ珍苗頑弗即工帝亓念才					各迪有珍苗頑弗即工帝亓念才	各典有次苗迪弗即工帝即念㦉	各迪有珍苗迪弗即工帝亓念才	各迪ナ珍甾頑亞即互帝亓志才		各迪有功苗頑弗即工帝其念哉
帝曰迪朕德時乃功惟敘		迪朕德時乃功惟敘									帝曰迪𤾩惠旹乃珍惟敘					帝曰迪𤾩惠旹乃珍惟敘	帝曰迪𤾩惠旹乃功惟敘	帝曰迪朕惠旹乃珍惟敘	帝曰迪朕惠旹㘝珍惟敘		帝曰迪朕德時乃功惟敘
皋陶方祗厥敘方施象刑惟明		皋									各繇方祗本敘方施象刑惟明					各繇方祗弎敘方施象刑惟明	各繇方祗弎敘方施象刑惟明	蘇方祗弎敘方施象刑惟明	皋繇方祗㽙敘身敘凸食為剢惟明		皋陶方祗厥敘方施象刑惟明

夔曰戛擊鳴球搏拊琴瑟以詠					夔曰戞擊鳴球搏拊琴瑟以詠	夔曰戛擊鳴球搏拊琴瑟以詠	夔曰戞擊鳴球搏拊琴瑟以詠	夔曰戛擊鳴球搏拊琴瑟以詠	夔曰戛擊鳴球搏拊琴瑟以詠

571、戛

「戛」字在傳鈔古文《尚書》中有下列字形：

（1）**戛戞**

「戛」字內野本、足利本、上圖本（影）、上圖本（八）、《書古文訓》或作**戞戛**，《說文》戈部「戛」字从戈从**百**，「戞」字當爲从「頁」之隸變，如「憂」字从「頁」隸變作**憂**武榮碑。偏旁百、頁可通，「戛」、「戞」爲一字。

【傳鈔古文《尚書》「戛」字構形異同表】

戛	戰國楚簡	石經	敦煌本	岩崎本	神田本b	九條本	島田本b	內野本	上圖（元）	觀智院b	天理本	古梓堂b	足利本	上圖本（影）	上圖本（八）	古文尚書晁刻	書古文訓	尚書篇目
戛擊鳴球								戞						戞	戛		戞	益稷
刑茲無赦不率大戛														戛	戞		戛	康誥

572、球

「球」字在傳鈔古文《尚書》中有下列字形：

（1）球：**球**

足利本、上圖本（八）「球」字或作**球**。

（2）璆：**璆**

《書古文訓》〈禹貢〉「惟球琳琅玕」「球」字作**璆**，乃《說文》「球」字或體「璆」。

【傳鈔古文《尚書》「球」字構形異同表】

球	戰國楚簡	石經	敦煌本	岩崎本	神田本b	九條本	島田本b	內野本	上圖（元）	觀智院b	天理本	古梓堂b	足利本	上圖本（影）	上圖本（八）	古文尚書晁刻	書古文訓	尚書篇目
戛擊鳴球														球	球			益稷
惟球琳琅玕																	璆	禹貢

573、搏

「搏」字在傳鈔古文《尚書》中有下列字形：

（1）博

上圖本（影）「搏」或作博，偏旁「尃」字俗訛混作「專」，偏旁「扌」字則訛作「忄」。

【傳鈔古文《尚書》「搏」字構形異同表】

搏	戰國楚簡	石經	敦煌本	岩崎本	神田本b	九條本	島田本b	內野本	上圖（元）	觀智院b	天理本	古梓堂b	足利本	上圖本（影）	上圖本（八）	古文尚書晁刻	書古文訓	尚書篇目
搏拊琴瑟以詠														博				益稷

574、琴

「琴」字在傳鈔古文《尚書》中有下列字形：

（1）瑟

《汗簡》、《古文四聲韻》錄《說文》「琴」字一形作：🔲汗5.68🔲四2.26，《書古文訓》作瑟，為此形之隸古定，今本《說文》古文「琴」字作🔲，皆當本自郭店簡作🔲郭店.性自24形，从瑟金聲。

【傳鈔古文《尚書》「琴」字構形異同表】

琴	戰國楚簡	石經	敦煌本	岩崎本	神田本b	九條本	島田本b	內野本	上圖（元）	觀智院b	天理本	古梓堂b	足利本	上圖本（影）	上圖本（八）	古文尚書晁刻	書古文訓	尚書篇目
搏拊琴瑟以詠																	𥱧	益稷

575、瑟

「瑟」字在傳鈔古文《尚書》有下列不同字形：

（1）奭

《汗簡》、《古文四聲韻》錄《說文》「瑟」字作：奭四 5.9、奭金 汗 5.68，《書古文訓》作奭，今本《說文》古文「瑟」字作𠁥，源自戰國作𠁥 隨縣.漆書𠁥 璽彙 0279、𠁥 郭店.性自 24，或从必作𠁥 信陽 2.3、𠁥 260。

【傳鈔古文《尚書》「瑟」字構形異同表】

瑟	戰國楚簡	石經	敦煌本	岩崎本	神田本b	九條本	島田本b	內野本	上圖（元）	觀智院b	天理本	古梓堂b	足利本	上圖本（影）	上圖本（八）	古文尚書晁刻	書古文訓	尚書篇目
搏拊琴瑟以詠																	奭	益稷

576、詠

「詠」字在傳鈔古文《尚書》有下列不同字形：

（1）咏：咏汗 1.6

《汗簡》錄《古尚書》「詠」字作：咏汗 1.6，右从「永」字之訛變（參見“永”字），爲《說文》「詠」字或體「咏」咏，源自𠂤 詠尊。

（2）永：永

《書古文訓》「詠」字作永，爲「永」字永汗 5.62 之古文形體，借爲「詠」字。

【傳鈔古文《尚書》「詠」字構形異同表】

尚書篇目	書古文訓	古文尚書晁刻	上圖本（八）	上圖本（影）	上圖本	觀智院b	天理本	古梓堂b	足利本	上圖本（元）	內野本	島田本b	九條本	神田本b	岩崎本	敦煌本	石經	戰國楚簡	傳抄古尚書文字 詠 𣳏汗1.6
益稷	𣳏																		搏拊琴瑟以詠

唐石經	書古文訓	晁刻古文尚書	上圖本（八）	上圖本（影）	上圖本（元）	觀智院	天理本	古梓堂	足利本	島田本	九條本	神田本	岩崎本	內野本	敦煌本 P3605 P3165	魏石經	漢石經	戰國楚簡	益稷
祖考來格虞賓在位群后德讓	祖丂徠戙从圂圣位羣后惪攘	徂考來格虞賓在位群后德讓	徂考来振海虞賓在往群后德讓	虞賓在位群后德讓	徂考來格虞賓在位群后德讓				祖考在位群后德讓	徂考来裕虞賓在位羣后惪讓				祖考來裕虞賓在位羣后惪讓					祖考來格虞賓在位群后德讓
下管鼗鼓合止柷敔笙鏞以間	下管鼗鼓合止柷敔笙鏞以閒	下管鼗鼓合止柷敔笙喜吕開	下管鼗鼓合止柷敔笙鏞吕間	下管鼗鼓合止柷敔笙鏞吕間	下管鼗鼓合止柷敔笙鏞吕閒				下管鼗鼓合止柷敔笙鏞吕閒					下管鼗鼓合止柷敔笙鏞吕閒	下管鼗鼓合止柷敔笙鏞吕閒				下管鼗鼓合止柷敔笙鏞以間

577、鼗

「鼗」字在傳鈔古文《尚書》有下列不同字形：

（1）鼗

《書古文訓》「鼗」字作鼗，《說文》革部「鞀」字或體鼗从鼓从兆，鼗為鼗上下形構互易之隸古定。

（2）

敦煌本 P3605「鼗」字作，其偏旁「鼓」字作「皷」，為其異體（參見
"鼓"字），上從「兆」字之隸變俗書，戰國楚簡從鼓省作包山 95。

（3）

內野本、足利本、上圖本（影）、上圖本（八）「鼗」字作，從黽從兆，
其下「黽」形疑為「革」字古文作、鄂君啓車節郭店.唐虞 12 之誤，如戰國
「鞄」「鞞」、「鞁」字從古文革作：璽彙 3544陶彙 3.405 鞄.從缶（陶）省聲天
星觀隨縣 35，當為「鞀」字或體從革從兆作上下形構之訛誤。

【傳鈔古文《尚書》「鼗」字構形異同表】

鼗	戰國楚簡	石經	敦煌本	岩崎本	神田本b	九條本	島田本b	內野本	上圖（元）	觀智院b	天理本	古梓堂b	足利本	上圖本（影）	上圖本（八）	古文尚書晁刻	書古文訓	尚書篇目
下管鼗鼓			P3605															益稷

578、兆

「兆」字在傳鈔古文《尚書》有下列不同字形：

（1）

《書古文訓》「兆」字或作，為《說文》卜部「覜」字古文作字形。

（2）

敦煌本 P2643、岩崎本、觀智院本、上圖本（八）「兆」字或作，
為說文古文覜之隸變俗書，源自包山 265雲夢.日乙 161雲夢.日乙 163、包
山 95 偏旁「兆」等形。

【傳鈔古文《尚書》「兆」字構形異同表】

兆	戰國楚簡	石經	敦煌本	岩崎本	神田本b	九條本	島田本b	內野本	上圖（元）	觀智院b	天理本	古梓堂b	足利本	上圖本（影）	上圖本（八）	古文尚書晁刻	書古文訓	尚書篇目
予臨兆民懔乎若朽索之馭六馬																		五子之歌

彰信兆民乃葛伯仇餉			兆							州	仲虺之誥
兆民允殖										州	湯誥
代虐以寬兆民允懷										州	伊訓
以康兆民	兆 P2643									州	說命上
襲于休祥戎商必克受有憶兆夷人	兆 S799									州	泰誓中
以濟兆民無作神羞	兆 S799									州	武成
四征弗庭綏厥兆民									兆	州	周官
敷五典擾兆民						兆b				州	周官
以倡九牧阜成兆民						兆b			兆	州	周官
永康兆民萬邦惟無斁									地	州	周官
一人有慶兆民賴之			兆							州	呂刑

579、止

「止」字在傳鈔古文《尚書》有下列不同字形：

（1）止 止

「止」字敦煌本 S799、岩崎本或作止 止，爲隸變俗書之形，如止 居延簡.甲11 止 武威醫簡 70 止 魯峻碑等形，而與「心」字形近。

【傳鈔古文《尚書》「止」字構形異同表】

止	戰國楚簡	石經	敦煌本	岩崎本	神田本b	九條本	島田本b	內野本	上圖（元）	觀智院b	天理本	古梓堂b	足利本	上圖本（影）	上圖本（八）	古文尚書晁刻	書古文訓	尚書篇目
合止柷敔笙鏞以間																	止	益稷
往省括于度則釋欽厥止率乃祖攸行																	止	太甲上
不愆于六步七步乃止齊焉			止 S799	止														牧誓
乃止齊焉勖哉夫子尚桓桓			止 S799	止														牧誓

580、枳

「枳」字在傳鈔古文《尚書》有下列不同字形：

（1）枳

「枳」字上圖本作枳，偏旁「兄」混作「只」形。

【傳鈔古文《尚書》「枳」字構形異同表】

枳	戰國楚簡	石經	敦煌本	岩崎本	神田本b	島田本b 九條本	內野本	上圖（元）	觀智院b	天理本	古梓堂b	足利本	上圖本（影）	上圖本（八）	古文尚書晁刻	書古文訓	尚書篇目
合止枳敔			枳 P3605											枳			益稷

581、鏞

「鏞」字在傳鈔古文《尚書》有下列不同字形：

（1）庸1 㙒2

「笙鏞以間」，唐蘭《古樂器小記》云：「鏞字或作庸。《詩·靈台》『賁鼓惟鏞』，〈商頌〉『庸鼓有斁』，並與鼓對稱；又《逸周書·世俘解》『王奏庸』；凡此稱鏞者，皆即鐘也。鐘亦作鋪，鋪之與鏞，聲義無別。《爾雅》以大鐘為鏞，實一名而異其詞，蓋惟大鐘乃得鐘之本名也。」《說文》金部鏞字云：「大鐘謂之鏞」，《撰異》錄《周禮·大司樂》引《虞書》及鄭注「鏞」字皆作「庸」，謂「今本《注疏》經俗人妄改『庸』為『鏞』」。敦煌本 P3605 作庸1，其下〈傳〉云：「庸，大鐘」，《書古文訓》作㙒2（㙒為魏石經「庸」字古文㥯之隸定，詳見"庸"字），皆與上述相合。

【傳鈔古文《尚書》「鏞」字構形異同表】

鏞	戰國楚簡	石經	敦煌本	岩崎本	神田本b	島田本b 九條本	內野本	上圖（元）	觀智院b	天理本	古梓堂b	足利本	上圖本（影）	上圖本（八）	古文尚書晁刻	書古文訓	尚書篇目
笙鏞以間			庸 P3605													㙒	益稷

582、間

「間」字在傳鈔古文《尚書》有下列不同字形：

（1）間 閒

「間」字敦煌本 P2630、《書古文訓》皆作間閒，《釋文》「以閒」下云：「閒，
閒廁之閒」，《說文》門部「閒」訓隙也，今通用作「間」。

【傳鈔古文《尚書》「間」字構形異同表】

間	戰國楚簡	石經	敦煌本	岩崎本	神田本b	九條本	島田本b	內野本	上圖（元）	觀智院b	天理本	古梓堂b	足利本	上圖本（影）	上圖本（八）	古文尚書晁刻	書古文訓	尚書篇目
笙鏞以間														間	間	間	閒	益稷
時則勿有間之			間 P2630											間	間	間	閒	立政
狄設黼扆綴衣牖間 南嚮																	閒	顧命

583、閒

「閒」字在傳鈔古文《尚書》有下列不同字形：

（1）閒 間 間

「閒」字日古寫本皆作閒 间 間，為「間」字，偏旁「門」草化。

【傳鈔古文《尚書》「閒」字構形異同表】

閒	戰國楚簡	石經	敦煌本	岩崎本	神田本b	九條本	島田本b	內野本	上圖（元）	觀智院b	天理本	古梓堂b	足利本	上圖本（影）	上圖本（八）	古文尚書晁刻	書古文訓	尚書篇目
有邦閒之						閒	間							閒	間	間		多方

益稷	戰國楚簡	漢石經	魏石經	敦煌本P3605·P3165			岩崎本	神田本	九條本	島田本	內野本	上圖本(元)	觀智院	天理本	古梓堂	足利本	上圖本(影)	上圖本(八)	晁刻古文尚書	書古文訓	唐石經
鳥獸蹌蹌簫韶九成鳳皇來儀				鳥獸蹌蹌簫韶九成鳳皇來儀							鳥獸蹌蹌簫韶九成鳳皇來儀					鳥獸蹌蹌簫韶九成鳳皇來儀	鳥獸蹌蹌簫韶九成鳳皇來儀	鳥獸蹌蹌簫韶九成鳳皇來儀	鳥獸蹌蹌簫韶九成鳳皇來儀	鳥獸蹌蹌簫韶九成朋皇徠儀	鳥獸蹌蹌簫韶九成鳳皇來儀

584、蹌

「蹌」字在傳鈔古文《尚書》有下列不同字形：

（1）蹌：**蹌**

上圖本（八）「蹌」字作**蹌**，偏旁「足」筆畫省略，與偏旁「疋」相混，如「距」字作**距**。

（2）牄：**牄**

《書古文訓》「蹌」字作**牄**，《說文》倉部牄字「鳥獸來食聲」，引虞書曰「鳥獸牄牄」，段注云：「牄，蓋壁中文如此，孔安國以今字讀之易爲『蹌蹌』。」〈大司樂〉疏引鄭注亦作「牄」，云：「『鳥獸牄牄』者，謂飛鳥走獸牄牄然而舞也」。

【傳鈔古文《尚書》「蹌」字構形異同表】

蹌	戰國楚簡	石經	敦煌本	岩崎本	神田本b	九條本	島田本b	內野本	上圖本(元)	觀智院b	天理本	古梓堂b	足利本	上圖本(影)	上圖本(八)	古文尚書晁刻	書古文訓	尚書篇目
鳥獸蹌蹌															蹌		牄	益稷

585、簫

「簫韶九成」，《說文》音部「韶」字云：「虞舜樂也，《書》曰『簫韶九成，鳳皇來儀』」，竹部「簫」字謂「虞舜樂曰簫韶」，段注據音部引書云：「〈皋陶謨〉

字作『簫』，此作『韶箭』蓋據《左傳》。《左傳》襄公 29 年「見舞韶箭者」注云：「舜樂」，孔疏云：「箭，即簫也。《尚書》曰：『簫韶九成，鳳皇來儀』，此云『韶箭』即彼『簫韶』是也。」

「簫」字在傳鈔古文《尚書》有下列不同字形：

（1）簫：簫1簫2

內野本「簫」字作簫1，足利本、上圖本（影）作簫2（參見 "肅" 字）。

（2）箭：箭

《書古文訓》「簫」字作箭，與《說文》竹部「箭」字謂「虞舜樂曰箭韶」同，《釋文》：「箭，音簫」，假「箭」爲「簫」字。

【傳鈔古文《尚書》「簫」字構形異同表】

簫	戰國楚簡	石經	敦煌本	岩崎本	神田本b	九條本b	島田本b	內野本	上圖（元）	觀智院b	天理本	古梓堂b	足利本	上圖本（影）	上圖本（八）	古文尚書晁刻	書古文訓	尚書篇目
簫韶九成			簫 P3605					簫					簫	簫	簫		箭	益稷

586、韶

「簫韶」亦作「九韶」、「九韺」、「九招」，如《莊子・至樂》「奏九韶以爲樂」、「咸池、九韶之樂，張之洞庭之野」，《周禮・大司樂》「九德之歌，九韺之樂，於宗廟之中奏之」，《史記・五帝本紀》「禹乃興九招之樂」，《周禮・大司樂》「以樂舞教國子，舞雲門、大卷、大咸、大韺、大夏、大濩、大武。」、「舞大韺、以祀四望」注云：「大韺，舜樂也」，《獨斷》則引作「大韶」或「大招」。

「韶」字在傳鈔古文《尚書》有下列不同字形：

（1）韺：

《書古文訓》「韶」字作韺，此爲《說文》革部「鞀」字籀文韺，《周禮・大司樂》以「韺」爲「韶」字，《說文》音部「韶」字段注云：「或作『招』，《周禮》作『韺』皆假借」。

（2）詔：詔

上圖本（八）「韶」字作「詔」詔，爲「韶」字之假借。

【傳鈔古文《尚書》「韶」字構形異同表】

韶	戰國楚簡	石經	敦煌本	岩崎本	神田本b	九條本	島田本b	內野本	上圖（元）	觀智院b	天理本	古梓堂b	足利本	上圖本（影）	上圖本（八）	古文尚書晁刻	書古文訓	尚書篇目
簫韶九成			喆 P3605												詔		磬	益稷

587、鳳

「鳳」字在傳鈔古文《尚書》有下列不同字形：

（1）朋

「鳳」字《書古文訓》作朋，《說文》鳥部「鳳」字古文象形作𩾌，「以爲朋黨字」，朋即「鳳」字古文𩾌，即今隸定「朋」字。

【傳鈔古文《尚書》「鳳」字構形異同表】

鳳	戰國楚簡	石經	敦煌本	岩崎本	神田本b	九條本	島田本b	內野本	上圖（元）	觀智院b	天理本	古梓堂b	足利本	上圖本（影）	上圖本（八）	古文尚書晁刻	書古文訓	尚書篇目
鳳皇來儀																	朋	益稷

588、儀

「儀」字在傳鈔古文《尚書》有下列不同字形：

（1）義

《書古文訓》「鳳皇來儀」「儀」字作義，《玉篇》立部「義」古儀字，偏旁「人」、「立」義類可通。

（2）儀：佷1佷2

足利本、上圖本（影）「儀」字或作佷1、上圖本（八）或作佷2，右形爲「義」字之俗省（參見"義"字）。

【傳鈔古文《尚書》「儀」字構形異同表】

儀	戰國楚簡	石經	敦煌本	岩崎本	神田本b	九條本	島田本b	內野本	上圖（元）	觀智院b	天理本	古梓堂b	足利本	上圖本（影）	上圖本（八）	古文尚書晁刻	書古文訓	尚書篇目
鳳皇來儀														儀		儀	益稷
用燕喪威儀														儀	儀		酒誥
享多儀儀不及物														儀	儀		洛誥
安勸小大庶邦思夫人自亂于威儀														儀	儀	儀	顧命

益稷	戰國楚簡	漢石經	魏石經	敦煌本 P3605・P3165			岩崎本	神田本	九條本	島田本	內野本	上圖本（元）	觀智院	天理本	古梓堂	足利本	上圖本（影）	上圖本（八）	晁刻古文尚書	書古文訓	唐石經
夔曰於予擊石拊石百獸率舞																					
庶尹允諧帝庸作歌曰敕天之命惟時惟幾																					

乃歌曰股肱喜哉元首起哉	乃哥曰股肱喜才元首起才		乃歌曰股肱喜才元首起才	乃歌曰股肱喜捲元首起才	乃歌曰股肱喜才元首起才	乃哥曰股左歌才元首起才	乃歌曰股肱喜哉元首起哉

589、喜

「喜」字在傳鈔古文《尚書》有下列不同字形：

（1）歖

《書古文訓》「喜」字作歖，即《說文》喜部喜字古文作𢐭「从欠，與歡同」。

（2）憙

敦煌本 P3670「喜」字作憙，乃假同音之「憙」字爲「喜」，《說文》喜部憙字「說也，从心喜，喜亦聲」，「說」即今之「悅」字，段注謂「憙」古有通用「喜」者「如〈封禪書〉『天子心獨喜其事』」。

【傳鈔古文《尚書》「喜」字構形異同表】

喜	戰國楚簡	石經	敦煌本	岩崎本	神田本b	九條本	島田本b	內野本	上圖本（元）	觀智院b	天理本	古梓堂b	足利本	上圖本（影）	上圖本（八）	古文尚書晁刻	書古文訓	尚書篇目
股肱喜哉元首起哉																	歖	益稷
承汝俾汝惟喜康共			憙 P3670	憙													歖	盤庚中

590、起

「起」字在傳鈔古文《尚書》有下列不同字形：

（1）起𨑭₁起₂起₃起起₄𢀓₅

《書古文訓》「起」字作起𨑭₁，敦煌本 P3605、P2643、岩崎本、島田本、內野本、上圖本（元）、足利本、上圖本（影）、上圖本（八）或作起₂，爲《說

文》「起」字古文从辵作之隸定。敦煌本 P2516 作3，偏旁「巳」字筆畫稍異；內野本、上圖本（影）或偏旁「辵」字省形作4；內野本或作，偏旁「辵」俗寫省變作。

【傳鈔古文《尚書》「起」字構形異同表】

起	戰國楚簡	石經	敦煌本	岩崎本	神田本b九條本	島田本b內野本	上圖（元）觀智院b	天理本古梓堂b	足利本	上圖本（影）	上圖本（八）	古文尚書晁刻	書古文訓	尚書篇目
股肱喜哉元首起哉			起 P3605			起				起	起	起	起	益稷
今汝聒聒起信險膚			起			起							起	盤庚上
今予命汝一無起穢以自臭			起 P2643 起 P2516	起		起				起	起		起	盤庚中
惟口起羞惟甲冑起戎			起 P2643 起 P2516	起		起	起						起	說命中
天乃雨反風禾則盡起						起b							起	金縢
出入起居罔有不欽						起							起	冏命

益稷	戰國楚簡	漢石經	魏石經	敦煌本 P3605 P3165			岩崎本	神田本	九條本	島田本	內野本	上圖本（元）	觀智院	天理本	古梓堂	足利本	上圖本（影）	上圖本（八）	晁刻古文尚書	書古文訓	唐石經
百工熙哉皋陶拜手稽首																					

颶言曰念哉率作興事			颶言曰念才術作興事			颶言曰念才術作興事			颶言曰念才術作興臺	颶言曰念才術作興	颶言曰念才術迕興臺	颶①目念才術迕興臺
愼乃憲欽哉屢省乃成欽哉			眘乃憲欽才屢省乃成欽才			眘乃憲欽才屢省乃成欽才			眘乃憲欽才屢省乃成欽臺	眘乃憲欽才屢省乃成欽臺	眘乃憲欽才屢省乃成欽才	眘乃憲欽才屢省乃成欽

591、憲

「憲」字在傳鈔古文《尚書》有下列不同字形：

（1）憲1.憲2.憲3

《說文》心部「憲」字从心从目从害省聲，《書古文訓》「憲」字或作憲，宀隸變作一；敦煌本 P3752、P2643、岩崎本、九條本或作憲，从害之省變，與憲孔龢碑憲孔龗碑憲夏承碑等相類，《隸辨》云：「《說文》憲从害省，諸碑『害』省作害，故『憲』亦作憲，碑復省从彐」。敦煌本 P2516、上圖本（元）或作憲3，所从「害」省、「目」合書訛變與「血」相混同。

【傳鈔古文《尚書》「憲」字構形異同表】

憲	戰國楚簡	石經	敦煌本	岩崎本b / 神田本b	九條本b / 島田本b	內野本	上圖（元）	觀智院b / 天理本	古梓堂b	足利本	上圖本（影）	上圖本（八）	古文尚書晁刻	書古文訓	尚書篇目
愼乃憲欽哉															益稷
臣人克有常憲			憲 P3752		憲										胤征
惟聖時憲			憲 P2643 憲 P2516	憲			憲							憲	說命中

厥德脩罔覺監于先王成憲	憲 P2643 憲 P2516	憲		憲					說命下
克勤無怠以垂憲乃後			憲						蔡仲之命
欽哉永弼乃后于彝憲		憲							冏命

592、屢

「屢」字在傳鈔古文《尚書》有下列不同字形：

（1）婁.汗 5.66 婁.四 2.25 婁1 婁婁婁2 婁婁3

《汗簡》、《古文四聲韻》錄《古尚書》「婁」字作：婁.汗 5.66 婁.四 2.25，今本《尚書》無「婁」字，此當用爲「屢」字。

敦煌本 P3605、S2074、《書古文訓》「屢」字皆作「婁」，〈多方〉「爾乃迪屢不靜」九條本、內野本、足利本、上圖本（影）、上圖本（八）亦作「婁」字，皆假「婁」爲「屢」字。《說文》尸部新附「屢」字：「數也。按今之婁字本是屢空字，此字後人所加从尸，未詳」。《說文》女部「婁」字「空也，从毌从中女，婁空之意也」，段注云：「凡一實一虛層出疊見日『婁』，婁人日離婁，窗牖日麗廔，是其意也。故『婁』之義又爲數也，窗牖麗廔之多孔也……俗乃加尸旁爲『屢』。古有『婁』無『屢』也。」《漢書》「屢」多作「婁」，如：〈公孫宏傳〉「上方興功業，婁舉賢良」、〈元帝紀〉「婁敕公卿」、「百姓婁遭凶咎」，顏師古皆注：「婁，古屢字也」。

《書古文訓》或作婁1，爲《說文》篆文屢之隸古定，所从「毌」變作「母」；敦煌本 P3605、九條本、內野本、足利本、上圖本（影）、《書古文訓》或作婁婁婁2，爲篆文屢之隸變俗書，如憲汝陰侯墓六壬栻杯 婁史晨碑 婁婁壽碑形；敦煌本 S2074、上圖本（八）或變作婁婁3形。

（2）屢1屢屢2屢3

內野本「屢」字或作屢1，从「婁」字篆文之隸變俗書，與屢武威簡.士相見類同；上圖本（八）或作屢屢2，「女」上之橫筆變作「ㄥ、」兩筆；足利本、上圖本（影）或變作屢3，「米」爲省略符號。

【傳鈔古文《尚書》「屢」字構形異同表】

屢	戰國楚簡	石經	敦煌本	岩崎本	神田本b	九條本	島田本b	內野本	上圖（元）	觀智院b	天理本b	古梓堂b	足利本	上圖本（影）	上圖本（八）	古文尚書晁刻	書古文訓	尚書篇目
屢省乃成欽哉			婁 P3605					屢					屢	婁	屢	婁	益稷
迪屢未同爽								屢					屢	屢	屢	婁	康誥
爾乃迪屢不靜			婁 S2074	婁				婁					婁	婁	婁	婁	多方

593、省

「省」字在傳鈔古文《尚書》有下列不同字形：

（1）省1省2

《書古文訓》「省」字作省1，或少一畫省2，爲《說文》古文𥄂之隸古定訛變，其下爲「目」字古文之變，源自𥄉甲5《甲編》：「卜辭用眚爲省」𥄉成甫鼎𥄉小子省卣𥄉省觚𥄉臣卿簋𥄉盂鼎𥄉散盤𥄉爲攸比鼎𥄉揚簋𥄉訣鐘𥄉中山王鼎𥄉郭店.語叢2.1𥄉郭店.成之28。

（2）眚1眚2

敦煌本P2643、P2516、岩崎本〈說命〉「惟干戈省厥躬」，《書古文訓》，〈大誥〉「爾丕克遠省」、〈酒誥〉「爾克永觀省」「省」字作「眚」眚1，與「省」字作𥄉中山王鼎𥄉郭店.語叢2.1等形同，內野本〈大誥〉「爾丕克遠省」作眚2，爲「眚」字之俗訛，其下「目」訛混作「月」。商承祚《說文中之古文考》謂古有「眚」無「省」，「省」由「眚」生：「小篆之省乃由𥄉引長其橫筆而變。《書·洪範》『王省惟歲』《史記·宋世家》作『眚』。公羊莊22年『春。王正月。肆大省』左氏穀梁作『眚』。《書·說命》『惟干戈省厥躬』敦煌本作『眚』。宗周鐘（訣鐘）『王遹𥄉文武』即『省』。經典雖眚省通假，要先有『眚』而後有『省』也。」其說是也。

（3）青

上圖本（元）〈說命〉「惟干戈省厥躬」、岩崎本〈大誥〉「爾丕克遠省」「省」字作「青」青，爲「眚」字之訛誤，乃訛混作从月（2）眚2再訛與「青」字相混同。

【傳鈔古文《尚書》「省」字構形異同表】

省	戰國楚簡	石經	敦煌本	岩崎本	神田本b	九條本	島田本b	內野本	上圖本(元)	觀智院b	天理本	古梓堂b	足利本	上圖本(影)	上圖本(八)	古文尚書晁刻	書古文訓	尚書篇目
屢省乃成欽哉								眚							省	省	嵜	益稷
往省括于度								省							省	省	峕	太甲上
惟干戈省厥躬			青 P2643 / 青 P2516	青					青									說命中
王省惟歲				青				眚										洪範
爾丕克遠省								青									眚	大誥
爾克永觀省								眚							眚		眚	酒誥

益稷	戰國楚簡	漢石經	魏石經	敦煌本 P3605·P3165			岩崎本	神田本	九條本	島田本	內野本	上圖本(元)	觀智院	天理本	古梓堂	足利本	上圖本(影)	上圖本(八)	晁刻古文尚書	書古文訓	唐石經
乃賡載歌曰元首明哉股肱良哉				乃賡載哥曰元首期才服肱良才			乃賡載歌曰元首明才股肱良才									乃賡載歌曰元首明才股肱良播	乃賡載歌曰元首明戈股肱良戈	乃賡載哥曰元首不股肱良才	卤賡勲哥曰元眚明才股左身才	乃賡載歌曰元首明哉股肱良哉

594、賡

「賡」字在傳鈔古文《尚書》有下列不同字形：

（1）賡

「虞」字在《尚書》僅見於此：〈益稷〉「乃虞載歌」，上圖本（八）訛作虞。

【傳鈔古文《尚書》「虞」字構形異同表】

虞	戰國楚簡	石經	敦煌本	岩崎本	神田本b	九條本	島田本b	內野本	上圖（元）	觀智院b	天理本	古梓堂b	足利本	上圖本（影）	上圖本（八）	古文尚書晁刻	書古文訓	尚書篇目
乃虞載歌			虞 P3605 P3615					虞						虞	虞	虞	虞	益稷

595、良

「良」字在傳鈔古文《尚書》有下列不同字形：

（1）良漢石經邑邑1臮邑2莒皀臯皀臮臮3

「股肱良哉」漢石經「良」字作良，爲《說文》篆文𦤶之隸變，源自季良父盉、司寇良父壺、邑子甗、格伯簋、吏良父簋、尹氏匜、齊侯匜、中山王壺。《書古文訓》或作篆文𦤶隸古定邑邑1，或作吏良父簋隸古定臮邑2、或隸古定訛變作莒皀臯皀臮3等形。

【傳鈔古文《尚書》「良」字構形異同表】

良	戰國楚簡	石經	敦煌本	岩崎本	神田本b	九條本	島田本b	內野本	上圖（元）	觀智院b	天理本	古梓堂b	足利本	上圖本（影）	上圖本（八）	古文尚書晁刻	書古文訓	尚書篇目
股肱良哉		良漢															臮	益稷
顯忠遂良																	臯	仲虺之誥
一人元良萬邦以貞																	臮	太甲下
夢帝賚予良弼其代予言																	莒	說命上
乃不良于言																	邑	說命中
良臣惟聖																	莒	說命下
焚炙忠良																	邑	泰誓上

惟受罪浮于桀剝喪元良															邑	泰誓中
進厥良															良	君陳
惟予一人無良															良	冏命
番番良士															呂	秦誓

益稷	戰國楚簡	漢石經	魏石經	敦煌本 P3605・P3165			岩崎本	神田本	九條本	島田本	內野本	上圖本（元）	觀智院	天理本	古梓堂	足利本	上圖本（影）	上圖本（八）	晁刻古文尚書	書古文訓	唐石經
庶事康哉又歌曰元首叢脞哉	庶事康哭又			庶事康才又哥日元首叢脞才							庶事康才又歌日元首叢脞才						庶事康哉又歌曰元首叢脞哉	庶事康才又歌日元首叢脞才	庶事康才又哥日元首叢脞才	尼叟康才又哥日元首叢脞才	庶事康哉又歌日元首叢脞哉

596、又

「又」字在傳鈔古文《尚書》有下列不同字形：

（1）亦亦

「又」字，敦煌本 P2748、內野本〈洛誥〉「我又卜瀍水東亦惟洛食」作亦亦，當與下文相涉而作，且「又」、「亦」同義。

【傳鈔古文《尚書》「又」字構形異同表】

又	戰國楚簡	石經	敦煌本	岩崎本	神田本b	九條本	島田本b	內野本	上圖本（元）	觀智院b	天理本	古梓堂b	足利本	上圖本（影）	上圖本（八）	古文尚書晁刻	書古文訓	尚書篇目
又歌日元首叢脞哉								又										益稷
又日劓刵人無或劓刵人															又			康誥
我又卜瀍水東亦惟洛食			亦 P2748					亦										洛誥

| 又曰無能往來 | | | | | 文 | | | | 又 | | 君奭 |

597、叢

「叢」字在傳鈔古文《尚書》有下列不同字形：

（1）叢1叢2叢3叢4

「叢」字《說文》篆文作叢，內野本或作叢1，敦煌本 P3605 作叢2，其上為「業」字上形之隸變，叢1 省變作三筆、叢2 省變作「⁺⁺」（參見 "業" 字）；內野本、足利本、上圖本（影）、上圖本（八）或作叢3叢4，其上訛省變作「羊」，叢4 其下從「取」之訛變（參見 "取" 字）。

（2）菆

《書古文訓》「叢」字皆作菆，與《古文四聲韻》「叢」字錄菆王存乂切韻同形，魏安豐王妃墓誌「叢」字作叢〔註254〕，疑菆書古文訓、菆四 1.10 王存乂切韻為叢之變，乃「叢」字訛省作（1）叢1叢2之再省變。《說文》艸部「菆」字：「麻蒸也，從艸取聲，一曰蓐也」側鳩切，「叢」字訓聚也、徂紅切，與之義異，其訛省作菆書古文訓菆四 1.10 王存乂切韻形與艸部「菆」字相混同。

（3）蕛蕛

敦煌本 P2748、P3767「叢」字各作蕛蕛，從 ⁺⁺ 從聚，此「蕛」字當為「叢」字之異體，《玉篇》「蕛」同「叢」，草叢生貌，古璽蕛璽彙 1904，于省吾釋「蕛」〔註255〕，隋呂胡墓誌作蕛〔註256〕，與此同形。

【傳鈔古文《尚書》「叢」字構形異同表】

叢	戰國楚簡	石經	敦煌本	岩崎本b	神田本b	九條本	島田本b	內野本	上圖（元）	觀智院b	天理本b	古梓堂b	足利本	上圖本（影）	上圖本（八）	古文尚書晁刻	書古文訓	尚書篇目
又歌曰元首叢脞哉			叢 P3605					叢					叢	叢	叢		菆	益稷

〔註254〕參見《廣碑》頁 405，轉引自徐在國《隸定古文疏證》，頁 60「叢」字條（合肥：安徽大學出版社，2002。

〔註255〕參見羅福頤，《古璽文編》，北京：文物出版社，1994，頁 14。

〔註256〕參見《廣碑》頁 405，轉引自徐在國《隸定古文疏證》「叢」字條，頁 60（合肥：安徽大學出版社，2002）。

是叢于厥身		叢 P3767 叢 P2748			叢		叢 叢 叢	叢	無逸

598、取

「取」字在傳鈔古文《尚書》有下列不同字形：

（1）耴

「取」字《書古文訓》作耴，與耴 李翊碑同形，《說文》「取」字从耳从又，《隸辨》謂碑訛作耴：「即『耴』字，从耳下垂，讀若輒，與取異」。按从乚之字，如「孔」字即隸書作孔 衡立碑。

【傳鈔古文《尚書》「取」字構形異同表】

取	戰國楚簡	石經	敦煌本	岩崎本	神田本b	九條本b	島田本b	內野本	上圖（元）	觀智院b	天理本	古梓堂b	足利本	上圖本（影）	上圖本（八）	古文尚書晁刻	書古文訓	尚書篇目
兼弱攻昧取亂侮亡																	耴	仲虺之誥
出取幣乃復入錫周公						耴												召誥

599、脞

「脞」字在傳鈔古文《尚書》有下列不同字形：

（1）脞脞

「脞」字敦煌本 P3605、內野本作脞脞，偏旁「坐」字左上「人」隸變作「口」（參見"坐"字）。

【傳鈔古文《尚書》「脞」字構形異同表】

脞	戰國楚簡	石經	敦煌本	岩崎本	神田本b	九條本b	島田本b	內野本	上圖（元）	觀智院b	天理本	古梓堂b	足利本	上圖本（影）	上圖本（八）	古文尚書晁刻	書古文訓	尚書篇目
又歌曰元首叢脞哉			脞 P3605					脞										益稷

益稷	戰國楚簡	漢石經	魏石經	敦煌本 P3605·P3165			岩崎本	神田本	九條本	島田本	內野本	上圖本（元）	觀智院	天理本	古梓堂	足利本	上圖本（影）	上圖本（八）	晁刻古文尚書	書古文訓	唐石經
股肱惰哉萬事墮哉帝拜曰俞往欽哉				股肱憜才万事墜才帝曰曰俞往欽才							股肱憜才万事墮才	股肱炑万事憜才百俞往欽才					股肱憜才万事墮才帝拜曰俞往欽才	股肱憜支万事墮才帝曰俞往欽哉	股肱惰才万事墮才帝拜曰俞往欽才一	股左憜才万事墮才帝搽曰俞逞欽才	股肱惰哉萬事墮哉帝拜曰俞往欽哉

600、惰

「惰」字在傳鈔古文《尚書》有下列不同字形：

（1）隋四3.21 隋六217

《古文四聲韻》、《訂正六書通》錄《古尚書》「惰」字作：隋四3.21 隋六217，與《說文》心部「憜」字古文作隋同形，「憜」字或體省「阝」作「惰」。

（2）憜

敦煌本P3605「惰」字作憜，所從「左」之「工」形寫似「匕」（參見"左"字）。

（3）憜

《書古文訓》「惰」字作憜，從心㒳聲，爲「惰」字之異體，《集韻》上聲34果韻「憜」字或省作「惰」，古作「媠」、「憜」。

（4）炑

上圖本（元）「惰」字作炑，偏旁「忄」字訛寫作「火」，右形省作「有」，「隨」字或作迶相類。

【傳鈔古文《尚書》「惰」字構形異同表】

惰	傳抄古尚書文字 四3.21 六217	戰國楚簡	石經	敦煌本	岩崎本	神田本b	九條本	島田本b	內野本	上圖（元）	觀智院b	天理本	古梓堂b	足利本	上圖本（影）	上圖本（八）	古文尚書晁刻	書古文訓	尚書篇目
股肱惰哉				惰 P3605														憜	益稷
惰農自安				惰 P2643				炳										憜	盤庚上

601、墮

「墮」字在傳鈔古文《尚書》有下列不同字形：

（1）墮

上圖本（八）「墮」字作**墮**，从偏旁「隋」字之隸省，與**墮**陳球後碑同形。

（2）隳

敦煌本 P3605「墮」字作**隳**，爲「隳」字，墮、隳音義近同相通，《隸辨》謂「按《禮記·月令》『無有壞墮』，《釋文》云：『墮，許規反，又作隳』，《漢書·宣帝紀》『上以宗廟墮』師古曰：『墮者，毀也，火規反』。《廣韻》云：『墮同**隓**，俗作隳』」。

（3）墮

足利本、上圖本（影）「墮」字作**墮**，偏旁「隋」字訛作「惰」。

【傳鈔古文《尚書》「墮」字構形異同表】

墮	戰國楚簡	石經	敦煌本	岩崎本	神田本b	九條本	島田本b	內野本	上圖（元）	觀智院b	天理本	古梓堂b	足利本	上圖本（影）	上圖本（八）	古文尚書晁刻	書古文訓	尚書篇目
股肱惰哉萬事墮哉			隳 P3605										墮	墮	墮			益稷